HEYNE BÜCHER

Von Heather Graham sind
als Heyne-Taschenbücher erschienen:

Irrwege der Liebe / Spiegel der Liebe · Band 23/124
Die Normannenbraut · Band 04/128
Der Herr der Wölfe · Band 04/138
Kreuzzug des Herzens · Band 04/143
Die Braut des Windes · Band 04/146
Rebell der Leidenschaft · Band 04/182
Hafen der Sehnsucht · Band 04/188
Der Indianerlord · Band 04/194
Die schottische Lady · Band 04/211
Brandzeichen der Liebe · Band 04/227
Verstrickung des Herzens · Band 04/246
Der Rebell · Band 04/248

HEATHER GRAHAM

BRENNENDES HERZ

Roman

Deutsche Erstausgabe

WILHELM HEYNE VERLAG
MÜNCHEN

HEYNE ROMANE FÜR »SIE«
Nr. 04/270

Titel der Originalausgabe
THE KING'S PLEASURE

Aus dem Amerikanischen
von Eva Malsch

Printed in France 1999
http://www.heyne.de
Umschlagillustration: Pino Daeni / Agentur Schlück
Umschlaggestaltung: Atelier Ingrid Schütz, München
Satz: Fotosatz Prechtl, Passau
Druck und Bindung: Brodard & Taupin

ISBN 3-453-15693-5

Prolog

Liebende und Feinde

Im Jahre des Herrn 1357

Die Taverneentür öffnete sich. Eine Zeitlang blieb Adrien MacLachlan auf der Schwelle stehen und schaute sich um. Er zählte zu den berühmtesten Rittern König Edwards III. Aber an diesem Abend trug er keine Rüstung. Auf den Ort des Stelldicheins hingewiesen, hatte er sich so gekleidet wie die Gauner, die das übel beleumdete Gasthaus zu besuchen pflegten. Über dem weichen Leinenhemd trug er eine schlichte braune Tunika, eine Hose und Stiefel. Ein weiter dunkler Umhang mit einer Kapuze verbarg sein Gesicht ebenso wie seine Waffen — das schöne Toledo-Schwert und das Rapier in der Scheide an seiner Wade, dessen Gebrauch er von seinen schottischen Verwandten gelernt hatte. Aus bitterer Erfahrung wußten sie, wie schnell man in Kämpfe verwickelt werden konnte.

Offenbar war sie noch nicht erschienen. Er betrat die Taverne und setzte sich an einen Tisch, mit dem Rükken zur Wand. Von hier aus konnte er die Tür im Auge behalten. Als die vollbusige Kellnerin zu ihm kam, bestellte er einen Becher Ale. Dann musterte er die fragwürdige Gästeschar — einem Gerücht zufolge lauter Mörder, Strolche und Diebe. In dieser Taverne konnte man alle möglichen dunklen Geschäfte treiben. Am Tisch zu seiner Linken saß ein Seemann mit schwarzen Zähnen, der ihn abschätzend anstarrte und seinem ebenso unansehnlichen Gefährten etwas zuflüsterte. Vermutlich überlegen die beiden, was für Wertsachen ich bei mir trage, dachte Adrien. Gewiß, er hätte nicht allein hierherkommen müssen. Mehrere tapfere Männer wären ihm gern gefolgt. Aber es ging um eine persönliche Angelegenheit. Vielleicht hing das Leben der jungen Frau davon ab.

Er hoffte, seine Informanten würden recht behalten. Denn wenn sie dieses Gasthaus nicht besuchte … Angst und Zorn erfaßten ihn. Warum nahm sie ein solches Wagnis auf sich? Glaubte sie wirklich, sie wäre so stark, so mächtig, daß sie die niedrigen Instinkte gemeiner Verbrecher ausnutzen könnte? Seine Pflicht gebot ihm, hier auf sie zu warten, weil er die Verantwortung für sie trug.

Jetzt … Die Tür schwang auf, und sein Herz schlug schneller.

In den Rauchwolken, die das zischende Wildschwein am Spieß über dem großen Herd verbreitete, tauchte eine Gestalt auf, so wie Adrien und die meisten anderen Gäste in einen dunklen Umhang gehüllt. Allein schon an ihren anmutigen Bewegungen hätte er sie erkannt. Sie schob die Kapuze aus der Stirn und schaute sich um.

Ja, sie war es. Dichte schwarze Wimpern umrahmten smaragdgrüne Augen, die ein schönes, ebenmäßiges Gesicht beherrschten. Glücklicherweise blieb ihre wohlgeformte, verführerische Figur unter dem Umhang verborgen.

Sie war hier, um einen Franzosen zu treffen — einen Feind.

Ah, da drüben … Am anderen Ende des Raums erhob sich ein Mann und eilte ihr entgegen.

Auch er trug einen dunklen Umhang, aber die Kapuze war von seinem Kopf geglitten. Comte Langlois, im Dienst des französischen Königs. Aus der Ferne hatte Adrien ihn schon öfter gesehen, auf dem Schlachtfeld.

Nun steckten die beiden ihre Köpfe zusammen. Dann stiegen sie eine Treppe hinauf, die zu den Privaträumen führte, und Adrien folgte ihnen unauffällig.

Noch nie in ihrem Leben hatte Danielle d'Aville so schreckliche Angst empfunden. Aber sie hatte schon früh gelernt, daß der Anschein des Mutes fast so viel bewirkte wie echte Tapferkeit. Vor allem, wenn man eine majestätische Haltung zeigte ...

Nicht nur kalte Furcht quälte sie, sondern auch der Konflikt ihres Herzens. Am Sterbebett ihrer Mutter hatte sie ein Gelübde abgelegt, und deshalb schuldete sie König Jean eine Warnung. Nur noch ein einziges Mal würde sie Jean helfen — und König Edward verraten.

Auch der Mann, der sie jetzt durch einen düsteren Flur führte, weckte ihr Unbehagen. Der elegante Comte Langlois, am französischen Hof überaus beliebt, war stets höflich und ehrerbietig gewesen. Aber an diesem Abend glich er einem Raubtier. Beklommen dachte sie an die Halbwahrheiten, die sie ihm mitgeteilt hatte, um ihn herzulocken.

Er öffnete eine Tür, und sie betraten ein kleines Zimmer, in dem eine Kerze brannte. Auf dem Tisch stand eine Weinkaraffe, neben einem Brotlaib und einem Stück Käse. Ein Feuer brannte im Kamin, die Bettdecke war zurückgeschlagen. Hatte der Comte gewisse Vorbereitungen getroffen, um ein Schäferstündchen zu genießen?

Den Kopf stolz erhoben, wandte sie sich zu ihm. Er

schloß die Tür, und Danielle erwiderte den Blick seiner glitzernden braunen Augen. Mit seinem schmalen Gesicht, dem sorgsam gestutzten Bart und dem langen dunklen Haar sah er zweifellos sehr attraktiv aus. Trotzdem erinnerte er sie an einen Geier — oder einen Wolf. »Diese romantische Szenerie wäre nicht nötig gewesen«, erklärte sie kühl, »weil ich Euch nur bitten möchte, dem König von Frankreich eine Nachricht zu überbringen. Dafür sollt Ihr reichlich belohnt werden.«

»Wie könnt Ihr mir so kalt begegnen, Lady? Wo ich doch mein Leben aufs Spiel gesetzt habe, um hierherzukommen und Euch zu retten?«

»Was meint Ihr, Sir?«

Sie hörte, daß er die Tür verriegelte, und ihr Puls raste. O Gott, worauf hatte sie sich eingelassen? Als er zu ihr ging, rang sie entschlossen nach Fassung, immer noch überzeugt, sie würde die Oberhand gewinnen — was er auch beabsichtigen mochte.

Galant ergriff er ihre Hände und verneigte sich. »Was König Edward Euch zugedacht hat, scheint nicht Eure Zustimmung zu finden, Lady. Und man behauptet sogar, zwischen Euch und diesem schottischen Wilden, den Seine Majestät für Euch erkor, sei ein erbitterter Kampf entbrannt.«

Seine Worte jagten ihr einen Schauer über den Rükken. Wie gern hätte sie ihm ihre Hände entrissen ...

Im dunklen Flur an die Tür gepreßt, hob Adrien MacLachlan die Brauen.

»Ich schrieb Euch, weil ...«, begann Danielle, und der Comte fiel ihr hastig ins Wort.

»Wenn die Ehe nicht vollzogen wurde, seid Ihr frei, Lady, und der französische König kann sich an den Papst wenden, um die Heirat für ungültig erklären zu lassen.«

Die Ehe war nicht vollzogen worden? Wütend ballte Adrien seine Hände, die er am liebsten um Danielles schönen Hals gelegt hätte. Vorsichtig stemmte er sich gegen die Tür. Verriegelt. Aber aus morschem Holz, mühelos aufzubrechen. Ehe er sich dazu entschloß, wollte er Danielles Antwort abwarten.

Sie verfluchte ihre Dummheit. Warum hatte sie geglaubt, diesem Mann würde das Wohl seines Königs am Herzen liegen? Offenbar verfolgte Comte Langlois nur seine eigenen Interessen. Er wollte *sie* erringen — und Aville. Doch sie durfte ihren Zorn nicht zeigen. »Über gewisse andere Dinge reden wir später. Zuerst muß diese Angelegenheit geregelt werden. Würdet Ihr mich zu König Jean bringen. Dann informiere ich ihn persönlich ...« Als sich seine dunklen Augen verengten, fügte sie rasch hinzu: »Natürlich möchte ich Euch nicht beleidigen, Comte. Ihr seid sicher ein ehrenwerter Mann. Aber es geht nicht um meine Wenigkeit oder Aville.«

In wachsendem Zorn biß Adrien die Zähne zusammen.

»Überlegt doch, Lady«, bat Langlois. »Wie würde sich König Jean freuen, wenn wir in Liebe vereint vor ihn hinträten! Mühelos ließe sich eine Heirat arrangieren, und Ihr wärt diesen schottischen Heiden los. Vorhin erwähntet Ihr einen Lohn für meine Hilfe. Und nun kennt Ihr meine Wünsche.«

Entrüstet entzog sie ihm ihre Hände und betrachtete ihn mit jenem eisigen Hochmut, den sie in ihrer Kindheit am englischen Königshof erlernt hatte. »Nein!« rief sie und eilte an ihm vorbei.

Ehe sie die Tür erreichte, packte er ihre Schulter. »Lady, ich wollte Euch sanft und liebevoll verführen und unseren Pakt mit Eurer Zustimmung besiegeln.

Leider zähle ich an König Jeans Hof zu den Aristokraten minderen Ranges. Ich brauche Eure französischen Ländereien und deren Erträge. Gar nicht zu reden von meinem Verlangen nach Eurer Schönheit. Und ich schwöre Euch, wir werden als Liebespaar vor dem König von Frankreich stehen. Sein Segen soll unseren Bund legalisieren.«

»Niemals!« fauchte sie und rammte ein Knie zwischen seine Schenkel.

Gequält schrie er auf und krümmte sich zusammen. Bevor sie zur Tür laufen konnte, krallte er seine Finger in ihren Umhang und brachte sie zu Fall. Im nächsten Moment lag er auf ihr. »Eigentlich hatte ich vor, Euch im Bett zu lieben, teure Lady. Aber wenn Ihr den Fußboden vorzieht ...«

Mit aller Kraft befreite sie ihre Handgelenke von seinem schmerzhaften Griff und schlug ihn ins Gesicht. Sie glaubte einen Krach zu vernehmen, war jedoch nicht sicher, weil sich der Comte mit einer schallenden Ohrfeige rächte. Verzweifelt versuchte sie, ihn abzuwehren. Ihr Ellbogen an seiner Kehle, ihre Fingernägel, die seine Wange zerkratzten ... Konnte sie ihn besiegen, einen kampferprobten Ritter?

»Um Himmels willen, Lady, laßt den Unsinn! Ich will Euch nicht weh tun ...« Plötzlich verstummte er und starrte nicht mehr Danielle an, sondern jemand anderen.

Jetzt wußte sie, welchen Lärm sie vorhin gehört hatte. Die Tür war aufgebrochen worden, von einem großen, breitschultrigen Mann mit kantigen Zügen, rotblondem Haar und goldbraunen Augen. In seiner rechten Hand hielt er ein Schwert, das den Hals des Franzosen bedrohte.

Adrien! Obwohl sie ihm dankbar für die Rettung war,

stieg wilde Panik in ihr auf. Adrien ... Großer Gott, er hatte sie ertappt.

Und sie war doch nur bestrebt gewesen, Jean zu warnen. Sonst nichts ... Sie hatte geglaubt, Adrien würde ihr nicht auf die Schliche kommen und statt dessen seinen endlosen Kampf ausfechten. Wie oft hatte sie wach in ihrem Bett gelegen und sich gewünscht, ihn wiederzusehen ... Aber nicht so, nicht mit dieser eiskalten Wut in seinen Augen.

»Laßt die Lady sofort los, Sir!« befahl er. »Oder ich schneide dieses elende Ding von Eurem Unterleib ab, das Euch zu solchen Dummheiten verleitet. Und dann enthaupte ich Euch.« Seine Stimme klang fast freundlich. Trotzdem gellte sie wie ein Donnerschlag in Danielles Ohren.

Der Comte erhob sich langsam und vorsichtig, denn das Schwert war immer noch auf seine Kehle gerichtet.

»Steh auf, Danielle«, fuhr Adrien fort, ohne seinen Blick von Langlois abzuwenden.

Beklommen gehorchte sie. »Wie — lange bist du schon hier?«

»Lange genug.«

»Und du hast ihm erlaubt, mich anzugreifen?«

»Irgendwie gewann ich den Eindruck, du könntest dich sehr gut verteidigen. Und außerdem dachte ich, du willst gar nicht gerettet werden — nachdem du so erpicht auf dieses Stelldichein warst.«

»*Ich* bin der Mann, der diese Lady rettet!« verkündete Langlois. »Fürchtet Euch nicht, meine Liebe. Wer ist dieser Rüpel? In diesem Haus würde ich viele Männer finden, die dem französischen König treu ergeben sind und den englischen Schurken nur zu gern niederstrecken würden.«

»Ruft sie doch!« schlug Adrien vor.

In diesem Augenblick ertönten polternde Schritte im Flur. Ein dicker Mann mit einer Schürze, offensichtlich der Wirt, stürmte ins Zimmer, begleitet von zwei großen, kräftigen Burschen, die ihre Messer zückten. »Braucht Ihr Hilfe, Mylord?« fragte er den Comte.

»In der Tat!« Die Schwertspitze immer noch an der Kehle, hielt er die Frage für überflüssig.

»Mit euch habe ich nichts zu schaffen«, erklärte Adrien den Neuankömmlingen. »Ich will nicht noch mehr Leichen auf mein Gewissen laden. Auch den Comte werde ich nicht töten. Ich möchte nur gehen und die Lady mitnehmen ...«

»Um den Engländern zu entrinnen, floh sie zu mir«, behauptete Langlois. »Ich werde sie heiraten.«

»Da sie bereits einen Mann hat, ist das unmöglich, Sir.«

»Diese Ehe ist nicht gültig!«

»Doch.« Adrien warf Danielle einen kurzen Blick zu. Erschrocken wich sie vor dem goldenen Feuer in seinen Augen zurück. »Wenn's die Lady nicht zugeben will, würde ich's gern beweisen. Man soll eine Hebamme holen.«

»Aber ...«, begann Langlois.

»Zweifellos hat sie Euch zu umgarnen versucht, Sir. Das kann sie sehr gut, und es gelingt ihr fast immer. Es sei denn, man kennt sie. So wie ich. Laßt Euch vor ihren verlockenden Reizen warnen. Heute verschone ich Euch. Sollten wir uns noch einmal begegnen, werdet Ihr's nicht überleben.«

Erst jetzt erkannte Langlois seinen Angreifer. »MacLachlan!«

»Derselbe«, bestätigte Adrien. »Der wilde, schottische Heide.«

Mühsam rang der Comte nach Luft. In der ganzen christlichen Welt war MacLachlan als ausgezeichneter Kämpfer bekannt, auf Turnieren und Schlachtfeldern. Andererseits — würde er der Übermacht gewachsen sein, der er sich jetzt gegenübersah? »Packt ihn!« rief Langlois.

Sofort sprang einer der beiden Messerstecher vor, Stahl prallte klirrend gegen Stahl, und der Mann fiel zu Boden.

»Pack ihn, du Narr!« herrschte Langlois den zweiten an, der Adriens rot geflecktes Schwert musterte und rasch zurückwich.

»*Adieu*, Sir.« Adrien hielt seine Waffe wieder an den Hals des Comte. »Eigentlich sollte ich Euch erstechen. Aber ich will wegen dieses tückischen Verrats nicht noch mehr Blut vergießen und bedenken, daß Euch die Lady hierherbestellt hat.«

Als er Danielles Hand umklammerte, stieß sie einen halberstickten Schrei aus. Unsanft zerrte er sie in den Flur. Vor der Treppe blieb er zögernd stehen, weil weitere Männer heraufrannten.

»Gib mir dein Rapier!« drängte sie.

»Damit ich's wenig später im Rücken spüre?«

»Niemals habe ich dich mit Waffengewalt bekämpft. Gegen diese Überzahl bist du machtlos. Oder warten deine Männer im Schankraum auf dich?«

»Nein, ich bin allein gekommen.«

»Allein!« stöhnte sie.

»Ich brauche keine Zeugen, wenn ich ein halsstarriges kleines Biest daran hindere, sich in Gefahr zu bringen und den englischen König zu verraten. Von mir ganz zu schweigen. Schnell, tritt hinter mich! Und wenn du mich noch einmal betrügst, wirst du's bitter büßen. Das schwöre ich.«

Da er ihre Finger immer noch festhielt, mußte sie wohl oder übel gehorchen. Sein Zorn schürte ihre Angst. Sogar jetzt — angesichts der Gefahr, die ihnen beiden drohte — wäre er nicht überrascht, wenn sie ihn erneut hinterginge. Mehrere Männer warfen sich auf ihn, geübt in Messerstechereien. Aber keiner konnte es mit Adriens Fechtkunst aufnehmen. Der erste Angreifer flog die Stufen hinab, die anderen stürzten ihm nach wie gefällte Bäume.

Am Fuß der Treppe wartete ein riesiger Bursche. Adrien stieß Danielle beiseite, sprang zu ihr, und der Mann, von der Wucht seiner eigenen Attacke getrieben, schlug mit der Stirn auf einer hölzernen Stufe auf.

»Duck dich, Danielle!« befahl Adrien, ehe ein Schwert über ihre Köpfe hinwegsauste und der Besitzer der Waffe starb.

Dann drehte sich Adrien blitzschnell um, erstach einen Verfolger, und alle anderen Gegner gaben ihm den Weg frei. Hastig führte er Danielle aus der Taverne, in die Nacht hinaus. Draußen wartete Matthew, das schnellste seiner vier Schlachtrösser.

Etwas abseits stand ein Wallach — aus Prinz Edwards Stall entwendet. Adrien band ihn los und schlug auf seine Kruppe, um ihn nach Hause zu schicken. Ehe er auf Matthews Rücken stieg, hob er Danielle in den Sattel. Sie schaute nicht zurück.

Aber sie hörte das Wutgeheul der Männer, die sich aus der Tavernentür drängten. Von einem kraftvollen Schenkeldruck angespornt, galoppierte der Hengst davon. Sie spürte Adriens harte muskulöse Brust an ihrem Rücken, die Zweige, die während des wilden Ritts an ihrem Umhang zerrten, und schloß die Augen.

Bald waren sie der Gefahr entronnen. Nur die Wut

trieb den Reiter jetzt noch zur Höchstgeschwindigkeit an. Erst am Flußufer zügelte er das Pferd. Die beiden Brücken waren zu weit entfernt. Entschlossen trieb er Matthew an.

»Es ist zu kalt!« protestierte Danielle.

»Beinahe hättest du uns beide umgebracht. Und jetzt fürchtest du dich vor ein bißchen Wasser?«

»Vor gar nichts ...«

»Heute nacht solltest du mich aber fürchten.«

»Nur weil du uns ertränken willst!«

»Freu dich lieber auf die kalten Wellen. Vielleicht werden sie meinen Zorn kühlen.«

»Fahr zur Hölle!« schrie sie, als er das Pferd in den Fluß lenkte.

Am anderen Ufer begann Matthew wieder zu galoppieren. Ein eisiger Wind peitschte den nassen Umhang gegen Danielles zitternden Körper. Endlich sah sie die steinernen Mauern ihrer Festung Aville. Das Tor schwang auf und wurde wieder geschlossen, sobald sie in den Hof geritten waren. Nachdem Adrien abgestiegen war, übergab er die Zügel einem Reitknecht, hob Danielle aus dem Sattel und führte sie in die Halle. Sie konnte sich kaum auf den Beinen halten. Inständig hoffte sie, ein bekanntes Gesicht zu sehen — Rem, Daylin, Monteine ...

Aber die Halle war menschenleer. »Nach oben!« Adrien zerrte sie die Treppe hinauf, ins herrschaftliche Schlafgemach. Während sie schwankend am Fuß des geschnitzten Vier-Pfosten-Betts stand, wanderte er vor dem knisternden Kaminfeuer umher. Sehnsüchtig blickte sie zur Tür. »Heute werden dich keine Dienerinnen betreuen. Als ich von deinem törichten Verrat erfahren hatte, sorgte ich dafür, daß ich dich unauffällig in die Festung bringen konnte, und schickte die

Dienerschaft für eine Nacht weg. Also schau dich nicht hilfesuchend um.«

»Das tue ich nicht«, entgegnete sie und erschauerte.

»Zieh das nasse Zeug aus!« Er ging auf sie zu, und sie wich erschrocken zurück.

»Wie du — befiehlst ...«, stammelte sie. In seinen Augen las sie nichts, was bekundet hätte, sein Zorn würde verebben. Wenigstens wandte er sich ab, als der Umhang zu Boden glitt, nahm die Decke aus weicher flämischer Wolle vom Bett und wartete. Die Zähne zusammengebissen, schlüpfte sie aus ihren Schuhen, aus ihrer Hose, der Tunika und dem Hemd. Verächtlich warf er ihr die Decke zu, und Danielle wickelte sie rasch um ihren Körper.

Erst jetzt legte er seinen eigenen feuchten Umhang ab und ließ ihn fallen. Die schlichte, aber teure Kleidung schmiegte sich an seine sehnige Gestalt. Nur zu gut kannte Danielle die Kraft dieser Muskeln und spürte ein Zittern, das sie vergeblich zu ignorieren suchte.

»Großer Gott, diesen Haß hat Edward wirklich nicht verdient!« stieß er hervor, und sie zwang sich zur Ruhe.

»Ich hasse ihn nicht, und ich wollte König Jean nur warnen ...«

»Zweifellos weiß Jean bereits, daß ein Krieg ausbrechen wird, und was dem französischen König nützt, schadet dem englischen.«

Ihr Herz krampfte sich schmerzhaft zusammen.

Für Edward empfand sie ähnliche Gefühle wie für Adrien. Sie verabscheute ihn — und liebte ihn.

»Weißt du eigentlich, daß wegen geringerer Missetaten als deiner Köpfe rollten und Hälse brachen?« fauchte er. »Verdammt, ich sollte dich windelweich prügeln!«

»Natürlich, du bist Edwards Lakai. Ihm verdankst du alles.«

»Dich eingeschlossen.«

»Und meine Ländereien, meine Adelstitel ...«

»Sollte ich's zurückweisen? Aye, ich bin sein Lakai, sein Mann. Vergiß das nie wieder!«

»Und wie willst du mich bestrafen? Für meine Absichten kann ich mich nicht entschuldigen. Was meine Loyalität und meine Gefühle betrifft, habe ich dich nie belogen ...« Doch. Sie hatte ihm verschwiegen, daß es ihr immer schwerer fiel, jenes alte Gelübde zu befolgen — daß sie ihn ebenso leidenschaftlich liebte, wie sie ihn bekämpfte.

Das konnte sie ihm auch jetzt nicht gestehen. Sie hatte ihn schon einmal hintergangen und den Preis dafür gezahlt, aber so empört wie in dieser Nacht war er noch nie gewesen. Wenn sie doch seinem Zorn entkäme ...

Abrupt hatte er ihr den Rücken gekehrt. Sie versuchte zur Tür zu schleichen. Da drehte er sich blitzschnell um und vertrat ihr mit langen Schritten den Weg. »O nein, du bleibst hier. Willst du mich noch mehr reizen? Sei froh, daß ich mich nicht an dir vergreife!«

»Ich *mußte* es tun ...«

»Selbstverständlich! Zum Teufel mit dem englischen Blut in deinen Adern! Für Frankreich empfindest du viel mehr, und du fühlst dich an deinen Schwur gebunden. Nun, das erklärt zumindest teilweise, warum du den König verrätst, an dessen Hof du aufgewachsen bist.«

»Übergib mich dem König!« Danielle erschrak, weil ihre Stimme so flehend klang.

Langsam schüttelte er den Kopf. »Ich bin noch nicht mit dir fertig.«

»Wirst du nicht woanders gebraucht?« spottete sie nun. »Du bist doch Edwards treuer Anhänger. Mußt du heute nacht keine Feinde bekämpfen, keine Drachen töten?«

Adrien lächelte. »Ausnahmsweise nicht.« Nach einer kurzen Pause fuhr er fort: »Erzähl mir, was du diesem Narren Langlois geschrieben hast. Daß deine Ehe nicht vollzogen wurde?«

»Nein ...«, erwiderte sie, und das Blut stieg ihr in die Wangen. »Ich bat ihn um Hilfe.«

»Und um an den französischen König heranzukommen, wolltest du mit dem Comte schlafen?«

»Du weißt, daß ich nicht ...«

»Zum Glück würdest du nicht alles geben. Ja, das weiß ich. Du hast ihm nur deine Hand versprochen und ihn damit geködert. Erinnerst du dich nicht mehr an unsere Heirat?«

Als er zu ihr ging, wich sie zurück. »Doch — ich entsinne mich.«

»Auch an die Hochzeitsnacht?«

Auf diese Frage gab sie keine Antwort. Angriff ist die beste Verteidigung, sagte sie sich. »Heute abend wolltest du mich in der Taverne vor diesem Abschaum demütigen und eine Hebamme rufen ...«

»Nur um deinem liebestollen Comte zu beweisen, daß du kein unschuldiges Mädchen bist, sondern meine Frau. Ich glaube, ich habe meine ehelichen Pflichten nicht vernachlässigt. Und falls ich dein Gedächtnis auffrischen muß ...«

»Sicher nicht ...« Entsetzt verstummte sie, als er die Decke von ihrem Körper riß und zu Boden schleuderte.

In seinen Augen lag ein Glanz, der nicht mehr mit seinem Zorn zusammenhing. Sie hielt den Atem an, dachte an ihre schlaflosen Nächte. Wie oft hatte sie sich nach ihm gesehnt!

Was an diesem Abend geschehen war, würde er weder vergessen noch verzeihen. Wie mochte die Zukunft aussehen? Während sie sich anschauten, schienen die letzten Jahre vor Danielles geistigem Auge vorbeizuziehen — der Schmerz, die Sorge, der Schwarze Tod, der Verlust, den sie beide erlitten hatten. »Nein«, wisperte sie.

Vergeblich versuchte sie, ihm auszuweichen. Er umfaßte ihre Schultern. »Nun wirst du dich entsinnen, wer du bist.«

»Und zu wem ich gehöre?«

»Aye, in der Tat.« Als er sie küßte, drohten seine Lippen ihren Mund zu verbrennen. Unbarmherzig entzündete er die vertraute Erregung in ihrem Innern, aufreizend spielte seine Zunge mit ihrer.

Nach einer Weile hob er den Kopf, und ihre Gedanken kämpften sich mühsam durch den Nebel ihrer verwirrten Sinne. Sie durfte nicht vergessen, daß er sie verachtete und ihr mißtraute und Rache üben wollte. »Bitte ...«

»Flehst du um Gnade?«

Endlich konnte sie wieder etwas klarer denken. »Niemals würde ich dich um etwas bitten.« Sie stemmte sich gegen seine Brust, aber er packte ihre Handgelenke, und sie glaubte, sein Blick würde in die Tiefe ihrer Seele dringen.

»Heute nacht wirst du mich beglücken, Lady, denn ich wünsche mir alles, woran ich mich erinnere. Die Sehnsucht so vieler Nächte muß gestillt werden. Erfreue mich und lindere den Zorn. Das verlange ich von dir.«

Er hob sie hoch, trug sie zum Bett, und sie sank in

die kühlen Laken. Auf ihrer nackten Haut spürte sie seinen heißen Körper, seine Zunge schob sich zwischen ihre Zähne, erforschte begierig ihren Mund. Erfolglos suchte sie den Angriff abzuwehren. Seine Hände wanderten über ihre Hüften und Schenkel, liebkosten ihre Brüste. Und sein Gewicht hielt sie eisern fest. Mit seinen Fingern übte er den gleichen unwiderstehlichen Reiz aus wie mit seinen hungrigen Lippen. Schließlich richtete er sich auf, schlüpfte ungeduldig aus seiner Tunika, aus der Hose und dem Hemd, das er in seiner Hast zerriß. Doch er schien es nicht zu bemerken. Im zuckenden Flammenschein betrachtete sie seine breiten, bronzebraunen Schultern, die muskulöse Brust, vernarbt und trotzdem so schön ...

Nein, sie wollte sich nicht an seinem Feuer verbrennen. Aber ihr blieb nichts anderes übrig, denn er preßte ihre Hand an seine Brust. Unter dem rotgoldenen Kraushaar spürte sie seine starken Herzschläge. Ohne ihr Gesicht aus den Augen zu lassen, zog er ihre Finger nach unten, ließ sie fühlen, wie sehr er sie begehrte. »Damit du's nie wieder vergißt ...« Lächelnd beobachtete er, wie sie am ganzen Körper zitterte. Dann glitt er hinab, öffnete ihre Schenkel. Sie erkannte seine Absicht und wußte, daß es kein Entrinnen gab. Trotzdem stöhnte sie protestierend. Seine Zunge liebkoste sie mit intimer Hingabe, bis sie in einen Abgrund zu stürzen schien, leise aufschrie und nach Luft rang. Dieses sengende, bezwingende Feuer ...

Sein Körper bedeckte ihren, und sie verschmolzen miteinander. Zu beiden Seiten ihres Kopfes schlang er seine Finger in ihre. Immer tiefer drang er in sie ein. »Damit du's nie mehr vergißt ...«

Wie könnte sie? Nicht diesen Sturm, diese Flammenströme, nicht den Mann, der ihr alles gab und alles nahm. Süßer Wahnsinn, drängende Qual, ersehnte Erfüllung ... Von heißem Entzücken erfaßt, genoß sie das erlösende Beben und spürte, wie auch er den Gipfel der Lust erreichte. Sie schloß die Augen, um ihre brennenden Tränen zu verbergen.

In dieser Nacht hatte er sie aufgesucht, am nächsten Morgen würde er wieder zu den Schlachtfeldern reiten — und sie war eine Verräterin. Krieg. So wie immer, seit sie sich kannten. Seit sie ihren Feind liebte. Schon vorher hatte der Krieg begonnen, vor ihrer Geburt, und welche verschiedenen Rollen sie spielen mußten, war längst festgelegt worden.

Teil I

Für den Sieger . . .

1

Schloß Aville, Herbst 1336

»Ich weiß, wie man die Mauern stürmen könnte«, sagte Adrien MacLachlan.

Aber niemand hörte ihm zu. Edward tobte vor Wut. In seinem weiten, wehenden Mantel eilte der hochgewachsene Plantagenet-König umher und schrie: »Bei Gott, das ist Wahnsinn! Ich, Edward, König aller Krieger, vermag die Mauern nicht zu überwinden, die eine Frau befehligt!« Rings um sein Lagerfeuer ließen die illustren Ritter den königlichen Zorn schweigend über sich ergehen — selbst zutiefst enttäuscht, müde und durchfroren. Es war ihnen einfach erschienen, Aville einzunehmen, eine kleine Festung innerhalb von Edwards Herzogtum, in der Lenore die Stellung hielt, die Tochter des verstorbenen Comte Jon d'Aville, mit dem Valois-König verwandt.

Angeblich versteckte sich der französische König hinter diesen Mauern. Deshalb wollte Edward die Festung mit aller Macht erobern, obwohl die Comtesse hervorragende Verteidigungsstrategien beherrschte und kochendes Öl ebenso wirksam einzusetzen wußte wie brennende Pfeile.

»Kann mir jemand einen Rat geben?« fragte der König.

»Sire!« rief Adrien. »Ich weiß, wie man vorgehen muß.«

Endlich wandte sich Edward zu seinem Mündel, dem schottischen Jungen, der im Eingang des Zelts stand. Der Bursche war erst zehn Jahre alt, aber sehr groß, mit breiten Schultern, die künftige Kräfte ahnen ließen. Ausdrucksvolle goldbraune Augen erwiderten den Blick des Königs. Eifrig lernte er mit Waffen umzugehen. In der Freizeit stillte er seinen unersättlichen Wissensdurst und studierte zahllose Bücher. Außerdem beweist er erstaunlichen Mut, dachte der König, wenn er sich trotz seines zarten Alters in einen Kriegsrat einmischt.

»Ah, der schottische Knabe will uns belehren!« stöhnte Brian of Perth ärgerlich. Nachdem ein brennender Pfeil seine Schulter gestreift hatte, befand er sich in miserabler Stimmung. »Verschwinde!«

»Nein!« entschied Edward und warf Brian einen eisigen Blick zu. »Die Schotten haben uns schon mehrere Lektionen erteilt. Was hast du mir zu sagen, mein Junge?«

Adrien trat in den Lichtkreis des Lagerfeuers, den Kopf hoch erhoben, die Schultern gestrafft. Wenn er die Ritter beeindrucken wollte, mußte er Kraft und Klugheit ausstrahlen, die weit über seine Jahre hinausgingen. Das hatte er von seinem Vater gelernt. »Ein armer Mann, mag er auch von edler Herkunft sein, muß sich stark zeigen, mein Sohn. Dann wird er in diesen schweren Zeiten zu guter Letzt siegen. Nimm niemals eine Niederlage hin, mein Sohn. Nicht einmal, wenn du einen stärkeren Gegner fürchtest. Unterwirf dich niemals. Nur der Tod ist eine ehrenwerte Kapitulation. Kämpfe mit allem, was du besitzt, mit deinem Verstand und deiner Kraft. Versuch möglichst viel zu lernen. Kämpfe für deine Ehre, für deinen Platz in dieser rauhen Ritterwelt. Kämpfe hart und unnachgiebig, dann wirst du sogar Könige bezwingen.«

Vor nicht allzu langer Zeit hatte Carlin, das Oberhaupt des MacLachlan-Clans, diese Worte ausgesprochen. Der Enkel eines schottischen Earls, verwandt mit dem verstorbenen großen Robert the Bruce, litt unter der Niederlage von Roberts Sohn David II., als Edward von England einen weiteren Prätendenten, einen anderen Baliol, auf den schottischen Thron setzte. Wegen jener Unruhen gewann Adrien den Eindruck, er wäre geboren worden, um zu kämpfen. Die unaufhörlichen Schlachten gegen die Engländer hatten sie Ernten und Vieh gekostet. Baliol saß auf dem Thron. Doch die MacLachlans fochten für David II.

Eines Tages, während die Kämpfe verebbten, hatte er seinen Vater inmitten gut bewaffneter Ritter gesehen. Ein Reiter starrte Carlin an, der seinen schlimmsten Feind erkannte – Edward III. Und Adrien glaubte, der englische König wäre gekommen, um den Vater zu töten. Seinen kleinen Dolch in der Hand, rannte er über das Feld. Mit einem Wutschrei stürzte er sich auf Edward, warf ihn beinahe aus dem Sattel und hielt ihm die Klinge an den Hals. Aber Carlin zerrte ihn zurück. »Nein, mein Sohn!«

»Hängt den Jungen!« schrie ein Ritter. »Euer Gnaden, beinahe hätte er Eure Kehle durchschnitten!«

Doch der König stieg ab, klappte sein Visier nach hinten, und Adrien sah strahlendblaue Augen, ein attraktives, von goldblondem Haar umrahmtes Gesicht. »Soll ich den Sohn eines tapferen Kriegers hängen lassen, der sich hier einfand, um mit mir zu verhandeln? Der Junge hat soeben mehr Mut und Geschick bewiesen als ihr alle zusammen!« Einige Männer brachen in schallendes Gelächter aus. »Laird MacLachlan«, fuhr Edward fort, »wenn Ihr einverstanden seid, soll Euer Junge an meinem Hof aufwachsen und zusammen mit meinem ältesten Sohn erzogen werden. Ich sorge für ihn. Und Ihr werdet meine nördlichen Grenzen nicht länger bedrohen.«

»Aye, Edward, König von England«, stimmte Carlin zu.

»Nein, Vater, ich verlasse dich nicht . . .«, begann Adrien, aber Carlin hielt ihm den Mund zu.

Später, in den Ruinen der Familienfestung, erfuhr das Kind, worum es ging. »Wenn wir ihn auch tapfer bekämpft haben — er ist ein Feind, den ich achte. Er versteht nicht, daß die Schotten einen Baliol auf ihrem Thron niemals anerkennen werden. Nun, eines Tages wird David Bruce zurückkehren. Und während wir hier hungern, sollst du am Königshof zum Ritter ausgebildet werden. Dabei kannst du jederzeit herausfinden, was sie planen, und uns Bescheid geben. Hoffentlich wirst du Edward so treu und gehorsam sein wie mir, mein Sohn.«

Kurz nachdem Adrien mit den königlichen Rittern südwärts geritten war, rief Edward ihn zu sich. »Dein Vater war einer der besten Kämpfer, die ich kannte, mein Junge. Sei stolz auf ihn. Die Engländer und die Schotten werden sein Andenken stets in Ehren halten.«

»Sein — Andenken?«

»Er gab dich in meine Obhut und schloß Frieden mit mir, weil er wußte, daß er sterben würde«, hatte der König erwidert. »Unter euren ungebärdigen Clansmitgliedern trachten dir viele nach dem Leben, da sie sich die Ländereien deiner Familie aneignen wollen. Deine Mutter war Lady Margaret of Meadenlay. Soeben fiel ihr Bruder auf dem Schlachtfeld, sein Sohn erlag letzte Woche einem Fieber. Du hast englische Ländereien im Süden geerbt. Jetzt bist du der Count of Meadenlay und der Laird of Reggar. Nach dem Wunsch deines Vaters bin ich dein Vormund, und du wirst mir dienen.«

Da Adrien dem König nahestand, durfte er es nun wagen, im Kreis der Ritter zu sprechen. Er hatte an einigen Angriffen auf Aville teilgenommen. Widerwillig erkannten die Männer seine Fähigkeiten an, teils in Schottland erworben, teils in der Ausbildung, die er gemeinsam mit Edwards Söhnen erhielt. Aber die Attacken waren erfolglos verlaufen. Er hatte die schöne Lenore d'Aville auf den Zinnen gesehen, wo sie den zerstörerischen Flammenregen befohlen hatte. Angeblich war sie eine Hexe, eine Verführerin, die ihre Feinde in den Tod lockte. Und das mochte stimmen, denn viele Ritter hatten zu ihr hinaufgestarrt, gebannt vom Anblick ihrer flatternden ebenholzschwarzen Haare, und waren gefallen. Sogar der erboste König behauptete, sie würde seine Ritter verzaubern.

»Also, was schlägst du vor, Adrien?« fragte der König.

»Wir müssen einen Tunnel graben.«

»Einen Tunnel!« spottete Sir George.

»Wollt Ihr die Männer weiterhin dem siedenden Öl opfern, Sire?« gab Adrien zu bedenken. »Wenn jemand durch einen unterirdischen Gang in die Festung schleicht, kann er uns das Tor öffnen, und wir besiegen die Feinde im Nahkampf.«

»Pah!« rief William of Chelsey, ein erfahrener Ritter. »Verlassen wir uns lieber auf den Sturmbock! Zertrümmern wie das Fallgatter!«

»Welche Verluste würden wir dabei erleiden, Sire?« fragte Adrien. »Womöglich finden wir hinter dem Fallgatter ein zweites, mit Schießscharten darüber.«

Robert of Oxford, ein älterer Ritter, der dem König schon lange diente, verteidigte den Jungen. »Immerhin hat er die Architektur dieser Schlösser studiert, Sire.«

»Das stimmt«, bestätigte Edward. »Robert, bring uns ein Pergament. Adrien soll einen Plan zeichnen.«

Mit Roberts Hilfe gehorchte der Junge und erläuterte, wie die Römer und Griechen solche Strategien angewandt hatten.

»Dann soll unser kluger junge Schotte in die Festung eindringen und unseren siegreichen Angriff vorbereiten, Sire«, schlug William of Chelsey vor.

»Aber er ist erst zehn Jahre alt!« protestierte Edward.

»Trotzdem bin ich dazu bereit, Sire«, verkündete Adrien, eifrig bestrebt, seine Talente zu beweisen.

Schließlich willigte der König ein, und die nötigen Vorbereitungen wurden getroffen. Im Schutz der finsteren Regennacht eilten die Männer zu den Mauern und begannen, den Tunnel zu graben. Wenn man sie entdeckte, wären sie verloren, denn die Verteidiger des Schlosses würden Wasser in den Gang schütten und sie alle ertränken. Doch der Tunnel wurde nicht aufgespürt. Unbemerkt drang Adrien in die Festung ein, durchschnitt die Stricke, die das Tor festhielten, und die Engländer stürmten hindurch. Entschlossen kämpfte er gegen ein Dutzend Franzosen und seine eigene Angst, die er tapfer besiegte. In derselben Nacht wurde er von allen englischen Rittern und Fußsoldaten gefeiert.

Endlich innerhalb der Mauern, sah Edward III., König von England, die Flammen tanzen. Wie erschöpft er sich fühlte ... Niemals hätte er erwartet, an diesem Ort so lange zu kämpfen – nur um festzustellen, daß sich der französische König *nicht* im Schloß Aville versteckte.

Während er vor dem Herd stand, einen Kelch edlen Claret in der Hand, ließ seine innere Anspannung ein wenig nach. Da betrat Robert of Oxford die Halle. »Die Comtesse wartet draußen.«

Die Comtesse, dachte der König wütend. Wie alle Plantagenets neigte er zu wildem Zorn. Er war ein kriegerischer König, der seine Macht mit eisernen Händen festhielt. Wie er aus Erfahrung wußte, blieb ihm nichts anderes übrig, wenn er die Krone bewahren wollte. Sein Großvater war Edward I. gewesen, der ruhmreiche ›Hammer der Schotten‹. Und sein Vater, der unglückliche Edward II. — ein Schwächling, mit bösen Mächten im Bunde — hatte Schottland an Robert the Bruce verloren. Schließlich war er der Tücke seiner Königin und ihres Liebhabers zum Opfer gefallen, festgenommen und gezwungen worden, zugunsten seines Sohnes abzudanken, und letzten Endes hatte man ihn ermordet.

Mit fünfzehn zum englischen König gekrönt, wurde Edward vor dem Liebhaber seiner Mutter gewarnt, Roger Mortimer, dem Earl of March, der selbst den Thron besteigen wollte. Doch die Aristokraten wehrten sich ebenso gegen Roger wie das Volk.

Nach Edwards achtzehntem Geburtstag wurde Mortimer auf dem Richtplatz Tyburn gehängt. Da hatte der junge Mann längst erkannt, daß er sich als starker König bewähren mußte. Im selben Jahr wurde sein erster Sohn geboren, Edward of Woodstock, und er schwor sich, eine mächtige Monarchie aufzubauen. Glücklicherweise stand ihm eine gute Königin zur Seite, Philippa of Hainault — keine Schönheit, aber warmherzig und klug und beim Volk beliebt.

Doch seine edlen Absichten oder die Liebe zu seiner Frau konnten sein hitziges Plantagenet-Blut nicht zähmen. Und an diesem Abend zeigte er das Temperament, das zu den Leoparden in seinem Wappen paßte.

Fast dreihundert Jahre waren seit der Eroberung Englands verstrichen, beinahe zweihundert, seit Henry II. und Eleanor der englischen Monarchie ihre französischen Ländereien hinzugefügt hatten. Gewiß, zu Beginn des dreizehnten Jahrhunderts hatte der König von England einen Großteil der königlichen englischen Stellungen und seines Ansehens verloren. Aber einige Gebiete waren in englischer Hand geblieben. Seit langer Zeit nannten sich die englischen Könige auch Könige von Frankreich. Dazu durfte sich vor allem Edward berechtigt fühlen, denn seine Mutter, Isabelle, die ›Wölfin von Frankreich‹, war die Tochter Philip des Schönen gewesen. Drei ihrer Brüder hatten die französische Krone erobert, alle drei waren kinderlos gestorben. Vom Pariser Parlament wurden die Ansprüche der weiblichen Linie nicht anerkannt, und die Krone ging an Philip von Valois, einem Vetter der drei verstorbenen Kapetinger, und schließlich an Edward. Dieser argumentierte, die Frauen könnten vielleicht keine Ansprüche geltend machen, aber er sei ein Mann und stamme in direkter Linie von Philip dem Schönen ab.

Wie er sehr wohl wußte, verfügte er nicht über die erforderlichen Streitkräfte, um den französischen Thron zu erringen. Aber nun hatte es Philip VI. auf das Herzogtum Acquitaine abgesehen, dem vielleicht wichtigsten englischen Besitz auf französischem Boden. Außerdem drohte er, das Problem von Acquitaine könne nicht gelöst werden, solange Edward den Schotten ihre Rechte verweigere. Verdammt wollte Edward sein, wenn er sich von einem Franzosen vielleicht vorschreiben ließe, wie er die Schotten behandeln müßte!

Um sich mit seinem französischen Vetter auseinanderzusetzen, war er hierhergekommen — und hatte statt dessen gegen eine Frau gekämpft.

»Führt sie herein!« befahl er Robert.

Als Lenore auf Edward zuging, erwartete er, sie würde um Gnade flehen. Doch sie blieb hoch aufgerichtet vor ihm stehen. Schwarz wie die Nacht, fiel ihr langes Haar auf den Rücken hinab. Ihr purpurrotes Kleid war am Hals, an den Ärmeln und am Saum mit Pelz besetzt. In den smaragdgrünen Augen lag keine Reue — und gewiß keine Bitte. Zarter Rosenduft schien sie zu umschweben. Vielleicht war es ihr Parfüm, das seine plötzliche Begierde entfachte — oder der Anblick ihrer vollen Brüste, die sich sichtbar hoben und senkten — das einzige Zeichen ihrer Erregung. Hingerissen betrachtete er ihr ebenmäßiges Gesicht. Wenn ich ihre Wangen berührte, dachte er, würden sie sich wie Seide anfühlen.

Verächtlich und herausfordernd starrte sie ihn an. Glaubte sie, sein edles Blut würde sie schützen? Verdammt, da täuschte sie sich. Wütend über das Verlangen, das sie geweckt hatte, trat er näher zu ihr. »Hexe!« schrie er und schlug sie so heftig ins Gesicht, daß sie auf ein Knie sank.

Sofort sprang sie auf. Aus ihren Augen schienen Funken zu sprühen. »Hier seid Ihr kein König! Edward, der große Krieger, der gegen Kinder kämpft, die Ernte niederbrennt, das Vieh schlachtet! Nehmt Euch, was Ihr wollt! Aber hier wird sich niemand vor Euch beugen oder um Gnade winseln!«

Und dann stürzte sie sich auf ihn und versuchte, sein Gesicht zu zerkratzen. Verblüfft über den tollkühnen Angriff, hob er gerade noch rechtzeitig einen Arm, um sich zu verteidigen. Trotzdem fielen sie beide auf den Holzboden vor dem Herd. Im winzigen Messer, das sie aus ihrer Tasche zog, spiegelte sich der Feuerschein, und damit besiegelte sie ihr Schicksal. Er packte ihr Handgelenk, entriß ihr die Waffe und schleuderte sie in eine Ecke. Blitzschnell zerfetzte er ihr schönes purpurrotes Kleid, und der Haß in ihren grünen Augen entflammte ihn genauso wie das warme Fleisch ihrer nackten Brüste.

Als sie ihre Niederlage erkannte, schrie sie gellend auf und trommelte mit beiden Fäusten gegen seine Schultern. Verbissen wehrte sie sich, bis ihre Kräfte erlahmten. Ohne ihre Jungfräulichkeit zu beachten, nahm er sie, in wilder, zorniger Leidenschaft. Erst später ging er etwas sanfter mit ihr um, fasziniert von ihrer Vollkommenheit, ihrem süßen Duft, ihrer weichen Haut.

Danach drehte sie sich zur Seite, um ihre Tränen zu verbergen. Scham und Reue erfüllten sein Herz — Gefühle, die ihn erneut in Wut brachten. »Wenn du jetzt um Gnade bittest, werde ich dir das Leben schenken.«

»Hier wird sich niemand unterwerfen«, flüsterte sie, »oder um Gnade flehen.«

Er dachte an Philippa, die Söhne, die sie ihm geschenkt hatte und die sein Königreich stärken würden. Wie oft hatte sie ihn ins Feldlager begleitet, um ihn während seiner Schlachten beizustehen . . . Aber an diesem Abend war sie nicht bei ihm. Und er pflegte sich stets zu nehmen, was er wollte. »Vielleicht wirst du irgendwann um Gnade bitten.« Er hob Lenore hoch, und sie wehrte sich nicht. Längst war ihr Widerstand gebrochen, und er trug sie ins herrschaftliche Schlafgemach. Die ganze Nacht blieb er bei ihr, liebte sie voller Glut und zärtlich zugleich. Doch sie ergab sich nicht. Und sie flehte nicht um Gnade.

Am nächsten Morgen verließ er sie, um neue Kämpfe auszufechten, und gab die Festung in Roberts Obhut.

Philip VI. von Frankreich versprach, ihn auf dem Schlachtfeld zu treffen, und Edward erwartete ihn ungeduldig. Aber dann erfuhr er, Philip habe sich hastig nach Paris zurückgezogen. Edwards Berater empfahl ihm, sein Heer nach Hainault zu führen und dort zu überwintern. Damit war er einverstanden. Während er in der Halle von Aville seine Reisevorbereitungen traf, ließ er Robert rufen und befahl ihm, Lenore zu holen.

Seit seiner Rückkehr in die Festung hatte Edward jede Nacht mit ihr verbracht, ihre Jugend und Schönheit genossen, ihren Stolz. Offenbar war sie tatsächlich eine Hexe, denn sie hatte ihn vollends verzaubert.

Ohne von dem Dokument aufzublicken, das er unterzeichnen und versiegeln wollte, erklärte er: »Man wird dich nach England bringen, Lenore. Von dort aus wird man mit deinem Verwandten, dem König von Frankreich, über deine Freilassung verhandeln.«

»Das ist meine Festung, du kannst sie nicht behalten. Und du darfst mich auch nicht nach England bringen.« Erbost trat sie an den Tisch, und er hob lächelnd den Kopf.

»Bittest du jetzt um Gnade?«

»Hätte das einen Sinn?«

»Nein. Man wird dich im Tower von London einsperren.«

In der letzten Nacht auf Aville betrat er das Schlafzimmer und sah sie vor dem Herdfeuer sitzen, frisch gebadet und nackt, nur in weichen Pelz gehüllt. Eine weiße Schulter schimmerte im Flammenschein. Schweigend nahm sie seine Leidenschaft hin. Dann bat sie leise: »Laß mich gehen!«

»Das kann ich nicht.«

Im Morgengrauen betrachtete er seine schlafende Geliebte und wußte, was ihn verzauberte. Sie hatte sein Herz besiegt, was noch keinem anderen Menschen gelungen war. Aber er mußte die Pflichten eines Königs erfüllen, und so ritt er davon.

In diesem Winter verbündete sich Edward III. mit den Flamen, die ihm Treue schwören wollten, wenn er das Wappen Frankreichs übernahm. Also teilte er seine Leoparden mit dem französischen Fleur-de-lis, was Philip erzürnte. Der französische König ließ verlauten, er ärgere sich nicht, weil sein Vetter Edward das Wappen Frankreichs trage, sondern weil es gleichberechtigt neben den Leoparden stehe, als wäre die englische Insel so grandios wie die französische Nation.

Nachdem Edward an seinen heimischen Hof zurückgekehrt war, gebar ihm Philippa einen weiteren Sohn, den er John nannte. Wenig später machte ihm Robert of Oxford seine Aufwartung. Edwards Atem stockte, denn er hatte seinen treuen Freund zu Lenore nach London geschickt.

Zunächst gratulierte Robert dem König zur Geburt seines Sohnes. Dann fuhr er fort: »Gewiß bin ich der einzige, der den Zustand der Comtesse d'Aville kennt. Aber Euer Interesse an der Lady ist niemandem entgangen. Da die Königin soeben von einem schönen, gesunden Knaben entbunden wurde, könnte ihr die Neuigkeit von einem königlichen Bastard mißfallen. Auch an die Lady sollten wir denken. Wie ich Euch gestehen muß, bedeutet sie mir sehr viel, Sire.«

Eine Zeitlang starrte der König seinen Ritter wortlos an. Allein schon der Gedanke an die junge Frau erhitzte sein Blut. Und trotz der Umstände empfand er eine geradezu lächerliche Freude, weil sie ihm ein Kind schenken würde. Er lehnte sich in seinem Sessel zurück. »Natürlich muß die Comtesse d'Aville sofort verheiratet werden.«

»Mit einem guten, diskreten Lord — ich flehe Euch an!«

Edward lächelte. »Mit dem gütigsten, diskretesten Mann, den ich kenne. Bald werde ich wieder Krieg gegen meinen lieben Vetter Philip führen, diesmal auf hoher See, und ich werde Euch brauchen, alter Freund. Aber vorher wollen wir die Angelegenheit regeln. Noch in dieser Woche wird Lenore verheiratet.«

»Mit wem?«

»Mit Euch, mein Freund. Neulich starb der Count of Gariston, ohne Erben zu hinterlassen. Also kann ich Euch seine Ländereien und Titel übertragen. Das Schloß ist sehr schön.«

»Besten Dank, Sire. Aber für eine so junge Braut bin ich mit meinen über sechzig Jahren zu alt.«

»Viele noch ältere Männer haben jüngere Frauen geheiratet.« Insgeheim hoffte Edward, die schwarzhaarige Schönheit würde in den Armen ihres betagten Gemahls an *ihn* denken.

Zwei Tage später wurde Lenore durch eine Ferntrauung mit Robert of Oxford vermählt, ohne ihr Wissen und ihre Zustimmung. Im Tower erfuhr sie nur, der König habe sie mit einem englischen Baron verheiratet. Als Robert verlegen und unbehaglich zu ihr kam, fragte sie beklommen: »Was hat er mir jetzt schon wieder angetan?«

Er räusperte sich. »Nun, er hat Euch mit mir vermählt.« Sobald er die Tränen in ihren Augen sah, kniete er bestürzt nieder und ergriff ihre Hand. »Teuerste Lady, ich bedaure zutiefst, daß Ihr nun an einen alten

Krieger gebunden seid. Aber glaubt mir, ich liebe Euch von ganzem Herzen, und ich will Euer Vater oder Ehemann sein — was immer Ihr wollt.«

»O Robert«, erwiderte sie und strich über sein silbergraues Haar, »ich weine nur um das Land, das ich nie wiedersehen werde, um die Menschen, die ich liebe, die alten Mauern, meine heimische Festung. Und seid versichert, von allen Männern in Edwards Königreich hätte ich keinen lieber geheiratet als Euch.«

Da erhob er sich von den Knien. »Bevor das Kind geboren wird, bringe ich Euch von hier weg. Dieses Baby werde ich lieben und beschützen wie mein eigenes Fleisch und Blut. Sobald ich Euch in meinem Schloß einquartiert habe, muß ich wieder an die Seite des Königs eilen und neue Schlachten mit ihm bestehen.«

»Zeit seines Lebens wird er kämpfen.«

»Haßt ihn nicht so sehr. Was er Euch angetan hat, will ich wiedergutmachen.«

»Ich hasse ihn nicht«, wisperte sie.

Während er in ihre schönen Augen schaute, erkannte er, daß sie dem König glich und unentwegt für ihre Rechte kämpfen würde. Aber wenn sie Edward auch trotzte — sie liebte ihn, und er erwiderte ihre Gefühle. »Was immer in meiner Macht steht, werde ich tun …«

»Lieber Robert, nein, *ich* werde mich bemühen, Euch zu beglücken. Den einzigen Wunsch, den ich hege, könnt Ihr nicht erfüllen …«

»Und der wäre?«

»Ich will nach Hause zurückkehren, nach Aville.«

»Wie Ihr wißt, diene ich dem König. Wenn sein Feldzug erfolgreich verläuft, wird er mir vielleicht gestatten, Euch heimzubringen.«

»Ja, vielleicht«, stimmte sie lächelnd zu.

Edward bereitete die Schlacht gegen die französische Flotte vor. Als sich die feindlichen Schiffe zu bewegen begannen, entschloß er sich zum Angriff. Die Engländer mußten sich mit plumpen Handelsschiffen begnügen, während die Franzosen wendige Kriegsschiffe besaßen. Mit allen erdenklichen Waffen bekämpften sie einander — mit Pfeilen und Schwertern. Sogar Steine wurden von Schiff zu Schiff geschleudert.

Tapfer und unerschrocken stürzte sich Robert of Oxford in die anfänglichen Gefechte. Abends kam ein Bote zu ihm, während die Engländer ihren ersten Sieg feierten. Der Count war Vater eines gesunden Mädchens geworden, und seine Countess ließ ihn bitten, gut auf sich aufzupassen und wohlbehalten heimzukehren. Bei dieser Nachricht erfaßte ihn ein heißes Glücksgefühl. Jahrelang hatte er allein gelebt, und nun durfte er für eine Familie sorgen.

Am nächsten Nachmittag standen die Engländer vor einem weiteren Sieg. Um dem Untergang zu entrinnen, ergriff ein französisches Schiff die Flucht und beschoß den Feind mit unzähligen Pfeilen.

Einer dieser Pfeile bohrte sich in Roberts Brust. Immer noch führten seine Männer die Befehle ihres Kommandanten aus und verfolgten das Schiff. Nachdem sie es geentert und gekapert hatten, rief Robert einen Arzt zu sich, der ihn untersuchte. Aber der bekümmerte Mann mußte ihm nicht mitteilen, was er bereits wußte — die Wunde war tödlich.

»Bringt den König zu mir«, beauftragte er seine Männer. Er empfand keine Schmerzen, nur die kalte Lähmung des nahen Endes.

»Holt einen Priester!« rief sein stellvertretender Kommandant. »Und man muß den König finden, um Himmels willen!«

Die Augen voller Tränen, betreuten die Männer ihren sterbenden Befehlshaber. Ein Priester erteilte ihm die Letzte Ölung. Mit verschleierten Augen sah Robert den goldblonden Kopf seines Königs. »Wie soll ich ohne Euch zurechtkommen, alter Freund?« klagte Edward.

»Erfüllt mir einen letzten Wunsch!« flehte Robert. Er konnte nur mehr flüstern, und der König neigte sich zu ihm hinab, um ihn besser zu verstehen. »Gebt Lenore frei — erlaubt ihr, mit dem Baby nach Aville zurückzukehren. Darum bitte ich Euch, bevor ich vor meinen Schöpfer trete, Edward.« Mit letzter Kraft richtete er sich auf und umklammerte die Hand des Königs. »Beschützt das Kind — übernehmt die Patenschaft ...« Erschöpft sank er auf sein Lager zurück.

»Bitte, Ihr dürft Euch nicht überanstrengen.«

»Gebt mir Euer Wort ...«

»Aye, ich will tun, was Ihr verlangt!« stieß der König heiser hervor. »Und nun bekämpft die Schatten des Todes, Robert, so wie Ihr stets gegen meine Feinde gefochten habt. Mein guter alter Freund, wehrt Euch ...«

Aber Robert schloß müde die Augen und hauchte sein Leben aus.

»Sire, sollen wir Lord Robert zu seiner Frau nach London schicken?«

Verwirrt wandte sich der König zu Adrien, der ihm diese Frage stellte. So oft hatte der Junge an Roberts Seite gekämpft, seine Geduld, seine Weisheit und Loyalität bewundert. Jetzt erinnerte er den König an seine Pflicht.

»Aye«, stimmte Edward erschüttert zu.

»Sire, wenn Lady Lenore nach Aville zurückkehrt — sollen wir eine Eskorte für sie bereitstellen?«

Der König musterte den hochgewachsenen Jungen und las in den goldbraunen Augen eine Klugheit, die weit über seine elf Jahre hinausging. Natürlich erwartete er von seinem König, er würde das Versprechen halten. Und das muß ich tun, dachte Edward, um die Treue dieses bemerkenswerten Schotten zu verdienen. »Ja, gewiß. Aber zuvor will ich Roberts Kind sehen und Patenschaft übernehmen, so wie ich's gelobt habe. Dann mag Lady Lenore nach Aville reisen. Mit der Hilfe meiner Berater wird es ihr sicher gelingen, die Festung zu halten.«

In einer alten Kathedrale an der Küste wurde das Baby getauft. Lenore stand zwischen dem König und der Taufpatin, Jeanette d'Este, der französischen Witwe eines englischen Ritters, die sie nach Aville begleiten sollte. So wie es sich für ein königliches Patenkind geziemte, fand eine feierliche, pompöse Zeremonie statt. Edward hielt seine kleine Tochter im Arm, betrachtete ihr rabenschwarzes Haar, die rosigen Wangen, die seidige Haut. Mit ernsten smaragdgrünen Augen starrte sie ihn an, fast herausfordernd.

Die letzte Nacht vor ihrer Abreise verbrachte Lenore in Lord Huntingtons Haus in Dover. Edward hatte beschlossen, sie nicht wiederzusehen. Aber die Sehnsucht war stärker als seine Willenskraft. Am späten Abend schickte er einen Diener zu Lenore und ließ sie in einen anderen Gästetrakt des Herrschaftshauses bitten.

Er erwartete sie in einem Schlafgemach, wo er an einem Tisch saß, vor dem knisternden Kaminfeuer. Angstvoll blieb sie in der Mitte de Raumes stehen. »Du hast meinem Mann versprochen, ich dürfte nach Hause zurückkehren. Willst du dein Wort brechen?«

»Keineswegs«, seufzte er und stand auf.

»Aber — warum ...«

»Ich ließ dich rufen, weil ich dich noch einmal sehen — und deine Stimme hören wollte.«

»Dafür danke ich dir — denn ich fand noch keine Gelegenheit, dir zur Geburt deines Sohnes zu gratulieren.«

»Erspar mir deine Ironie.«

Nach einer kurzen Pause fragte sie: »Läßt du mich gehen?«

»Zu meinen Bedingungen.«

»Und die wären?«

»Wenn dir etwas zustößt, muß das Kind in meine Obhut gegeben werden.«

»Wieso?« flüsterte sie.

»Weil das kleine Mädchen meine Tochter ist.«

»Zweifellos ist sie deine Tochter — aber nicht von Rechts wegen.«

»Du wirst mir vielleicht nicht glauben, aber ich habe ihre Mutter geliebt.«

In ihren Augen glänzten Tränen. »Wenn ich dir dieses Versprechen nicht gebe — darf ich trotzdem abreisen?«

»Morgen früh, falls das Wetter eine sichere Überfahrt gestattet.«

»Gut, dann will ich deinen Wunsch erfüllen.«

Plötzlich stand er vor ihr — so nahe, daß viel zu lebhafte Erinnerungen auf sie einstürmten. »Morgen früh darfst du gehen, das schwöre ich. Aber — bei Gott, wahrscheinlich werden wir uns nie wiedersehen ...« In seiner Stimme schwang verhaltene Leidenschaft mit.

Für einen kurzen Moment schloß sie die Augen. Mühsam rang sie nach Atem. »Ein letztes Mal ...«

Überwältigt nahm er sie in die Arme. »Wenn du mich nicht so hassen würdest ...«

»Könnte ich dich doch hassen ...«, wisperte sie, und ein heißer Kuß verschloß ihr die Lippen.

Am Morgen wehte ein frischer Wind, und der König hielt sein Wort — Lenore war frei. Das Kind im Arm, stand sie auf einer hohen Klippe und betrachtete die englische Landschaft. Nie wieder werde ich zurückkehren, dachte sie, und ein kalter Schauer rann über ihren Rücken. Auch den König würde sie nie mehr sehen. Aber eines Tages würde ihre Tochter hierherkommen. Das wußte sie.

»Darf ich Euch helfen, Mylady?« Sie wandte sich zu Adrien, dem schottischen Jungen mit den schönen goldbraunen Augen, der so tief um Robert getrauert hatte. »Euer Schiff ist bereit.«

»Aye, Adrien, danke. Würdest du das Baby nehmen?« Ein steiler Weg führte zur Küste hinab, und sie fürchtete den Halt zu verlieren, wenn sie ihre Tochter nach unten trug.

»Gewiß, Mylady.« Als sie ihm das Baby übergab, begann es zu schreien.

»Kommst du zurecht?« fragte sie lächelnd.

»Aye!« erwiderte er leicht indigniert.

Bevor sie an Bord des Schiffs ging, legte er das kleine Mädchen wieder in ihre Arme. »Was für ein Temperament ...«

»Ja, leider.«

»Offensichtlich gerät sie nicht nach ihrem Vater.«

Lenore senkte den Blick. Vermutlich würde ihre Tochter dem richtigen Vater gleichen. »Das kann man jetzt noch nicht sagen. Sie ist noch zu klein.«

»Sicher habt Ihr den Vater des Babys sehr geliebt, Mylady.«

»Allerdings«, stimmte sie zu. Sie hatte Robert geliebt. Und sie haßte sich selbst, weil sie auch den König liebte. Dies zählte zu den Gründen, warum sie ihre Abreise so ungeduldig herbeisehnte.

Zum Abschied küßte sie Adriens Wange. Sie wußte, daß seine Strategie zum Fall Avilles geführt hatte. Doch das nahm sie ihm nicht übel. Edward wäre ohnehin niemals bereit gewesen, das Feld zu räumen, und eine längere Belagerung hätte zahlreiche Menschenleben gekostet. Errötend verneigte sich der Junge. »Gott mit Euch, Mylady.«

»Und mit dir, Laird MacLachlan! Bis wir uns wiedersehen.« Aber sie spürte, daß sie einander nicht mehr begegnen würden. Und trotzdem gewann sie den seltsamen Eindruck, Adrien MacLachlan würde zu ihrem Leben gehören — seit dem Verlust ihrer Festung.

2

Danielle vergötterte ihre Mutter, die Aville mit sanfter, aber fester Hand regierte. Im Schloß wurden englische Gäste ebenso gastfreundlich aufgenommen wie französische, und Lenore litt jedesmal, wenn neue Feindseligkeiten zwischen den beiden Ländern ausbrachen.

Glücklicherweise wurde Aville im Lauf der Jahre niemals in die Kämpfe hineingezogen. Viele Gäste, die das Schloß besuchten, umwarben die schöne Herrin, darunter Roger, Comte de LacLupin. Diesen charmanten Mann mochte Danielle sehr gern. Jedesmal, wenn er in die Festung kam, brachte er ihr Geschenke mit. Eines Abends schlich sie ins Schlafzimmer ihrer Mutter, kroch zu ihr ins Bett und fragte: »Warum heiratest du Roger nicht?«

»Weil er nicht um meine Hand angehalten hat.«

»Und wenn er dir einen Antrag macht? Was wirst du dann tun?«

»Das weiß ich nicht«, erwiderte Lenore zögernd.

»Wieso nicht?«

»Eigentlich widerstrebt es mir, noch einmal zu heiraten. Aus mehreren Gründen, die du wohl kaum begreifen würdest.«

Doch, dachte Danielle. Dr. Coutin, ein Arzt, behauptete immer wieder, für ein Kind besitze sie einen unglaublichen Verstand. Vor vielen Jahren hatte er an der berühmten Universität von Bologna studiert. Jetzt bewohnte er ein Haus in Aville und gab ihr Unterricht. »Aber du mußt dem König von Frankreich gehorchen und Roger heiraten, nicht wahr, Mutter?«

»In erster Linie bin ich dem englischen König verpflichtet, mein Liebes. Er hat diese Festung erobert. Nur mit seiner Erlaubnis halte ich hier die Stellung. Seinerseits schuldet er auf diesen Ländereien meinem Vetter Philip die Treue. Aber da er sich ebenfalls König von Frankreich nennt und in diesem Gebiet die militärische Macht besitzt, liegt unsere Zukunft in seinen Händen. Außerdem ist er dein Pate. Dein Vater hat ihm gedient. Und er kann uns jederzeit Befehle erteilen.«

»Darf er dich zu etwas zwingen, das du nicht willst, Mutter? Dagegen mußt du dich wehren!«

Lachend zerzauste Lenore das Haar ihrer Tochter. »Glaub mir, ein König ist zu allem berechtigt.«

»Hast du nicht stets betont, man solle sich niemals unterwerfen und um Gnade bitten?«

»Manchmal verlieren wir Kämpfe, ohne uns zu ergeben, und die Gnade wird uns zuteil, obwohl wir nicht darum bitten. Die Männer werden stets tun, was sie beschlossen haben. Meistens können wir nur unseren Verstand einsetzen, um uns dagegen aufzulehnen, und das ist zu wenig.«

»Hat mein Vater dich zu Dingen gezwungen, die du nicht wolltest?«

Wieder zögerte Lenore, bevor sie antwortete: »Robert of Oxford war ein wunderbarer, gütiger Ritter.«

»Hast du ihn sehr geliebt?«

»Gewiß, ich liebte ihn.« Plötzlich war Lenores Kehle wie zugeschnürt. »Und jetzt hast du genug Fragen gestellt, Danni. Geh wieder in dein Bett.« Sie küßte die Stirn ihres Kindes. »Ruf Monteine, sie wird sich um dich kümmern.«

Monteine — die jüngste Tochter eines Ritters, der im Kampf gegen die Engländer gefallen war — hatte Danielle erzählt, die Feinde seien über viele Städte in Frankreich hergefallen. Deshalb haßte sie die Engländer.

Das verstand Danielle nur zu gut. Und nun schien der englische König — der sich einbildete, Aville würde ihm Treue schulden! — ihre Mutter daran zu hindern Roger zu heiraten. Sicher ist er ein Ungeheuer, dachte Danielle, und sie verabscheute ihn. Er war wütend gewesen, weil ihre Mutter die Festung gegen ihn verteidigt hatte. Dann entführte er sie nach England. Doch das spielte keine Rolle, denn Robert of Oxford, ihr Begleiter und Beschützer, verliebte sich in sie, und sie erwiderte seine Gefühle. Wenigstens *er* war ein guter, anständiger Engländer gewesen. Also muß es auch noch ein paar andere geben, entschied Danielle widerwillig.

Unglücklicherweise hatte ihr Vater kurz nach ihrer Geburt bei einer Schlacht gegen die Franzosen den Tod gefunden. Die Mutter schien immer noch um ihn zu trauern. Ständig ließ sie Messen für sein Seelenheil lesen. Voller Stolz ehrte Danielle sein Andenken, weil er einer der tapfersten, edelsten Rittern gewesen war

— trotz seiner Herkunft. Er hatte ihr große Ländereien in England hinterlassen. Dort galt sie als Countess mit ihren eigenen Rechten, so wie ihre Mutter als Comtesse von Aville. Ein großartiger Mann, daran zweifelte sie nicht, und es erfüllte sie mit Genugtuung, daß alle Haushaltsmitglieder diese Ansicht vertraten, die Franzosen ebenso wie die Engländer.

Wenn sie die Beherrschung zu verlieren drohte, was viel zu oft geschah, dachte sie an Robert of Oxford, der stets ruhig und gefaßt geblieben war. Man hatte ihr erzählt, er sei sehr gebildet gewesen. Um ihm nachzueifern, arbeitete sie fleißig mit ihren Lehrern, die ihr Latein, Spanisch, Französisch, Flämisch und Englisch beibrachten. Dr. Coutin erklärte ihr die Theorien des Hippokrates und anderer berühmter Männer, die Geschichte der Medizin und der Philosophie. Von ihrer Mutter erfuhr sie, wie man die verschiedenen Heilkräuter verwendete. Außerdem lernte sie reiten. An ihrem zehnten Geburtstag entschied sie, nun sei sie zu groß für ein Pony, und bekam von ihrem Onkel Philip, dem französischen König, eine schöne Stute.

Mit Glanz und Gloria und einem riesigen Gefolge traf er auf Aville ein. Monteine steckte Danielle in ein kostbares seidenes Unterkleid und eine elfenbeinweiße Tunika mit Pelzbesatz. Dann wurde ihr Haar mit Blumen geschmückt. Als sie die Halle betrat, erwiderte sie das freundliche Lächeln des Valois-Königs. »Ah, meine Kusine, dieses Kind wird Eure Schönheit eines Tages übertrumpfen«, meinte er.

»In der Tat«, bestätigte Lenore mit sanfter Stimme. »*Merci*, Sire.«

Philip strich über Danielles Kopf. »Wann immer du meine Hilfe brauchst, kleine Nichte, mußt du dich an mich wenden.« Ausnahmsweise stumm vor Ehrfurcht, nickte sie nur. »Ich habe dir etwas mitgebracht — eine Stute namens Stern, die draußen wartet. Gewiß werdet ihr euch gut vertragen.«

Freudestrahlend rannte sie in den Hof, begrüßte eine schöne rostbraune Stute mit einem weißen Stern auf der Stirn und streichelte die Nüstern. Monteine folgte ihr und forderte sie auf, dem König zu danken. Nur ungern trennte sich Danielle von ihrem neuen Pferd und kehrte in die Halle zurück, wo ihre Mutter und der König ein ernsthaftes Gespräch führten. Lenore wanderte unbehaglich umher.

»Alle Verträge bricht er!« rief Philip erbost. »Schon wieder rüstet er zum Krieg gegen mich, und er behauptet, er sei der König Frankreichs! Aber er wird Paris niemals erobern. Das schwöre ich. Bis zu den fernsten Grenzen seines Reiches werde ich ihn zurückscheuchen. Würdet Ihr Roger doch heiraten — oder mir gestatten, das Kind mit einem vornehmen Franzosen zu vermählen, der ein starker Verbündeter im Gefecht gegen meinen elenden Plantagenet-Vetter wäre!«

»Einmal versuchte ich ihn zu bekämpfen — und gewann Euch etwas Zeit«, erinnerte sie ihn.

»Ich bin der König von Frankreich!« schrie er. »Und Euer Verwandter. Also kann ich Eure Heirat erzwingen — oder die Vermählung Eurer Tochter!«

»Wenn Ihr Eure Stimme nicht senkt, wird der Krieg hier und jetzt ausbrechen. In dieser Festung wohnen Edwards treue Anhänger, Gascogner und Engländer. In diesen Mauern würdet Ihr jeden Kampf verlieren.«

»Da bin ich mir nicht so sicher. Vor dem Tor steht mein Heer.«

»Bitte, Philip«, seufzte Lenore, »Ihr bringt mich in eine schreckliche Lage. Laßt mich darüber nachdenken.«

»Ich muß jetzt gehen. Aber ich komme zurück, bevor er einen Angriff wagt. Lenore, Eure Tochter sollte längst verlobt sein. Warum zögert Ihr?«

»Weil ich den richtigen Mann noch nicht gefunden habe — jemanden, der mir, dem Allmächtigen und zwei verfeindeten Königen gefällt.«

»Bald wird Euch einer von uns beiden die Entscheidung aus der Hand nehmen«, warnte er sie leise.

»Philip, ich flehe Euch an ...«

»Heute will ich Euch nicht länger bedrängen.« Danielle stand immer noch neben der Tür, als er Lenores Wange küßte. »Da Ihr um meinetwillen gegen den tükkischen Bastard gekämpft habt, stehe ich in Eurer Schuld. Aber vergeßt nicht — ich bin der König von Frankreich.« Bevor er die Halle verließ, berührte er Danielles Wange.

»Vielen Dank für das Pferd.«

»Paß gut darauf auf, meine kleine Schönheit.« Dann eilte er in den Hof, stieg auf seinen Hengst und ritt zum Tor hinaus, von seinem Gefolge begleitet.

An diesem Abend kam Lenore nicht in Danielles Schlafzimmer, um ihr eine gute Nacht zu wünschen. Außerhalb der Festung war die Pest ausgebrochen, die einen Schmied, einen kleinen Jungen und eine alte Bäuerin dahingerafft hatte. Und in dieser Nacht drang die heimtückische Seuche ins Schloß ein. Danielle erwachte, als sie hastige Schritte und laute Stimmen hörte.

Erschrocken kroch sie aus dem Bett und rannte in Monteines Zimmer, das an ihres grenzte. Aber sie traf ihre Betreuerin nicht an. In wachsender Sorge suchte sie die Halle auf und beobachtete mehrere Dienstboten, die sich ins Schlafzimmer ihrer Mutter drängten. Sie spähte durch die Tür und sah Lenore leichenblaß im Bett liegen. Schreiend stürmte sie zu ihr.

»O Gott, das Kind!« rief irgend jemand.

Aber Danielle wehrte alle Hände ab, die sie zurückhalten wollten, und kletterte aufs Bett.

»Geh weg, Danielle!« befahl der Priester Giles, der Freund und Beichtvater ihrer Mutter. An seiner Seite stand Dr. Coutin.

»Mutter!« schrie Danielle.

Da öffnete Lenore ihre schönen Augen und schaute sie an. Sie versuchte Danielles Hand zu ergreifen, aber dafür fehlte ihr die Kraft.

»O Mutter!« klagte das Mädchen und umklammerte die schlaffen Finger.

»Mein Liebling ...«, flüsterte Lenore und senkte die Lider.

»Bitte, Lenore, du mußt dich schonen!« mahnte Jeanette d'Este.

Danielle wandte sich zu Dr. Coutin, der traurig den Kopf schüttelte. »Tut mir leid, wir können ihr nicht mehr helfen.«

»Sie stirbt«, erklärte der Geistliche leise.

»Nein!« Verzweifelt warf sich Danielle auf ihre Mutter und hielt sie fest, als könnte sie ihr neues Leben einhauchen.

»Der König ...«, wisperte Lenore. »Du mußt ihn ehren und ihm stets die Treue halten. Dann wird er für dich sorgen ... Hörst du mich, Danielle? Verstehst du mich?«

»Ja, Mutter, ja — aber ...«

»Ehre ihn — und schütze ihn ...«

»Was immer du willst, Mutter, ich gelobe es. Sprich nicht mehr. Du mußt dich ausruhen. Bitte, du darfst nicht sterben ...«

Abrupt verstummte sie. Irgend etwas hatte sich plötzlich verändert. Eben war der Körper ihrer Mutter noch glühend heiß gewesen. Und jetzt schien er zu erkalten.

»Komm, Danielle«, bat Vater Giles. »Monteine, führt Eure junge Herrin hinaus. Sonst steckt sie sich womöglich an.«

Schluchzend ergriff Monteine die Hand des Kindes.

»Nein, ich lasse sie nicht allein!« protestierte Danielle.

»Mein liebes Kind, sie ist bereits von uns gegangen«, erklärte der Priester.

Tränen strömten über ihre Wangen. Vergeblich versuchte sie, sich an ihre Mutter zu klammern. Monteine und Jeanette zerrten sie vom Bett und brachten sie in ihr Zimmer zurück, während Vater Giles den Dienstboten befahl, den Leichnam zu waschen.

Wie sollte sie den Schmerz ertragen? Sie weinte, bis ihre Tränen versiegten. Schließlich schlief sie erschöpft ein.

Am Morgen konnte sie nicht mehr trauern, denn das Fieber begann in ihrem Körper zu wüten. Reiche und Arme, Adelige und Bauern wurden von der Seuche befallen, und die Hälfte der Erkrankten starb. Manchmal kam Danielle zur Besinnung und erinnerte sich, daß sie ihre Mutter verloren hatte. Oder sie spürte die Nähe des Todes, der auch ihr drohte. Am sechsten Tag sank das Fieber. Sie war gerettet. Inzwischen hatte man Lenore d'Aville bestattet. Erst nach der Zeremonie war Vater Giles der Krankheit zum Opfer gefallen. Völlig geschwächt, verbrachte Danielle mehrere Tage im Bett und wünschte, sie wäre ihren Eltern in den Himmel gefolgt. Aber Jeanette betonte, es sei eine Sünde den Tod herbeizusehnen. Sie müsse den Willen Gottes hinnehmen und die Pflichten einer Comtesse erfüllen. Sei sie nicht immer vernünftig gewesen, viel klüger als andere Kinder ihres Alters? Doch Danielle wollte nicht vernünftig sein. Warum sollte sie den Willen des Allmächtigen hinnehmen, der ihr die Mutter geraubt hatte? Diese Gedanken behielt sie für sich, denn sie war viel zu verzweifelt, um mit Jeanette zu streiten.

Während die Wochen verstrichen, erholte sie sich allmählich. Immer mehr Tote wurden begraben. Schließlich war die Seuche überstanden.

Danielle hörte nur mit halbem Ohr zu, wenn die Leute in der Festung von neuen Kämpfen sprachen. Eines Morgens erwachte sie und beobachtete Monteine, die weinend mehrere Truhen packte. »Was hat das zu bedeuten?«

»Comtesse, der König hat uns zu sich gerufen.«

»Der König?« Bedrückt entsann sich Danielle, was sie ihrer Mutter versprochen hatte — den König zu ehren.

»Ja, König Edward. Da gibt es einige Dokumente«, erklärte Monteine seufzend. »Deine Mutter hat schriftlich festgehalten, was mit dir geschehen soll, wenn sie stirbt.«

»Warum müssen wir von hier fortgehen? Philip würde für mich sorgen ...«

»Nein, Danni, der König von England ist dein Pate, und deine Mutter wollte dich in seine Obhut geben. Wie du weißt, war dein Vater ein englischer Lord, den der König sehr geschätzt hat. Lady Jeanette und ich werden dich begleiten und dem englischen König dienen, selbst wenn er Frankreich wieder einmal angreift.«

Entschlossen schüttelte Danielle die Apathie ab, die sie wochenlang gelähmt hatte, sprang aus dem Bett und rannte zu Monteine. »O nein, wir werden dem Ruf des Königs nicht folgen ...«

»Sei doch vernünftig!« bat Monteine, kniete vor ihr nieder und nahm sie in die Arme. »Du mußt ihm gehorchen, weil er dein Pate und dein Vormund ist. In seinen Händen liegt deine Zukunft. Du darfst ihn nicht erzürnen. Sicher war es mein Fehler, daß ich dir anvertraut habe, was ich für die Engländer empfinde. Denk nicht mehr daran. Es ist deine Pflicht, den König zu ehren.«

»Niemals werde ich ihn ehren!« rief Danielle erbost.

»Pst!« Mahnend legte Monteine einen Finger auf die Lippen ihres kleinen Schützlings. »In dieser Festung leben viele seiner Anhänger. Sei bitte vorsichtig! Sonst schadest du uns beiden.«

»Aber Philip war erst vor kurzem hier!«

»Nur um seine Kusine zu besuchen, woran ihn die Engländer und Gascogner nicht hindern konnten. Wenn Edward auch der Herr von Aville ist, gehören diese Ländereien nach alter Tradition dem französischen König. Obwohl sich Edward König von Frankreich nennt, herrscht Philip in Paris. Nicht einmal ein Kriegerkönig wie Edward wird ganz Frankreich erobern. Niemals werden sich alle Franzosen dem Engländer unterwerfen.«

»Auch ich will mich diesem Monstrum nicht ergeben. Wir müssen fliehen ...«

»Und was sollen wir tun? Auf den Straßen verhungern? Verstehst du denn nicht? Edward greift Philip von neuem an. Sein Heer hat die französische Küste erreicht und beginnt, das Land wieder zu verwüsten.«

»Wenn er gegen Philip kämpft, ist es sicher besser, wenn wir den König von Frankreich aufsuchen.«

»Glaub mir, jetzt kann dir Philip nicht helfen. Er hat alle Hände voll zu tun, um Edward abzuwehren.«

Wütend beobachtete Danielle, wie Monteine die restlichen Sachen packte. Am liebsten hätte sie geweint. Aber nach der tiefen Trauer um ihre Mutter hatte sie keine Tränen mehr. Niemals werde ich mich Edward unterwerfen, gelobte sie sich. Am Totenbett ihrer Mutter hatte sie geschworen, einen anderen König zu ehren. Eines Tages würde sie ihr Wort halten und dem Haus Valois dienen — obwohl sie jetzt gezwungen wurde, dem englischen Ungeheuer zu gehorchen.

Seit Edward der Comtesse d'Aville die Freiheit geschenkt hatte, war er seiner unehelichen Tochter nicht mehr begegnet. Lenores Tod bekümmerte ihn zutiefst, und er ließ zahlreiche Messen für ihre Seele lesen, was niemanden verwunderte. Immerhin war sie die Witwe Robert of Oxfords gewesen, seines guten Freundes und Gefolgsmanns. Außerdem hatte er seine schöne, stolze Geliebte niemals vergessen, wenn das Leben auch weitergegangen war und Philippa sich als untadelige Königin erwies.

Trotzdem galt seine Aufmerksamkeit vor allem dem Heer, das er nach Frankreich geführt hatte.

Eines Tages saß er in der Halle des Schlosses, das er vor kurzem erobert hatte, und studierte eine Landkarte. Sein Haushofmeister trat ein und räusperte sich. Verärgert über die Störung, blickte der König auf — und sein Atem stockte. Beinahe hatte er vergessen, daß er die kleine Danielle erwartete. Nun starrte er das Kind an, das vor seinen beiden Begleiterinnen stand. Seine Hände begannen zu zittern. Vor langer Zeit hatte er geglaubt, dieses Mädchen würde Lenore d'Aville stets an den König von England erinnern, an die gemeinsamen Nächte, und ihr alle rebellischen Gedanken austreiben. Doch sie war zu früh gestorben, um ihm zu zeigen, ob er recht behalten würde.

Herausfordernd schauten ihn smaragdgrüne Augen an, die ein Gesicht von ebenmäßiger Schönheit beherrschten. Wie Rabenflügel schimmerten die Haare, die auf ihre Schultern fielen. Lady Jeanette drängte sie, auf den König zuzugehen und sich zu verneigen. Da schenkte Danielle ihr ein Lächeln, das einem Sonnenstrahl glich.

»Komm zu mir, mein Kind«, befahl der König.

Trotzig hob sie das Kinn und rührte sich nicht von der Stelle.

»Komm zu mir!« wiederholte er ungeduldig.

Nur zögernd trat sie einen Schritt näher.

In der Tat, dachte er, sie ist die Tochter ihrer Mutter. Abrupt stand er auf und wandte sich zu Danielle d'Avilles Begleiterinnen. »Diese junge Erbin wurde Euch anvertraut, Lady Jeanette, und Ihr habt Eure Pflicht sträflich vernachlässigt. Bei Gott, das Benehmen des Kindes ist unerträglich! Deshalb wird eine andere Dame Euren Posten übernehmen ...«

»Nein!« rief Danielle, lief zu ihm und sank auf sein Knie. »Sire, darf ich Euch in aller Demut begrüßen ...« Diese Worte hatte Jeanette ihr eingetrichtert. Doch der Ausdruck in den smaragdgrünen Augen wirkte keineswegs unterwürfig.

»Bitte, Ihr dürft meinen Damen nichts vorwerfen«, fügte sie hinzu und stand auf. »Ich wurde angemessen unterrichtet. Aber niemand, nicht einmal der englische König, kann dem Herzen eines anderen Menschen Befehle erteilen.«

Ungläubig starrte Edward seine uneheliche Tochter an. Also besaß das kleine Biest einen eigenen Willen, Stolz und Mut — und offensichtlich eine mitfühlende Seele. Wie auch immer, keines seiner Kinder, mochte es anerkannt werden oder nicht, durfte ihm trotzen. Mahnend hob er einen Finger. »Junge Lady, du bist mein Mündel. Von jetzt an wirst du lernen, die Anweisungen deines Vormunds und Königs zu befolgen. Das verstehst du doch?«

»Oh, ich verstehe sehr viel.« Furchtlos und anklagend erwiderte sie seinen Blick.

Bei Gott, ist Lenore vom Himmel herabgestiegen, um Rache an mir zu nehmen, fragte er sich. »Ich werde dich zwingen, mich zu ehren.«

Als sie nicht antwortete, trat Monteine vor und legte eine Hand auf ihre Schulter. »Bitte, Danni, du mußt den König um Gnade bitten — für uns alle!«

»Wenn er so ein großer König ist, wird er sich gnädig zeigen. Niemals werde ich um Gnade flehen.«

Mühsam bezwang Edward seinen Zorn. »Du wirst an meinem Hof leben, kleine Lady. Und wenn du mich ärgerst, lasse ich dich züchtigen.«

Ohne ihre Entrüstung zu verbergen, ballte sie die Hände. In diesem Augenblick kam Philippa herein, seine Frau, die ihm auf so viele Schlachtfelder gefolgt war. Sie schaute ihn an und hob die Brauen, als sie seinen Zorn bemerkte. Dann lächelte sie dem Mädchen zu. »Ah, Roberts Tochter! Endlich!« Was ihr Mann nicht gewagt hatte, fiel ihr leicht. Mütterlich nahm sie Danielle in die Arme. »Wie hübsch du bist! Deine Mutter muß eine Schönheit gewesen sein, denn du gleichst deinem lieben verstorbenen Vater kein bißchen. Fürchte dich nicht. Von nun an wirst du bei uns bleiben, bis du erwachsen bist und heiraten kannst.«

Während sie das Kind aus der Halle führte, dachte Edward: Letzten Endes hat Lenore mich doch noch besiegt. Dieses Mädchen wird mir die Hölle heiß machen. »Hinaus!« befahl er Danielles Damen, und beide ergriffen hastig die Flucht.

Eine Zeitlang wanderte er umher und versuchte, seine innere Anspannung zu bekämpfen. Er haßte Niederlagen — vor allem, wenn sie ihm von seinen eigenen Kindern bereitet wurden. »Kleine Hexe!« flüsterte er. »Bald wirst du lernen, dich zu unterwerfen.« Oder würde das kleine Biest mit den smaragdgrünen Augen ihn, den König, womöglich zwingen, um Gnade zu bitten? Nein, das würde er nicht dulden. Ein anderer Mann würde ihren Trotz besiegen ... Nun besaß er eine weitere Schachfigur im Spiel der Heiratspolitik.

Hm ... Er brauchte einen tapferen, willensstarken Ritter, dem er große Ländereien in England und Frankreich anvertrauen konnte. Mit dem Gariston-Gebiet und der schönen Festung Aville hatte Danielle sowohl strategisch als auch landwirtschaftlich wertvolle Positionen geerbt. Allein schon die Felder von Gariston würden ein ganzes Heer ernähren, und beide Landsitze vermochten nützliche Streitkräfte abzustellen.

Gewiß, sie ist erst zehn Jahre alt, überlegte Edward. Aber manche Mädchen werden schon am Tag ihrer Geburt verlobt. In ein paar Jahren ist sie heiratsfähig ... Er mußte ihren Bräutigam mit Sorgfalt auswählen — einen Mann, der eines königlichen Mündels würdig war, einen stählernen Willen besaß und die Bedeutung des Wortes ›Unterwerfung‹ nicht kannte.

3

25. August 1346, Crécy

»Der Prinz ist gestürzt! Mein Gott, Edward der Prinz von Wales ...«

Nur wenige Schritte von Edwards ältestem Sohn entfernt, hatte sein Freund Adrien gekämpft. Nun rannte er über das blutige Schlachtfeld zu ihm.

Nach einer problemlosen Fahrt über den Kanal waren die Engländer in St. Vaast la Hogue gelandet, achtzehn Meilen südöstlich von Cherbourg. Dort teilte sich das königliche Heer in drei Gruppen. Edward, der Prinz von Wales, den sein Vater bei der Landung zum Ritter geschlagen hatte, befehligte die Vorhut, der König die mittleren Truppen und der Earl of Northampton, ein erfahrener Krieger, die Nachhut.

Die drei Truppen verwüsteten und plünderten das Land und nahmen vornehme Gefangene fest, um sie gegen Lösegeld wieder freizulassen. In Caen, das die Engländer mühelos erobert hatten, schmiedete der König neue Pläne. Am 31. Juli 1346 marschierten sie weiter. Philip holte die ›Oriflamme‹, die majestätische Kriegsflagge Frankreichs, von ihrem Ehrenplatz in der Abtei Saint-Denis, trommelte seine Vasallen und Soldaten zusammen und erklärte, die Franzosen müßten ihr Land vor den räuberischen Engländern schützen. Zunächst hielt er die Stellung im gut verteidigen Rouen. Die Seine-Brücken wurden zerstört.

Nur der Fluß trennte die feindlichen Heere. Philip erreichte Paris, und die Engländer ritten nach Norden, wo Edward seine flämischen Verbündeten treffen wollte.

Auf ihrem mühevollen Marsch legten sie täglich sechzehn Meilen zurück, mitsamt den Wagen und dem schweren Rüstzeug. Trotz mehrerer Angriffe von Seiten französischer Patrioten behielten sie das hohe Tempo bei und näherten sich den Flamen, die sie schließlich am anderen Ufer der Somme erblickten.

Vom wachsenden französischen Heer bedrängt, suchte der König eine Möglichkeit, den Fluß zu überqueren und fand eine Stelle oberhalb der Mündung, wo das Wasser bei Ebbe verhältnismäßig seicht war. Am anderen Ufer schlugen sie den Feind zurück, der ihnen folgen wollte, und die Franzosen erlitten schwere Verluste.

Philips Heer zog sich zurück. Während die Engländer vergeblich auf einen weiteren Angriff warteten, verbrachte der französische König die Nacht zum 25. August in Abbeville.

Im Morgengrauen schauten sich die Engländer um. An Prinz Edwards Seite, lauschte Adrien den Anweisungen des Königs. Der Wald von Crécy würde der Nachhut Schutz bieten. Auf dem Hang, an den der Wald grenzte, sollten die drei englischen Divisionen Stellung beziehen. Das Dorf Wadicourt würde die linke Flanke des Heeres schützen. Ebenso wie die Ritter und Soldaten sollte auch die Kavallerie zu Fuß vorrücken.

Gegenüber den Franzosen und deren Verbündeten befanden sie sich in drastischer Unterzahl. Aber sie waren taktisch gut eingestellt und diszipliniert. An jenem Tag kämpften vielleicht zwölftausend Engländer, während das Heer unter Philip und seinen französischen Kommandanten auf sechzigtausend Mann geschätzt wurde.

Die Engländer wandten raffinierte Methoden an. Vor der Front wurde ein tiefer Graben ausgehoben. Diese Strategie hatten sie gelernt, als sie vom schottischen König Robert the Bruce bei Bannockburn vernichtend geschlagen worden waren. Von Pfeilen getroffen, sollten die ersten Angreifer in den Graben fallen. Sicher würden sie sich nicht von der Überraschung erholen, ehe der Nahkampf begann, bei dem die Engländer in gefährlicher Unterzahl fechten mußten.

Zunächst stürzten sich Philips vielgerühmte Genueser Armbrustschützen ins Getümmel. In diesem Augenblick begann es zu regnen. Die Reihen der erfahrenen Kämpfer gerieten durcheinander, sobald der Hagel ihrer Pfeile von den englischen Langbogenschützen erwidert wurde. Während die Genueser den Rückzug antraten, stürmten andere französische Truppen vor oder entluden ihre schwere Artillerie. Im allgemeinen Chaos erdrückten die Pferde der französischen Reiter die Schädel ihrer Verbündeten.

Aber einigen Streitkräften gelang der Durchbruch, und sie kämpften sich den Hang hinauf. Dort bewies Adrien seine beachtlichen Fechtkünste. Seine Rüstung, die aus einem der besten deutschen Zeughäuser stammte, war ihm im Auftrag des Königs angepaßt worden. An den Gelenken sorgten Kettenglieder und Leder für Bewegungsfreiheit. Stahlplatten schirmten lebenswichtige Körperteile gegen Angriffe ab.

An den Fehdehandschuhen dienten Stahlspitzen als Ersatzwaffen, falls er sein Schwert verlor. Der Helm schützte seinen Kopf, das Visier sein Gesicht. Dank seiner hervorragenden Ausbildung war er älteren, erfahreneren und stärker gebauten Kriegern ebenbürtig.

Immer wieder wurde er von neuen Feinden attakkiert, schwang sein Schwert und suchte die Schwachpunkte seiner Gegner. Mit einem machtvollen Streich streckte er einen Franzosen nieder, dessen Helm einem Eberkopf glich. Im nächsten Augenblick hörte er jemanden rufen, Prinz Edward sei gestürzt, und eilte zu seinem Freund. Sobald die feindlichen Ritter merkten, in welcher Gefahr der Thronfolger schwebte, stürmten sie heran. Seine Fahnenträger halfen ihm auf die Beine, und Adrien wehrte die Angreifer ab. Was ihm an Körperkraft fehlte, glich er durch seine Behendigkeit und blitzschnelle Fechthiebe aus. Auf ein Knie gestützt, wehrte er den Streich eines Reiters ab, sprang ihn an, stach seine Waffe in einen Spalt neben der Brustplatte, und der Mann fiel aus dem Sattel. Wiehernd strauchelte das Schlachtroß und wälzte sich entsetzt im blutigen Schlamm.

Im wilden Kampfgetümmel wurde Adrien von seinen Gefährten getrennt. Er hatte versucht, die Feinde von Prinz Edward wegzulocken. Und das war ihm gelungen. Ein Gegner nach dem anderen folgte ihm. Allmählich erlahmten seine Kräfte, und er wußte, daß er nun seinen Verstand gebrauchen, die Schwächen seiner Widersacher rechtzeitig erkennen und nutzen mußte. Einen Reiter traf er mit einem Schwerthieb an der Wade, duckte sich, um einem anderen Angriff auszuweichen, und beobachtete, wie das Pferd seinen Besitzer an einen Baumstamm schleuderte. Während er den nächsten Gegner bekämpfte, sah er aus den Augenwinkeln einen weiteren heranstürmen, fällte den einen und bohrte sein Schwert mit der Schwungkraft desselben Hiebs in den Unterleib des zweiten. Beide gingen zu Boden.

Aber immer mehr Feinde rückten nach.

Schließlich stand er einem guten Dutzend Franzosen gegenüber.

»Ergebt Euch!« schrie einer der Ritter.

»Werft Eure Waffe weg!«

»Wenn Ihr weiterkämpft, schlitzen wir Euren Bauch auf!«

»Bei Gott oder beim Satan, ergebt Euch!«

Niemals ... Deutlich erinnerte er sich an die Worte seines Vaters. *Nur der Tod ist eine ehrenwerte Kapitulation.*

Er lächelte unter dem Stahl seines Visiers. Langsam schüttelte er den Kopf. Ob er kämpfte oder nicht, sie würden ohnehin versuchen, ihn aufzuschlitzen. Zu viele hatte er niedergestreckt, und deshalb durfte er nicht auf Gnade hoffen. »Nein, ich ergebe mich nicht, *Monseigneurs!*« Mit einem wilden schottischen Kriegsruf sprang er vor, verwirrte die Feinde, und plötzlich galoppierten zwanzig wackere englische Ritter heran, von König Edward angeführt. Die überrumpelten Franzosen ergriffen die Flucht, von mehreren Engländern verfolgt.

Für diesen Tag war die Schlacht beendet.

Mindestens fünfzehnmal hatten die Franzosen angegriffen. Jedesmal waren sie zurückgeschlagen worden, und sie hatten schwere Verluste erlitten.

Gerade noch rechtzeitig war der König mit seinem Gefolge erschienen, um Adrien beizustehen. Er stieg von seinem weißen Hengst und nahm den Helm ab. Verwundert musterte er die Leichen rings um Adrien. »Das hast du gut gemacht, mein Junge.« Zu Adriens Verwirrung zog er sein Schwert. »Knie nieder!«

»Sire ...«, begann Adrien erschrocken.

Da trat der Prinz neben den König und rief: »Keine Bange, mein Vater will dich hier und jetzt zum Ritter schlagen, guter Freund!«

Immer noch verblüfft, sank Adrien auf die Knie und spürte das Schwert auf seiner Schulter. Wie aus weiter Ferne hörte er die Worte des Königs und wünschte, sein Vater könnte diesen Tag miterleben. Wie stolz wäre Carlin, Laird MacLachlan, gewesen ...

Jubelgeschrei erklang, mehrere Männer zogen ihn auf die Beine. Dann warnte der König seine Krieger vor der Schlacht am nächsten Tag. Die Franzosen würden sich noch lange nicht geschlagen geben.

Am folgenden Morgen griffen sie wieder an, und am Nachmittag mußte Philip die endgültige Niederlage hinnehmen. Über tausend tote französische Ritter lagen auf dem Schlachtfeld. Niemand machte sich noch die Mühe, die Leichen der gemeinen Soldaten zu zählen, der Bauern und Freigelassenen, die mit ihren Piken gekämpft hatten.

Einen Tag später wurde ein Requiem gelesen, und Edward beschloß, Calais zu erobern. Bevor das Heer aufbrach, wurde Adrien zum König gerufen. Wie so oft in den vergangenen Jahren.

Auch als David II. den schottischen Thron bestiegen hatte, war Adrien zu Edward beordert worden, einem Freund Baliols. In knappen Worten teilte ihm der König die Neuigkeit mit. »Du hast dich als tapferer Kämpfer erwiesen, mein junger Laird, und zahlreiche Turniere gewonnen.«

»Wie Ihr wißt, brauche ich diese Preise, Sire. Meine Rüstung und mein Haushalt sind teuer.«

»In der Tat, und deine Ländereien werfen nur geringe Erträge ab. Außerdem kann ein junger Mann auf solchen Turnieren sehr viel lernen. Du mußt weiterhin daran teilnehmen. Aber was ich dir heute sagen will — ich kann dich nicht daran hindern, König David zu dienen. Dazu habe ich kein Recht. Allerdings möchte ich dich weiterhin an meinem Hof sehen, und du würdest bald den Lohn für deine Mühe erhalten.«

Adrien gab vor, ein Zeitlang nachzudenken. »Wenn Ihr mir zweierlei versprecht, Sire, will ich Euch auch in Zukunft dienen.«

»Du forderst ein Versprechen von deinem König?« stieß Edward hervor.

»Aye, Sire.«

»Und was willst du?«

»Erstens solltet Ihr mir niemals befehlen, gegen die Schotten zu kämpfen.«

»Gut, das werde ich nicht von dir verlangen.«

»Und zweitens müßtet Ihr mir versprechen, meine Ländereien nicht zu verschonen, wenn Ihr im Grenzgebiet kämpft.«

Belustigt hatte Edward auch diesen Wunsch erfüllt. Als Adrien wieder einmal vor dem König stand, fragte er sich, was ihn erwarten mochte.

Soeben hatte Edward eine Besprechung mit dem Earl of Oxford abgehalten, der sich nun verabschiedete und Adrien respektvoll zunickte. Beide hatten an der Seite des Prinzen von Wales gekämpft. Zu Adriens Überraschung glaubten die Engländer, er hätte sein Leben aufs Spiel gesetzt, um den Thronfolger zu retten.

»Ah, Adrien!« begrüßte ihn der König. »Wirklich, ich war sehr beeindruckt. Dein Vater, der schlaue alte Fuchs, versicherte mir, du hättest das Zeug zu einem guten Krieger. Jetzt muß ich ihm recht geben, und ich bin froh, daß du bei mir geblieben bist, statt David II. zu dienen.«

»Danke, Sire.« Adrien räusperte sich. »Auch der Prinz hat sich im Gefecht hervorgetan.«

»Gewiß, und ich bin sehr stolz auf meinen Sohn. Aber im Augenblick reden wir über dich. Was hast du den Franzosen auf dem Schlachtfeld zugerufen?«

»Daß ich mich nicht ergeben würde.«

»Großartig. Deine Zukunft ist gesichert, mein Junge. Jetzt darfst du gehen.« Verwirrt verließ Adrien das Zelt, in dem der König an einem kleinen Tisch saß und in Pergamenten wühlte. Was hatte Edward mit ihm vor?

Draußen traf er Prinz Edward, der ihm auf die Schulter schlug. »Nun, welchen Lohn hat dir mein Vater versprochen? Sogar die alten Ritter, die dich immer noch den Schotten nennen, rühmen deine Heldentaten. Wäre ich der König, würde ich dir eine Grafschaft schenken. Immerhin hast du mein Leben gerettet.«

»Nun«, erwiderte Adrien, »ich war zur Stelle, als ich gebraucht wurde, und der König schlug mich noch auf dem Schlachtfeld zum Ritter. Das müßte genügen ...«

Ungeduldig fiel ihm sein Freund ins Wort. »Und wie hat er dich soeben belohnt?«

»Er sagte nur, meine Zukunft sei gesichert.«

»Also, dann hoffen wir auf die Zukunft. Offenbar hat er ganz bestimmte Pläne mit dir. Aber erfreuen wir uns erst einmal der Gegenwart und des ausgezeichneten französischen Weins, den wir erbeutet haben. Außerdem warten schöne französische Damen, um die englischen Sieger zu beglücken.«

»Huren?« fragte Adrien grinsend.

»Die besten und hübschesten. Und Lady Joanna wird's nicht erfahren.«

Erstaunt musterte Adrien den jungen Prinzen. Was weiß er von meiner Beziehung zur Tochter des Earls of Warwick, überlegte er. Anscheinend glaubte Edward, sein Freund wäre in leidenschaftlicher Liebe zu der Lady entbrannt. In Wirklichkeit war es tiefe Freundschaft, die Adrien und Joanna verband. Vielleicht liebte er sie sogar. Sie konnten zusammen lachen, teilten ein brennendes Interesse an Büchern, und Adrien bemitleidete das Mädchen, das immer wieder die strenge Hand des Vaters beklagte. Manchmal sprachen sie von einer Heirat. Vermutlich würde der Earl den Favoriten des Königs für einen passenden Schwiegersohn halten. Aber diese Zukunftsträume hatten noch keine feste Gestalt angenommen. »Wir sind nicht verlobt«, erwiderte er. »Also darf ich alles genießen, was einem siegreichen Krieger zusteht. Führe mich, mein Prinz, ich folge dir!«

Prinz Edward und seine Freunde verließen das Lager, um ein Haus im Wald aufzusuchen, wo Musik und Tanz, ein gebratenes Wildschwein und edle französische Weine warteten. Mit süßer, sanfter Stimme begann eine der Frauen zu singen und begleitete sich auf ihrer Laute. Sie besaß das Gesicht eines Engels. Aber in ihren Augen schien ein Höllenfeuer zu funkeln.

Nach dem letzten Lied wanderte Adrien mit ihr in den Wald, und die Hitze seines jungen Blutes forderte ihr Recht.

Als er sich von der schönen Hure verabschiedet hatte, widerstrebte es ihm, zu seinen Freunden zurückzukehren und mit ihnen zu zechen. Die Worte des Königs gingen ihm nicht aus dem Sinn. Nachdenklich stieg er auf den Rücken Matts, eines seiner vier Schlachtrösser, die er nach den vier Evangelisten genannt hatte — Matthew, Mark, Luke und John. Er ritt in die Nacht, zum Flußufer.

Was hatte Edward mit ihm vor?

4

Wenn Danielle auch König Edwards Mündel war, so bedeutete das noch lange nicht, daß sie in absehbarer Zeit englischen Boden betreten würde. Mehrere Monate verstrichen, während er die uneinnehmbare Stadt Calais angriff.

Den Großteil ihrer Zeit verbrachte Danielle bei der Königin, die das beschwerliche Lagerleben trotz einer neuerlichen Schwangerschaft klaglos ertrug. Tag für Tag attackierten Edwards Ritter die ummauerte Stadt. Im September hatte die Belagerung begonnen, kurz nach der Schlacht von Crécy, und der König richtete sich auf einen langen Kampf ein. Deshalb ließ er vor

Calais Holzhütten für sein Heer bauen, und während die Stadtbewohner allmählich verhungerten, verlief das Leben in dem englischen Dorf beinahe in gewohnter Weise. Inmitten der Hütten lag ein Marktplatz, wo flämische Kaufleute zweimal pro Woche ihre Waren feilboten. Schmiede und Böttcher errichteten Werkstätten, Barbiere und Ärzte öffneten ihre Pforten. Da die Belagerung so lange dauerte, vertrieben sich die Ritter ihre Zeit mit Plünderzügen in die Umgebung. Oder sie veranstalteten kleine Turniere, an denen auch die Ritter aus Calais teilnahmen. Einem ritterlichen Gesetz zufolge durften sie ihre Stadt bei solchen Gelegenheiten verlassen, mußten aber nach den Wettkämpfen zurückkehren.

Danielle besuchte die Turniere als Hofdame der Königin und begrüßte die Abwechslung in einer ansonsten verwirrenden, beängstigenden Welt. Täglich beobachtete sie, wie die Franzosen attackiert wurden. Aber auf dem Turnierplatz errangen die jungen Ritter von Calais so manchen Sieg, und niemand machte ihr Vorwürfe, wenn sie ihnen zujubelte.

Bei einem dieser Wettkämpfe sah sie Adrien MacLachlan zum erstenmal. Von da an war er ihr ein Dorn im Auge.

Der Nachmittag hatte mit Trompetenklängen begonnen. Am Boden lag kein Schnee. Aber es war sehr kalt, und die Sonne spendete nur wenig Wärme. Danielle saß neben Philippa und dem königlichen Nachwuchs.

Gespannt blickte sie dem Kampf zwischen dem ruhmreichen Franzosen Jean d'Elletente und einem jungen englischen Ritter entgegen, dessen Namen sie nicht kannte. Bald sollte sie ihn erfahren — und niemals vergessen.

Mit grandiosen Fanfaren wurde Jean d'Elletente angekündigt. Er erschien auf einem großen silbergrauen Hengst, eine Tunika über der Rüstung, und sein Helm glich einem zähnefletschenden Eberkopf. Die Lanze hoch erhoben, ritt er zum König und zügelte sein Pferd im aufgewirbelten Erdreich. Hinter den Stadtmauern wurde er eifriger bejubelt als davor. Aber die ritterlichen Gesetze geboten auch den Engländern, einen so angesehenen Ritter zu respektieren.

»Ein Gruß für den französischen Ritter!« rief Sir Terrell Henley, der Turniermeister.

Niemand erhob sich. Nur Danielle sprang auf, riß den Seidenschleier von ihrem Kopfputz und trat an den Rand der Tribüne. Um das Mündel des Königs zu ehren, begannen ein paar Engländer zu jubeln, während sie den Schleier um die Lanze des französischen Ritters wand. Er zwinkerte ihr zu, und sie lächelte. Dann kehrte sie zu ihrem Platz zurück.

Als sein Gegner vorgestellt wurde, hörte sie kaum zu. »Sir Adrien MacLachlan, Laird of Reggar, Count of Meadenlay!« Wieder ertönten Trompeten, und Edwards Ritter lenkte sein Pferd zur königlichen Tribüne. Eine kobaltblaue Tunika bedeckte seine Rüstung. Im selben Blau, mit Gold- und Silberbesatz, schimmerte die Verzierung seines Sattels. Am Schild prangte sein Wappen, ein Löwe über drei springenden Leoparden. Der Helm trug die Züge eines menschlichen Gesichts.

Nur die Augen waren zu sehen, und obwohl Danielle deren Farbe nicht erkannte, gewann sie den Eindruck, sie würden im Sonnenlicht ebenso hell strahlen wie der Stahl der Rüstung. Er wirkte sehr groß. Aber sie nahm an, er hätte ein besonders hochbeiniges Pferd gewählt, um möglichst majestätisch zu erscheinen.

»Ein Gruß für den englischen Ritter!« forderte der Turniermeister.

Da erhob sich die Königin, und Edward lächelte, als sie ihren Seidenschleier an der Lanze des Reiters befestigte. Ehrerbietig neigte er den Kopf, um ihr zu danken. »Gott mit dir, Adrien!« rief sie.

»Möge Gott mir beistehen, Mylady«, antwortete er.

Aufgeblasener Narr, entschied Danielle.

Nun wurden die Ritter angewiesen, ihre Plätze einzunehmen, und sie galoppierten davon. Nachdem sie zu beiden Seiten der Arena Stellung bezogen hatten, befahl ihnen der Turniermeister, den Kampf zu beginnen.

Unter den Hufen der kraftvollen Schlachtrösser schien die Erde zu erzittern, während sie aufeinander zusprengten. Die Lanzen prallten zusammen und klirrten ohrenbetäubend. Aber keiner der Männer fiel aus dem Sattel. Sie kehrten zu ihren Plätzen zurück, warfen die zerbrochenen Lanzen zu Boden und nahmen neue aus den Händen ihrer Knappen.

Wieder galoppierten sie einander entgegen. Die Waffen klirrten, ein Pferd begann schrill zu wiehern. Diesmal fiel ein Ritter aus dem Sattel.

Erschrocken sprang Danielle auf, ebenso wie die anderen erregten Zuschauer. Der berühmte Franzose lag im Schlamm. Doch er gab sich noch nicht geschlagen. Sein Knappe eilte zu ihm und reichte ihm ein Schwert, während MacLachlan abstieg. Auch er nahm von seinem Knappen ein Schwert entgegen und ging zu seinem Widersacher.

Als die Klingen aufeinanderprallten, begann das Publikum zu schreien. Zu Danielles Genugtuung wich der Engländer zurück. Offenbar war er der Erfahrung und den Kräften des Franzosen nicht gewachsen. Entschlossen griff Jean d'Elletente seinen Gegner an, der blitzschnell beiseite sprang. Von der Wucht seiner eigenen Attacke aus dem Gleichgewicht gebracht, stürzte der französische Ritter, und sein Schwert grub sich ins Erdreich. Ehe er sich erheben konnte, stand der Engländer vor ihm und hielt ihm die Spitze seiner Waffe an die Kehle.

Von den Zuschauern umjubelt, ließ der Engländer sein Schwert sinken, verneigte sich vor dem Gegner und streckte eine Hand aus, um ihn auf die Beine zu ziehen. Ein Ritter vom Scheitel bis zur Sohle, nahm d'Elletente die Hilfe an und verbeugte sich ebenfalls. Dann ging er zu seinem Pferd, während MacLachlan sein Schwert in die Scheide steckte und den Helm abnahm.

Jetzt erkannte Danielle, warum seine Augen so seltsam glänzten. Sie schienen aus lauterem Gold zu bestehen. Dazu paßten seine dichten rotblonden Haare. Den Kopf hoch erhoben, trat er vor die Tribüne und verneigte sich ehrerbietig vor dem Königspaar. »Bemerkenswert, Adrien, wirklich bemerkenswert«, lobte Edward. »Wie soll ich dich belohnen?«

MacLachlan zögerte nur kurz. »Sire, wie ich höre, hat David von Schottland sein Heer zusammengetrommelt, das unter dem Kommando Philips von Frankreich steht und Eure Barone im Norden Englands angreift.«

»Ja, das stimmt.« Edwards Augen verengten sich. »In Neville's Cross bei Durham wurde er von meinen Lords erwartet. Jetzt ist er mein Gefangener. Falls du seine Freiheit verlangst ...«

Hastig fiel MacLachlan dem König ins Wort. »Keineswegs, Sire. Was Ihr mir nicht geben könnt, will ich nicht erbitten. Aber ich ersuche Euch, ihn gnädig zu behandeln und zu bedenken, daß er der Ehemann Eurer Schwester ist und von den Schotten geliebt wird.«

»Das will ich gern gewähren. Für dich selbst forderst du nichts?«

Adrien lächelte. »Wenn es an der Zeit ist.«

»Ah, aber wirst du immer siegen?«

»Das habe ich vor, Sire.«

Ringsum erklang schallendes Gelächter.

»Zweifellos wird deine Zeit noch kommen«, meinte der König.

»Besten Dank, Euer Gnaden.« MacLachlan verneigte sich wieder. Dann verließ er den Turnierplatz, von lautem Jubel begleitet.

Tief enttäuscht über die Niederlage des Franzosen, hörte Danielle zunächst nicht, worüber die Damen und Herren in ihrer Umgebung sprachen. Aber dann erwachte ihr Interesse.

»Bei Crécy hat er den Prinzen wie ein Löwe verteidigt!«

»Und er ist noch so jung!« seufzte eine Hofdame.

»Schon als Kind hat er den erfolgreichen Angriff auf Aville geplant«, erklärte die Königin. »Nur ihm verdanken wir, daß Edward die Festung erobern konnte.«

Aville, dachte Danielle. Mein Schloß . . . Diese Geschichte kannte sie gut genug. Ihre Mutter hatte Aville verteidigt und den Eindruck erweckt, der französische König würde sich innerhalb der Festungsmauern aufhalten. Doch Philip war bereits geflohen. Trotz Lenores tapferer Gegenwehr hatte sie Aville an England verloren und war gefangengenommen worden.

Und jetzt bin ich hier, sagte sich Danielle bedrückt, ein Mündel des Königs — und seine Gefangene, so wie damals meine Mutter. Endlich wußte sie, warum. MacLachlan! Ihre Hände ballten sich. In der Tat, ein großartiger Ritter, der immer siegen wollte! Aber jeder Mann mußte irgendwann für seine Taten bezahlen.

In dieser Nacht träumte Danielle, sie würde den jungen Ritter erdolchen und in Stücke reißen. Wäre es nicht wundervoll, wenn sie ihn auf dem Turnierplatz herausfordern könnte? Aber sie war noch nicht einmal elf Jahre alt.

Eines Abend, kurz nach dem Turnier, sah sie ein Pfefferschälchen auf dem Tisch stehen. Natürlich durfte sie MacLachlan nicht mit einem Schwert bekämpfen. Zum Glück gab es andere Waffen.

Sie saß weit entfernt vom König und seinen Rittern. Wie sollte sie vorgehen? Pfeffer war ein kostbares Gewürz. Und wenn man es zu reichlich verwendete, übte es eine unangenehme Wirkung aus. Sie beobachtete MacLachlan, der gerade über eine Bemerkung der Königin lachte. Nach allem, was er angerichtet hatte, war er viel zu fröhlich. Vielleicht würde ihm ein bißchen Pfeffer die Laune verderben.

Kurz entschlossen stand sie auf, eilte um den Tisch herum und sprach mit der Königin. Dabei schüttete sie unauffällig Pfeffer in den Weinkelch des jungen Ritters. Unterwürfig verneigte sie sich vor ihrem Paten, dem König, und erwiderte seinen mißtrauischen Blick. Dann setzte sie sich neben seinen Sohn John, der in ihrem Alter war. Sie verstand sich sehr gut mit ihm. Durchdringend schaute er sie mit seinen hellblauen Augen an. »Ärgerst du dich, Danni?«

»Wie meinst du das?«

»Letzte Woche habe ich dich nach dem Turnier beobachtet, als meine Mutter den Fall der Festung Aville erwähnte. Da wurdest du leichenblaß. Aber dieses Schloß wurde schon vor deiner Geburt erobert. Was damals geschah, sollte dich nicht bekümmern.«

»O nein, ich ärgere mich nicht«, entgegnete Danielle

und stach ihr Messer in ein Stück Fleisch, das zwischen ihnen auf einem Teller lag. Im selben Augenblick hörte sie einen würgenden Laut, gefolgt einem heftigen Hustenanfall. Doch sie blickte nicht auf.

»Was ist denn mit Adrien MacLachlan geschehen?« fragte John.

Erst jetzt hob sie den Kopf. MacLachlans Gesicht war feuerrot. Mit zitternden Fingern tastete er nach dem Kelch eines anderen Ritters und leerte ihn in einem Zug.

»Um Himmels willen, was fehlt dir denn, Adrien?« rief der König besorgt.

Es dauerte eine Weile, bis der junge Mann sprechen konnte. »Nichts, Sire. Offenbar war der Wein schlecht.«

Hastig neigte sich Danielle über den Teller und begann zu essen. Sie spürte Johns prüfenden Blick. Aber er sagte nichts mehr. Nach einer Weile schaute sie verstohlen zu den Rittern hinüber. MacLachlans Gesicht hatte wieder seine normale Farbe angenommen. Sichtlich verwirrt sah er sich um. Und dann richtete er seine goldbraunen Augen auf sie. Ihr Atem stockte, und sie empfand eine seltsame Angst. Zu ihrer Erleichterung wandte er sich gleich wieder ab. Nein, sicher würde er nicht vermuten, daß ihm ein Mündel des Königs schaden wollte.

Die Belagerung von Calais schien eine halbe Ewigkeit zu dauern. Zumindest kam es Adrien so vor. Der König hatte beschlossen, die Stadtbewohner so lange hungern zu lassen, bis sie sich ergeben würden.

An der schmalsten Stelle des Kanals gelegen, war Calais schwierig einzunehmen, denn es wurde von einem doppelten Wall mit Türmen und Gräben geschützt. Letzten Endes mußten die Bewohner kapitulieren, nachdem sie die letzte Ratte verspeist hatten. Edward schickte Unterhändler in die Stadt, die wenig später zurückkehrten und ihm die Bitte der Franzosen ausrichteten, Calais zu schonen. Auch Adrien hörte zu, als der oberste Unterhändler Walter Manny berichtete, die Bürger würden den Engländern Calais übergeben, wenn sie die Stadt unbehelligt verlassen dürften.

»Unmöglich!« stieß der König erbost hervor. Noch nie hatte eine Belagerung seine Geduld auf eine so harte Probe gestellt. Nun fürchtete Adrien, Edwards unvernünftiger Zorn würde sich gegen unschuldige Menschen richten. »Verzeiht mir, Sire, aber Ihr müßt bedenken — Ihr seid ein edler König. Und Ihr solltet Euren großen Sieg nicht mit einem Mord beflecken.«

»Mit einem Mord?« fauchte Edward.

Hastig mischte sich Walter Manny ein. »Majestät, stellt Euch vor, Ihr würdet mich beauftragen, eine Festung zu verteidigen. Wie glücklich wären wir, wenn uns der Feind barmherzig begegnen würde!«

Nach einer langen, erbitterten Diskussion lenke Edward ein. »Also gut. Die sechs angesehensten Bürger sollen zu mir kommen, mit bloßen Häuptern und Füßen, Stricke um die Hälse, die Schlüssel zur Festung und zum Stadttor in den Händen. Alle anderen will ich schonen. Aber mit diesen sechs Bürgern werde ich so verfahren, wie es mir beliebt.«

Diese Nachricht wurde den Stadtbewohnern übermittelt. Schweren Herzens wanderte Adrien vor dem Tor umher und hörte das Klagegeschrei hinter den Mauern. Wenig später erschienen die sechs einflußreichsten Bürger. König Edward verließ sein Haus, begleitet von seiner Familie und mehreren Rittern. Fast alle Bewohner des englischen Lagers eilten herbei. Auch Adrien gesellte sich hinzu und hoffte, der König würde Milde walten lassen. Die sechs Franzosen glichen ausgemergelten Leichen. Da sie keine Hemden trugen, sah man, daß sie nur noch aus Haut und Knochen bestanden. Alle fielen vor Edward auf die Knie, und der Sprecher erklärte, sie seien zu ihm gekommen, damit den schwergeprüften Stadtbewohnern ein noch schlimmeres Leid erspart bliebe. Nun würden sie ihr Leben in die Hände des englischen Königs legen und um Gnade bitten.

Diesen Worten folgte tiefes Schweigen. Dann fing eine Hofdame zu schluchzen an. Offenbar hatten die sechs Bürger ihr Herz gerührt.

Aber nicht das Herz des Königs. »Habe ich noch nicht genug Gnade gezeigt?« brüllte er.

Da trat Adrien vor. »Majestät ...«, begann er, doch Edward unterbrach ihn.

»Soviel ich dir auch gewähren würde, MacLachlan — diesmal darfst du nichts von mir verlangen. Diese sechs Männer gehören mir. Holt den Henker! Sie werden sofort enthauptet!«

Plötzlich wichen die Ritter zurück, um der schwangeren Königin Platz zu machen. Schwerfällig sank sie vor ihrem Ehemann auf die Knie und hob flehend die Hände. Tränen strömten über ihr Gesicht. »Mein Herr! Auf vielen Feldzügen habe ich dich begleitet und mich selbst und das Leben unserer Kinder in Gefahr gebracht. Über stürmische Gewässer bin ich dir gefolgt, durch rauhe Wildnis. Niemals habe ich dich um irgend etwas gebeten. Jetzt tue ich's. Beim heiligen Blut unseres Erlösers Jesus Christus — verschone diese Männer!«

»Meine Liebe, keinen Wunsch würde ich dir abschlagen, aber ...« Abrupt verstummte er, und Adrien sah, daß sein König zu den Kindern hinüberstarrte. Neben John stand Robert of Oxfords Tochter.

Wie ähnlich sie ihrer Mutter ist, dachte Adrien. Groß für ihr Alter, bildschön mit ihrem rabenschwarzen Haar und den strahlenden grünen Augen ... Wann immer er sich an Lenore erinnerte, verspürte er einen seltsamen Schmerz in seinem Herzen. Sie hatten die Herrin Avilles besiegt — aber alle, sogar die blutjungen Krieger waren in sie verliebt gewesen.

Warum betrachtete der König jetzt Lenores Tochter?

Da wandte sich Edward wieder zu seiner Frau. »Was ich dir schulde, weiß ich nur zu gut. Niemand außer dir könnte mich umstimmen. Nur dir kann ich nichts verweigern — und mag ich meinen Zorn auch noch so mühsam bezähmen.«

Da brach lauter Jubel aus, und alle Anwesenden baten den Allmächtigen, die gute Königin zu segnen. Zwei Hofdamen halfen Philippa auf die Beine. Erstaunt musterte sie ihren Gemahl und konnte kaum glauben, daß es ihr gelungen war, sein Herz zu bewegen. »Steht auf!« rief sie den Bürgern von Calais zu, die zitternd gehorchten und ihr Glück noch nicht ermessen konnten. »Adrien, reich mir deinen Arm ...«

Erst jetzt merkte er, daß er immer noch Robert of Oxfords Tochter beobachtete. Hastig eilte er zur Königin, um ihr beizustehen, während die schluchzenden Männer aus Calais ihre Hände küßten. Einige Engländer nahmen ihnen die Stricke von den Hälsen, und Philippa lud sie in ihr Haus ein, wo man sie kleiden und verköstigen würde.

Allmählich löste sich die Menge auf. Adrien geleitete die Königin zu ihrer Tür. Als er sich umdrehte, stand ihm ein Mädchen mit Smaragdaugen gegenüber, die ihn wie Dolche zu durchbohren schienen.

»Mylady?« fragte er und verneigte sich, halb im Scherz.

Statt zu antworten, kehrte sie ihm abrupt den Rücken und eilte davon, in majestätischer Haltung.

Er lachte leise. Langsam ging er zu seiner Hütte und verschwendete keine weiteren Gedanken an die kleine Schönheit mit den grünen Augen. Doch bald würde er sie nicht mehr vergessen können. Nie wieder.

5

Als der König und sein Gefolge nach England zurückgekehrt waren, bezog Danielle mit ihren beiden Damen eine eigene Suite in seinem Haushalt. Auch Dr. Coutin traf ein, von Edward zu ihrem Lehrer bestellt. Es beglückte sie, wenigstens drei vertraute Gesichter aus Aville in ihrer Nähe zu wissen.

Aber obwohl sie beschlossen hatte, dem König Frankreichs die Treue zu halten, fand sie viele Freunde am englischen Hof. Edwards Sohn John gestattete ihr, an seinen Fecht- und Reitstunden teilzunehmen und lobte ihre guten Leistungen.

Zwischen Frankreich und England wurde ein unsicherer Waffenstillstand geschlossen, und der schottische König blieb ein Gefangener des englischen Monarchen.

Jahre verstrichen. Als Danielle fast vierzehn war, wurde England von der Pest heimgesucht. Für den Hof und die Aristokratie gab es nur eine einzige Möglichkeit, der Krankheit zu entrinnen — sie mußten aufs Land fliehen. Vielleicht entschied der König aus diesem Grund, daß Danielle ihr englisches Erbe antreten und nach Gariston ziehen sollte. Wenn Aville auch stets ihr Zuhause bleiben würde, freute sie sich darauf, die Ländereien ihres Vaters zu sehen. Außerdem wollte sie den Hof verlassen, weil sie fürchtete, Edward würde sie bald verheiraten. Aus den Augen, aus dem Sinn — das hoffte sie zumindest.

Zu ihrer Bestürzung erhielt Laird MacLachlan den Auftrag, sie nach Gariston zu begleiten. Das erfuhr sie, als sie ihn zusammen mit Lady Joanna, einer liebenswürdigen Hofdame, in einem Flur von Winchester antraf. Lachend unterhielten sich die beiden.

Danielle versteckte sich hinter einer Säule und fragte sich, warum eine so nette Frau an diesem widerwärtigen Mann Gefallen fand.

»Lange wird's nicht dauern«, erklärte er. »Gariston liegt nur einen Tagesritt von hier entfernt. Stell dir das vor, Joanna! Ein gefeierter Krieger und Turniersieger muß das Kindermädchen einer arroganten kleinen Countess spielen!«

»Jetzt ist sie kein Kind mehr, Adrien, sondern eine schöne, kluge junge Lady.«

»Aye, ganz die Tochter ihrer Mutter mit diesen grünen Hexenaugen. Ich glaube, sie hält sich für eine königliche Hoheit.«

»Sei nicht ungerecht! Immerhin lebt sie an einem fremden Hof, und sie hat beide Eltern verloren.«

»Wie viele andere Menschen.«

»Tut mir leid, ich vergaß deine Vergangenheit, denn ich habe das Gefühl, wir würden uns schon ewig kennen. Was die Countess d'Aville betrifft — ich finde sie zauberhaft.«

»Nur weil du ein so gütiges Herz besitzt.«

»Du mußt sie freundlich behandeln.«

»Sobald ich sie nach Gariston gebracht habe, kehre ich sofort wieder an den Hof zurück. Und dann werden wir dem König unser Anliegen vortragen.«

Danielle beobachtete, wie die schwarzhaarige, blauäugige Joanna zärtlich über die Wange des Ritters strich. »Wie gern würde ich dich heiraten, mein lieber schottischer Laird, aber ...«

»Aber?«

»Weißt du, daß du mich nicht liebst?«

Verblüfft runzelte er die Stirn. »Seit Jahren liebe ich dich.«

»Nicht wirklich ...«

»Manche Leute heiraten, ohne einander zu kennen. Bedenk doch, wieviel uns verbindet!«

»Ja, und dafür bin ich dankbar. Ich wünschte nur ...«

»Glaub mir, wir werden heiraten und einander glücklich machen.«

»Gewiß, mein großer, unbesiegbarer Held. Weder mein Vater noch der König dürfen uns daran hindern.«

Als er Joanna küßte, wandte sich Danielle ab. Eine so intime Szene wollte sie nicht mit ansehen.

Dann hörte sie einen Seufzer und drehte sich wieder um, weil sie fürchtete, MacLachlan würde die nette Hofdame verletzen. Aber die Lady klammerte sich begierig an ihn. Wie konnte sie diesen nichtswürdigen Ritter lieben, der alles in seinem Leben nur durch den tückischen, siegreichen Kampf gegen Lenore d'Aville gewonnen hatte? Und jetzt sollte er deren Tochter auch noch nach Gariston geleiten!

Warum war der König so grausam? Glaubte er, sie wüßte nicht, was dieser Schotte ihrer Familie angetan hatte?

Erbost rannte Danielle den Flur hinab. Nach einer Weile blieb sie stehen, um Atem zu schöpfen. Plötzlich hörte sie Schritte hinter sich, huschte in einen Alkoven und wartete. Adrien MacLachlan schlenderte an ihr vorbei und verschwand in einem Zimmer. Nur die bevorzugten königlichen Ritter bewohnten diesen Teil des Schlosses. Die anderen hausten in überfüllten Schlafsälen, und manche nächtigten sogar in der Halle.

Als sie sah, wie MacLachlans Tür aufschwang, drückte sie sich an die Wand. Sein Knappe kam heraus, die Stiefel des Lairds in der Hand. In der Hoffnung, er würde sie nicht entdecken, lief sie den Flur entlang.

Doch dann merkte sie, daß er dieselbe Richtung einschlug, zu der großen Schloßküche. Sie gab vor, sie wollte Kräuter holen, ein Mittel gegen die Kopfschmerzen der Königin. Während sie wartete, bis man ihr die Arznei brachte, beobachtete sie den Knappen. Er saß auf einer Bank und putzte die Stiefel.

Nachdem er seinen Auftrag ausgeführt hatte, eilte er davon und ließ die Stiefel stehen. Wohin mochte er gehen? Neugierig drehte sie sich um und schaute ihm nach. Dabei stieß sie einen irdenen Krug von einem der wuchtigen hölzernen Arbeitstische. Hastig bückte sie sich, um ihn aufzuheben, und entdeckte, was er enthielt — klebrigen Honig. Ein Teil davon war in einen der Stiefel geronnen. Danielle lächelte zufrieden. Das hatte sie nicht einmal absichtlich getan. MacLachlan bekam einfach nur, was er verdiente. Offenbar spielte ihr das Schicksal in die Hände.

Als Adrien am nächsten Morgen erwachte, blieb er noch eine Zeitlang im Bett liegen. Es war noch zeitig, und die Pflicht, die er erfüllen mußte, mißfiel ihm. Seufzend starrte er zur Zimmerdecke hinauf.

Wann würde er eine Gelegenheit finden, mit dem König über seine Heiratspläne zu sprechen? Wohl kaum, bevor er das Mädchen in Gariston abgeliefert hatte. Außerdem wollte auch der König an diesem Tag aufs Land reisen und vor dem schrecklichen schwarzen Fieber flüchten, zusammen mit dem ganzen Hofstaat.

Adrien hatte noch keine Pestkranken gesehen, wußte aber, daß die Seuche Pusteln am ganzen Körper verursachte. Wenn sie aufbrachen, konnte man überleben. Oder man starb unter gräßlichen Qualen. Er fürchtete den Tod nicht, dem er oft genug ins Auge geblickt hatte, nur seine eigene Schwäche. Deshalb hoffte er inständig, die Pest würde ihn verschonen — ebenso Joanna, von der er sich in dieser gefährlichen Situation nur ungern trennte. Sie hatte ihm versprochen, gut auf sich aufzupassen. »Mit Königin Philippas Erlaubnis darf ich die Ländereien meines Vaters im westlichen Moor an der walisischen Grenze aufsuchen, die weit vom Seuchenherd entfernt liegen. Oder ich reise zu meiner Freundin, der Countess of Gariston und Aville, falls es mein Vater gestattet.«

So erfreulich er den Gedanken auch fand, Joanna würde vielleicht in Gariston eintreffen — er machte sich Vorwürfe, weil er die Heirat nicht beschleunigt hatte. Andererseits fühlten sie sich so eng verbunden, daß eigentlich gar nichts schiefgehen konnte. Er verstand sich gut mit ihrem Vater, und seit seiner Rückkehr aus Frankreich hatte sich die Beziehung vertieft.

Eines Nachts war sie in sein Zimmer geschlichen. Obwohl er seinen Edelmut beweisen und das schöne Mädchen wegschicken wollte, brannte das jugendliche Feuer der Leidenschaft zu hell. Er genoß das sinnliche Glück in Joannas Armen. Und wenn er manchmal den Eindruck gewann, irgend etwas würde ihm fehlen, redete er sich ein, daß er sie innig liebte. Sicher gab es keine bessere Mutter für die Söhne und Töchter, die er sich wünschte.

Mochte er sich auch noch so sehr dagegen sträuben,

Danielle nach Gariston zu geleiten — es ließ sich nicht ändern. Der König hatte betont, er brauchte Adriens Dienste, nicht zuletzt, weil der junge Ritter der Countess klarmachen sollte, wie wichtig ihre englischen Ländereien waren und wie verantwortungsbewußt sie verwaltet werden mußten.

Offensichtlich ärgerte sich der König über Danielles *französische* Gesinnung. Aber wie konnte sie anders denken, nachdem sie in Aville aufgewachsen und mit mehreren Valois verwandt war? Adrien fand die Haltung, die Edward der jungen Lady gegenüber einnahm, etwas sonderbar. Wenn er mit seinem Hofstaat in der Halle zu Abend aß, starrte er sie immer wieder nachdenklich an. Voller Stolz pries er ihre Schönheit. Oder er verkündete, er würde ihr gefährliches Temperament, das er längst erkannt habe, unbarmherzig zügeln. Nach Adriens Ansicht spielte der König damit auf die Mutter des Mädchens an, die faszinierende Lenore d'Aville.

In der Tat — Danielle war gefährlich. Adrien wußte nicht, womit er ihre Feindschaft verdiente. Aber er ahnte, daß sie damals, vor den Mauern von Calais, den Pfeffer in seinen Weinkelch geschüttet hatte. Hin und wieder begegnete er ihrem Blick und las ein wildes glühendes Feuer darin. In Philippas Gegenwart benahm sie sich immer wie ein Engel, und sie schien die Königin sogar zu lieben. Doch er hatte auch beobachtet, wie sie im Hof mit dem jungen John focht. Niemals trat sie den Rückzug an, niemals gab sie sich geschlagen.

An diesem Morgen fragte sich Adrien plötzlich, ob sie wußte, welche Rolle er beim Fall Avilles gespielt hatte. Aber das war vor ihrer Geburt geschehen. Nein — sie mochte ihn ganz einfach nicht. Trotzdem würde sie seine Gesellschaft ertragen müssen. Er stieg aus dem Bett und wusch sich mit kaltem Wasser, das ihn angenehm erfrischte. Während er sich abtrocknete, beschloß er, den unangenehmen Auftrag zu Ehren von Robert of Oxford und Lenore d'Avilles zu erfüllen, die ihm viel bedeutet hatten. Von diesem Gedanken ermutigt, schlüpfte er in seine Kleider. Dann setzte er sich aufs Fußende des Betts, um die Stiefel anzuziehen.

Als er seinen Fuß in den linken Stiefel schob, spürte er eine klebrige Masse. »Was zum Teufel ...«

Hastig zerrte er den Stiefel von seinem Fuß und starrte den goldbraunen Schleim an, der an seiner Sohle haftete. Honig! Wütend schleuderte er den Stiefel in eine Ecke. »Verdammt, wer ...?«

Ja — wer? Seine Augen verengten sich. Natürlich, das kleine französische Biest mit den glitzernden grünen Augen! Den honigverschmierten Fuß erhoben, hüpfte er auf einem Bein zur Tür und riß sie auf. Zufällig eilte gerade Monteine durch den Flur, eine Betreuerin des Mädchens, und er packte ihren Arm.

»Mylord!« rief sie erstaunt.

»Wo ist die kleine Hexe?«

»Wen meint Ihr, Mylord?«

»Lady Danielle d'Aville. Wo steckt sie?«

»Nun, sie trifft ihre Reisevorbereitungen ...«

»Wo?« schrie er.

Erschrocken zuckte sie zusammen. »Da unten, die zweite Tür. Aber — Mylord ...«

Er ließ ihren Arm los. Jetzt achtete er nicht mehr auf seine klebrige Sohle, sondern rannte zu der Tür, die Monteine ihm gezeigt hatte, und stürmte ins Zimmer. Danielle faltete gerade ein Kleid zusammen.

Verwirrt wandte sie sich um, und als sie ihn erkannte, hob sie in majestätischer Verachtung die Brauen. Zum erstenmal sah er die weiblichen Formen, die ihre

Gestalt angenommen hatte, die frauliche Reife in ihren schönen Zügen. »Mylord?« fragte sie herablassend.

»Wie Ihr wißt, seid Ihr ein Mündel des Königs, Mylady«, begann er und schloß die Tür hinter sich. »Ein armes französisches Waisenkind, das sich nur mühsam an die englische Lebensart gewöhnt. Nun, ich kannte Euren Vater. Sicher wäre er sehr traurig, wenn er mit ansehen müßte, daß sich seine Tochter zu einem unerträglichen Balg entwickelt. Solltet Ihr beabsichtigen, mir noch weitere Streiche zu spielen — nehmt Euch in acht, Countess. Das würdet Ihr nämlich bitter büßen.«

Ihr Gesicht zeigte keine Regung. »Niemals würdet Ihr Euch an einem Mündel des Königs vergreifen.«

»Also bestreitet Ihr nicht ...«

»Würdet Ihr bitte mein Zimmer verlassen, Mylord?«

Am liebsten hätte er die Hände um ihren zarten Hals gelegt. Glücklicherweise erklang in diesem Augenblick der Ruf des Königs. »Adrien!«

Er holte tief Atem und drehte sich zu Edward um, der auf der Schwelle stand, begleitet von einer sichtlich erregten Monteine. Offenbar hatte sie sich an den Monarchen gewandt und behauptet, einer seiner Ritter würde ihren Schützling bedrohen.

»Hast du irgendwelche Schwierigkeiten, mein Junge?« fragte Edward.

»Ja, leider, Sire«, antwortete Adrien. »Als ich meinen Stiefel anziehen wollte, war er mit Honig gefüllt — zweifellos ein Werk der süßen jungen Countess.«

Die Stirn gerunzelt, wandte sich der König zu dem Mädchen. »Danielle?«

»Sire?«

»Was sagst du zu Laird MacLachlans Anklage?«

»Warum sollte ich mich um seine schmutzigen Stiefel kümmern?«

»Euer Gnaden, anscheinend braucht die Lady eine strenge Hand«, erklärte Adrien in entschiedenem Ton. »Gewiß, sie genießt Eure und Königin Philippas Gunst. Aber Ihr habt mir die Countess anvertraut, und da ich für sie verantwortlich bin, werde ich ein solches Benehmen nicht dulden.«

»Jetzt bin *ich* für sie verantwortlich«, seufzte der König. »Komm mit mir, Adrien, ich muß mit dir reden.«

Während er sich abwandte, eilte Monteine zu Danielle. Unbehaglich und schuldbewußt schaute sie Adrien an.

Er hätte Edward folgen müssen. Statt dessen ging er auf das Mädchen zu, das nicht zurückwich, aber zu seiner Genugtuung immerhin erblaßte. »Glaubt mir, Mylady, wenn Ihr noch mal solche Dummheiten macht, wird Euch der König vielleicht nicht mehr beschützen.«

»Und wie werdet Ihr gegen mich vorgehen, Mylord? Wollt Ihr Aville noch einmal erobern? Die Festung ist bereits gefallen — und im Besitz des Königs.« Wütend ballte sie die Hände. »Welch eine großartige Position habt Ihr auf Kosten anderer errungen, Laird MacLachlan! Aber was Ihr mit Avilles Ruin gewonnen habt, verdient Ihr nicht — und Lady Joanna schon gar nicht ...«

»Was?« fauchte er.

»Der König möchte Euch sprechen«, erinnerte sie ihn.

»Was habt Ihr gesagt?«

Unglücklich legte Monteine einen Arm um Danielles Schultern. »Gar nichts, Laird Adrien ...«

»Doch, ich sagte, Ihr würdet die liebe, gute Lady Joanna nicht verdienen. Denn Ihr gleicht dem elenden Löwen auf Eurem Schild, der gierig das Maul aufreißt.«

Drohend hob er einen Finger. »Und Ihr, Mylady,

werdet Euch bald eine Tracht Prügel einhandeln — mit oder ohne Zustimmung des Königs!«

Ehe er die Beherrschung verlieren und das widerspenstige Mädchen übers Knie legen würde, stürzte er aus dem Zimmer. Zu seiner Verblüffung stand Edward allein im Flur und erwartete ihn.

»Bedauerlicherweise hat sie sehr lange unter den Franzosen gelebt«, meinte der König. »Vielleicht hätte ich Lenore bitten sollen, sie hin und wieder doch nach England zu schicken. Aber ich mußte zahlreiche Kämpfe ausfechten. Und so lange Lenore lebte ...« Abrupt verstummte er und schaute den jungen Ritter lange eindringlich an. »Geh bitte etwas sanfter mit Danielle um.«

»Damit sie nachts in mein Zimmer schleicht und mir die Kehle aufschlitzt?«

»So schlimm ist es nun auch wieder nicht.«

»Zweifellos braucht sie eine strenge Hand.«

»Wie auch immer, ich kann dir nicht gestatten, ihr die Leviten zu lesen. Doch das läßt sich ändern.«

»In welcher Weise, Sire?« fragte Adrien verwundert.

»Ah, mein Junge!« Edward legte eine Hand auf seine Schulter. »Weißt du, wie sehr ihr beide euch gleicht? Tag für Tag beeindruckt mich Danielles lebhafter Geist. Und ihre Loyalität! Nachdem sie zu viele Jahre jenseits des Kanals verbracht hat, fällt es ihr schwer, sich hier einzugewöhnen. Erinnerst du dich, was es für dich bedeutet hat, deine schottische Familie zu verlassen und einem anderen König zu dienen?«

»Ich bin David von Schottland immer noch treu ergeben. Obwohl ich Euch gehorche und er Euer Gefangener ist ...«

»... den ich sehr gnädig behandle.«

»Das weiß ich. Und ich bleibe Euer Diener, Sire.«

»In der Tat. Mein Diener. Darüber möchte ich mit dir reden.«

»Aye?« fragte Adrien vorsichtig.

»Du sollst reiche Ländereien erhalten. Und eine vornehme, schöne Ehefrau.«

Bestürzt hielt Adrien den Atem an. »Schon seit einiger Zeit möchte ich mit Euch über eine Heirat sprechen, Sire ...«

»Auch ich habe lange darüber nachgedacht«, fiel Edward ihm ins Wort. »Du wirst dich mit Lady Danielle d'Aville verloben. Dann kannst du sie in deinem Sinn erziehen und ihr ein anständiges Benehmen beibringen. Du wirst Gariston übernehmen, ertragreiche Ländereien mit fruchtbaren Äckern und Weiden.«

Adrien schluckte mühsam. Meinte der König das ernst, was er sagte? Wollte er ihn tatsächlich mit diesem grünäugigen Biest verheiraten? »O Gott, Sire ... Ich wollte Euch um Lady Joannas Hand bitten ...«

»Ah, die süße, schöne Joanna. Eine wunderbare Frau. Aber sie paßt nicht zu dir. Für dich ist sie viel zu sanftmütig. Du brauchst eine temperamentvolle Gemahlin.«

»Und deshalb wollt Ihr mir eine Hexe aufhalsen?«

»Sicher bist du nicht blind, mein Junge. Danielle wird zu einer zauberhaften Schönheit heranwachsen und ihre Mutter noch übertrumpfen. Und es wird dir sicher gelingen, ihr Temperament zu zähmen. Mit ihren fast vierzehn Jahren könnte sie dich schon jetzt heiraten. Aber falls du noch eine Weile warten willst — die Verlobung verleiht dir alle Macht über ihre Ländereien und ihre Person. Übrigens, vor kurzem starb der Oberherr der Lady, Earl of Glenwood, an der Pest. Seine Frau und sein kleines Kind hatte er bereits verloren. Also sind seine Ländereien und sein Titel frei, und ich möchte sie dir zur Verlobung schenken.«

Jeder andere Mann wäre vor Edward auf die Knie gesunken, hätte er solche Worte gehört. Der Titel eines Earls! Welch ein Ruhm für einen Sohn Carlin MacLachlans ... Und um die Hand des königlichen Mündels aus Frankreich hatten schon viele Bewerber angehalten.

Aber Adrien hatte gelobt, eine andere zu heiraten. »Nie wieder wird man mir solche Reichtümer anbieten, Euer Gnaden, aber ich muß sie ablehnen, denn ich liebe Joanna.«

»Unsinn, mein Junge, sie ist nur eine gute Freundin. Und sie paßt nicht zu dir. Außerdem scheinst du etwas zu vergessen.«

»Sire?«

»Ich bin der König, und ich verbiete dir, Joanna zu heiraten.«

»Aber — ich habe Euch treu gedient«, protestierte Adrien.

»Und aus diesem Grund werden wir das Thema vorerst nicht mehr erörtern. Zieh mein Angebot in Erwägung, während du die Lady nach Gariston begleitest. Wenn wir uns wiedersehen, sprechen wir noch einmal darüber. Und nun solltest du möglichst bald mit Danielle abreisen. Tag für Tag hören wir von neuen Todesfällen.« Ohne ein weiteres Wort schritt der König davon.

»Verdammt will ich sein, wenn ich das Mädchen heirate«, flüsterte Adrien. »Ich liebe Joanna!«

Ja, er liebte seine sanftmütige, schöne Freundin, die eine ideale Ehefrau wäre — ganz anders als Lenores mutwillige Tochter.

Für eine Heirat ist sie ohnehin zu jung, dachte er. Aber ihre künftige Schönheit zeigte sich bereits. Eine junge Verführerin, der die Macht ihrer äußeren Vorzüge eben erst bewußt wurde — die den jungen Höflingen die Köpfe verdrehte. Arrogant und anmaßend. Zweifellos wäre es eine reizvolle Aufgabe, ein solches Mädchen zu zähmen.

Aber Danielle würde ihn ein Leben lang verabscheuen. Während Joanna ihn liebte. Und er hatte versprochen, sie zu heiraten. Andererseits — den Titel, eines Earls zu tragen ...

6

Bei prachtvollem Wetter brachen sie auf. Aber Adrien blickte einer unangenehmen Reise entgegen. Er war an lange Ritte gewöhnt, auch durch feindliches Land, begleitet von Fußsoldaten und mehreren Wagen. Jetzt befand er sich in einer anderen Situation. Hinter ihm ritt sein Knappe Daylin, ein sommersprossiger, fünfzehnjähriger Junge, eifrig bestrebt, seine Fähigkeiten zu beweisen. Außerdem nahm Adrien zehn seiner Männer und zehn Soldaten aus Gariston mit, die an den Königshof gekommen waren, um ihrer jungen Herrin zu dienen. Zu Danielles Gefolge zählten ihre Damen Jeanette und Monteine, eine Schneiderin und einige Dienstmädchen, ihr Lehrer Dr. Coutin und ein französischer Meisterkoch, der schon ihrer Mutter gedient hatte. Zahlreiche Wagen beförderten das Gepäck. Von dieser Bürde behindert, würden sie für eine Reise, die nur einen Tag dauern dürfte, mindestens zwei brauchen.

Ebenso ungeduldig wie Adrien, spornte die junge Countess ihre schöne rostbraune Stute mit dem weißen Stern auf der Stirn an. Das Pferd war schlanker und eleganter als Adriens Schlachtrösser. Während er

Matthew ritt, folgte Mark einem der Wagen, an dem man ihn festgebunden hatte. Luke und John waren im Palast von Winchester zurückgeblieben.

Zumindest konnten sie auf guten alten Römerstraßen reiten. In letzter Zeit hatte es nicht geregnet, und sie mußten sich nicht durch schlammiges Terrain quälen. Adrien führte die Prozession an.

In Gedanken versunken, merkte er erst nach einiger Zeit, daß Danielle vorausgesprengt war. Sofort beschleunigte er sein Tempo und holte sie ein. »Mylady, Eure Eskorte soll Euch vor Gefahren bewahren.«

»Hier draußen auf dem Land droht mir keine Gefahr«, versicherte sie, ohne ihren Ritt zu verlangsamen.

»Gemeine Strolche findet man überall.«

»Bisher habe ich keine gesehen, außer den Begleitern, die mir aufgezwungen wurden.«

»Da wir Euch beschützen, könnt Ihr gar nicht ermessen, welch fragwürdige Gestalten Euch vielleicht überfallen würden.«

»Zweifellos wäre meine eigene Eskorte solchen Leuten gewachsen.«

Wie gern hätte er sie übers Knie gelegt ... »Reitet hinter mir, Mylady. Und falls Ihr auf dumme Gedanken kommt, bedenkt bitte — der König stellt sich nicht mehr vor Euch. Jetzt führe *ich* das Kommando.«

»Macht Euch nicht lächerlich! Niemals würde ich hinter einem englischen Ritter reiten.«

»Welch ein Glück für Euch, daß Edward Euch neulich beistand! Sonst hättet Ihr meinen Zorn gespürt.«

Verächtlich schaute sie ihn an. »Ihr hättet nicht gewagt, mich anzurühren.«

»Warum nicht?«

»Weil ich eine Countess bin.«

»Und ich bin ein Count.«

»Der König ist mein Vormund.«

»Versteckt Ihr Euch schon wieder hinter ihm?«

»Ich verstecke mich hinter niemandem, Mylord.«

»Dann gesteht doch die Wahrheit! Habt Ihr Honig in meinen Stiefel gegossen?«

Sie zögerte kurz. »Eigentlich war's ein Zufall.«

»Also ist er zufällig in meinen Stiefel geflossen?«

»Aye.«

»So wie der Pfeffer zufällig in meinen Wein geriet?«

Diese Frage verwirrte sie ein wenig. Aber sie erholte sich sehr schnell von ihrer Überraschung. »Das war kein Zufall, was ich bereitwillig zugebe. Ich verhehle auch nicht, daß ich Euch als meinen Feind betrachte. Deshalb solltet Ihr Euch von mir fernhalten.«

»Wieso? Bevor Ihr schlafen geht, müßte ich Pfeffer in Eure Honigmilch schütten — und Euch den vornehmen kleinen *derrière* versohlen, wenn Ihr mir noch mehr Ärger bereitet.«

»Genau das habe ich vor.«

»Warum?«

»Weil ich nur durch Eure Schuld hier bin. Ohne Eure tückische Taktik hätte meine Mutter die Festung Aville niemals an Edward verloren.«

Sie wußte also Bescheid. »Damals wart Ihr noch gar nicht auf der Welt, Mylady.«

»Nein. Trotzdem habe ich erfahren, durch wessen Schuld mein Heim zerstört wurde.«

»Euer Heim wurde nicht zerstört, und der König übte weder an Eurer Mutter noch an ihrer Stadt Aville Vergeltung.«

»Aber er nahm sie gefangen und zwang sie, nach England zu reisen ...«

»... wo sie Euren Vater heiratete. Und nach Roberts Tod durfte sie in ihr Schloß zurückkehren.«

Diese Argumente überzeugten Danielle nicht. Wütend starrte sie vor sich hin. »Das alles wäre niemals geschehen, hättet Ihr Aville nicht zu Fall gebracht.«

»Großer Gott!« entgegnete Adrien erbost. »Ihr habt die Belagerung von Calais beobachtet. Manchmal ist es barmherziger, eine Festung möglichst schnell zu erobern. Bei einem längeren Kampf wären viele Eurer Leute verhungert. Und außerdem — Ihr seid nicht in Aville zu Hause, sondern hier. Ihr wurdet in London geboren, Euer Vater war Edwards hochgeschätzter Freund und Diener ...«

»Und meine Mutter war eine Kusine des französischen Königs.«

»Nur eine entfernte Verwandte.«

»Jedenfalls gehöre ich dem Haus Valois an.«

»Wie auch immer, Ihr seid ein Mündel des englischen Königs. Und falls Ihr's nicht wißt — kurz bevor Euer Vater starb, bat er den König, Eure Patenschaft zu übernehmen.«

»Sir, was immer Ihr auch vorbringt, Ihr werdet meine Gefühle nicht ändern. Meine Mutter beschwor mich auf ihrem Totenbett, *meinen* König zu ehren. Ich will nicht mit Euch reiten.«

»Wenn Ihr Euch hinter mich begebt, müßt Ihr nicht mit mir reiten. Und bedenkt bitte — dieser Auftrag, den mir der König erteilt hat, ist mir genauso unangenehm wie Euch.«

Ihr derber Fluch verdutzte ihn ein wenig. Offenbar hatte sie diese Ausdrucksweise von den jungen Prinzen gelernt.

Als sie ihr Pferd herumschwingen wollte, griff er grinsend in ihre Zügel. »Noch etwas solltet Ihr bedenken, Mylady. Ohne den Fall Avilles würdet Ihr vielleicht gar nicht existieren. Und jetzt reitet bitte zurück.«

»Das versuche ich ja.«

Er ließ ihre Zügel los, und sie schloß sich Dr. Coutin an.

Wenig später begann der Abend zu dämmern, und sie erreichten Hendon, wo sie übernachten wollten. Sir Richard Aisling, der Vertreter der Krone in dieser Grafschaft, erwartete sie im Schloßhof. »Ist keiner von Euch erkrankt?« fragte er besorgt und bekreuzigte sich. »Bis jetzt sind wir dem Schwarzen Tod entronnen, dem Himmel sei Dank ...« Bei Danielles Anblick unterbrach sich der alte Mann. »Ah, das ist die Lady, nicht wahr? Ganz die Mutter!«

Adrien schwang sich aus dem Sattel und hob Danielle von ihrer Stute, obwohl sie sich gegen seine Hilfe sträubte. »Aye, das ist die Lady. Und keine Bange, niemand von uns leidet an der Pest.«

»Dann bringt die Lady und Ihre Damen ins Schloß. Eure Männer werden in den Hütten verköstigt — dort hinter dem Stall, wo sie später schlafen können. Darby!« rief Sir Richard einem jungen Reitknecht zu. »Kümmere dich um die Leute und ihre Pferde. Mylord MacLachlan, Countess Danielle, wenn Ihr mir bitte folgen würdet ...« Er führte sie in die Halle, wo das Essen bereits angerichtet war. Am Boden lagen duftende Binsen, im Kamin loderte ein helles Feuer, und der knusprige Braten roch köstlich.

Während der Mahlzeit beobachtete Adrien seinen Schützling. Sicher wäre sie für viele Männer eine begehrenswerte Braut, dachte er. Sie aß sehr manierlich, mit zierlichen Fingern. Angeregt unterhielt sie sich mit Sir Richard, der sie hingerissen anstarrte und sich einreden ließ, König Philip von Frankreich wäre zu bedauern und die Engländer dürften ihn nicht länger attackieren.

Adrien stand auf. »Nun muß die Countess ins Bett gehen, Sir Richard. Ich will morgen in aller Frühe weiterreiten, und sie soll nicht im Sattel einschlummern. Dann müßte ich sie nämlich tragen.«

»Nur keine Angst, Mylord MacLachlan!« Danielle lächelte strahlend und erhob sich. »Ihr werdet mich nirgendwohin tragen. Herzlichen Dank für die Gastfreundschaft, Sir Richard, und gute Nacht.«

Nachdem sie majestätisch aus der Halle gerauscht war, entschuldigte sich Adrien: »Auch ich brauche meinen Schlaf, Sir Richard. Ich möchte Gariston möglichst bald erreichen und sofort die Rückreise antreten, um einer Freundin in diesen schweren Zeiten beizustehen.«

»In der Tat, wir erleben sehr schlimme Zeiten«, seufzte der alte Mann und bekreuzigte sich wieder. »Jeden Tag fordert diese schreckliche Pest neue Opfer ...«

Unruhig warf sich Adrien in seinem Bett umher, und am nächsten Morgen gewann er den Eindruck, er hätte überhaupt nicht geschlafen. Er wusch sich und schlüpfte in seine Kleider. Dann rief er nach dem Knappen und fragte, ob die Countess und ihre Damen schon reisefertig seien.

»Aye, Mylord, die Lady wartet im Hof. Heute habe ich Mark für Euch gesattelt.« Daylin legte ihm den Mantel um die Schultern. »Auch die Männer sind zum Aufbruch bereit.«

»Gut, dann wollen wir uns von Sir Richard verabschieden und seine Festung verlassen.« Adrien stieg die Treppe zur leeren Halle hinab und betrat den Hof.

Wie Daylin verkündet hatte, war das Gefolge vollzählig versammelt. Danielle saß in lässiger Haltung auf ihrer Stute. Nachdem Adrien dem Schloßherrn für die Gastfreundschaft gedankt hatte, ritt er an der Spitze der Eskorte zum Tor hinaus.

Die Augen halb geschlossen, überließ er es Mark, das Tempo zu bestimmen. Etwa eine Stunde später merkte er, daß Danielle an ihm vorbeiritt. Sie hatten gerade ein großes Feld erreicht.

Mit einem Freudenschrei grub sie die Fersen in die Flanken ihrer Stute und galoppierte davon. Adrien unterdrückte einen Fluch und folgte ihr. Offenbar verstand sie noch immer nicht, welche Gefahren ihr drohen mochten. Kurz bevor er sie einholen konnte, spürte er, wie sich sein Sattelgurt lockerte. Der Sattel rutschte zur Seite und fiel hinab. Beinahe wäre auch der Reiter zu Boden gestürzt und von den Hufen seines großen Schlachtrosses zertrampelt worden, hätte er sich nicht im letzten Augenblick nach vorn geworfen und den Pferdehals umklammert. Als er sich auf Marks bloßem Rücken aufrichtete und wieder nach den Zügeln griff, erschien Daylin an seiner Seite.

»Mylord ...«

»Schon gut, ich bin nicht verletzt. Die anderen sollen hier warten, während ich die Countess einfange.«

Wütend sprengte er hinter Danielle her und erreichte sie am anderen Ende des Felds, am Rand eines Waldes. Als er vom Pferd sprang, ihre Stute am Zaumzeug packte und zum Stillstand zwang, schrie Danielle verblüfft auf. »Was ...«

»Was wohl?« schrie er. »Pfeffer im Wein und Honig im Stiefel sind gerade noch erträglich. Aber diesmal hättet Ihr mich fast umgebracht, kleines Biest!«

»Ich weiß nicht, wovon Ihr redet.«

»Von meinem Sattel!« fauchte er, schlang einen Arm um ihre Taille und zerrte sie von ihrer Stute herab.

»Aber ich habe Euren Sattel nicht angerührt.«

»Glaubt mir, Mylady, Daylin weiß, wie man einen Gurt festzurrt. Und da Ihr Eure Missetaten so bereitwillig zu gestehen pflegt . . .«

»Nur wenn ich schuldig bin . . .«

»Diesmal werdet Ihr der Strafe nicht entgehen.«

»Laßt mich sofort los, oder ich werde den König ersuchen . . .«

»Selbst wenn Edward mich dafür am nächsten Ast aufknöpfen würde — ich tue, was ich für richtig halte.« Entschlossen zog er sie zu einem Baumstumpf, setzte sich und legte sie quer über seine Knie. Trotz ihrer verzweifelten Gegenwehr drosch er auf ihren kleinen französischen *derrière* ein, ohne ihr Wutgeheul zu beachten.

Als er ihre Zähne in seinem Schenkel spürte, schlug er noch kräftiger zu. Im gleichen Augenblick wurde ihm bewußt, wie süß sie duftete, wie weich sich ihr Körper anfühlte. Verwirrt stellte er sie auf die Füße und erhob sich. »Keine albernen Streiche mehr, verstanden?«

Zitternd kämpfte sie mit den Tränen. Das schöne schwarze Haar wild zerzaust, bot sie einen erstaunlich verführerischen Anblick, und er mußte sich daran erinnern, daß er reifere Frauen vorzog. Joanna war fast einundzwanzig.

»Elender Bastard!« zischte Danielle. »Ich habe doch gar nichts verbrochen!«

»Gar nichts? Beinahe hättet Ihr mich getötet.«

»Da irrt Ihr Euch. Ich bin unschuldig. Diesen Tag werdet Ihr bereuen, Sir. Wenn der König erfährt, was Ihr mir angetan habt . . .«

»Erzählt ihm, was Ihr wollt, Mylady. Er hat mir die volle Verantwortung für Euch und Euer Benehmen übertragen.«

Bestürzt starrte sie ihn an. »Ihr lügt! Da ich sein Mündel bin, habt Ihr kein Recht . . .«

»Da muß ich Euch eines Besseren belehren. Ihr sagtet doch, ich würde die gute, liebe Joanna nicht verdienen? Nun, Edward scheint Eure Meinung zu teilen.«

»Wunderbar! Dann wird sie einen netten, anständigen Ritter heiraten.«

»Und ich eine ungebärdige kleine Hexe ...«

»... die Ihr verdient.«

»Und was verdient Ihr? Einen Löwen, der gierig das Maul aufreißt?«

»Was soll das? Ich verstehe nicht ...«

»Dann will ich's Euch erklären. Der König hat mir Eure Hand angeboten.«

»Nein!« würgte sie hervor.

»O ja!« entgegnete er breit lächelnd. »Am liebsten würde er uns sofort vermählen. Aber da Ihr noch sehr jung seid, hätte er nichts dagegen, wenn wir ein paar Jahre warten. Vorerst würde ihm eine Verlobung genügen, die mir die Herrschaft über Eure Ländereien und Eure kostbare kleine Person einbringt. Also wäre ich von jetzt an Eurer Vormund.«

»Ihr!« flüsterte sie.

»In der Tat — ich, der gräßliche, gierige, niederträchtige Löwe.« Grienend wandte er sich ab. »Ein verlokkendes Angebot, das Edward mir gemacht hat — besonders, wenn ich an die ertragreichen Ländereien von Gariston denke ... Aber ich habe es abgelehnt, und ich bin nach wie vor entschlossen, Lady Joanna zu heiraten.«

Plötzlich hörte er einen Aufprall hinter seinem Rücken und drehte sich um.

Die unbezähmbare junge Countess lag ohnmächtig im Gras.

7

Während er sie betrachtete, mußte er sich eingestehen, daß sie zu einer bezaubernden — und gefährlichen Schönheit heranwachsen würde. Dann meldete sich sein Gewissen, weil sie so jung und trotz ihres rebellischen Geistes verängstigt war. Seufzend ermahnte er sich zur Geduld.

Vielleicht war er zu hart mit ihr umgegangen. Allein schon der Gedanke, ihn zu heiraten, hatte ihr die Besinnung geraubt. Er neigte sich hinab und strich behutsam über ihre Wange. »Danielle ...«

Nach einer Weile bewegte sie sich und blinzelte ihn an. Ihr Atem stockte. »Niemals werde ich Euch heiraten.«

»Sehr gut — ich Euch auch nicht.«

»Aber Ihr sagtet ...«

»Ich erwähnte nur das Angebot des Königs, das ich ablehnte, weil ich Joanna liebe.«

»Oh ...«

Adrien ergriff ihre Hand und half ihr auf die Beine.

Sofort riß sie sich von ihm los und trat zurück. »Ich habe Euren Sattel nicht angerührt«, erklärte sie. Würdevoll wandte sie sich ab und führte ihre Stute zu den anderen, die auf dem Feld warteten.

Er beobachtete, wie sein Knappe abstieg und ihr entgegeneilte, um ihr in den Sattel zu helfen. Darauf war sie nicht angewiesen. Seit Adrien sie kannte, hatte sie sich stets allein aufs Pferd geschwungen. Aber nun lächelte sie liebenswürdig, nahm Daylins Hilfe an und dankte ihm mit einer sanften Stimme, die das Blut in seine sommersprossigen Wangen trieb.

Adrien ließ einen Ersatzsattel aus einem der Gerätewagen holen, legte ihn selbst auf Matthews Rücken, um den etwas unruhigen Mark zu schonen, und zurrte den Gurt fest. Dann stieg er auf, hob eine Hand, und sie ritten weiter. Danielle hielt sich von ihm fern.

Log sie? Oder hatte sie den Sattelgurt tatsächlich nicht gelockert? Wie auch immer, er empfand keine Gewissensbisse, nachdem er sie übers Knie gelegt hatte. Das war eine gerechte Strafe für ihr dreistes Verhalten gewesen.

Nach einer Weile ritt Daylin an seine Seite. Da Adrien allein bleiben wollte, beauftragte er ihn, vorauszureiten und zu erkunden, ob der Weg frei war. Wenig später galoppierte der Junge aufgeregt zurück. »Mylord, wir müssen diese Straße sofort verlassen! Einige Mönche kommen uns entgegen, mit einem Karren voller Pestleichen!«

Adrien drehte sich zu seinem Gefolge um. »Bringt die Wagen in den Wald!« befahl er. Während er zwischen die Bäume ritt und seinen Leuten den Weg wies, sah er die Mönche in ihren braunen Kutten langsam um eine Biegung der alten Römerstraße trotten und Weihrauchkessel schwenken, um Reisende vor der Pest zu warnen und den Gestank der Toten zu überdecken. »Großer Gott!« flüsterte er und bekreuzigte sich.

Auf dem Karren lagen zahlreiche Leichen übereinander, teils halb, teils vollständig bekleidet, als wären sie bei der Arbeit vom Schwarzen Tod ereilt worden. Die schlaffen Glieder von Adeligen und Bauern hatten sich ineinandergeschlungen. Voller Mitleid starrte Adrien der traurigen Prozession nach. Plötzlich dachte er wieder an seinen Schützling und drehte sich um. Dicht hinter ihm war Danielle von ihrer Stute gestiegen. Auch sie betrachtete den Totenkarren. Ihr Gesicht war wachsbleich.

Hastig schwang er sich aus dem Sattel, ging zu ihr

und legte einen Arm um ihre Schultern. Zu seiner Verblüffung wehrte sie sich nicht. Vielleicht hatte sie für einen kurzen Augenblick vergessen, daß sie ihn für einen Feind hielt.

»Schaut nicht hin«, bat er und spürte, wie sie zitterte.

»Da ich das Grauen einer Seuche kenne, läßt sich's ertragen. Ich sah meine Mutter sterben.« Dann befreite sie sich von seinem Griff, sank auf die Knie und begann stumm zu beten.

Nachdem die Mönche hinter der nächsten Straßenbiegung verschwunden waren, herrschte eine Zeitlang tiefe Stille. Nur die Blätter raschelten, vom Wind bewegt, bis ein Soldat aus Gariston rief: »Wir sollen nicht atmen!«

»Aber wir müssen atmen«, entgegnete ein anderer.

»Mylord, reiten wir so schnell wie möglich weiter!« drängte Daylin.

»Aye, Mylord«, stimmte Dr. Coutin zu. »Nicht einmal ein kampferprobter Ritter vermag der Pest zu trotzen. Man kann ihr nur ausweichen. Beeilen wir uns! Und wenn wir Gariston erreicht haben, dürfen wir niemandem Zutritt gewähren.«

Schweigend setzten sie ihren Weg fort. An den Wald grenzte eine große Wiese, die sie überquerten.

Bald danach sahen sie Gariston im schwindenden Sonnenlicht auf einem Hügel emporragen. Rings um die steinerne Festung erstreckte sich Ackerland. Zwischen grünen und goldgelben Feldern standen Hütten, Ställe und Scheunen. Ein Fluß ergoß seine Fluten in den Burggraben, der sich um den Hügel zog. Da der König einen Boten vorausgeschickt hatte, wurde die Countess mit ihrer Eskorte erwartet, und die Zugbrücke war herabgelassen.

Adrien schaute sich wohlgefällig um und gab Edward recht. In der Tat, ein reiches Erbe, dachte er. Hinter den fruchtbaren Äckern weideten Schafe auf saftig grünen Hängen. Allem Anschein nach befand sich das Schloß in tadellosem Zustand, und er konnte es kaum erwarten, die inneren Räume zu sehen.

Hier herrschte, so wie auf allen englischen Landgütern, das Feudalsystem. Leibeigene bestellten die Felder und hüteten das Vieh. Einen Teil der Erträge behielt der Schloßherr, den Rest trat er an den König ab. Dafür beschützte der Herr die Leibeigenen, und der König sorgte mit Hilfe seiner Ritter für Ordnung in seinem Reich. Für seine Ausrüstung und seine Pferde mußte ein Ritter teuer bezahlen. Deshalb waren Ländereien wie Gariston ein kostbarer Besitz — und Ladies wie die junge Countess sehr begehrenswerte Bräute.

Als er merkte, daß sie an seiner Seite ritt und ihr neues Heim fasziniert betrachtete, meinte er: »Mylady, Euer Vater hat Euch ein reiches Erbe hinterlassen ...«

». . . das Euch sicher verlockend erscheint«, unterbrach sie ihn, das Kinn hoch erhoben. »Glücklicherweise liebt Ihr die schöne Lady Joanna.« Ohne eine Antwort abzuwarten, spornte sie ihre Stute an und ritt wieder einmal vor ihm her.

Laut fluchend galoppierte er ihr nach, aber er holte sie erst auf der Zugbrücke ein. Im Hof sprang er von Matthews Rücken und hob Danielle vom Pferd, mochte sie seine Hilfe wünschen oder nicht. Wenig später folgte ihnen die Eskorte.

Drei Türme umgaben den runden Hof. Aus dem Tor des Ostturms eilte ein hochgewachsener, weißhaariger Mann. »Willkommen, Mylord, Mylady!« Adrien kannte Sir Thackery Milton, den langjährigen Verwalter von Gariston, einen loyalen, klugen Mann. Freundlich lächelte Danielle ihn an und erwiderte seinen Gruß. »Ihr habt einen langen Ritt hinter Euch, Mylady.«

»Oh, das war nicht so schlimm, und es hat viel länger gedauert, bis mir der König endlich erlaubte, hierherzureisen.«

»Tretet doch ein und erforscht Eure wunderbare Festung. Mylord MacLachlan, wenn Euer Knappe für die Männer sorgt, wird sich der junge Jacob um die Frauen der Countess kümmern. Mittlerweile zeige ich Euch und der Lady das Schloß.«

Adrien nickte und gab Daylin einige Anweisungen, ehe er Sir Thackery und Danielle in die große Halle des Ostturms folgte.

Bewundernd musterte er die kostbaren Wandteppiche, die zwischen Schwertern, Piken, Hellebarden, Streitkolben und Messern hingen.

Neben dem Eingang standen zwei Kampf-, zu beiden Seiten des wuchtigen steinernen Herds zwei Turnierrüstungen. Davor lag ein dicker Fellteppich. Der Verwalter ging zu einem goldbraunen, von passenden Stühlen umgebenen Eichentisch und füllte einen Weinkelch, den er dem Laird reichte.

»Eine schöne Halle«, meinte Adrien beeindruckt.

»Zweifellos. Und nun will ich Euch und die Lady ins Herrschaftsgemach führen.«

Sie stiegen eine breite, geschwungene Treppe hinauf, und Sir Thackery öffnete die Tür eines großen Raumes. Im Kamin brannte ein helles Feuer. Gegenüber stand ein riesiges Bett mit einem Baldachin und vor dem hohen Bogenfenster ein Tisch mit Polstersesseln. Eine kleine Tür führte in die Toilette, die mit einem marmornen Waschtisch ausgestattet war.

»Wenn Ihr mich begleiten würdet, Mylord — das Gästezimmer, das gelegentlich von der Familie Williams des Eroberers bewohnt wurde, liegt ein Stockwerk höher«, erklärte der Verwalter und verließ den Raum. »Sicher werdet Ihr's sehr komfortabel finden.«

Adrien wollte ihm folgen, hielt aber inne, um die feingemeißelte Verzierung am Kaminsims genauer zu betrachten.

»Verzeiht mir, Sir, das ist *mein* Gemach«, betonte Danielle. »Sir Thackery wird Euch in Eurer Zimmer bringen.«

Die Stirn gerunzelt, wandte er sich zu ihr. Angesichts des Leichenkarrens mochte sie die Züchtigung vergessen haben. Jetzt erinnerte sie sich wieder daran. Aus ihren Augen schienen grüne Funken zu sprühen. Ohne Zweifel legte sie keinen Wert auf seine Gesellschaft. Sie zog es vor, ihr luxuriöses Heim allein zu genießen und sich daran zu weiden, daß es *ihr* gehörte — nicht ihm.

»Gewiß, Countess«, erwiderte er und verneigte sich tief. »Dann will ich Euch nicht länger stören.«

Als er zur Tür ging, rief sie ihm nach: »MacLachlan, ich habe Euren Sattel nicht angerührt.« Verwundert drehte er sich um. »Und deshalb solltet Ihr Euch für Eure ungerechte Anklage entschuldigen.«

»Habt Ihr Euch schon für den Pfeffer in meinem Wein entschuldigt?« fragte er und verschränkte die Arme vor der Brust. »Oder für den Honig in meinem Stiefel?«

»Ich wollte Euch nichts zuleide tun.«

Statt zu antworten, zuckte er nur die Achseln und bemerkte: »Sir Thackery erwartet mich.«

Das Gästezimmer war fast so verschwenderisch eingerichtet wie das Herrschaftsgemach. In dieser Nacht schlief Adrien tief und fest. Wie er am nächsten Morgen erfuhr, wohnten Danielles Damen, ihr Lehrer und ihre Dienstboten im Südturm. Die Ritter und Soldaten hatten den Nordturm bezogen.

Ein paar Stunden lang saß er mit Sir Thackery in der Halle, sah die Rechnungsbücher durch und erkundigte sich nach allen Einzelheiten.

In den Hütten lebten nicht nur Bauern, sondern auch zahlreiche Handwerker — zwei Schmiede, drei Böttcher, drei Steinmetze, mindestens zehn tüchtige Zimmermänner, außerdem Schneiderinnen und Müller. Die Schafe zählten zu den besten von England, und die Wolle wurde zu guten Preisen an die Flamen verkauft. Die Soldaten von Gariston hatte der Verwalter selbst ausgebildet. Adrien dankte ihm für die ausgezeichnete Arbeit und versicherte ihm, der König sei sehr zufrieden mit seiner Leistung.

»Ist es nicht wundervoll, daß die Tochter meines guten Herrn Robert endlich hierhergekommen ist und ihr Erbe antritt, Laird MacLachlan?«

»Ja, in der Tat.«

Für den nächsten Tag schlug Sir Thackery einen Jagdausflug vor. In den Wäldern wimmelte es von Wild, und seit der Ankunft der Countess und ihres Gefolges mußte er viel mehr Leute verköstigen. Vor kurzem war ihm auch der Glenwood Forest anvertraut worden, da der Earl gestorben war, ohne einen Erben zu hinterlassen, und der König noch nicht entschieden hatte, wer die Ländereien übernehmen sollte. »Da gibt es Hirsche, Wildschweine und Fasane. Und wir besitzen ein paar gut abgerichtete Jagdfalken.«

»Ich würde sehr gern jagen«, erwiderte Adrien. Dann entschuldigte er sich bei dem alten Verwalter und wanderte in den Hof, wo mehrere Männer und Frauen ihrer Arbeit nachgingen. Hinter einer schnatternden Gänseschar lief ein bloßfüßiges Mädchen her. Ein Böttcher saß in einem strohgedeckten Verschlag und formte Eichenspäne zu einem Faß. Interessiert blieb Adrien stehen, um einen Goldschmied zu beobachten, der einen kunstvoll gewirkten Stirnreif mit Perlen verzierte. »Ein schöner Schmuck, nicht wahr, Mylord?« rief der bärtige Mann. »Einer Lady würdig, die ein Mann von Eurem Rang zur Gemahlin wählen mag ...«

»Gewiß. Und wann ist der Reif fertig?«

»Wann würdet Ihr ihn brauchen?«

Adrien lachte. »Möglichst bald. Wenn sich die Countess in Gariston eingewöhnt hat, will ich meine Lady hierherholen und vor der grausamen Pest retten.«

»Heute abend werdet Ihr den Reif erhalten«, versprach der Goldschmied.

Adrien bezahlte ihn, ohne um den Preis zu feilschen. In London oder Winchester würde man ein solches Juwel nicht so billig bekommen. Bestimmt würde Joanna Gefallen an dem hübschen Geschmeide finden.

Wenn er querfeldein ritt, konnte er Winchester erreichen, bevor Joanna abreiste, und ihr erklären, in Gariston sei sie am besten aufgehoben, solange die Seuche in England wütete. Da die Zeit drängte, würde ihr Vater verstehen, daß sie nicht auf seine Erlaubnis warteten und sich sofort in Sicherheit brachten.

Seit Adrien die Mönche und ihren Leichenwagen gesehen hatte, wuchs seine Sorge um Joanna. Inständig hoffte er, sie wäre noch nicht zu Warwicks Ländereien gereist. Aber sie konnte ja eigentlich erst in ein paar Tagen aufbrechen, da sie sich vorher um das Gepäck der Königin und ihrer Kinder kümmern mußte.

Am nächsten Tag wollte er an Sir Thackerys Jagd teilnehmen, sich vergewissern, daß es Danielle an nichts fehlte, und die Festung am übernächsten Morgen verlassen.

Nachdem er diesen Entschluß gefaßt hatte, fühlte er sich etwas zuversichtlicher. Er schlenderte durch den großen Hof und war nicht überrascht, als er Danielle inmitten einiger junger Knappen und Soldaten entdeckte, die für ein Turnier übten. Lachend saß sie auf ihrer Stute und balancierte eine schwere Lanze.

»Bitte, nehmt Euch in acht, Mylady!« mahnte Daylin und eilte zu ihr. »Diese Waffe wird Euch aus dem Gleichgewicht bringen! Gebt mir die Lanze!«

Aber sie hörte nicht auf ihn und sprach mit ihren jungen Bewunderern, die ihr lauthals zujubelten. Plötzlich blickte sie auf, als hätte sie Adriens Nähe gespürt, und reckte herausfordernd das Kinn.

Sie stieg vom Pferd und reichte Daylin die Zügel und die Lanze. Dann rannte sie zum Ostturm und erweckte damit den Eindruck, sie hätte Adrien nicht gesehen.

Verdammt, warum mußte sie ihn immer wieder ärgern? Er folgte ihr in die Halle, und sie wandte sich erbost zu ihm um. »Was stört Euch, Mylord? Glaubt Ihr, ich würde mich in der falschen Hoffnung wiegen, die Loyalität der Streitkräfte von Gariston zu erringen?«

»Ganz im Gegenteil, Ihr macht Eure Sache sehr gut. Eine perfekte Schloßherrin . . .«

»Ah! Lobt Ihr mich, um Euch zu entschuldigen — sozusagen durch die Blume?«

»Keineswegs. Jene Züchtigung habt Ihr verdient.«

»Tatsächlich?« Nach einer kurzen Pause fügte sie hinzu: »Hättet Ihr vielleicht die Güte, mir mitzuteilen, wann Ihr Gariston verlassen wollt?«

»Übermorgen, Countess.« Als er freudige Überraschung in ihrer Miene las, fuhr er fort: »Ich möchte Joanna hierherholen, und wir werden in dieser Festung bleiben, bis mich der König von der Verantwortung für sein französisches Mündel entbindet. Habt Ihr etwas dagegen einzuwenden?«

»O nein. Ich mag Joanna, und sie ist mir jederzeit willkommen.« Abrupt kehrte sie ihm den Rücken und stieg die Treppe hinauf.

Während sie mit Sir Thackery, Lady Jeanette und Monteine zu Abend aßen, begegneten sie einander höflich, aber kühl. Danielle versicherte dem betagten Verwalter, sie würde sehr gern an der Jagd teilnehmen und die Falken kennenlernen. Nach der Mahlzeit zog sie sich in ihr Gemach zurück. Ihr Blick hatte Adrien deutlich zu verstehen gegeben, seine Gesellschaft würde ihr mißfallen.

Er spielte eine Partie Schach mit Sir Thackery, die mit einem Patt endete. Auf dem Weg nach oben traf er Monteine, die gerade das Zimmer ihrer Herrin verlassen hatte und ihn besorgt anstarrte. »Mylord ...«

»Ja?«

»Bitte, Ihr dürft der Countess nicht zürnen. Sie ist noch so jung — so feinfühlig. Und der Tod ihrer Mutter hat sie schmerzlich getroffen. Außerdem wuchs sie in Frankreich auf und mußte mit ansehen, wie die Engländer ihre Heimat verwüsteten. Sie meint es nicht böse.«

»Oh, sie meint jedes Wort ernst, das sie mir ins Gesicht schleudert. Und sie ist ungefähr so feinfühlig wie die Eber, die wir morgen jagen wollen. Wenn sie mich ärgert, weiß sie, womit sie rechnen muß. Das habe ich ihr klargemacht. Mehr kann ich nicht für sie tun. Entschuldigt mich jetzt, ich bin sehr müde.«

»Mylord ...«

»Aye?«

»Ich wünschte, Ihr würdet meiner Herrin nicht grollen. Falls ich irgend etwas tun kann, um Euch milder zu stimmen ...« Sie trat näher zu ihm und fuhr mit der Zunge über ihre Lippen.

Wollte sie ihm sinnliche Freuden anbieten, in der Hoffnung, er würde über Danielles beklagenswertes Verhalten hinwegsehen? »Nein, Monteine, die Countess und ich müssen selber sehen, wie wir miteinander auskommen.«

Als er davonging, spürte er ihren Blick im Rücken und ahnte, was sie empfand. Offensichtlich hatte er ihr eine bittere Enttäuschung bereitet.

Am nächsten Morgen wartete sein gesatteltes Schlachtroß Mark im Hof. Danielle und ihre Damen, Sir Thakkery, Daylin und ein junger Wachtposten waren bereits auf ihre Pferde gestiegen. Auf dem Handschuh der Countess saß ein Wanderfalke, den sie liebevoll streichelte. Höflich begrüßte sie Adrien, dann brach die Jagdgesellschaft auf und ritt in den Wald. Bald erreichten sie einen Teich, an dessen Ufer sich mehrere Wildenten tummelten.

Ein Fasan flog empor, und Danielle ließ ihren Falken los. Fasziniert beobachteten sie, wie er den Vogel erlegte.

Später sprengten sie über ein offenes Feld. Adrien erkannte, daß Danielle sich nicht so sehr für die Jagd begeisterte wie für einen wilden Galopp.

Am Feldrand verschwand sie in einer Baumgruppe. Plötzlich hörte er einen schrillen Schrei. Kalte Angst erfaßte ihn, und er raste hinter ihr her.

Sie lag am Boden neben ihrer schönen Stute Stern, die ebenfalls gestürzt war. Erschrocken sprang er von Marks Rücken, rannte zu Danielle und tastete nach ihrer Schulter, ganz vorsichtig, weil er fürchtete, einige Knochen wären gebrochen. Aber sie richtete sich bereits wieder auf.

»Hat das Pferd Euch abgeworfen?« fragte er.

»Nein ... O Gott, Adrien, da drüben ...«

Er folgte ihrem Blick und sah eine Leiche an einem Ast hängen, der die Krähen beide Augen ausgepickt hatten. Bei diesem grausigen Anblick hatte die Stute ihr Gleichgewicht verloren und war ebenso wie die Reiterin ins Gras gefallen. Offenbar hatte sich ein alter Einsiedler, von der Pest geplagt, mit seinem eigenen Gürtel aufgeknüpft.

»Jesus!« flüsterte Adrien und bekreuzigte sich. »Er ist schon lange tot, Danielle.«

»Das weiß ich«, erwiderte sie leise und ließ sich auf die Beine helfen.

»Seid Ihr verletzt?« Als sie den Kopf schüttelte, legte er einen Finger unter ihr Kinn und zwang sie, ihn anzuschauen. »Seid Ihr sicher?«

»Aye.«

Nun ritt Sir Thackery zwischen die Bäume. Auch er entdeckte die Leiche und bekreuzigte sich erschreckt. »Wir müssen ihn abschneiden. Wenigstens ist Euch nichts zugestoßen, Mylady. Aber wir sollten die arme Stute von ihren Qualen erlösen.«

»Was? O nein!« Unglücklich kniete sie neben dem Pferd nieder. Erst jetzt bemerkte Adrien den Dornenzweig, der sich in Sterns rechtes Hinterbein gebohrt hatte.

Inzwischen hatte auch Daylin den Schauplatz des Unfalls erreicht. »Glaubt mir, Mylady, Eure Stute ist nicht mehr zu retten.«

Verzweifelt wandte sich Danielle zu Adrien. Zum erstenmal las er keine Abneigung in ihren schönen grünen Augen, sondern eine flehende Bitte. »Könnt Ihr denn gar nichts tun, Sir?«

Seufzend betrachtete er das verletzte Pferd. »Ich will

versuchen, das Bein zu schienen. Dann müßtet Ihr die Wunde mit Wurzelumschlägen behandeln und den Verband mehrmals täglich wechseln. Allerdings kann ich Euch nichts versprechen ...«

»Versuchen wir's trotzdem!« unterbrach sie ihn, und er nickte.

Dann begegnete er dem Blick der Männer, die ihn vorwurfsvoll musterten, als hätte er den Verstand verloren.

»Starr mich nicht so an, Daylin!« fauchte er. »Hilf mir lieber! Wir müssen Zweige sammeln und eine Bahre herstellen.«

»Für ein Pferd?« fragte Daylin ungläubig.

»Für ein Pferd!« stieß Adrien hervor. »Danielle, tretet beiseite, bis wir die Leiche weggebracht haben.«

Ausnahmsweise entschloß sie sich zum Gehorsam. Martin Nesmith, der Soldat aus Gariston, erklärte Adrien, in seiner Kindheit habe er die Pest überstanden und sei dagegen gefeit. Deshalb erbot er sich, den Erhängten vom Ast zu schneiden.

Nachdem der Tote entfernt worden war, schickte Adrien seinen Knappen zur Festung und beauftragte ihn, ein paar Männer zu holen. Mit vereinten Kräften bauten sie eine Bahre und hoben das Pferd darauf. Dann wurde es in den Stall getragen und in eine Hängematte aus Sir Thackerys Feldzelten gelegt. Aufmerksam hörte Danielle zu, als Adrien erklärte, aus welchen Zutaten sie die Salbe für die Umschläge mischen mußte. »Wechselt die Verbände drei- oder viermal am Tag, Mylady. Sonst beginnt die Wunde zu eitern.«

Müde und schmutzig verließ er den Stall. In der Halle bat er Sir Thackery, ein heißes Bad vorbereiten zu lassen. Während er darauf wartete, trank er einen Becher Ale.

»Glaubt Ihr, die Stute wird's überleben?« fragte der alte Verwalter besorgt.

»Vielleicht — wenn Danielle sie gewissenhaft pflegt.«

»Das wird sie sicher tun. Sie liebt das Pferd — ein Geschenk des französischen Königs.«

Plötzlich schmeckte das Ale sauer. Adrien stellte den Becher beiseite, stand vom Tisch auf und dachte an Joanna, die er am nächsten Tag aufsuchen wollte. Allzulange würde er sich nicht mehr für Danielle verantwortlich fühlen müssen. »Morgen früh reite ich nach Winchester, Sir Thackery. Aber ich komme möglichst bald zurück.«

»Ich werde in Eurer Abwesenheit auf die Lady aufpassen, Mylord.«

»Besten Dank. Würdet Ihr inzwischen ein Zimmer für Lady Joanna herrichten lassen? Sie wird mich hierherbegleiten.«

»Lady Joanna?« wiederholte der alte Mann erstaunt.

»Stimmt was nicht?«

»Nun ja ... Vor Eurer Ankunft hat der König einen Boten zu uns geschickt, mit einem Brief ...« Unbehaglich wich Sir Thackery dem Blick des jungen Lairds aus.

»Und was hat Euch Edward geschrieben?«

»Ihr würdet Euch mit der Countess verloben, bevor Ihr an den Hof zurückkehrt.«

»Sogar Könige täuschen sich manchmal«, erwiderte Adrien tonlos.

»Und der König befahl mir, Euch auf alle Vorzüge von Gariston hinzuweisen. Wenn ich versagt habe ...«

»Nein, sicher nicht!« Verwirrt drehten sich die beiden Männer zu Danielle um, die in die Halle trat. »Bitte, Sir Thackery, Ihr dürft Laird MacLachlan nicht bedrängen. Er hat andere Pläne. Nicht wahr, Sir?« Herausfordernd starrte sie Adrien an.

»Aber — der Wunsch des Königs ...«, stotterte Sir Thackery.

»In allen anderen Belangen versuche ich, ihm zu gehorchen«, beteuerte Adrien. »Aber wie die Countess soeben bemerkte — ich habe tatsächlich andere Pläne. Und nun wünsche ich Euch beiden eine gute Nacht.«

Er verneigte sich und eilte die Treppe hinauf. Inzwischen hatten die Dienstboten eine Wanne mit dampfendem Wasser in sein Zimmer geschleppt. Er kleidete sich aus, dann genoß er sein Bad. Entspannt schloß er die Augen.

Nach einer Weile spürte er, daß er nicht mehr allein war. Er blinzelte, schaute zur Tür und sah Danielle auf der Schwelle stehen. »Was zum Teufel ...«, stöhnte er, griff nach seinem Handtuch und legte es über die Wanne.

»Ich wollte mich bedanken.«

»Aye?«

»Für die Rettung meiner Stute.«

»Noch hat sie's nicht überstanden.«

»Aber ich fühle, daß sie am Leben bleiben wird, und ich werde gut für sie sorgen. Reitet Ihr morgen zu Joanna?«

»Ja.«

Da schenkte sie ihm jenes zauberhafte Lächeln, das bisher nur andere Leute beglückt hatte. »Gott mit Euch, Adrien. Ich freue mich, Eure Lady wiederzusehen.«

Widerstrebend gab er zu: »Sie mag Euch sehr gern.«

»Nun, dann wünsche ich Euch eine angenehme Nachtruhe — und gute Reise. Nochmals vielen Dank.«

»Gute Nacht, Danielle.«

Als sie das Zimmer verlassen hatte, lächelte er unwillkürlich. Würde ihm die kleine Hexe ans Herz wachsen? Vielleicht konnten sie doch noch Frieden schließen.

In dieser Nacht quälte ihn ein grausiger Alptraum. Er kämpfte in einem wilden Gefecht, irgendwo auf französischem Boden. Trompeten schmetterten, Stahl klirrte. Plötzlich sah er Danielle barfuß über das Schlachtfeld gehen. Ihr ebenholzschwarzes Haar flatterte im Wind.

Schweißgebadet erwachte er und sprang aus dem Bett. Er füllte einen Weinkelch, leerte ihn in einem Zug und kroch wieder unter die Decke. Aber er fand keinen Schlaf mehr. Bis der erste Hahnenschrei ertönte, starrte er ins Leere.

Was hatte den schrecklichen Traum heraufbeschworen? Das Pferd, das er zu retten suchte? Die Stute, die Danielle so liebte? Das Geschenk des französischen Königs?

8

Wie Danielle zugeben mußte, führte sie ein sehr angenehmes Leben in Gariston. Auch ihre Damen fühlten sich wohl, ebenso wie Dr. Coutin, der die meisten Gebiete außerhalb von Frankreich für barbarisch hielt.

Zwei Tage nach Adriens Abreise ging Danielle in den Stall, wo sie Monteine antraf. Erstaunt schüttelte ihre Betreuerin den Kopf. »Wie gut sich die Stute erholt! Laird MacLachlan hat ein Wunder vollbracht, und du solltest dich endlich mit ihm aussöhnen, Danni. Bedenk doch — er ist ein starker Krieger und ein Günstling des Königs. Wenn du dich weiterhin gegen ihn stellst, könnte er dir empfindlich schaden.«

»Hast du mir nicht stets erklärt, alle Engländer seien unsere Feinde, Monteine?« betonte Danielle und kauerte sich neben das Pferd.

»Ja, aber ...«

»Und du weißt gar nicht, was er mir angetan hat — abgesehen vom Fall Avilles.« Erbost dachte sie an die demütigende Prügelstrafe. »Ich *muß* ihn bekämpfen.«

»Bitte, hör mir zu!« flehte Monteine. »Der ganze Hof spricht von der Hochzeit, die du mit Laird MacLachlan feiern wirst ...«

»Niemals!«

»Wäre es denn so schlimm? Er ist jung und attraktiv.«

Erheitert stemmte Danielle ihre Hände in die Hüften. »Er hat mir bereits versichert, er würde mich nicht heiraten.«

»Dann seid ihr beide schreckliche Dummköpfe.«

»Eines Tages werde ich nach Aville zurückkehren und mich mit einem französischen Aristokraten vermählen.«

»Danni, du bist ein Mündel des englischen Königs. Nimm dich in acht und sei etwas netter zu Laird MacLachlan.«

»Warum sollte ich? Nachdem er mir die Schuld an seinem gelockerten Sattelgurt gab? Damit hatte ich nichts zu tun.«

»Aber ich«, gestand Monteine bedrückt. »Ich wollte ihn verletzen — weil er ein englischer Ritter ist.«

»Monteine!« flüsterte Danielle.

»Natürlich mußt du's ihm sagen.« Monteine schluckte krampfhaft. »O Danni, ich liebe dich. Und ich wollte nicht, daß er dich zur Verantwortung zieht ...«

»Du hattest allen Grund, einen Engländer für den Tod deines Vaters zu bestrafen, Monteine. Allerdings verstehe ich nicht, warum du plötzlich anders empfindest.«

»Jetzt kenne ich den Laird etwas besser. Er ist anständig und ritterlich.«

»Pah!« spottete Danielle, ohne vom Verband ihrer Stute aufzublicken, den sie gerade sorgsam wechselte. Ritterlich! Ein Mann, der eine junge Lady übers Knie gelegt hatte! Doch das durfte niemand erfahren. Es war zu erniedrigend.

Trotzdem wollte sie Monteine versichern, MacLachlan sei zu allem fähig. Dazu kam sie nicht mehr, weil jemand nach ihr rief.

»Mylady!« Daylin betrat den Stall. »Soeben ist Lady Joanna mit einer kleinen Eskorte eingetroffen.«

Verwirrt stand Danielle auf. »Aber Adrien ist erst vor kurzem ...«

»Da Lady Joanna der alten Römerstraße folgte und mein Herr querfeldein ritt, müssen die beiden einander verpaßt haben. Sir Thackery hat die Lady in die Halle geführt. Nun würde sie Euch gern begrüßen, Countess.«

Danielle lief aus dem Stall und in die Halle, wo ihre Freundin neben dem Verwalter vor dem Herdfeuer saß. Lächelnd erhob sich Joanna und eilte ihr entgegen.

»Geht es dir gut, Joanna?« fragte Danielle besorgt.

»Mein Hals schmerzt ein bißchen. Und ich bin todmüde. Die Königin hat so viele Kinder, und es ist ziemlich anstrengend, all die Sachen zu packen, bevor sie verreisen. Aber jetzt bin ich endlich hier. Das stört dich doch nicht, Danni?«

»Ganz im Gegenteil, ich freue mich.«

Sir Thackery räusperte sich. »Nun will ich Euch allein lassen, Myladies, und wieder meine Pflichten erfüllen, damit Ihr Euch in Ruhe unterhalten könnt.«

»Was für eine gute alte Seele!« meinte Joanna, nachdem er aus der Halle gegangen war.

»Ja, ich habe ihn längst ins Herz geschlossen. Aber du bedeutest mir noch viel mehr, und ich bin so froh über deine Gesellschaft.«

»Nun, ich wollte dich meinem launischen Ritter nicht allzulange ausliefern«, erklärte Joanna lachend.

»In deiner Nähe pflegt er sich fast wie ein Mensch zu benehmen«, erwiderte Danielle und rümpfte die Nase.

Jetzt wurde Joanna ernst. »Wie du inzwischen sicher weißt, will der König euch beide vermählen. Bist du böse, weil Adrien beschlossen hat, *mich* zu heiraten?«

»Großer Gott, nein! Wenn ihr vor dem Altar steht, werde ich euch aus voller Kehle zujubeln — obwohl ich deinen Liebsten verabscheue.«

»*So* übel ist er nun auch wieder nicht.«

»Das sagst du nur, weil die Liebe dich blind macht. Aber er trägt die Schuld am Fall Avilles, und das werde ich nie vergessen. Wirklich, ich gönne dir das Glück an seiner Seite.«

»Danke. Und wie geht es dir? Du scheinst dich wohl zu fühlen.«

»O ja. Gariston ist fast so schön wie . . .«

»Wie Aville?« fragte Joanna.

»Aville ist mein Heim.«

»Jetzt bist du hier zu Hause.«

»In der Festung meines Vaters. Oh, er muß ein wunderbarer Mann gewesen sein. Überall in diesen Mauern spürt man seinen guten Geist. Auch dir wird's auf Gariston gefallen.«

»Oh, gewiß. Es tut mir nur leid, daß Adrien und ich uns verpaßt haben. Nun reitet er überflüssigerweise ins Krisengebiet. Die Menschen fliehen aus den Städten. Überall wütet der Tod.«

»Das weiß ich.« Schaudernd erinnerte sich Danielle

an die grausige Leiche des Einsiedlers. »Aber in Gariston ist noch niemand erkrankt.«

»Gott sei Dank. Zeigst du mir jetzt mein Zimmer, Danni? Die letzten Tage waren wirklich sehr anstrengend. Wenn du mich entschuldigst — ich würde mich gern bis zum Abendessen ausruhen.«

»Natürlich.« Danielle rief nach der Dienerschaft, und das Küchenmädchen Amy eilte in die Halle. »Ist im anderen Turm alles vorbereitet?«

»Aye, Mylady, ich hole eine Dienerin, die Euren Gast hinführen wird ...«

»Nein, ich bringe die Lady selbst hinüber.«

Während sie die Halle durchquerten, lehnte sich Joanna plötzlich an Danielle. »Oh, ich kann mich kaum noch auf den Beinen halten.«

Danielle stützte sie und rief um Hilfe. Als der kräftig gebaute Diener Simms erschien, befahl sie: »Trag die Lady in mein Gemach!«

Wenig später lag Joanna auf dem Bett der Gastgeberin, die Simms beauftragte, Dr. Coutin zu holen und kaltes Wasser zu bringen. Dann betastete sie die Stirn ihrer Freundin, die sich glühend heiß anfühlte.

Simms blieb auf der Schwelle stehen, einen Krug Wasser in der Hand. Angstvoll musterte er Joanna. »O Gott, ich habe sie angefaßt!«

»Gib mir das Wasser!« drängte Danielle.

Aber er rührte sich nicht von der Stelle. Ungeduldig lief sie zur Tür, entriß ihm den Krug und setzte sich aufs Bett, um Joannas Stirn zu kühlen. Nur zu gut verstand sie, was Simms empfand. Jetzt war die Pest doch noch nach Gariston gelangt.

Dr. Coutin betrat das Zimmer und betrachtete die Patientin.

»Ist es der Schwarze Tod?« flüsterte Danielle.

»Aye, Mylady, so sehr ich es auch bedaure ... Ich will tun, was ich kann. Aber ich fürchte, es gibt keine Hilfe.« Er zögerte. Dann räusperte er sich. »Lady Joanna hat die Pest nicht hierhergebracht. An dieser gräßlichen Seuche ist Euer Koch aus Aville schon früher erkrankt. Soeben wurde er von seinem Leid erlöst.«

»Heiliger Jesus!« wisperte Danielle und bekreuzigte sich.

»Inzwischen sind auch andere Leute krank geworden, und ich muß mich um sie kümmern. Bitte, sorgt für Lady Joanna.«

»Keine Bange, ich lasse sie nicht im Stich.«

Joannas Zustand verschlechterte sich zusehends. Während Danielle ihre Freundin pflegte, hörte sie voller Entsetzen, was in der Festung geschah. Ein Reitknecht brach im Hof zusammen. Eine Stunde später starb er. Bis zum Einbruch der Dunkelheit waren drei weitere Todesfälle zu beklagen.

Wie Dr. Coutin erklärte, würden die nächsten drei Tage am schlimmsten sein. Das wußte er, denn er hatte die Pest in Aville überlebt, ebenso wie Danielle, und den Verlauf der Krankheit beobachtet. »Manchmal tritt der Tod sofort ein — in anderen Fällen nach zwei bis fünf Tagen. Hoffen wir, daß die meisten unserer Leute genug Widerstandskraft und Lebenswillen besitzen, um die Seuche zu überstehen.«

Am nächsten Morgen erkrankten Sir Thackery und Monteine. Der ganze Haushalt schien in Wahnsinn zu verfallen.

Als Danielle in die Küche ging, sah sie die Mägde mit den Reitknechten tanzen, ohne Musik, viele nur halb bekleidet. Swen, ein junger Stallbursche, rief der bestürzten Schloßherrin zu: »Nehmt Euch, was das Leben zu bieten hat, Lady — bevor Euch der Tod ereilt!«

»Nicht alle wird er treffen«, erwiderte sie. »Ich brauche Hilfe. Ist jemand bereit, die Kranken zu betreuen?«

Molly, ein Küchenmädchen, hatte ihr Kleid zerrissen und ihre Brüste entblößt. Kichernd kreischte sie: »Einige werden leben, andere werden sterben.« Dann begann sie zu schluchzen. »O Gott, die Beulen breiten sich schon auf meinem Körper aus.«

»Beruhige dich!« mahnte Danielle. »Dr. Coutin wird die Pusteln mit einer Lanzette öffnen, wenn du aufhörst, dich wie eine Verrückte zu gebärden.«

Doch das Mädchen lachte und heulte in einem fort.

Machtlos beobachtete Danielle, wie der Wahn immer mehr Leute erfaßte. Bauern und Soldaten stürmten in die Küche, die nach verschüttetem Ale stank. In allen Ecken lagen Betrunkene, die ihren Rausch ausschliefen. Und die anderen tanzten in wildem Übermut, als wollten sie sich ins Vergessen stürzen.

Swen packte die jubelnde, halbnackte Molly und schwenkte sie ausgelassen umher. Die Augen voller Zornestränen, sprang Danielle auf den großen Eichentisch, zwischen gekneteten Teig, Bratenreste und vertrocknetem Gemüse. Wäre MacLachlan hier, würden es die Dienstboten nicht wagen, sich so schrecklich zu benehmen – nicht einmal, wenn sie dem grimmigen Schnitter ins Auge blickten.

Auf dem Tisch stand eine Eisenpfanne. Danielle hob sie hoch und schlug auf Swens Kopf. Mit glasigen Augen starrte er seine Herrin an und sank zu Boden. Abrupt verstummte das Geschrei, Grabesstille erfüllte den Raum.

»Wenn ihr euch auch wie Narren aufführt und alle Hoffnung aufgebt«, rief Danielle, »ich lasse meine Freunde nicht sterben! Bring Molly ins Bett, Swen, und leg ihr einen feuchten, kühlen Lappen auf die

Stirn. Die Gesunden sollen hier aufräumen. Und für die Kranken wollen wir beten.«

Sie sprang vom Tisch, eilte in den Hof und holte einen Eimer Brunnenwasser. Als sie in die Küche zurückkehrte, sah sie, daß ihr einige Leute widerstrebend gehorchten.

»Sobald Dr. Coutin Zeit findet, wird er sich um euch kümmern«, versprach sie den Dienstboten.

»Niemand kann uns vor dem Schwarzen Tod retten«, seufzte Swen.

»Nun, dann wird ein Priester kommen und euch auf die Reise in den Himmel oder die Hölle schicken. Bei Gott, wollt ihr denn nicht um euer Leben kämpfen?«

Erbost verließ sie die Küche, und sie schauten ihr mit leeren Augen nach.

An der Seite des Doktors ging sie von einem Krankenlager zum anderen und bemühte sich, den armen Menschen beizustehen, so gut sie es vermochte. Sie hatte die Barbiere aus dem Dorf in die Festung gerufen, und sie halfen dem Arzt, die zahlreichen Pestbeulen mit Lanzetten zu öffnen. Von Dr. Coutin angewiesen, wusch Danielle die erhitzten Körper mit kaltem Wasser.

Auf alle Mauern des Schlossen wurden Kreuze aus schwarzer Asche gemalt.

In der fünften Nacht waren fünfzig Tote zu beklagen. Aber wunderbarerweise begannen sich manche Kranke zu erholen.

Joanna atmete immer noch, klammerte sich an ihr Leben, und Danielle hoffte inständig, sie würde genesen. Den ganzen nächsten Tag saß sie am Bett ihrer Freundin und kühlte ihr die Stirn.

Am sechsten Morgen, nachdem die Pest Einzug in Gariston gehalten hatte, wurde Danielle von ihrer Erschöpfung überwältigt. Seit Tagen hatte sie kaum geschlafen. Sie kniete neben Joannas Bett, hielt die Hand der Patientin fest und schloß die Augen.

Als sie die Lider hob, sah sie, daß Adrien MacLachlan in die Festung zurückgekehrt war.

9

Er stand neben dem Bett und betrachtete Joannas schönes, aschfahles Gesicht. Wie unbesiegbar er wirkte, strotzend vor Kraft und Gesundheit . . . Unter dem purpurnen Mantel zeichneten sich die breiten Schultern ab. Im schwachen Licht der Abenddämmerung schimmerte das rotgoldene Haar wie dunkle Bronze. Die Augen glichen Spiegeln des Todes.

Joannas Hand immer noch in der ihren, erkannte Danielle, warum seine Miene so tiefen Kummer ausdrückte. Die Freundin hatte den Kampf gegen die Pest aufgegeben, ihre Finger fühlten sich eiskalt an.

Mit einem Schmerzensschrei sank Adrien auf die Knie und nahm die Tote in seine Arme. Danielle erhob sich. Auch sie trauerte um Joanna. Aber sie befand sich schon so lange in einem Alptraum zwischen Leben und Tod, daß sie nicht mehr allzuviel empfand. Adriens Verzweiflung erschien ihr so intim, daß sie am liebsten davongeschlichen wäre, doch sie konnte sich nicht rühren. Eine Ewigkeit schien zu verstreichen.

Endlich rollten Tränen über Danielles Wangen und befreiten sie von ihrer Erstarrung. Sie wandte sich zur Tür, aber da umfaßte Adrien ihr Handgelenk und stand auf. »Wart Ihr die ganze Zeit bei ihr?«

»Bei ihr — und bei anderen. Fast alle sind erkrankt.

Glaubt mir, Mylord, ich liebte Joanna, und ich tat mein Bestes, um sie zu retten ...«

Zu ihrer Verblüffung zog er sie plötzlich an seine Brust, setzte sich auf den Stuhl neben dem Bett und hielt sie auf seinem Schoß fest. »Armes Mädchen! Was habt Ihr durchgemacht! Die Dienstboten sind gestorben oder geflohen. Und Ihr mußtet ganz allein zurechtkommen.«

»Nein, Dr. Coutin und Lady Jeanette halfen mir.« Neue Tränen stiegen in ihre Augen und ließen sich nicht zurückhalten, obwohl es ihr widerstrebte, vor Adrien zu weinen. Und dann erkannte sie, wie gut es tat, umarmt zu werden, zu fühlen, sie könnte seinen Schultern einen Teil ihrer Sorgen aufbürden.

Nach einer Weile stellte er sie auf die Füße und erhob sich. »Es gibt viel zu tun, Mylady. Vor allem will ich diesen faulen Dienstboten Beine machen, die Euch so schmählich im Stich ließen.«

Danielle folgte ihm zur Treppe und sah ihn in die Halle hinabsteigen. Zusammengesunken saßen mehrere Leute am Boden. Einige würfelten. Erbost trat er in ihre Mitte, und Swen war der erste, der seinen Zorn zu spüren bekam. Adrien packte den Arm des Reitknechts, der vor dem Herd lag, und zerrte ihn hoch. »Warum lungerst du hier wie ein geprügelter Hund herum, während Gariston von einem schrecklichen Unheil heimgesucht wird?«

»Mylord, was soll ich denn tun? Der Tod wird uns alle ereilen.«

»Was du tun sollst?« Blitzschnell zog Adrien sein Schwert aus der Scheide, hielt es an Swens Kehle, und alle anderen sprangen erschrocken auf. »Offenbar bist du immer noch gesund. Also hilf den Kranken, oder ich jage dich sofort in dein Grab!«

»Aye, Mylord, aye!«

Adrien sah sich in der Halle um. »Großer Gott, ihr laßt die Toten einfach hier liegen. Holt Bahren und tragt die Ärmsten hinaus. Ihr müßt eine Grube außerhalb der Mauern ausheben, die Leichen hineinlegen und verbrennen. Sonst werden noch mehr Leute angesteckt. Und du«, fuhr er fort, zu einem Steinmetz namens Robin Sentell gewandt, »du wirst einen Grabstein für Lady Joanna meißeln. Sie soll in der Krypta von Gariston bestattet werden.«

»Aye, Mylord, ich fange sofort zu arbeiten an«, gelobte Robin.

»Hundert Peitschenhiebe für jeden, der die Pest so sehr fürchtet, daß er seinen Mitmenschen nicht beistehen will!« In Adriens Augen schien ein Höllenfeuer zu lodern.

Danielle stand am Treppenabsatz und beobachtete, wie alle davoneilten, um die Befehle zu befolgen.

Als Lady Jeanette zu ihr kam und einen Arm um ihre Schultern legte, stieg Adrien die Stufen herauf. »Wie geht es Sir Thackery?«

»Er lebt noch, Mylord«, erwiderte Jeanette, »und er kämpft entschlossen gegen den Tod.«

»Was ist mit Monteine?«

»Auch sie wehrt sich mit aller Kraft . . .«

Er nickte. »Laßt mich jetzt mit meiner Lady Joanna allein«, bat er, betrat Danielles Gemach und schloß die Tür hinter sich.

»Nun herrscht wieder Ordnung auf Gariston«, seufzte Jeanette. »Ruh dich aus, Danni.«

»Wo denn?«

»Oben in Laird MacLachlans Zimmer. Schlaf ein bißchen. Und wenn du erwachst — vielleicht . . .«

Die junge Countess ließ sich von ihrer Betreuerin ins

Gästezimmer führen und zu Bett bringen. Dann reichte Jeanette ihr einen gefüllten Weinkelch. Danielle leerte ihn in einem Zug und genoß das brennende Gefühl des Alkohols in ihrer Kehle, das den Kummer betäubte. Sobald ihr Kopf das Kissen berührte, schlief sie ein.

Als sie von einem leisen Klirren geweckt wurde, brannte eine Kerze in ihrer Nähe. Adrien saß vor dem Kaminfeuer, und das klirrende Geräusch stammte von dem Kelch, den er immer wieder auf den Tisch stellte, nachdem er getrunken hatte. Neben seiner Hand stand eine fast leere Karaffe. Während er in die Flammen starrte, spielten seine Finger mit einem schön verzierten goldenen Stirnreif, der vor ihm lag.

Danielle stieg aus dem Bett, fühlte sich wie ein unbefugter Eindringling und versuchte, unbemerkt aus dem Zimmer zu schleichen. Aber Adriens Stimme hielt sie zurück. »Warum seid Ihr in Gariston geblieben?«

»Das mußte ich doch ...«

»Ich hätte Euch weggeschickt.«

»Da ich die Pest nach dem Tod meiner Mutter schon einmal überlebt hatte, brauchte ich keine Ansteckung zu befürchten.«

»Gott sei Dank.« Nachdenklich betrachtete er den goldenen Reif. »Wenn ich mir vorstelle, daß ich die Absicht hatte, den Wunsch des Königs zu mißachten ...«

»Joanna hat Euch sehr geliebt.«

»Wäre ich bloß bei ihr gewesen!«

»Ihr wolltet sie hierherholen, Mylord.«

Plötzlich streckte er eine Hand nach ihr aus. »Kommt zu mir.«

Sie schüttelte den Kopf, voller Angst vor seiner seltsamen Stimmung. Offenbar gab er sich die Schuld an Joannas Tod. Und seine Bitterkeit erschreckte Danielle.

Ungeduldig fluchte er, stand auf und ging zu ihr. Ihr

fehlte die Kraft, um ihm zu entfliehen. Aber er wollte ihr nichts antun und strich nur über ihre Wange. »Ihr seid nicht ganz so übel, wie ich dachte.«

»Was für ein reizendes Kompliment, Mylord ...«

»Ihr wart sehr tapfer, und ich danke Euch für alles, was Ihr für Joanna getan habt.«

»Dafür müßt Ihr mir nicht danken. Auch ich liebte sie.«

»Dann danke ich Euch für die tröstliche Beteuerung, sie habe mich geliebt. Welche Ironie! Solche Worte aus Eurem Mund!«

»Was meint Ihr?« fragte sie unbehaglich.

»Ich wäre früher zurückgekommen. Aber ein königlicher Bote hielt mich auf. Sogar jetzt, während die Pest wütet, schiebt Edward uns auf seinem Schachbrett umher. Der Bote erklärte mir, Seine Majestät würde mir verbieten, Joanna zu heiraten. Sonderbar — ich habe das Gefühl, der König ist von Euch besessen. Oder Eure Mutter hat ihn verzaubert. Sie war sehr schön. So wie ...« Adrien unterbrach sich, ging zum Tisch und nahm noch einen Schluck Wein. »Jedenfalls wurde mir mitgeteilt, ich müßte mich innerhalb dieses Monats mit Euch verloben, oder der Monarch würde Euch mit einem alten Dänen namens Andreson vermählen.«

»Lord Andreson?« würgte sie hervor. O Gott, der Mann war mindestens sechzig — ein mürrischer Lüstling mit gebeugtem Rücken, von der Gicht geplagt.

»Die meiste Zeit verbringt er in Dänemark, wo seine Verwandtschaft lebt. Dort habe ich schon einige Turniere bestritten. Ein schönes Land, aber feucht.«

»Was macht es schon aus, ob ich einen dänischen oder englischen Ritter heirate? Ich bin Französin, Mylord.«

»Nun, Mylady, ich denke, die Antwort liegt klar auf der Hand.«

»Meint Ihr, weil Ihr jünger seid, wärt Ihr ein erträglicherer Gemahl und Vater meiner Kinder?«

»Andreson ist kinderlos und wünscht sich sehnlichst einen Erben. Um Euch zu gewinnen, würde er dem König Ländereien übereignen, die sich schon seit den Zeiten der Wikinger in dänischer Hand befinden. Er würde von Euch verlangen, in Dänemark zu leben, weil Ihr viel zu schön und verführerisch für den englischen Königshof seid. Vielleicht würdet Ihr Euer kostbares Aville nie wiedersehen. Und außerdem — ich sabbere nicht.«

Auf dieses letzte Argument ging sie nicht ein. »Aber ich bin eine Countess. Und Aville gehört mir. Der König kann mich nicht zwingen, Lord Andreson zu heiraten und nach Dänemark zu ziehen.« Obwohl ihre Stimme kühl und entschieden klang, hatte sie Angst. Edward hielt seinen Willen für das Gesetz. Vor allem, wenn es um seine Kinder und Mündel ging. Priester konnten bestochen werden. Und sie kannte grausige Geschichten von Aristokratinnen, die gefesselt und geknebelt von habgierigen Rittern zum Traualtar geschleppt wurden. Trotzdem versuchte sie, Mut zu fassen. »Ich lasse mich nicht einschüchtern. Niemals werde ich mich den tückischen Machenschaften des Königs fügen. Jenseits des Kanals leben meine Verwandten, die mir sicher helfen werden, wenn ich aus England fliehe.«

»Gewiß, und aus diesem Grund will Edward Euch unter Kontrolle behalten ...« Er starrte ins Feuer. Zu Danielles Verwunderung schloß er plötzlich die Augen, und dann sank er zu Boden.

Der Wein, dachte sie, der Narr hat sich betrunken

und geglaubt, damit könnte er seine Trauer um Joanna betäuben. Seufzend ging sie zu ihm, kniete nieder und berührte seine Hand.

»Adrien!« Wie heiß er sich anfühlte ... Er war nicht betrunken, sondern krank. »O Gott!« rief sie und sprang auf. Da sie den großen, schweren Mann nicht ins Bett bringen konnte, mußte sie Hilfe holen. Sie rannte aus dem Zimmer, die Treppe hinab, in die Halle.

Erstaunt sah sie sich um. Inzwischen hatte man die Leichen hinausgebracht, sauber gemacht und den Boden mit frischen Binsen bedeckt. Die Leute hatten sich Adriens wütende Worte offensichtlich zu Herzen genommen. Vor dem Herdfeuer saß sein Knappe und polierte einen Schild.

»Bitte, Daylin, komm mit mir, ich brauche dich.«

Die Stirn gerunzelt, legte er den Schild beiseite und folgte ihr die beiden Treppenfluchten hinauf. Beim Anblick seines Herrn, der reglos vor dem Kamin lag, hielt er erschrocken den Atem an. Mühsam hievte er ihn aufs Bett. Danielle befahl ihm, kaltes Wasser zu bringen und Dr. Coutin zu verständigen.

Nachdem er den Auftrag ausgeführt hatte, zogen sie dem bewußtlosen Ritter die Tunika und das Hemd aus. Dann wuschen sie ihn. Als der Doktor erschien, traten sie ans Fenster, und Daylin erklärte Danielle, sie habe zwei Tage lang geschlafen. In dieser Zeit sei viel geschehen. Sir Thackerys und Monteines Zustand würde sich allmählich bessern. Auch Molly habe die Pest überlebt. Aber viele Menschen seien gestorben.

An diesem Morgen waren Boten aus Winchester eingetroffen und hatten gemeldet, die Seuche würde endlich abklingen.

»Mylady!« rief Dr. Coutin. Besorgt eilte sie zu ihm.

»Ich tat mein Bestes für den Lord. Nun müssen wir warten und das Fieber bekämpfen.«

»Darin bin ich schon geübt. Ich werde ihn pflegen.«

»Auch ich bleibe hier«, erbot sich Daylin. In diesem Augenblick erkannte Danielle, wie sehr er seinen Herrn liebte. Im übrigen — warum war sie selbst so fest entschlossen, Adrien am Leben zu erhalten? Vielleicht, weil sie einen weiteren Sieg der Pest vereiteln wollte, die schon genug Opfer gefordert hatte ...

Von Daylin und Lady Jeanette unterstützt, betreute sie den Patienten und betete für ihn — obwohl er ihr erneut ein Dorn im Auge sein würde, wenn er genas.

Zwei Tage lang schwankte er zwischen Ohnmacht und Bewußtsein. »Geht weg ...«, flüsterte er, als er wieder einmal die goldbraunen Augen aufschlug und Danielle allein an seinem Bett sitzen sah. »Sonst steckt ihr Euch an.«

»Wie ich bereits sagte — ich habe die Seuche in Aville überstanden. Also bin ich gefeit.«

»Trotzdem befehle ich Euch ...«

»Und was wollt Ihr tun, wenn ich Euch den Gehorsam verweigere? Jetzt könnt Ihr mich nicht übers Knie legen.«

»Das hole ich später nach«, drohte er, senkte die Lider und verlor erneut die Besinnung.

Am fünften Tag tobte er im Fieberwahn, rief nach einem gewissen Carlin und schwor, sich niemals zu unterwerfen und dem Namen seiner Familie stets Ehre zu machen. »Ich werde dich nicht enttäuschen, weder in der Schlacht noch auf dem Turnierplatz ...« Etwas später entsann er sich seiner toten Geliebten. »Verzeih mir, Joanna, meine süße Lady ...«

Als er am ganzen Körper zu zittern begann, warf sich Danielle auf ihn. »Untersteht Euch zu sterben, elender Schurke!« Da öffnete er die Augen, die in der wächsernen Blässe seines Gesichts wie Flammen glühten. »Feigling!« schimpfte sie, den Tränen nahe. »Ah, der tapfere Laird MacLachlan, der Schotte, der eine französische Festung zu Fall brachte, kapituliert vor einer armseligen Krankheit!«

Zu ihrer Verwirrung richtete er sich plötzlich auf, packte mit erstaunlicher Kraft ihre Schultern, und begann in einer Sprache zu reden, die sie nicht verstand — wahrscheinlich auf gälisch. Dann sank er ins Kissen zurück, holte tief Atem und schlief ein.

Danielle wandte sich zu Daylin, der kurz zuvor ins Zimmer gekommen war. »Was hat er gesagt?«

»Daß er sich niemals ergeben würde, nicht einmal dem Tod.«

In dieser Nacht sank das Fieber. Nach langen Stunden hob er die Lider und starrte Danielle an. »Ich sagte doch, Ihr sollt gehen ...«

»O Mylord!« rief Daylin freudestrahlend. »Nun habt Ihr die Pest besiegt. Das wußte ich! Dem Himmel sei Dank!«

»Ich bringe Euch was zu essen, Sir«, versprach Danielle und eilte davon.

Nachdem sie in der Küche eine Fleischbrühe bestellt hatte, kehrte sie zurück. Die Tür des Gästezimmers war von innen verriegelt. Überrascht klopfte sie an.

Der Knappe öffnete die Tür einen Spaltbreit, erklärte ihr, sein Herr würde baden, und so ging sie in ihr eigenes Gemach.

Inzwischen hatte man den Raum gründlich gelüftet und das Bett frisch bezogen. Der Geruch des Todes war verflogen, der Kummer nicht. Erschöpft legte sie sich hin und schlief sofort ein.

Als sie erwachte, saß Lady Jeanette bei ihr. Auf dem

Tisch stand ein Tablett mit einer Mahlzeit, ein dampfendes Bad war vorbereitet. Genüßlich versank Danielle im warmen Wasser und wusch ihr Haar. Später kleidete sie sich an, aß frisches Brot mit süßer Butter, kalten Braten und Käse. Dann eilte sie zu ihrem Patienten.

Adrien lag im Bett, immer noch mit nackter Brust und ziemlich bleich. Die Krankheit hatte ihn sehr viel Kraft gekostet. Aber ein Teil seiner alten Vitalität war zurückgekehrt.

Mit heiserer Stimme erteilte er Daylin einige Befehle, und der Knappe zwinkerte Danielle zu, ehe er das Zimmer verließ. Zögernd trat sie ans Bett.

»Wie oft muß ich Euch noch sagen, Ihr sollt Euch von mir fernhalten?« seufzte Adrien.

»In dieser Festung bin *ich* die Herrin, und ich lasse mir keine Vorschriften machen.«

»Offenbar zählt der Gehorsam nicht zu Euren Tugenden.«

»Nach meiner Ansicht ist er keine Tugend, und er wird den Frauen nur von Männern aufgezwungen, die irgendwas zu gewinnen hoffen.«

Er stöhnte, aber sie glaubte, ein schwaches Lächeln auf seinen Lippen zu sehen. »Vorerst fehlt mir die Kraft, um mit Euch zu streiten. Aber wir werden uns bald über die Bedeutung des Wortes Gehorsam unterhalten.«

»Warum?«

Ehe er antworten konnte, klopfte es an der Tür, und Daylin schaute herein. Adrien winkte ihn zu sich. Hinter dem Knappen traten Vater Adair, der junge Priester von Gariston, und ein Mann ein, den Danielle nicht kannte.

»Ah, Sir George ...« Adrien hob erstaunt die Brauen.

»Was um Himmels willen habt Ihr bei uns verloren? Hier wütet die Pest. Überall stehen Kreuze, die Besucher abhalten sollen ...«

»Adrien MacLachlan!« Der Neuankömmling, ein hochgewachsener Mann mit eisgrauem Haar und freundlichen braunen Augen, verneigte sich.

»Und Mylady ... Auch ich habe die Seuche überlebt und fürchte sie nicht mehr.«

»Und was führt Euch zu uns, Sir?« fragte Adrien.

»Der König hat mich nach Gariston geschickt. Nachdem er von Lady Joannas Tod erfahren hatte, beschloß er, Euch sein tiefes Beileid ausrichten zu lassen.«

»Sagt ihm, ich danke ihm dafür.«

»Außerdem möchte er Euch daran erinnern, daß er das Land trotz seiner Trauer um die vielen Verstorbenen weiterhin regieren muß.«

»Gewiß — und was will er von mir?«

Sir George grinste übers ganze Gesicht. »Nun soll über die Zukunft der Countess entschieden werden.«

Erbost wandte sich Danielle zu ihm. »Laird MacLachlan ist eben erst den Klauen des Schwarzen Todes entronnen. Und Ihr kommt hierher und ...«

»Ah, Mylady, Eure Sorge um den Patienten ist wirklich lobenswert ...«, begann Sir George, und Adrien unterbrach ihn.

»Sie sorgt sich nicht um mich, sie hat nur Angst.«

Verzweifelt neigte sich Danielle zu ihm hinab und wisperte: »Sagtet Ihr nicht, Ihr wärt mir dankbar, weil ich Joanna gepflegt habe? Nun könnt Ihr mir's vergelten.«

»Wollt Ihr Eure Jugend mit einem alten Mann in Dänemark verbringen?« flüsterte er. Da Ihr kein Gegenargument einfiel, entschloß sie sich zum einfachsten Ausweg — zur Flucht. Aber er umklammerte ihr

Handgelenk. »Sir George, wie immer bin ich ein treuer Diener des Königs, und sein Wunsch ist mir Befehl.«

»Dann ...«

»In der Tat, ich stimme einer Verlobung zu.«

»Nein, ich ...«, versuchte Danielle zu protestieren.

»Klären wir die Sache ein andermal«, schlug Adrien vor.

»Jetzt wäre der geeignete Zeitpunkt«, meinte Sir George.

»Jetzt? Sir, ich bin eben erst von den Toten auferstanden.«

»Das spielt keine Rolle. Auf eine aufwendige Zeremonie können wir verzichten. Vater Adair wird die Verlobung vornehmen, ich bin der Zeuge des Königs — und natürlich Eurer, Laird MacLachlan, und Lady Jeanette wird als Zeugin der Countess fungieren. Übrigens, ich war so frei, einen Verlobungsring zu besorgen. Sobald ich Lady Jeanette geholt habe, fangen wir an.« Sir George verneigte sich lächelnd und verließ das Zimmer.

Vergeblich versuchte sich Danielle, von Adriens Griff zu befreien. Er umklammerte ihr Handgelenk noch fester. Beinahe hätte sie aufgeschrien. Er mochte halb tot sein, aber er hätte ihre Knochen brechen können.

»Habt Ihr mir nicht versprochen, Ihr würdet mich niemals heiraten?« zischte sie.

»Hier findet nur eine Verlobung statt, keine Hochzeit.«

»Im Grunde ist das ein und dasselbe!«

»Soll ich Euch dem König ausliefern? Auf Gnade oder Ungnade? Kleine Närrin! Zweifellos hat Sir George alle erforderlichen legalen Dokumente mitgebracht. Wenn Ihr Euch nicht mit mir verlobt, werdet Ihr binnen einer Stunde mit Sir Andreson ferngetraut.«

Wütend kämpfte sie mit den Tränen. Wollte Edward mit aller Macht ihr Leben zerstören? »Das kann der König nicht ...«

»O doch, er kann. Verdammt, das tue ich für Euch! Versteht Ihr denn nicht?«

Sie verstand es nur zu gut. Aber es widerstrebte ihr, in Adriens Schuld zu stehen und sich mit ihm zu verloben. Niemals würde er sie lieben, denn sein Herz gehörte der toten Joanna. »Oh, ich hasse den König! Gegen ihn kann ich nicht gewinnen.«

»Dafür werdet Ihr Aville gewinnen.«

»Was meint Ihr?«

»Sobald Ihr mit mir verlobt seid, wird Edward keine Einwände erheben, wenn ich Euch die Rückkehr nach Aville gestatte.«

Verblüfft hielt sie den Atem an. »Schwört Ihr mir das? Bei Eurer Ritterehre?«

»Aye, Mylady, ich bezahle immer meine Schulden.«

»Ihr schuldet mir nichts.«

»Immerhin habt Ihr alles getan, um mein Leben zu retten.«

»Da Ihr ein so starker, wackerer Ritter seid, hättet Ihr die Krankheit auch ohne meine Hilfe besiegt.« Eindringlich schaute sie ihn an. »Erlaubt Ihr mir wirklich, in meine Heimat zurückzukehren?«

»Ja. Aber ich werde Euch nicht gestatten, einen Keil zwischen die Bewohner von Aville und ihren Oberherrn, den englischen König, zu treiben. Versprecht Ihr mir, nichts dergleichen zu versuchen?«

»Gewiß. Wann darf ich abreisen?«

»Sobald ich Euch eine sichere Eskorte bieten kann.«

Als Sir George mit Lady Jeanette zurückkehrte, hielt Adrien das Handgelenk seiner künftigen Braut immer noch fest. Salbungsvoll sprach der Priester über die heiligen Bande einer Verlobung, und die Countess prostestierte kein einziges Mal.

Später, nachdem alle Dokumente unterzeichnet waren, konnte sie endlich in ihr Schlafgemach fliehen. Halb benommen blieb sie in der Mitte des Raumes stehen und drehte am schlichten goldenen Ring, den Adrien über ihren Finger gestreift hatte. Obwohl er zu groß war, fühlte er sich viel zu eng an. Sie hatte ihre Seele verkauft — aber Aville gewonnen.

In den nächsten Wochen ging sie Adrien aus dem Weg. Das nahm er kaum zur Kenntnis. Er zog es sowieso vor, allein zu sein. Bald hatte er sich von seiner schweren Krankheit erholt, ritt täglich aus, nahm an den Waffenübungen der Ritter und Knappen teil. Sir Thakkery genas viel langsamer, und Danielle erkannte, daß Adrien seine Abreise nur so lange hinauszögerte, bis der alte Mann wieder imstande wäre, Gariston zu verwalten.

Wie Danielle von Daylin erfuhr, wollte sein Herr nach Norden reiten, in die Heimat seines Vaters. Adrien sprach nicht mit ihr über seine Pläne, und er erwähnte auch nicht, wann sie die Reise nach Aville antreten sollte. Aber eines Abends schickte er seinen Knappen zu ihr und ließ sie in die Halle bitten. Aufgeregt folgte sie seinem Ruf.

»Morgen wirst du abreisen, Danielle«, erklärte er.

»Schon morgen?« flüsterte sie atemlos.

»Ja. Zuvor muß ich dir einige Neuigkeiten mitteilen. Der König von Frankreich ist gestorben.«

»Philip!« rief sie bestürzt. Obwohl sie ihn kaum gekannt hatte, ging ihr sein Tod nahe. Bei seinem Besuch in Aville war er sehr freundlich zu ihr gewesen.

»Sein Sohn Jean wurde bereits gekrönt. Wenn du

nach Frankreich zurückkehrst, wirst du ihm deine Aufwartung machen, als seine Untertanin, die jedoch nach wie vor ihrem Oberherrn Edward dient. Und du wirst Aville im Namen des englischen Königs verwalten.«

»Aye ...« Hastig senkte sie den Kopf, um den Glanz in ihren Augen zu verbergen.

Aville — ihr Heim, wo sie der Mutter gelobt hatte, den französischen König zu ehren ... Jetzt war Philip tot. Aber sein Sohn würde regieren, und an ihrem Gelübde, das Haus Valois zu ehren, hatte sich nichts geändert.

Verräterische Gedanken ... »Natürlich werde ich unsere französischen Interessen wahren und deine Befehle befolgen, Adrien.«

»Die nächste Zeit werde ich in Schottland verbringen.«

»Gute Reise.«

»Zweifellos freust du dich über unsere Trennung.«

»Oh, ich ...«

»Nun, darauf kommt es nicht an. Offenbar hat Lady Jeanette eine tiefe Zuneigung zu Sir Thackery gefaßt. Sie wird hierbleiben und ihn gesund pflegen. Dr. Coutin und Monteine werden dich begleiten, zusammen mit einigen meiner Männer, die dich beraten und beschützen sollen.«

»Vielen Dank. Dann wünsche ich dir jetzt eine gute Nacht ...« Sie wollte sich abwenden, aber Adrien ergriff wieder einmal ihr Handgelenk.

»Verrate mich nicht!« warnte er sie. »Möge dir der Himmel beistehen, wenn du dein Wort brichst!«

Sie nickte. Unsicher wich sie seinem Blick aus, riß sich los und rannte die Treppe hinauf.

Am nächsten Morgen hatte er die Festung bereits verlassen, als sie sich von Sir Thackery und Lady Jeanette verabschiedete und mit ihrer Eskorte aufbrach.

Obwohl ihr Herz in Frankreich zurückgeblieben war, fiel es ihr schwer, Gariston zu verlassen. Aber sie wußte, wo ihr wahres Zuhause lag.

Teil II

Verlorener Gewinn . . .

10

Adrien saß auf einem hohen, zerklüfteten Felsblock in der Nähe seines alten Familiensitzes und beobachtete eine Schafherde, die von zwei jungen Mädchen und zwei kläffenden Hunden über einen Hang getrieben wurde. Dann lehnte er den Kopf an das graue Gestein und starrte zur Sonne hinauf.

Nach seiner Genesung war er nicht sofort hierhergekommen, wie er es ursprünglich beabsichtigt hatte. Statt dessen war er rastlos durch Europa geritten — nach Hainault, Brügge, Gent, sogar nach Bayern. Immer wieder hatte er an Turnieren teilgenommen, entschlossen gekämpft und keinen einzigen Wettkampf verloren.

In Flandern begegnete er Sir George auf einem Siegerbankett. Adrien war ziemlich betrunken, verstand aber, was der König ihm ausrichten ließ — er solle gefälligst am Leben bleiben. Außerdem sei es an der Zeit, seinen Plan zu verwirklichen und Schottland aufzusuchen. Am nächsten Morgen trat er, inzwischen wieder nüchtern, die Heimreise an.

Er war froh gewesen, nach Hause zurückzukehren. Keine andere Gegend liebte er so sehr wie diese Hügel und Felder mit den spärlichen Grasbüscheln, die Lochs, die rauhe Schönheit der eindrucksvollen Landschaft. Erst jetzt, nach der langen Abwesenheit, erkannte er, wie schmerzlich er dies alles vermißt hatte. Als Junge war er fortgezogen, als Mann heimgekommen. Und es gab viel zu tun. Das Herrschaftshaus der MacLachlans, das er einst so groß und stattlich gefunden hatte, erschien ihm nun viel zu klein, und es verfiel zusehends.

Mit Feuereifer ging er an die Arbeit und stellte Steinmetze ein, die das Gebäude instand setzten und vergrößerten. Außerdem kaufte er neue Schafe und holte zusätzliche Handwerker in sein Dorf. Indem er sich mit diesen Dingen befaßte, versuchte er die Pest zu vergessen, Joannas Tod, seine Verlobung mit Danielle. Er schlichtete Streitigkeiten zwischen den Clans und bildete junge Männer zu Kriegern aus. Täglich nahm er an ihren Waffenübungen teil, weil er wußte, daß er nicht für immer daheim bleiben würde. In diesen Monaten sah er eine Wartezeit — wenn er auch nicht wußte, worauf er wartete.

Manchmal gestattete er sich, um Joanna zu trauern. Aber wie er inzwischen erkannt hatte, bestand ein Teil seines Kummers aus Schuldgefühlen. Obwohl er entschlossen gewesen war, sie zu heiraten, hatte er viel zu lange gezögert — und sie nicht innig genug geliebt.

Schließlich verzieh er sich das klägliche Zaudern, denn sie hätte ihm ebenfalls vergeben. Sie hatte ihn wohl besser gekannt als er sich selbst. Monatelang lebte er wie ein Mönch. Nachdem er Frieden mit seiner Seele geschlossen hatte, schlief er mit einigen Frauen. Doch keine konnte ihn von seiner inneren Unruhe befreien.

Eines Abends lag er im Bett einer verwitweten Goldschmiedstochter, starrte ins Herdfeuer und fragte sich, was ihm fehlte. Die Flammen schienen in verschiedenen Farben zu tanzen — Blau, Rot, Grün. Und zu seiner Verblüffung merkte er, daß ihn das Grün an Danielles Smaragdaugen erinnerte.

Seit der Trennung dachte er erstaunlich oft an seine Braut. Aus zwei Gründen hatte er den Befehl des Königs befolgt, was die Verlobung betraf. Erstens war es ihm, da er Joanna nicht heiraten konnte, gleichgültig gewesen, mit wem er sich verlobte. Und zweitens mochte er Danielle. Er bewunderte sie sogar. In den schweren Zeiten der Seuche hatte sie sich vorbildlich verhalten, selbstlos für die Kranken gesorgt und auch ihn aufopferungsvoll gepflegt. Um ihr dafür zu danken, hatte er sich mit ihr verlobt und ihr die Rückkehr in ihr geliebtes Aville ermöglicht.

Natürlich mußte er verhindern, daß sie Edward in ihrer französischen Heimat Schwierigkeiten bereitete. Aber den Berichten zufolge, die Adrien regelmäßig erhielt, benahm sie sich untadelig. Ohne sich gegen die englische Herrschaft in der Gascogne aufzulehnen, begegnete sie ihren Valois-Verwandten diplomatisch und taktvoll.

Ein paarmal hatte er ihr geschrieben und gefragt, wie es ihr gehe. Sie hatte geantwortet, sie sei glücklich und würde hoffen, er fühle sich im Norden wohl. Zweifellos wünschte sie, er würde möglichst lange dort bleiben.

An diesem Abend, im Bett der verwitweten Goldschmiedstochter, sehnte er sich plötzlich nach Danielle — nach ihrer Schönheit und ihrem bezaubernden Lächeln, ihrem Stolz, sogar nach ihrem rebellischen Geist, der ihn so oft geärgert hatte. Abrupt richtete er sich auf und verwirrte die Frau an seiner Seite.

»Adrien, mein Laird . . .«

Er wandte sich zu ihr, um sie in die Arme zu nehmen und zu küssen, seine Lust zu stillen. Aber irgend etwas fehlte ihm — etwas, das er einmal fast errungen hatte und das er wiederfinden wollte.

Daran dachte er jetzt, während er auf dem Felsen saß, die Schafherde — und sein Leben vorbeiziehen sah. Er lebte schon sehr lange auf seinem schottischen Ahnensitz. Seit Joannas Tod waren fünf Jahre vergangen — friedliche Jahre, die dem Grenzland Glück und Wohlstand gebracht hatten.

Obwohl Adrien seinen schottischen Clan befehligte, blieb er Edwards Ritter. Seine Treuepflicht durfte er nicht mißachten. Nach der Rückkehr aus Calais hatte der König ihn zu einem der sechsundzwanzig Gründungsmitglieder des Hosenbandordens ernannt. Und anläßlich der Verlobung mit Danielle hatte er, wie versprochen, die Ländereien des Earls of Glenwood und dessen Titel erhalten. Nun zählte er zu den reichsten Männern Englands und Schottlands. Also hatte er Edward viel zu verdanken ...

In diese Gedanken versunken, blinzelte er verwundert, als er plötzlich einen Reiter herankommen sah — Sir George, hoch aufgerichtet im Sattel eines Rotschimmels. Erfreut erhob sich Adrien. »Führen die Engländer wieder Krieg gegen Schottland? Täuschen mich meine Augen? Was führt Euch so weit nach Norden?«

»*Ihr* seid es, der mich hierherlockt. Habt Ihr Euch so tief in euren Felsen und Schafherden vergraben, daß Ihr die Welt vergeßt?«

»Oh, meine eigene Welt gefällt mir sehr gut. Kommt in mein Haus, trinkt Ale mit mir und erzählt von jener anderen Welt.« Adrien führte ihn in seinen Hof, wo er die Eskorte des Besuchers seinen Soldaten anvertraute und sie beauftragte, die Männer unterzubringen und zu verköstigen.

Dann setzte er sich mit Sir George in die Halle, an einen reichgedeckten Tisch. Bei der Mahlzeit unterhielten sie sich über belanglose Dinge. Erst später, als sie vor dem Kaminfeuer Wein tranken, kam der Gast auf sein Anliegen zu sprechen. »Adrien, der König braucht Eure Dienste. Er bereitet eine Invasion der Normandie vor und rüstet zum Kampf gegen die Franzosen.«

»Wann tut er das nicht?«

»Er will Aville sichern.«

Erstaunt runzelte Adrien die Stirn. »Aville *ist* gesichert. Gibt es irgendwelche Schwierigkeiten?«

»Habt Ihr Männer in Aville postiert?«

»Aye — Daylin, Richard Huntington, Giles Reeves und andere. In ihren Berichten erwähnen sie nichts, was mich beunruhigen müßte.«

»Dazu besteht auch kein Grund. Aville ist ein Treffpunkt bekannter Musiker, Dichter und Maler. Englische Ritter bemühen sich ebenso wie französische um Einladungen in die Festung der Countess, wo sich auch ihre Valois-Verwandten regelmäßig aufhalten.«

»Welche Gefahren könnte das Mädchen heraufbeschwören?«

»Mädchen? Mein lieber junger Laird, Ihr habt Euch zu lange auf Eurem schottischen Landsitz verkrochen. Mittlerweile ist Lady Danielle zu einer bemerkenswerten Frau herangewachsen. In ganz Europa spricht man von ihrer Schönheit. Und vornehme Ritter aus allen Teilen Frankreichs liegen ihr zu Füßen.«

Heftiger Zorn stieg in Adrien auf. »Was sagt Ihr da? Paktiert sie mit den Franzosen?«

»Nein, sie lädt ihre Verwandten ein, was Ihr erlaubt habt. Aber da König Jean und unser Edward bald aneinandergeraten werden, könnte sich die Situation in Aville bedrohlich zuspitzen.«

»Morgen früh brechen wir auf.«

»Gut. Der Prinz von Wales trommelt gerade seine Streitkräfte zusammen, um nach Bordeaux zu segeln und einen Aufstand niederzuschlagen. Sicher wird es ihn freuen, daß Ihr wieder in die Dienste des Königs tretet. Und nun wäre noch etwas zu besprechen ...« Sir George verstummte zögernd.

»Ja?«

»Einem Gerücht zufolge erscheint ein junger französischer Höfling besonders oft in der Festung Eurer Lady. Einige Leute glauben, die beiden würden Mittel und Wege suchen, um Danielles Verlobung zu lösen und zu heiraten.«

Großer Gott, was für ein blinder Narr ich war, dachte Adrien. Vielleicht war es vor fünf Jahren richtig gewesen, Danielle mit ihrer Freiheit zu belohnen. Aber danach hatte er sich zu lange seinem Selbstmitleid hingegeben — und seiner Braut gestattet, ihre französische Verwandtschaft zu hofieren und den englischen König zu gefährden. »Niemals wird die Verlobung gelöst!« stieß er hervor, sprang auf und wanderte erregt in der Halle umher.

Als er ins Kaminfeuer starrte, schienen ihn grüne Funken zu verhöhnen. Hatte er Danielle die Freiheit geschenkt, damit sie sich in einen französischen Aristokraten verliebte? Sie hatte stets auf ihre französische Herkunft und Gesinnung gepocht — und Edwards Ritter die Eroberung Avilles niemals verziehen. Aber beim Abschied hatte er sie ermahnt, den englischen Monarchen nicht zu verraten. Verdammt, er würde jeden töten, der sie anzurühren wagte!

»Wenn Ihr Euch zur Hochzeit entschlossen habt, sollten wir vielleicht einen Boten vorausschicken«, schlug sein Gast lächelnd vor.

»Nein, Sir George. Auf grandiose Zeremonien lege ich keinen Wert. Außerdem möchte ich die Lady und ihre Verwandten nicht vor meiner Ankunft warnen. Wir waren lange genug verlobt. Also werden wir auch unverzüglich heiraten. Und nun wünsche ich Euch eine gute Nacht, da ich möglichst zeitig abreisen möchte.« Wütend stürmte er die Treppe hinauf, betrat sein Schlafgemach und öffnete das Fenster, um den kühlen Nachtwind einzuatmen. Bei Gott, er hatte sie gewarnt!

Hell spiegelte sich die Herbstsonne im Teich. Danielle saß auf einer steinernen Gartenbank, betrachtete das funkelnde Wasser und lauschte dem Lautenspiel Simon de Valois', des Comte Montejoie. Tapfer versuchte er, ein Liebeslied zu singen. Für die romantische Ballade klang seine Stimme zu tief und zu heiser. Nach einer Weile gab er seine Bemühungen lachend auf und sang ein etwas derberes Lied.

Obwohl Edwards englische und Gascogner Ritter stets aufmerksam durch die Schießscharten spähten, glaubte sie, es wäre ihr mit der Zeit gelungen, eine gewisse Privatsphäre zu schaffen — so wie in diesem Augenblick. Nicht, daß die ständige Überwachung sie jemals eingeschüchtert hätte. Sie ritt aus, wann es ihr gefiel, und tat, was sie wollte.

Bis jetzt hatte sie das Leben in ihrer geliebten Heimat genossen. Aber nun wurde ihr Glück überschattet. Der Comte von Armagnac zettelte einen Aufstand in Edwards Ländereien an — mit dem Segen König Jeans, der ganz Frankreich von der englischen Herrschaft befreien wollte. Deshalb fürchtete Danielle das Ende ihrer friedlichen Zeiten. Die Männer von Aville würden zu ihren verschiedenen Parteien eilen. Und sie selbst wäre in der Mitte gefangen.

Nein, nicht in der Mitte, dachte sie unglücklich. Denn sie hatte ihrer sterbenden Mutter hoch und heilig versprochen, dem Haus Valois zu dienen.

In diesen fünf Jahren hatte sie Aville gewissenhaft verwaltet und gut für ihre Untertanen gesorgt, ganz in Lenores Sinn. Das Leben folgte einem wunderbaren, vertrauten Schema. Am Montag kümmerte sie sich um die Buchführung. Dienstags beaufsichtigte sie die Waffenübungen der Männer im Hof, mittwochs die Herstellung von Seife, Kerzen und anderen Bedarfsgütern. Am Donnerstag kamen die Leute zu ihr, die irgendwelche Klagen vorbringen wollten. Freitags begrüßte sie Reisende — Priester und Pilger, Gaukler, Tänzer, Musiker und andere Künstler. An allen Samstagen erhielt sie Berichte über die Vorräte in der Festung und im Dorf. Und sonntags besuchte sie den Gottesdienst in der Kapelle. An manchen Festtagen fanden Jahrmärkte statt, oder die Bewohner von Aville tanzten um Freudenfeuer herum.

Anfangs hatte sie befürchtet, Adrien würde in ihrem Schloß eintreffen und ihr die Herrschaft entreißen. Doch mit der Zeit erkannte sie, von einem seltsamen Herzenskummer erfaßt, daß er sie — abgesehen von kurzen, unpersönlichen Briefen — vergessen hatte. Nun, sie gab ihm auch keinen Grund zur Besorgnis.

Die drei Wächter, die er mit ihr hierhergeschickt hatte, waren ihr treu ergeben: der liebenswerte Daylin, der ein Jahr ältere Richard Huntington mit den strahlendblauen Augen und Giles Reeves, ein kahlköpfiger, bärbeißiger, aber gutmütiger alter Schotte. Von Anfang an hatte sie die drei bei allen Entscheidungen um Rat gebeten, und es war ihr immer gelungen, die gewünschten Antworten zu erhalten. In ganz Aville gehorchten ihr die Leute, dankten ihrer Herrin den

Schutz, den sie ihnen bot und lohnten ihn mit eifriger Arbeit. Jahr für Jahr wurden reiche Ernten eingebracht.

Wie angenehm wäre das Leben, dachte sie seufzend, wenn die beiden Könige ihr elendes Tauziehen endlich beenden würden ...

In ihrer Festung hieß sie Engländer und Franzosen gleichermaßen willkommen. König Jean und der Dauphin Charles hatten sie mehrmals besucht, in Begleitung des Comte Montejoie, der ihr guter Freund geworden war. Sechs Jahre älter als Danielle, sehr attraktiv mit seinen hellblauen Augen und kastanienbraunen Haaren, konnte er ausgezeichnet mit Waffen aller Art umgehen, wußte aber auch die schönen Künste zu schätzen. Mit diesem jungen Mann teilte sie viele Interessen. Nicht zuletzt beriet er sie in Verteidigungsfragen. Sie hatte mehrere Bücher über Belagerungen und verschiedene Strategien gelesen. Nie wieder sollte Aville fallen. Vor ein paar Jahren hatte sie eine zweite Mauer rings um das Schloß bauen lassen, die verhindern würde, daß tückische Angreifer einen unterirdischen Gang bauten — so wie damals.

Manchmal fragte sie sich, ob sie ihr Heim gegen den englischen oder den französischen König verteidigen würde. Und sie überlegte unbehaglich, was Adrien von ihren Befestigungsanlagen halten mochte. Dem Gesetz nach war er ihr Vormund. Sicher hatte Edward erwartet, sie würden bald nach der Verlobung vor den Traualtar treten. Inzwischen war sie längst im heiratsfähigen Alter. Aber während sie immer wieder demütigende Gerüchte über Adriens Liebschaften hörte, schien ihn der Ehestand nicht zu interessieren.

Wie auch immer, die Verlobung blieb bestehen. Würde sie sich von dieser Fessel befreien können? Vielleicht, da sie ihm offensichtlich nichts bedeutete ...

Seinem Freund Giles schrieb er viel öfter als ihr, und der junge Mann antwortete mit regelmäßigen Berichten über die Ereignisse in Aville. Gelegentlich betonte er: »Damit wäre der Earl nicht einverstanden.« Und dann dachte sie rebellisch, daß Adrien kein Earl wäre, hätte sie sich nicht mit ihm verlobt.

»Danielle, ich glaube, Ihr seid mit Euren Gedanken ganz woanders«, klagte Simon. »Unentwegt singe ich anzügliche Balladen, und Ihr zuckt nicht einmal mit den Wimpern.«

»Anzügliche Balladen?« erwiderte sie lachend. »Schämt Euch Simon!«

Sie flirtete gern mit ihm. Immer wieder überlegte sie, wie es wohl wäre, frei zu sein und sich zu verlieben.

»O Danielle ...« Plötzlich ergriff er ihre Hand und küßte sie. »Was ich für Euch empfinde, wißt Ihr. Und da Ihr mir so viel bedeutet, muß ich Euch anvertrauen, was mich bewegt.« Er senkte die Stimme und schaute sich um, obwohl sie allein im Garten saßen. »Ich habe gemeinsam mit dem Comte von Armagnac eine Revolte im Languedoc und in der Gascogne entfesselt.«

Erschrocken legte sie einen Finger an seine Lippen. »Bitte, erzählt mir nichts davon!«

»Warum sagt Ihr das? Euer Herz gehört König Jean und den Franzosen.«

»Aber ich kenne Edwards Macht, und Ihr müßt still sein.«

»Hier belauscht mich niemand. Hört mich an! Seit unserer ersten Begegnung liebe ich Euch, Danielle. Eure Verlobung ist eine Farce. Mit Jeans Hilfe könnt Ihr Euch an die Kirche wenden und diese lächerliche Verbindung für null und nichtig erklären lassen.«

»Und mit welcher Begründung?«

»Das weiß ich nicht. Aber die Anwälte und der Klerus werden sicher einen Weg finden.«

»Simon, das ist zu gefährlich.«

Nach einer kleinen Pause fragte er: »Werdet Ihr mich verraten?«

»Natürlich nicht ...« Als sie Schritte hörte, fügte sie hastig hinzu: »Jetzt solltet Ihr schweigen.«

»Bitte, Danielle, ich muß mit Euch reden ...«

»Nein, Ihr wagt zuviel.«

»Ich flehe Euch an! Planen wir für morgen eine Jagd, dann können wir den anderen vorausreiten und eine Zeitlang ungestört miteinander sprechen.«

»O Simon ...«, begann sie.

In diesem Augenblick blieb Giles Reeves vor ihnen stehen. Das Sonnenlicht spiegelte sich in seiner Glatze. »Ah, da seid Ihr ja, Mylady!«

Als hätte er das nicht gewußt, dachte sie belustigt. »In der Tat, Giles. Braucht Ihr meine Hilfe?«

»Aye, Mylady, der Schatzmeister weiß nicht recht, wieviel er dem Bärendompteur bezahlen soll, der gestern abend im Hof auftrat. Und weil er glaubt, der Bursche will uns betrügen, läßt er Euch bitten, die Sache zu klären.«

»Gewiß.« Sie erhob sich, und Simon stand ebenfalls auf. Ehrerbietig verneigte er sich und küßte ihre Hand. Das schien den alten Schotten zu ärgern. Aber an der Ritterlichkeit des Comtes gab es nichts auszusetzen.

»Nun will ich mich verabschieden, Madame«, erklärte Simon. »Aber Eure Einladung für morgen nehme ich mit dem größten Vergnügen an.«

»Eine Einladung?« fragte Giles mißtrauisch.

»Zu einer Jagd«, hörte sich Danielle antworten. »Simon hat mir vor kurzem erzählt, im Wald jenseits des Flusses würde es von Wild nur so wimmeln.«

Erbost runzelte Giles die Stirn. »Wie Ihr wißt, dringt der elende Comte von Armagnac immer tiefer ins Gebiet der Gascogne ein. Und Eure kleine Jagdgesellschaft wäre eine leichte Beute.«

»Wer würde es wagen, mich zu überfallen? Kein Engländer und kein Franzose. Immerhin bin ich mit dem Haus Valois verwandt.« Lächelnd berührte sie die Wange des alten Mannes. »Adieu, Simon, bis morgen.«

Nach einer weiteren tiefen Verbeugung entfernte sich der Comte.

»Dieser Mann wird Euch noch einige Schwierigkeiten bereiten«, seufzte Giles.

»Unsinn! Er ist ein sehr netter, höflicher Ritter und ein Mitglied des Sternordens.«

»Ach ja, mit diesem Orden äfft Jean den Hosenbandorden unseres Königs Edward nach«, bemerkte Giles verächtlich.

»Die Franzosen wiederum behaupten, der Hosenbandorden sei nur gegründet worden, weil Edwards Geliebte, die Countess of Salisbury, ihr Strumpfband nicht bei sich behalten konnte, während sie tanzte. Wie lautet das Motto? *Honni soit qui mal y pense!* Ein Schelm, wer Arges dabei denkt.« Sie lachte leise.

»Auch der Earl of Glenwood ist ein Mitglied dieses ehrenwerten Ordens, der dem König treu ergeben ist und für verarmte Ritter sorgt.«

»Wie edel!« spottete Danielle.

Traurig schüttelte Giles den Kopf. »Mylady, Ihr lebt schon viel zu lange fern der Heimat.«

Sie wollte erwidern, ihr Zuhause sei Aville. Aber sie zögerte. Das Leben war so sonderbar. Manchmal sehnte sie sich nach Gariston, und sie wünschte, sie könnte wieder einmal mit Sir Thackery vor dem Herdfeuer sitzen. »Vielleicht vermisse ich England«, gestand sie,

»obwohl es uns hier doch sehr gut geht. Nicht wahr, Giles?«

Doch er stimmte ihr nicht zu. »Offenbar versteht Ihr nicht, was rings um Euch geschieht, Mylady. Der Comte von Armagnac rebelliert in aller Offenheit gegen Edward. Und wenn König Jean auch behauptet, der Mann würde aus eigenem Antrieb handeln — wir wissen alle, daß er für den französischen König kämpft. Seine Männer benehmen sich wie die schlimmsten Heiden.«

»Im Krieg benehmen sich alle Männer wie die Heiden.«

»Sie brennen Häuser nieder, töten unschuldige Männer, vergewaltigen die Frauen ...«

»Sorgt Euch nicht, Giles. Ich gehe mit tüchtigen Soldaten zur Jagd, die Armagnacs Rebellen zweifellos gewachsen sind — falls sie's überhaupt wagen, mich zu attackieren.« Lächelnd küßte Danielle seine Wange und eilte davon.

Warum fühlte sie sich so unbehaglich? Sicher würde ihr während der Jagd nichts zustoßen. Sie mußte herausfinden, was Simon plante, und ihn vor seinen gefährlichen Aktivitäten warnen. Was sie für ihn empfand, wußte sie nicht genau. Jedenfalls war er ihr Freund, und sie wollte ihn vor seiner eigenen Kühnheit schützen.

Plötzlich wechselte der Wind seine Richtung, und die Blätter raschelten. Ein Schauer rann über Danielles Rücken.

Was würde sich noch alles ändern? Wovor mußte sie sich fürchten?

Vor gar nichts, dachte sie ungeduldig, hob das Kinn und genoß die erfrischende Brise.

11

In Wirklichkeit war der Schatzmeister gar nicht auf die Hilfe seiner Herrin angewiesen. Giles hatte nur den Eindruck gewonnen, sie würde zuviel Zeit mit dem hübschen jungen Franzosen verbringen.

Seufzend suchte Danielle das Herrschaftsgemach auf und sah sich um. Seit Lenores Tod hatte sich nur wenig in diesem Raum verändert. Das breite Bett mit dem Baldachin und den faltenreichen Vorhängen stand immer noch an der Wand gegenüber der Tür, bequeme Polstersessel umgaben den Tisch vor dem Kamin. Nach ihrer Rückkehr hatte Danielle eine Toilette und ein Ankleidezimmer einbauen lassen. Neben dem Waschtisch hing ein kostbarer Spiegel in einem reichgeschnitzten Rahmen. Auf dem Nachttischchen stapelten sich mehrere Bücher — Abenteuerromane, Werke über Architektur, Geschichte, Waffen, Pferde und Viehzucht.

Sie legte sich aufs Bett und ergriff ein Buch über Poesie und unerwiderte Liebe.

Wenig später klopfte es an der Tür, und Monteine trat ein.

»Was gibt's?« fragte Danielle.

»Giles hat mir erzählt, du würdest morgen ausreiten.«

»Wie du weißt, bin ich eine ausgezeichnete Reiterin.«

»Trotzdem mache ich mir Sorgen. All diese Überfälle ... Die sogenannten edlen Ritter, die den Comte von Armagnac begleiten, haben schon viele Frauen auf grausame Weise vergewaltigt.«

»Reg dich nicht auf. Das sind sicher nur Gerüchte, und die Festung kann allen Angriffen widerstehen.«

»Deshalb solltest du innerhalb unserer Mauern bleiben.«

»Gut ausgebildete Ritter werden mich eskortieren.«

»Und Simon!« zischte Monteine. »Verstehst du denn nicht? Er könnte die Situation ausnutzen. Immerhin bist du eine begehrenswerte Frau. Selbst wenn du eine häßliche alte Vettel wärst, würden so manche Männer alles tun, um dich und deinen Reichtum zu gewinnen.«

»Ich bin verlobt — erinnerst du dich?«

»O ja. Aber vielleicht würde ein entschlossener Bewerber Mittel und Wege finden, um deine Verlobung zu lösen.«

»Du siehst Gespenster, Monteine. Glaub mir, ich will nur einen Jagdausflug mit einem guten Freund unternehmen, bei dem ich sicher bin.«

Unglücklich erschauerte Monteine. »Warum habe ich dann so schreckliche Angst?«

Nachdem die Betreuerin das Zimmer verlassen hatte, begann auch Danielle zu frösteln. Sie legte einen weichen Schal um ihre Schultern und schürte das Kaminfeuer, bis es hell emporloderte. Aber sie fror immer noch.

Sie nahmen keine Jagdfalken mit. Statt dessen hatten sie sich mit Pfeilen und Bögen bewaffnet, um Hirsche oder Wildschweine zu erlegen. Am wolkenlosen Himmel schien eine gleißende Sonne. Zehn Soldaten begleiteten Danielle, da Giles mit ernsten Gefahren rechnete. Davon spürte sie nichts, als sie über die Felder galoppierte.

Jetzt war Stern fast zehn Jahre alt, aber immer noch eine wundervolle Stute, so schnell und geschmeidig wie eh und je. Danielle ritt den anderen voraus. Nur Simon blieb dicht hinter ihr. In einem schattigen Wäldchen zügelten sie die Pferde. »Wir müssen endlich reden«, drängte er.

»Ja, Simon, ich sorge mich um Euch ...«

»Hört mir zu!« unterbrach er sie ungeduldig. »Jean ist ein guter König und sehr beliebt in der Gascogne. Bald wird er Edward, diesen habgierigen Bastard, für immer aus Frankreich vertreiben. Er hält sehr viel von Euch, und Ihr müßt endlich die unseligen Fesseln zerreißen, die Euch an einen nichtswürdigen Feind binden.« Nun begann seine Stimme zu beben. »Glaubt mir, Madame — kein Mann auf dieser Welt liebt Euch inniger als ich.«

Seine Worte bewegten ihr Herz, und ihre Angst um ihn wuchs. »Bitte, Simon, Ihr dürft Edwards Macht und Entschlossenheit nicht unterschätzen.«

»Und Ihr solltet erkennen, daß Ihr ein Teil seiner Macht seid. Aber Aville und seine Bewohner gehören Euch. Zweifellos werden sie Euch folgen, wohin immer Ihr Euch wendet.«

»Simon ...«

Hastig fiel er ihr ins Wort. »Eins müßt Ihr bedenken, Danielle — ich liebe Euch um Eurer Selbst willen. Da ich ein reicher Mann bin, verlange ich nichts von Euch. Niemals würde ich Euch etwas zuleide tun. Aber die Zeit drängt ...«

In diesem Augenblick rief Daylin nach ihr. Verwirrt schwang sie ihre Stute herum und sah ihn herangaloppieren. »Mylady, schwerbewaffnete Reiter kommen auf uns zu! Kehrt sofort nach Aville zurück!«

»Reiter? Von wo?« Sie lenkte Stern zum Rand des Wäldchens und entdeckte etwa ein Dutzend Männer, die einen Hügel überquerten. Unter den donnernden Hufen schien die Erde zu erzittern.

Die Reiter trugen schlichte Tuniken und Umhänge ohne Wappen über den Rüstungen, kein Banner verriet ihre Herkunft.

»Bitte, Mylady, Ihr müßt Euch in Sicherheit bringen!« flehte Daylin.

»Ich begleite sie und schütze sie mit meinem Leben«, versprach Simon. »Kommt mit mir, Danielle!«

Aber sie zögerte. Wenn sie sich entfernte, würde sie ihre Männer im Stich lassen, die nicht halb so gut gerüstet waren wie die Fremden.

»Los!« Simon schlug auf Sterns Kruppe. Erschrocken bäumte sich die Stute auf. Dann raste sie auf das Feld hinaus.

Tief über den Pferdehals gebeugt, sprengte Danielle dahin. Sobald die Reiter sie erblickten, wandten sie sich in ihre Richtung. Im selben Moment sah sie einen zweiten Trupp über dem Grat auftauchen und spornte ihre Stute an.

Hinter ihr erklang gellendes Geschrei, Stahl begann zu klirren, als ihre Leute die Neuankömmlinge angriffen. Sie drehte sich um und hielt nach Simon Ausschau. Aber er folgte ihr nicht. Beunruhigt zügelte sie ihr Pferd. War er verletzt? Etwa hundert Schritte entfernt, tobte der Kampf. Simon war nirgends zu sehen. Entschlossen bezwang sie ihre Furcht und sagte sich, ein so tüchtiger Ritter könnte es mit allen mörderischen Dieben oder Rebellen aufnehmen.

Dann merkte sie, daß einer der fremden Reiter zu ihr herüberschaute, und erkannte ihre eigene Gefahr. Von drei Männern verfolgt, galoppierte sie in den Wald. Im dunkelgrünen Schatten zerrten Zweige an ihren Haaren und schlugen ihr ins Gesicht.

Als sie keine Hufschläge mehr zu hören glaubte, zügelte sie Stern und lauschte. Wenig später näherte ich jemand von links, ein anderer von rechts. Wenn sie sich nicht rührte, würde sie vielleicht unentdeckt bleiben. Plötzlich schnaubte die Stute und verriet ihre

Herrin. Danielle schwang sich verzweifelt aus dem Sattel und floh ins Unterholz.

Sie rannte durch das Dickicht, bis sie keine Luft mehr bekam, bis ihre Lungen schmerzten. Erschöpft lehnte sie sich an einen Baumstamm.

Inzwischen waren sich die beiden Reiter begegnet, die Danielle offensichtlich gar nicht gesucht hatten. Sie hörte lautes Geschrei und klirrende Schwerter. Versuchte irgend jemand einen Verfolger aufzuhalten und ihr genügend Zeit zu geben, damit sie tiefer in den Wald laufen konnte? Sie eilte weiter. Bald erreichte sie eine Lichtung, auf der eine verfallene Hütte stand. Die Tür hing schief in den Angeln. Atemlos stürmte Danielle hinein.

Drinnen war es stockdunkel. An die Wand gelehnt, wartete sie, bis sich ihre Augen an die Finsternis gewöhnt hatten. Dann sah sie einen Herd zu ihren Linken, ein Bett mit zerschlissenen Decken zu ihrer Rechten.

Als sie ein leises Geräusch hörte, huschte sie auf leisen Sohlen in eine Ecke und zog ihr kleines Jagdmesser aus dem Stiefelschaft. Damit konnte sie sich wohl kaum gegen einen schwerbewaffneten Ritter verteidigen — höchstens, wenn er nahe genug an sie herankam.

Sie duckte sich, und da entdeckte sie einige Geräte an der Wand — einen Spaten, eine Axt und eine Sichel.

Kurz entschlossen ergriff sie die Axt. Im gleichen Augenblick glaubte sie, Atemzüge zu hören. Und dann näherten sich Schritte. Schreiend sprang sie auf und schwang die Axt hoch. Im Schatten sah sie nur die Umrisse einer großen Gestalt. Blitzschnell wich ihr Gegner der Schneide aus, ein Schwert schimmerte im Dunkel und schlug ihr die Axt aus den Händen. So schnell sie konnte, rannte sie aus der Hütte.

Aber ihr Widersacher packte ihre Schulter, warf sie ins Gras und setzte sich rittlings auf ihre Hüften. Verzweifelt hob sie ihr kleines Messer und zielte nach seiner Kehle, doch da umklammerte er ihr Handgelenk so fest, daß die zarten Knochen zu brechen drohten.

Das Messer entglitt ihren kraftlosen Fingern. Jetzt sah sie, daß er über seiner Rüstung eine Tunika mit einem eingestickten Wappen trug. Ein Löwe über drei Leoparden. Im Visier begegnete sie dem Blick goldbrauner Augen, an die sie sich so gut erinnerte. Ausdrucksvolle Augen, die nun in hellem Zorn erglühten.

Nach einer Weile ließ er ihr Handgelenk los, um seinen Helm abzunehmen. Dichtes rotblondes Haar fiel auf seine Schultern.

»Adrien«, wisperte sie.

»In der Tat. Als du mich erstechen wolltest, wußtest du da schon, wer ich bin?«

»Natürlich nicht. Wie konnte ich erwarten, dich hier zu sehen? Wir wurden von Rebellen angegriffen ...«

»... und wir ritten hinter ihnen.« Eindringlich musterte er ihr Gesicht, als hätte er sie nie zuvor gesehen.

»Dann folgte mir jemand in den Wald ...«

»Ein Mann, den ich eines Besseren belehrte.«

»Und Daylin? Simon und die anderen?«

»Einer deiner Männer brach sich den Arm, und ein paar wurden leicht verletzt. Aber wir haben niemanden verloren. Fünf Rebellen sind tot, die restlichen ergriffen die Flucht, sobald sie uns erblickten.«

Erleichtert atmete sie auf. Gott sei Dank, keiner ihrer Männer war gestorben. »Also bist du gerade im richtigen Augenblick eingetroffen, Adrien.«

»Allerdings. Weil ich wußte, daß die englischen Stellungen in der Gascogne bedroht werden. Das hättest auch du bemerken müssen.«

»Was erlaubst du dir?« fauchte sie. »Nachdem du dich jahrelang nicht um Aville gekümmert hast, tauchst du plötzlich auf und machst mir Vorwürfe? Wie kannst du es wagen!«

»Immer noch so rebellisch, Lady? Obwohl du flach auf dem Rücken liegst?«

»Wenn du's gestattest, würde ich gern aufstehen.«

Er zögerte, doch dann erhob er sich und half ihr auf die Beine.

Erst jetzt wurde ihr bewußt, wie sie aussehen mußte. In ihrem zerzausten Haar hingen Blätter und Grashalme. Ihr kostbarer, mit Pelz besetzter Umhang war zerrissen. Hastig strich sie über ihre zerknitterte Tunika. »Was führt dich ausgerechnet jetzt hierher, Adrien? Du konntest nicht wissen, daß ich Hilfe brauchen würde.«

»Nein, das war eine glückliche Fügung.« Er ließ sie nicht aus den Augen, und sein durchdringender Blick trieb ihr das Blut in die Wangen. »Dann ...«

»Ich bin nach Aville geritten, um die Herrschaft zu übernehmen.«

»Aber ich habe Edwards Besitz gut verwaltet. Das muß er doch wissen ...«

»Der König hat mich hierhergeschickt.«

Von plötzlicher Wut erfaßt, erwiderte sie: »Vielleicht wird dich ein anderer König zurückschicken.« Sofort bereute sie diese unbedachten Worte. »Das — das habe ich nicht so gemeint«, stammelte sie.

Zynisch hob er die Brauen. »In Zukunft solltest du dich in acht nehmen. Vermutlich beging ich einen Fehler, als ich dir gestattete, hier zu leben.«

»Ich habe nichts verbrochen.«

»Bis jetzt nicht. Wahrscheinlich bin ich gerade noch rechtzeitig nach Aville gereist.«

»Ich fürchte, hier bist du unwillkommen.«

»Möglicherweise wirst du heute nacht anders darüber denken.«

»Was soll das heißen?« fragte sie argwöhnisch.

Statt zu antworten, ging er zu seinem großen Schlachtroß.

»Was wird heute nacht geschehen?« rief sie.

»Wir heiraten«, erwiderte er ungeduldig, ohne ihr einen Blick zu gönnen.

Ringsum schien sich die Welt zu drehen. Bisher war sie nur ein einziges Mal in Ohnmacht gefallen — als er ihr erklärte hatte, er solle sich auf Wunsch des König mit ihr verloben.

»Was?« wisperte sie.

»Nun sind wir schon seit fünf Jahren ein Brautpaar«, entgegnete er und wandte sich zu ihr. »Dachtest du, wir würden niemals heiraten? Heute abend feiern wir unsere Hochzeit.«

»Heute abend?« würgte sie hervor. »Weil der König es so will?«

»Und weil *ich* es will«, ergänzte er und grinste.

Fand er die Situation tatsächlich amüsant? Erbost stemmte sie die Hände in die Hüften. »Aber ich will es *nicht*!«

»Das spielt keine Rolle.« Ehe sie protestieren konnte, hob er sie in den Sattel seines Hengstes und stieg hinter ihr auf.

12

Adrien war mit sechs erfahrenen Kriegern nach Aville gekommen — sechs Rittern und ihren Knappen, alle gut gerüstet, mit edlen Pferden. Während einige schlichte Tuniken trugen, stellten andere ihre Wappen zur Schau, so wie ihr Herr.

Diesmal ritt er John, einen kräftigen Braunen mit hellen Fesselgelenken und langer Mähne. Vor der breiten Brust und dem Gesicht waren Stahlplatten befestigt. Auf der Schabracke prangte das Wappen mit dem Löwen und den drei Leoparden.

Als er mit Danielle zur Festung galoppierte, verkündeten die Wachtposten entlang der Brustwehr, die Countess würde mit Laird MacLachlan heimkehren. Da brach lauter Jubel aus, und sie erkannte gerührt, wie besorgt man um sie gewesen war.

Im Hof stieg Adrien ab, hob Danielle aus dem Sattel und drückte die Hand seines Knappen, der ihn freudestrahlend begrüßte. Dann wurde er von Giles Reeves, Dr. Coutin und Monteine willkommen geheißen. Sogar die Männer aus Aville eilten herbei und dankten dem Earl für seine erfolgreiche Hilfe im Kampf gegen die Aufständischen.

Etwas abseits stand Simon neben seinem Pferd und starrte Danielle so unglücklich an, daß sich ihr Herz zusammenkrampfte.

Um ihn zu ermutigen, schenkte sie ihm ein Lächeln, das sofort wieder erlosch, weil sie Adriens forschenden Blick spürte.

»Daylin, Giles, Dr. Coutin — wir werden nun eine kurze Besprechung in der Halle abhalten«, entschied er. »Danielle, könntest du dich bitte um meine Männer kümmern? Sie haben eine sehr lange Reise hinter sich.«

Ohne eine Antwort abzuwarten, übergab er seinen Hengst einem Reitknecht und verschwand im Haus, gefolgt von Daylin, Giles und dem Doktor.

Mühsam bezähmte sie ihren Zorn und wandte sich

zu seinen Leuten, die geduldig warteten, die Helme unter den Armen.

»Willkommen in Aville. Sir Ragnor«, bat sie einen Ritter, der schon ihrer Mutter gedient hatte, »würdet Ihr die Männer in den Räumen an der Nordwand unterbringen und ihre Pferde versorgen lassen? Inzwischen werde ich mit dem Koch die Mahlzeit besprechen.«

Kurz bevor sie den Eingang der Halle erreichte, versperrte ihr Simon den Weg. »Was führt Laird MacLachlan hierher?«

»Da bin ich mir nicht sicher.« Da sie fürchtete, Adrien wäre nur wenige Schritte entfernt und könnte sie belauschen, senkte sie ihre Stimme. »Wegen der Unruhen ist er mit Prinz Edward nach Frankreich gereist.«

»Meine Liebe, wir müssen miteinander reden.«

»Nicht jetzt.« Adriens Ankunft verwirrte sie immer noch, und sie bangte um Simon, der mit den Rebellen unter einer Decke steckte. Womöglich hatte er von dem Angriff an diesem Tag gewußt.

»Wann?«

»Später.«

»Heute abend!« forderte er. Hastig entfernte er sich.

Als Danielle die Halle betrat, sah sie Adrien am Kamin stehen, einen Arm auf das Sims gestützt. Inzwischen hatte er die Tunika und die Rüstung abgelegt. Zu einem schlichten Hemd trug er eine enge Hose und kniehohe weiche Lederstiefel. Er schaute zu ihr herüber, und sie ahnte, daß ihm ihr geflüstertes Gespräch mit Simon nicht entgangen war. Beflissen servierte Rem, das Oberhaupt der Hausdiener, Wein und Platten mit Brot, Käse und Dörrfleisch.

Sobald Danielle erschien, beendete Adrien die Unterredung. Offenbar mißtraute er ihr und wollte verhindern, daß sie irgendwas mit anhörte. »Meine Herren, würdet Ihr bitte die Dinge erledigen, die wir soeben vereinbart haben?«

»Gewiß, Mylord«, stimmte Giles zu und sprang vom Tisch auf.

Daylin folgte ihm aus der Halle, und Dr. Coutin verneigte sich. »Ich werde mich um die Verletzten kümmern«, erklärte er und lief hinter den beiden her.

Allein mit ihrem Verlobten, fühlte sich Danielle noch unbehaglicher. Die Glut seiner Augen glich den Flammen im Kamin und schürte ihre Angst.

»Wir haben uns lange nicht gesehen«, begann Adrien.

»Sehr lange.«

»Bist du immer noch entschlossen, mich zu bekämpfen?« fragte er und ging zu ihr.

Rasch flüchtete sie hinter den Tisch. »Die Franzosen und die Engländer scheinen ihren Krieg niemals zu beenden.«

»Hier befinden wir uns auf englischem Boden.«

»Da sind einige Leute anderer Meinung.«

»Was nichts zu bedeuten hat. Jetzt geht es nur um uns beide. Immer wieder hast du gegen mich gekämpft. Pfeffer in meinem Wein, Honig in meinem Stiefel, der gelockerte Sattelgurt ...«

»Damit hatte ich nichts zu tun.«

Wie seine gerunzelte Stirn verriet, zweifelte er nach wie vor an ihrer Behauptung.

»Und ich sorgte für dich, als du krank warst«, erinnerte sie ihn.

»Was ich dir vergolten habe.«

»Ja, du hast mir gestattet, in meine Heimat zurückzukehren.«

»Wirst du mich erneut bekämpfen — nachdem ich eben erst eingetroffen bin?«

»Was erwartest du von mir? Jahrelang hast du dich nicht blicken lassen, während ich die Verantwortung für Aville und seine Bewohner trug. Und nun tauchst du plötzlich auf und übernimmst die Herrschaft ...«

»Zuvor habe ich dich vor einem üblen Schurkenpack gerettet.«

»Meine Männer hätten mich auch ohne deine Hilfe beschützt.«

»Wohl kaum. Die Angreifer hätten jeden einzelnen getötet, um dich in ihre Gewalt zu bringen. In Zukunft werde ich — als Herr von Aville — solche Überfälle zu verhindern wissen.«

»Aber ich habe das Recht ...«

»Und ich handle im Auftrag des Königs.«

»O ja, er hat dir Ländereien und Adelstitel geschenkt — und auch Aville, obwohl wir noch gar nicht verheiratet sind, weil du in all den Jahren anderweitig beschäftigt warst. Und jetzt befiehlt er dir die Hochzeit. Nun, vielleicht werde ich mich weigern ...«

»Du wirst mich heiraten, und wenn ich dich in Fesseln zum Altar schleppen muß.«

»Das würdest du nicht wagen.«

»Doch. Weil ich fest entschlossen bin.«

»Natürlich mußt du auf dieser Ehe bestehen. Sonst würdest du den Titel eines Earls verlieren.«

Sein spöttisches Lächeln mißfiel ihr. »So vieles kannst du nicht vergessen oder vergeben, Danielle ... Nun, auch ich bewahre gewisse Erinnerungen. Deine kindischen Streiche habe ich hingenommen. Aber wenn du mir von jetzt an in die Quere kommst, wird ein Krieg ausbrechen.«

Brennende Röte stieg in ihre Wangen. Wieso maßte er sich an, ihr die Herrschaft zu entreißen?

Aber es war weniger der Zorn über sein Verhalten,

der ihr Blut erhitzte, sondern vielmehr die Erkenntnis, daß er immer noch so faszinierend aussah wie damals. Irgendein seltsames Gefühl drängte sie, seine glattrasierten Wangen zu berühren, die kraftvollen Arme zu berühren, die bronzebraunen Hände mit den schmalen Fingern. Als sie sich vorstellte, diese Hände würden sie im Ehebett liebkosen, schwindelte ihr.

Was sie ersehnte, vermochte Adrien MacLachlan ihr nicht zu geben. Weil er's Joanna geschenkt und mit ihr begraben hatte. Weder ihre Macht noch ihre Seele wollte sie einem Mann überlassen, der wieder fortreiten würde, um einem kriegerischen König zu dienen, irgendwann zurückzukehren und neue Forderungen zu stellen. Sie war kein Eigentum, das man nach Belieben benutzte und danach nicht mehr beachtete. »Nein, Adrien, ich will nicht heiraten — niemanden!«

»Wie merkwürdig! In Europa geht das Gerücht um, du seist an Comte Montejoie interessiert.«

»Simon ist ein entfernter Verwandter und ein guter Freund. Wie ich bereits sagte — ich möchte nicht heiraten.«

»Bedauerlicherweise wird dir nichts anderes übrigbleiben. Da du Gariston *und* Aville besitzt, betrachten dich zwei kriegführende Nationen als höchst begehrenswerte Braut.«

»Wenn ihr mich einfach in Ruhe lassen würdet, du und der König . . .«

»Die Politik kann dich nicht ignorieren. Und du hast recht — Edward übertrug mir den Titel und die Ländereien Glenwoods im guten Glauben, ich würde dich heiraten. Was mir gehört, gebe ich nicht auf. Ich bin der Sohn eines edlen, aber verarmten schottischen Lairds, der mich gelehrt hat, für meine Ehre und mein Eigentum zu kämpfen.«

»Aber ich bin nicht dein Eigentum.«

»Doch, seit fünf Jahren.«

»Damals gewann ich den Eindruck, du würdest dich nur mit mir verloben, um eine Schuld zu begleichen, mir die Freiheit zu schenken und mich vor einer Ehe mit Andreson zu bewahren. Wenn du dich plötzlich anders besonnen hast ...« Erbost verstummte sie, als er in Gelächter ausbrach.

»Jetzt verstehe ich, warum du nicht versucht hast, die Verlobung zu lösen. Du dachtest, nachdem Joannas Tod mein Herz gebrochen hat, würde sich der Status quo niemals ändern.«

»Du hast mir dir Freiheit gegeben, ohne zeitliche Begrenzung.«

»Jetzt ist deine Freiheit ein Dorn in den Augen aller guten Engländer und Gascogner, die Edward treu ergeben sind – denn man munkelt, du würdest deinen französischen Comte heiraten.«

»Das habe ich nicht vor ...« Mühsam zwang sie sich zur Ruhe und holte tief Atem. »Du solltest nicht auf dieser Ehe beharren, Adrien, weil ich dir nicht bieten kann, was du von einer Ehefrau erwarten würdest.«

»Glaub mir, es ist erstaunlich, was man alles kann, wenn's nötig ist.«

»Bevor meine Mutter starb, bat sie mich, den französischen König zu ehren. Das habe ich ihr versprochen.«

»Philip ist tot. Und deine Mutter stand neben dem englischen König, während er deine Patenschaft übernahm. Sie vertraute ihm deine Zukunft an – und er übertrug *mir* die Verantwortung für dich.«

»Wahrscheinlich hatte Lenore keine Wahl. Wie auch immer, ich gab ihr mein Wort. Deshalb werde ich mich niemals gegen das Haus Valois auflehnen – wenn ich's auch vermeiden möchte, Edward zu schaden.«

»Er ist viel enger mit Philips Sohn verwandt als du.«

»Dann sollte er König Jeans Position respektieren.«

»Und du solltest bedenken, daß Edward seine französischen Ländereien nicht erkämpft hat. Dieses Erbe erhielt seine Familie vor fast zwei Jahrhunderten durch die Verwandtschaft mit Eleanor von Aquitaine. Übrigens, du hast nicht nur Lenore dein Wort gegeben, Danielle, sondern auch mir. Eine Verlobung ist ein Eheversprechen. Heute abend werden wir heiraten.«

»Dazu bin ich — noch nicht bereit.«

»Dann bereite dich darauf vor.«

»Zum Teufel mit dir, Adrien! In diesen letzten Jahren bist du noch arroganter geworden.«

»Nur entschlossener.«

In ihren Augen brannten Tränen, und sie wandte sich hastig ab, um sie zu verbergen. Dann zuckte sie zusammen, weil sie Adriens Hände auf ihren Schultern spürte. Sie hatte seine Schritte nicht gehört, als er hinter den Tisch getreten war.

»Tut mir leid, daß ich dir eine so unwillkommene Überraschung bereiten muß, Danielle.« Sein warmer Atem streifte ihr Ohr. »Aber im Grunde deines Herzens mußtest du damit rechnen. Ich bin nicht in der Absicht hierhergekommen, dich zu kränken ...«

»Dann verschieb die Heirat!« flehte sie und drehte sich zu ihm um. »Laß mir etwas Zeit!«

»Unmöglich«, erwiderte er in kaltem Ton.

Offenbar hatte sie keine Wahl, und so fügte sie sich widerstrebend in ihr Schicksal. »Gib mir wenigstens — *nach* der Trauung ein bißchen Zeit.«

»Danach?« fragte er und hob die Brauen. Sie nickte, wütend auf sich selbst, weil ihr die Worte fehlten.

»Was meinst du damit, Danielle?«

»Nun, ich habe noch nie ...« Sie holte tief Luft und

versuchte es noch einmal. »Von — den Vertraulichkeiten in einer Ehe weiß ich nichts. Verstehst du . . .?«

»Ja, gewiß.«

Ihre Verlegenheit schien ihn zu belustigen. Am liebsten hätte sie gegen sein Schienbein getreten. »Zum Teufel mit dir!« Sie wollte sich losreißen, aber er hielt ihre Schultern fest.

»Also gut. Heute abend heiraten wir. Wieviel Zeit ich dir *danach* geben werde, kann ich nicht sagen — weil ich nicht weiß, wieviel Zeit ich habe.«

Zumindest eine Galgenfrist . . ., dachte sie bedrückt.

Rem führte ihn in ein Zimmer im Oberstock, nahe dem Herrschaftsgemach, das am Ende des Flurs lag. Wie Adrien erfuhr, hatte Danielle diesen Raum in ihrer Kindheit bewohnt. Später waren immer wieder Gäste darin untergebracht worden.

An einer Wand standen Adriens Truhen. Sein Mantel hing an einem Haken. Auf dem Tisch lagen seine Rüstung, die Kampfhandschuhe und der Helm. Er setzte sich vors Kaminfeuer, nippte an einem Weinkelch und entspannte seinen müden Körper.

Offenbar hatte er die Reise gerade noch rechtzeitig unternommen. Der Verlust Avilles wäre eine strategische und politische Katastrophe gewesen.

Und Danielle zu verlieren?

Unwillkürlich ballte er die Hände. Das hübsche Mädchen war zu einer hinreißenden Frau herangereift, und der Gedanke, sie voller Verlangen zu umarmen, erhitzte sein Blut. In ihrer Schönheit vereinte sich Unschuld mit lockender Sinnlichkeit. Sie glich ihrer Mutter, war aber größer und üppiger gebaut, und Lenores würdevolle Eleganz fehlte ihr. Mit der Zeit mochte sie sich auch diesen Vorzug aneignen.

In wachsender Glut begehrte er seine künftige Gemahlin. Und er sollte auf die Erfüllung warten? Nicht allzulange. Er war hierhergekommen, um sein Eigentum zu sichern und vor einem französischen Comte zu retten.

Aville — und seine Braut.

Welch eine Ironie, dachte er. Stets waren alle Frauen, die ihn gereizt hatten, willig in seine Arme gesunken. Jetzt verletzte es seinen Stolz, daß ausgerechnet Danielle seine Leidenschaft nicht erwiderte.

Und Simon de Valois, Comte Montejoie ...

Ehe er diesen Gedanken vertiefen konnte, klopfte es an der Tür. Nur widerstrebend stand er auf, um Daylin, Giles und Richard eintreten zu lassen.

»Mylord, ich fand den Mann, den Ihr im Wald verwundet hattet«, meldete Richard, »und ich brachte ihn hierher.«

»Unauffällig?«

»Aye. Jetzt liegt er in einem Kellerraum des Turms am anderen Ende des Hofs.«

»Wie schwer ist er verletzt? Wird er am Leben bleiben?«

»Dr. Coutin kümmert sich um ihn. Wir haben dem Mann versprochen, ein guter Arzt würde ihn zu retten versuchen, wenn er uns alle Einzelheiten verrät, die den Überfall betreffen.«

»Habt ihr ihm auch Asyl in England zugesagt?« erkundigte sich Adrien.

Daylin nickte. »So wie Ihr's wolltet, Mylord. Aber das war wohl gar nicht nötig. Nach dem Kampf gegen Euch bebte er vor Angst. Als wir ihn im Keller aufsuchten, dachte er, wir würden ihm den Rest geben.«

»Hatte ich recht, Daylin?« fragte Adrien.

»Offensichtlich, Mylord. Dieser Bursche und seine

Spießgesellen hatten sich den Rebellen angeschlossen und den Auftrag bekommen, dem Comte Montejoie kein Haar zu krümmen. Von ihm sollten sie ihre Befehle erhalten, sobald sie Avilles Herrin in ihre Gewalt gebracht hätten, und sonst niemanden gefangennehmen.«

»Aye, Mylord«, bestätigte der alte Giles betrübt. »Von Anfang an hatte ich ein ungutes Gefühl. Aber nicht einmal ich konnte mir vorstellen, der junge Comte wäre in einer Verschwörung gegen unsere Lady verwickelt.«

»Verhaften wir ihn?« fragte Daylin.

Adrien schüttelte den Kopf. »Vermutlich glaubt er, die Männer, die sich an dem fehlgeschlagenen Überfall beteiligt hatten, wären geflohen oder gestorben. Von unserem Verdacht gegen ihn weiß er nichts. Vielleicht versucht er noch einmal, Danielle zu entführen. Ich möchte herausfinden, ob König Jean ihn unterstützt. Das werden wir nur feststellen können, wenn wir abwarten. Er soll als unser Gast in der Festung bleiben — und heute abend die Hochzeit miterleben. Dafür brauchen wir möglichst viele Zeugen.«

»Gewiß, Laird Adrien«, stimmte Daylin zu und lächelte. »Es ist einfach wundervoll, Euch wieder zu dienen.«

»Ohne Euch hatten wir's verdammt schwer in Aville«, seufzte Richard. »Ständig von Feinden umgeben ... Auf jedes Wort mußten wir achten — und unsere Lady unentwegt im Auge behalten ...«

»... die ihr heute beinahe verloren hättet. Aber nun bin ich hier und übernehme das Kommando. Ich danke euch für eure treuen Dienste unter diesen schwierigen Umständen. Geht jetzt und ruht euch aus. Heute habt ihr nichts mehr zu tun — außer das Hochzeitsmahl zu genießen.«

»Sollten wir nicht auf die Countess aufpassen?« schlug Daylin besorgt vor. »Ich meine, wenn Simon ...«

»Nein«, fiel Adrien ihm ins Wort, »ich kümmere mich selber um Danielle.«

Am späten Nachmittag badete er, kleidete sich an und steckte das Schwert in die Scheide an seiner Hüfte. Er besuchte den Gefangenen, hörte sein Geständnis und versichert dem verängstigten Mann, falls er die Wahrheit gesagt habe, würde ihm nichts zustoßen. Nun gelangte Adrien endgültig zu der Überzeugung, Simon hätte geplant, die Countess zu entführen.

Welche Rolle Danielle bei dem Komplott gespielt hatte, wußte Adrien noch nicht. Jedenfalls war sie Hals über Kopf durch den Wald geflohen und hatte ihn bekämpft wie ihren schlimmsten Feind. Aber vielleicht hatte sie ihn sofort erkannt. Nach ihrer Ansicht war er ja immer schon ein Feind gewesen ...

Bei Sonnenuntergang sollte die Hochzeit in der Kapelle an der Westmauer stattfinden. Vater Josef, ein rundlicher Gascogner, würde die Trauung vornehmen. Als Danielle vor vielen Jahren nach England gezogen war, hatte Edward ihm das Priesteramt in Aville übertragen. Wie Giles versicherte, war der Mann dem englischen König immer noch treu ergeben. Wenn sich der alte Schotte täuschte — zu Adriens Männern zählte Darin, ein ehemaliger Theologiestudent, der ihn sofort warnen würde, sollte bei der Trauung irgend etwas nicht mit rechten Dingen zugehen.

In diese Gedanken versunken, durchquerte Adrien die Halle, in der eifrige Dienstboten das Hochzeitsfest vorbereiteten, und stieg die Treppe hinauf. Er holte ein Hochzeitsgeschenk für die Braut aus seinem Zimmer, das ihm Joan geschickt hatte, Prinz Edwards Gemahlin. Was der Lederbeutel enthielt, wußte er — ein Nachthemd aus feinster weißer Seide. Unter diesen Umständen eigentlich überflüssig.

Ohne anzuklopfen, öffnete er die Tür des Herrschaftsgemachs. »Danielle …« Abrupt verstummte er. Sie saß in einer hölzernen, kunstvoll geschnitzten Wanne mit vergoldeten Stahlbeschlägen. Über dem Rand hing ihr frischgewaschenes nasses Haar.

Hastig zog sie die Knie an und musterte ihn entrüstet. »Sogar in der schottischen Wildnis müßte man wissen, daß man an die Tür klopft, ehe man ein fremdes Domizil betritt.«

»Dies ist *mein* Domizil, das ich dir nur für ein paar Jahre geliehen habe.«

Obwohl sie ihre Knie umklammerte, konnte sie ihre langen, wohlgeformten Beine und die vollen Brüste nicht ganz verstecken. Gegen seinen Willen spürte er wachsende Begierde.

Hätte er bloß angeklopft! Obendrein hatte er versprochen, ihr etwas Zeit zu lassen … Seufzend öffnete er den Lederbeutel und legte das kostbare Nachthemd aufs Bett. »Ein Geschenk der Prinzessin von Wales.« Dann warf er ein Fläschchen mit einer dunklen Flüssigkeit auf die Decke. »Und eins von mir.«

»Was ist das?« fragte Danielle.

»Hühnerblut.«

Verständnislos starrte sie ihn an.

»Das mußt du morgen früh aufs Laken schütten.«

»Danke«, würgte sie hervor und errötete heftig. »Könntest du jetzt verschwinden? Allmählich wird mein Badewasser kalt.«

Adrien ging zur Tür. Aber nach wenigen Schritten besann er sich anders und kniete neben der Wanne nieder. Mühsam bezwang er den Wunsch, Danielles schimmernde, elfenbeinweiße Haut zu berühren. »Ich habe dir versprochen, ich würde dir ein bißchen Zeit geben. Doch das bedeutet keineswegs, daß ich mich aus diesem Zimmer verbannen lasse — oder den Eindruck erwecke, ich hätte zusammen mit Aville keine Ehefrau gewonnen.«

Trotz ihres sichtlichen Unbehagens fauchte sie ihn an: »Aville gehört nach wie vor *mir.*«

»Bedenk doch — du gewinnst noch viel mehr als ich. Ich avanciere zum Count of Aville. Und du heiratest einen Earl.«

»Nur weil ich unserer Verlobung zugestimmt habe, wurde dir dieser Titel verliehen.«

»Was ich dir verdanke, habe ich mir sauer genug verdient. Es war wesentlich leichter, gegen bewaffnete Feinde zu kämpfen.«

Krampfhaft schluckte sie. »Warum mußt du mich so quälen, Adrien? Innerhalb weniger Stunden hast du meine ganze Welt verändert. Jetzt erklärst du mir auch noch, für dich sei ich nur die Frau, die zur Festung gehört. Nun, auch ich will kein Blatt vor den Mund nehmen. Nach deiner Trauer um Joanna hast du mit der Hälfte aller Frauen in England, Schottland und auf dem europäischen Kontinent geschlafen. Verzeih mir, wenn ich — die in dieser Zeit nichts weiter tat, als Poeten und Musikern zu lauschen — dir gegenüber eine gewisse Zurückhaltung zeige.«

In diesem Augenblick hätte er auf alle seine Adelstitel und Ländereien verzichtet, wenn sie an seine Brust gesunken wäre. Sie hatte nichts von ihrem rebellischen Temperament verloren, das er ebenso ärgerlich wie bewundernswert fand. Grinsend stand er auf und wandte sich ab. »Die Hälfte aller Frauen in Schottland, England und auf dem europäischen Kontinent? Nein, höchstens ein Drittel.« Überstürzt verließ er das Zimmer und schloß schnell die Tür hinter sich. Wie erwartet, flog irgend etwas gegen das Holz. Vermutlich die Seife. Er öffnete die Tür einen Spaltbreit und spähte hindurch. »In einer Stunde sinkt die Sonne, Countess, und dann findet die Hochzeit statt. Wir treffen uns in der Halle und gehen gemeinsam zur Kapelle.«

Fluchend griff sie nach einem Schuh, der neben der Wanne stand. Um ihn zu erreichen, mußte sie sich aufrichten und ihre runden Brüste entblößen. Die verlockenden rosigen Knospen hatten sich erhärtet. Nur weil das Wasser erkaltet war?

Ehe sie den Schuh nach ihm schleudern konnte, schloß er die Tür endgültig und verwünschte sein brennendes Verlangen.

Er eilte in die Halle hinab, trat vor den Kamin und starrte in die Flammen. Dankbar nahm er den Weinkelch entgegen, den Rem ihm reichte, und erfrischte sich mit einem großen Schluck.

Etwas später stieg Danielle die Treppe herab, in elegantem Blau. Die Ärmel des Unterkleids fielen in üppigen Falten bis zum Handgelenk, die Tunika war reich bestickt. Über dem rabenschwarzen Haar lag ein königsblauer Schleier, von einem Reif aus goldenem Filigran festgehalten.

Ohne ihren Bräutigam anzuschauen, ging sie geradewegs zum Tisch, füllte einen Kelch und leerte ihn in einem Zug. Dann schenkte sie sich noch einmal Wein ein — und ein drittes Mal.

Adrien nahm ihr den Kelch aus der Hand. »Wieviel mußt du denn trinken, um unsere Hochzeit zu ertragen?«

»Sehr viel«, erwiderte sie und griff nach dem Kelch, den er blitzschnell aus ihrer Reichweite entfernte.

»Leider kann ich dir nicht gestatten, während der Zeremonie umzufallen.«

»Nur noch einen Schluck!« bat sie. Würdevoll fügte sie hinzu: »Mein Leben lang habe ich Wein getrunken. Und ich bin noch nie zusammengebrochen.«

»Trotzdem wollen wir nichts riskieren.« Er stellte den Kelch beiseite, packte Danielles Arm und führte sie aus der Halle.

»An einem solchen Tag wünschen sich die meisten Bräute ein großes Fest, ein passendes Kleid, Juwelen und Blumen.«

»Und die meisten Bräute beabsichtigen, mit ihrem frisch angetrauten Gemahl zu schlafen«, erinnerte er sie.

»Wer wird mich zum Altar geleiten?« fragte sie, um das gefährliche Thema zu wechseln.

»Dr. Coutin, in König Edwards Namen.«

Im Hof warteten Danielles Leute — die Bauern, Handwerker und Soldaten mit ihren Frauen, die Dienstboten. Unter lautem Jubel streuten sie Blumen. Lächelnd beobachtete Adrien, wie sie aus der Hand eines kleinen Mädchens einen Strauß entgegennahm und den Gratulanten freundlich dankte. Am Eingang zur Kapelle ergriff Dr. Coutin ihre Hand. Voller Stolz führte er sie zum Altar, wo Vater Josef wartete. Als sie ihren Vetter Simon entdeckte, der neben Monteine stand, senkte sie rasch den Blick.

Aber nicht, bevor Adrien den Kummer in ihren Augen gelesen hatte. Heiße Eifersucht erfüllte sein Herz. Bald würde er den Comte zur Rechenschaft ziehen. Und was Danielle betraf — wenn sie ihn verraten hatte ...

Mit monotoner Stimme sprach Vater Josef die traditionellen Worte. Klar und deutlich legte Adrien sein

Ehegelübde ab, während Danielle beinahe daran erstickte. Doch das spielte keine Rolle. Sie hatten geheiratet, vor zahlreichen Zeugen, und der Priester forderte den Bräutigam auf, die Braut zu küssen.

Diese Gelegenheit nutzte Adrien, um dem französischen Comte zu zeigen, daß er die Reize seiner jungen Gemahlin durchaus zu schätzen wußte. Einen Arm um ihre Taille geschlungen, umfaßte er mit der anderen Hand ihren Nacken und preßte seinen Mund auf ihren. Als er seine Zunge zwischen ihre Zähne schob, schmeckte er die süße Minze, die sie gekaut hatte.

Ihre Finger krallten sich in die Ärmel des Hemds, das er unter seiner Tunika trug. Erfolglos versuchte sie, ihn wegzustoßen. Der leidenschaftliche, fordernde Kuß schien eine halbe Ewigkeit zu dauern.

Endlich ließ er sie los. Sie schwankte ein wenig und starrte ihn wütend an. Während er sie stützte, betrachtete er ihre geröteten, leicht geschwollenen Lippen und wollte sie noch einmal küssen.

Doch da drängten sich Gratulanten zwischen die Jungvermählten. Monteine hauchte einen Kuß auf seine Wange, die Männer schlugen auf seine Schultern oder schüttelten ihm die Hand. Aus den Augenwinkeln beobachtete er, wie Danielle umarmt und geküßt wurde.

Und dann zog der Comte die Braut an seine Brust. Der Kuß wirkte viel zu vertraulich. Erbost lief Adrien zu den beiden hinuber. Bevor er sie erreichte, trennten sie sich. Aber er wußte, daß sie miteinander gesprochen hatten — im Flüsterton. Was führten sie im Schilde?

Als Adrien die Hand seiner Braut ergriff, verschwand Simon in der Menge. Sie kehrten in die Halle zurück und setzen sich ans Kopfende der Tafel. Der Rangordnung entsprechend, nahmen die Herren und

Damen ihre Plätze ein. In der Mitte des Raumes spielte ein Musiker auf seiner Laute. Ein verschwenderisches Mahl wurde aufgetischt — Fasane und anderes Geflügel, Wildschweinbraten, frische Fische.

Blaß und still saß Danielle neben ihrem Mann.

Sie brachte kaum einen Bissen hinunter. Hin und wieder nippte sie an ihrem Wein. Da sie ständig von Gratulanten bestürmt wurden, mußte sie nicht mit ihrem Gemahl sprechen, und das schien sie ein wenig zu erleichtern.

Zu später Stunde schützte sie Kopfschmerzen vor und erklärte, sie würde sich zur Ruhe begeben.

»Natürlich, meine Liebe, geh nur nach oben«, sagte Adrien.

Offenbar hatte sie noch nicht allzuviele Hochzeiten besucht, denn sie blinzelte verblüfft, als sie von ihren lachenden Damen umringt und die Treppe hinaufgeleitet wurde. Bald danach ließ sich Adrien von den Männern nach oben führen, ins Gästezimmer, wo sie ihn auszogen und in einen pelzbesetzten Schlafrock steckten, bevor sie ihn johlend zum Herrschaftsgemach zerrten.

Danielles Haut schimmerte fast so weiß wie die Seide ihres Nachthemds. Sanft schmiegte sich der dünne Stoff an ihre Brüste und Hüften, ließ die rosigen Brustwarzen und das schwarze Kraushaar zwischen den Schenkeln durchschimmern. Glänzende dunkle Locken fielen auf ihre Schultern. Zweifellos würden sie alle Männer begehren, die den Raum betraten. Auch Simon, der gezwungen lächelte, die Augen voller Zorn ...

Heller Jubel erklang, als der Earl und seine Lady zueinandergeschoben wurden.

Schützend schlang er seinen Schlafrock um ihren

Körper und bekämpfte das Verlangen, das ihre warme Nähe erregte. »Genug, meine Freunde! Laßt uns jetzt allein!«

»Ins Bett mit Euch!« lallte ein betrunkener Ritter.

»Hinaus!« befahl Adrien, und sie gehorchten lachend.

Sobald die Tür hinter dem letzten Besucher ins Schloß gefallen war, riß sich Danielle von ihrem Mann los, floh ans andere Ende des Raumes und verschränkte die Arme vor der Brust. »Nun habe ich meine Pflicht erfüllt, und du mußt dein Versprechen halten. Geh!«

Reglos blieb er stehen.

»Bitte, du hast mir dein Wort gegeben!« drängte sie.

In diesem Augenblick erinnerte sie ihn an das Kind, das er einmal bewacht hatte. Höflich verneigte er sich und verbarg seine Begierde. »Gute Nacht, meine Liebe.« Er ging zur Tür, öffnete sie und vergewisserte sich, daß die anderen in die Halle zurückgekehrt waren. Dann eilte er in sein Zimmer, preßte seine Fäuste an die Schläfen und fluchte.

Wäre sie nicht so verängstigt, so unschuldig ... Hätte er die Tränen in ihren Augen nicht gesehen ... Er füllte einen Weinkelch, setzte sich ans Feuer, sehnte sich nach Schlaf – oder trunkenem Vergessen. Aber beides blieb ihm verwehrt.

Plötzlich hörte er ein knarrendes Geräusch im Flur, ein Flüstern an Danielles Tür. Er sprang auf, hielt den Atem an und lauschte.

»Schnell, Danielle!«

Als sie die leise Stimme vernahm, war sie beinahe eingeschlafen. Sie wußte, wer vor ihrem Zimmer wartete. Angstvoll stieg sie aus dem Bett.

Nach der Trauung war Simon so verzweifelt gewesen. Zärtlich hatte er sie geküßt und ihr seine immerwährende Liebe geschworen. Und weil sie seinen Kummer nicht ertrug, erklärte sie ihm, sie sei zwar mit Adrien verheiratet, aber fest entschlossen, niemals seine richtige Ehefrau zu werden.

Niemals hätte sie diese Worte aussprechen dürfen. Denn jetzt stand Simon draußen im Flur. Lautlos öffnete sie die Tür und hoffte, Adrien wäre nicht geweckt worden. Das Schwert an der Hüfte, spähte Simon zum Gästezimmer hinüber. Ehe sie ihn zurückhalten konnte, betrat er ihr Gemach.

»Simon ...«

Warnend legte er einen Finger an seine Lippen, lief zum Bett und zog die Vorhänge beiseite. Nachdem er festgestellt hatte, daß sie allein waren, seufzte er erleichtert.

»Bitte, Simon, Ihr müßt verschwinden!«

»Hört mir zu, Danielle. Wenn die Ehe nicht vollzogen wurde, können wir sie annullieren lassen. Fliehen wir! Ich bringe Euch zu König Jean. Irgendeine Lösung wird ihm sicher einfallen. Dann erobern wir Aville zurück und ...«

»Still, Simon! Versteht Ihr denn nicht? Aville gehört König Edward, und die meisten Leute, die hier leben, waren ihm immer treu. Nur zu gut erinnern sie sich, was damals geschah, als sie zum letztenmal gegen ihn kämpften. Und sie verdanken ihren Wohlstand vor allem den Engländern ...«

»O Gott, Danielle, ich liebe Euch!« Ungestüm riß er sie in die Arme und küßte sie. Seine Hände glitten über ihre Hüften, ihre Brüste.

»Nein, Simon ...«, protestierte sie an seinen Lippen.

Im selben Augenblick flog die Tür auf, und Simon schob Danielle beiseite. Blitzschnell zog er sein Schwert.

Auch Adrien hielt seine Waffe in der Hand. Sein Blick schien Flammen zu versprühen. Aber seine Miene wirkte eiskalt. »Wenn Ihr meine Frau noch einmal anrührt, Comte, schlage ich Euch den törichten Kopf ab.«

»Diese Dame war für mich bestimmt!« schrie Simon und stürzte sich auf ihn.

»Nein!« Verzweifelt versuchte sich Danielle zwischen die beiden Männer zu verwerfen. Adrien stieß sie zur Seite, und sie prallte gegen die Wand neben dem Kamin. Leicht benommen sank sie zu Boden. Irgendwie mußte sie den Rivalen Einhalt gebieten ...

Aber der Kampf dauerte nicht lange. Klirrend prallte Stahl auf Stahl, dann fiel das Schwert aus Simons Hand und rutschte zur offenen Tür.

Im Flur polterten schwere Schritte. Zwei Männer des Lairds stürmten herbei, um die Ursache des Lärms zu ergründen, und Adrien zerrte Simon zur Tür hinaus.

Entschlossen bezwang Danielle ihr Schwindelgefühl und eilte den beiden nach, voller Sorge um ihren Freund. Sie würde Adrien versichern, es sei nichts geschehen, was ihn erzürnen müßte.

Obwohl sie kalte Wut in den goldbraunen Augen ihres Gemahls las, wagte sie seine Schulter zu berühren. »Bitte, hör mir zu ...«

»Mit dir rede ich später — wenn ich mit deinem Liebhaber abgerechnet habe.«

»Warte doch ...«

Unsanft packte er ihre Schultern und schob sie ins Zimmer zurück. Ehe sie um Milde für Simon bitten konnte, schlug er ihr die Tür vor der Nase zu.

13

Kalte Angst stieg in ihr auf. Was sollte sie tun? Sie brauchte Zeit, um nachzudenken, sich zu fassen ...

Kaum hatte sich die Tür geschlossen, schwang sie wieder auf. Erschrocken griff Danielle an ihre Kehle und versuchte, ihr Herz zu besänftigen, das wie rasend schlug. Die Hände in die Hüften gestemmt, stand Adrien auf der Schwelle.

»Was — was hast du mit ihm gemacht?« stammelte sie. Dann holte sie tief Luft, bemühte sich, ihrer Stimme einen festeren Klang zu geben, einen Mut zu zeigen, den sie nicht empfand. »Was hast du vor?«

»Eigentlich sollte ich dich erwürgen.« Er stürmte ins Zimmer und warf krachend die Tür hinter sich zu. »Aber das würde mich eine Ehefrau kosten. Zumindest sollte ich dich verprügeln, bis du um Gnade bettelst.«

»Ich fürchte mich nicht vor dir«, log sie. »Was ist mit Simon geschehen? Wenn du ihn verletzt hast ...«

Entsetzt verstummte sie, als er mit langen Schritten auf sie zukam, wandte sich ab, wollte flüchten. Aber er packte ihren Arm und drehte sie so unsanft zu sich herum, daß ihr Atem stockte. Noch nie hatte sie ihn so wütend gesehen.

Sollte sie schreien oder schluchzen? Schmerzhaft gruben sich seine Finger in ihre Schultern. »Laß mich los!« fauchte sie und suchte sich mit aller Kraft zu befreien. »Arroganter, elender, habgieriger Engländer!«

»Schotte«, lautete die knappe Antwort. Dann hob er sie hoch und warf sie aufs Bett. Das Nachthemd war hochgerutscht und hatte sie entblößt, von der Taille abwärts. Am Hals war die Verschnürung zerrissen. Hastig richtete sie sich auf und hielt die dünne Seide über ihren Brüsten zusammen. Aber dann sank sie ins Kissen zurück und starrte Adrien an, von wachsender Panik erfaßt. Auch er war fast nackt. Der pelzbesetzte Schlafrock hatte sich geöffnet, und sie sah seine breite, bronzebraune Brust, die schmalen Hüften und ... Als er sich zu ihr herabneigte, versuchte sie ihn verzweifelt wegzustoßen.

Aber er war zu stark. Sie spürte seine Hände auf ihren Hüften, ihren Knien, die er auseinanderschob, sein Gewicht zwischen ihren Schenkeln. Stöhnend schlug sie nach ihm. Da umfaßte er ihre Handgelenke mit der Linken, und zog ihre Arme nach oben, hinter ihren Kopf.

Mit der Rechten strich er über ihre Wange, ihren Hals, die Wölbung einer nackten Brust. Trotz ihrer Angst spürte sie noch andere Gefühle, die er entfachte. Seltsame, unerwünschte Gefühle ...

Sein Blick schien ihre Augen zu durchbohren. »Oh, du arme, süße Unschuld!« stieß er hervor. »Ich soll dir Zeit geben? Damit du deinen französischen Liebhaber in deinem Zimmer empfangen kannst? Nur wenige Schritte von meiner Tür entfernt?«

»Nein, du irrst dich — du verstehst nicht ...«

»Ich verstehe sehr gut, was seine Hände auf deiner Brust bedeutet haben, sein Mund an deinem. O Gott, ich könnte dich umbringen!«

»Bitte, ich schwöre dir, du verstehst nicht ...«

»*Du* verstehst nichts!«

Ehe sie antworten konnte, glitt seine Hand nach unten, über ihren Bauch, ihren Venusberg, zwischen ihre Beine, forschend und tastend. Die intime Berührung, die eine sonderbare Hitze entzündete, ließ Danielle erschauern. »Warte ...«, wisperte sie und versuchte, sich zu befreien. Aber er hielt ihre Handgelenke unbarmherzig fest.

Hilflos fühlte sie sich unter seinem schweren Körper gefangen.

»Ich soll warten?« wisperte er an ihren Lippen. »Damit mir dieser französische Bastard noch einmal zuvorkommt?«

»Nein . . .« Nach einem halb erstickten Schrei verstummte ihr Protest, denn in diesem Augenblick drang Adrien kraftvoll in sie ein. Der Schmerz nahm ihr den Atem, und sie bäumte sich auf. Aber da stieß er nur noch tiefer in sie. Sie merkte nicht, wie abrupt er jedoch innehielt — bis sie erkannte, daß ihre Handgelenke frei waren, daß sie ihre Fingernägel in seine Schultern grub.

»Heiliger Himmel!« rief er leise. Irgend etwas mußte ihn überrascht und seinen Zorn verdrängt haben.

»Adrien ...«, schluchzte sie. Sie wollte um Gnade flehen. Doch das gestattete sie sich nicht.

»Jetzt kann ich nicht mehr zurück.«

Als sie antworten wollte, verschloß ihr ein heißer Kuß die Lippen. Begierig erforschte seine Zunge ihren Mund. An ihrer Brust spürte sie seine starken Herzschläge, in ihren Ohren rauschte das Blut. Eine sonderbare, betörende Glut entstand zwischen ihren Schenkeln, während er sich langsam bewegte, und der Schmerz verebbte. Sanft und zärtlich streichelte er ihre Wangen, ihre Brüste.

In ihrem Innern schien ein süßes Feuer zu erwachen. Nein, sie konnte ihn nicht abwehren. Statt dessen klammerte sie sich an ihn, wurde mitgerissen, emporgetragen in eine Welt voller roter Nebelschwaden, in der ein unglaubliches Entzücken wartete. Immer intensiver fühlte sie die Kraft seiner Muskeln, den beschleunigten Rhythmus. Stöhnend preßte sie ihr Gesicht an seinen Hals. Und dann spürte sie ein heftiges

Zittern, das seinen ganzen Körper erschütterte, auch ihren erfaßte und eine wilde, heiße Freude erweckte.

Sie wollte davonlaufen, so weit wie nur möglich — und erkannte, daß sie niemals dem brennenden Wunsch entrinnen würde, diese berauschende Lust zu genießen. Überwältigt schloß sie die Augen und kämpfte mit den Tränen.

»Schau mich an«, befahl er.

Sie hob schwer die Lider. »Du bringst mich um!«

Zu ihrer Verblüffung lächelte er. »Daran wirst du nicht sterben. Aber vielleicht hätte ich dich getötet, wäre ich ein bißchen später in dein Zimmer gekommen.«

»Oh, du elender Engländer — Schotte! Erkennst du's endlich? Simon ist nicht mein Liebhaber.«

»Vermutlich wäre er's in dieser Nacht geworden. Und es fällt mir schwer, Gewissensqualen zu empfinden, weil ich meiner Frau die Unschuld geraubt habe, die sich so verzweifelt um einen anderen Mann sorgt. Also muß er dir sehr viel bedeuten. Wie gesagt, hätte ich dein Schlafgemach nur wenig später betreten ...«

»Dann hättest du mich allein angetroffen. Ich war fest entschlossen, Simon abzuwehren. Niemals hatte ich vor, meine Verlobung zu mißachten.«

»Leider bin ich zu schwach gewesen, um wie ein Mönch zu leben.«

»Und vielleicht eigne ich mich nicht zur Nonne.«

»Wohl kaum. Deshalb solltest du dem Allmächtigen für deine bisherige Enthaltsamkeit danken.«

Mühsam schluckte sie. Könnte sie sich doch von seinem Gewicht befreien ... Sie fand es unerträglich, unter ihm gefangen zu liegen, nach diesem intimen Akt seinen warmen nackten Körper zu spüren.

Was für eine Hochzeitsnacht — welch ein Chaos aus hellem Zorn und heißem Entzücken ... Wieder einmal mußte sie ihre Tränen unterdrücken. »Du hast versprochen, mir Zeit zu geben, und dein Wort gebrochen.«

Endlich richtete er sich auf und verließ das Bett. Ohne seinen Schlafrock zu schließen, schürte er das Kaminfeuer, während Danielle hastig den Saum ihres Nachthemds nach unten streifte.

»Es war mein gutes Recht, die Ehe zu vollziehen«, betonte er und wandte sich zu ihr.

»Aber du sagtest ...«

»Nachdem ich deinen Liebhaber — also gut, deinen treuen Freund in diesem Zimmer ertappt hatte, war deine Galgenfrist abgelaufen. Er ließ sich außerdem noch andere Dinge zuschulden kommen. Habe ich dich nicht gewarnt, Danielle? Ein solcher Verrat ...«

»Nein, ich ...«

»Kleine Närrin! Wurdest du nicht mißtrauisch, als Simon einen Jagdausflug vorschlug — am Tag des Überfalls?«

Erschrocken schüttelte sie den Kopf. »Da irrst du dich. So etwas hätte er mir niemals angetan.«

»Er hat dich hintergangen.«

»Wie kannst du so sicher sein?«

»Richard fand den Angreifer, den ich im Wald bekämpft und schwer verletzt hatte. Um sein Leben zu retten und eine ärztliche Behandlung zu erwirken, erzählte er uns alles, was wir wissen wollten.«

»Wenn er gefoltert wurde ...«

»Noch nie im Leben habe ich jemanden gefoltert.«

»Nur mich!«

Statt zu antworten, zog Adrien die Brauen hoch und lächelte.

»Was hast du mit Simon gemacht?« Als er schwieg, wurde sie von kalter Angst erfaßt. Hatte er den Franzosen hingerichtet? Entsetzt sprang sie aus dem Bett, hob die Fäuste und stürzte sich auf ihn. »Verdammt, Adrien ...« Er hielt ihre Arme fest, riß sie an sich, und sie spürte die Muskelkraft seiner nackten Brust, sein wachsendes Verlangen an ihrem Bauch.

»Adrien, bitte ...«

»Simon lebt!« stieß er hervor.

»Aber du willst ihn töten?«

»Zweifellos wäre eine Hinrichtung angemessen.«

»Weil er mein Freund ist ...«

»Nein, weil er dich entführen und vergewaltigen wollte, wärst du nicht freiwillig in seine Arme gesunken. Danach hätte er dich und Aville dem französischen König übergeben. Gar kein so übler Gedanke, was?«

»Hör auf! Du verurteilst ihn, obwohl du nichts beweisen kannst. Mich zu lieben und zu begehren — das war sein einziges Verbrechen.«

»Bist du denn blind? Wann wirst du endlich Vernunft annehmen!«

Verzweifelt rang sie nach Luft. »Sag mir doch ...«

»Wie ich bereits versichert habe — er lebt. Das muß dir vorerst genügen. Und falls du mich weiterhin bedrängst, werde ich noch heute nacht mein Schwert in seine Brust stoßen.«

Vor lauter Angst, er würde seine Drohung wahrmachen, schwieg sie. Da er sie in Simons Armen ertappt hatte, würde jeder Mann ihm das Recht zugestehen, den Nebenbuhler zu töten.

Er ließ sie nicht los, und seine Nähe verwirrte sie. Nun mußte sie endlich allein sein, um nachzudenken, um neue Kräfte zu sammeln und wenigstens einen Teil ihrer verletzten Würde zu retten. »Du hast deinen Gegner besiegt und dich an mir gerächt. Bitte — wenn du jetzt gehen würdest.«

»Ich habe mich an dir gerächt?« fragte er belustigt.

»Auf diese Weise pflegen alle Ehepaare normalerweise ihre Hochzeitsnacht zu verbringen.«

»Trotzdem solltest du dich entschuldigen.«

»Weil ich meine Frau geliebt habe?« Seine Augen verengten sich unheilvoll.

»Um mich zu *lieben*, warst du viel zu wütend«, flüsterte sie und senkte den Blick.

»Das bedaure ich. Aber es ist nun einmal geschehen. Und ich muß sagen, die Wünsche des Königs entsprechen meinen eigenen vollkommen.« Plötzlich hob er sie hoch, trug sie zum Bett zurück und sank mit ihr in die zerwühlten Laken.

Als sein glutvoller Blick verriet, was er vorhatte, flehte sie: »Nicht ... Es tut so weh.«

»Diesmal nicht, Danielle. Ich werde dich sehr sanft lieben — und leidenschaftlich zugleich.« Er zerriß, was von ihrem Nachthemd übriggeblieben war. Kühle Luft streifte ihre Haut. Verwirrt drehte sie den Kopf zur Seite, wollte dem Mann entrinnen, der jetzt neben ihr lag, auf einen Ellbogen gestützt. »Bleib ganz ruhig.«

»Das — kann ich nicht.«

»Möchtest du etwa um Gnade bitten?«

Ja, schrie eine innere Stimme. »Niemals!« fauchte Danielle.

Lächelnd hauchte er einen Kuß auf ihre Lippen, und sie schwor sich, seiner Forderung nicht nachzugeben. Aber er forderte nichts. Behutsam, so zart wie ein Schmetterlingsflügel spielte seine Zunge mit ihrer. Ihr Herz begann schneller zu schlagen.

Erst jetzt füllte seine Zunge ihren Mund aus. Er umfaßte eine ihrer Brüste, sein Daumen liebkoste die Knospe. Zu ihrer Verwunderung breitete sich eine sonderbare Hitze in ihrem Körper aus.

Zwischen ihren Schenkeln spürte sie ein kribbelndes, heißes Gefühl, das sie vergeblich zu unterdrücken suchte. Nun beendete er den Kuß. Seine Zungenspitze streichelte eine ihrer harten Brustknospen, dann die andere. Danielle unterdrückte einen heiseren Schrei. Obwohl sie die Finger in sein Haar krallte und daran zerrte, weigerte er sich, den Kopf zu heben. Durch ihre Adern floß ein betörendes Feuer.

O Gott, dagegen mußte sie ankämpfen. Sie würde diesem Ritter nicht erliegen, der so unvermutet in ihr Leben zurückgekehrt war, um ihr alles zu rauben — sogar ihr Herz.

»Nein!« stöhnte sie.

Doch er ließ sich nicht beirren. Seine Lippen wanderten über ihren Körper. Um ihm zu entkommen, rutschte sie nach oben, aber damit kam sie seiner Absicht entgegen. Sein rotblonder Kopf glitt zwischen ihre Beine, ein verzehrender, intimer Kuß bestürmte ihre Sinne. Erfolglos stemmte sie sich gegen seine Schultern, riß an seinen Haaren. Und dann gab sie den Widerstand auf, von einer wilden Sehnsucht bezwungen. Die Finger in den Laken vergraben, wand sie die Hüften umher und strebte der Erfüllung entgegen, die Adriens erotische Zärtlichkeiten verhießen.

Endlich erreichte sie einen schwindelerregenden Gipfel, eine Ekstase, die ihren ganzen Körper durchzuckte, immer heftiger, bis sie zu sterben glaubte.

Und dann sank er auf sie hinab, verschmolz mit ihr, begann sich vorsichtig zu bewegen. Diesmal spürte sie keine Schmerzen. Wenn sie auch gedacht hatte, der süße Hunger wäre gestillt worden — er erwachte von neuem.

Wie aus eigenem Antrieb hoben sich ihre Hüften dem Mann entgegen, dem sie entfliehen wollte, und er drang noch tiefer in sie ein. Das flüssige Feuer flutete wieder durch ihre Adern. Selbstvergessen schlang sie die Arme um Adriens Hals und rang nach Atem, während er seinen Rhythmus allmählich steigerte, sein eigenes Verlangen bezähmte und die Flammen schürte, die er in ihr entfacht hatte.

Ein heißer Schauer kündigte den nächsten Höhepunkt an. Ringsum schienen Sterne eine samtschwarze Welt zu erhellen und auf sie herabzuregnen. Zitternd preßte sie das Gesicht an seine Brust.

Später nahm sie kaum wahr, wie er von ihr hinabglitt und sich neben ihr ausstreckte. Das Entzücken war unerträglich gewesen. Beängstigend. Beschämend ...

»Danielle?« Als er sie an sich zog, versteifte sie sich und senkte die Wimpern. Er strich ihr das zerzauste Haar aus der Stirn, und seine Zärtlichkeit überraschte sie. »Hat's weh getan?«

»Nein«, gab sie tonlos zu.

»War's schön?«

»Nein!« log sie erbost, und sein Gelächter verriet, daß er sie durchschaute.

»Habe ich dich enttäuscht? Keine Bange, wir werden es immer wieder versuchen, bis auch du Gefallen daran findest.«

Bestürzt starrte sie ihn an. »O nein, du hast mich gewiß nicht enttäuscht, du warst — wundervoll.«

»Das freut mich. Also wirst du sicher keine Einwände erheben, wenn wir den Vollzug unserer Ehe fortsetzen.«

Stöhnend erkannte sie, wie schnell sie ihm zum Opfer gefallen war — nicht seiner Kraft, die sie ohnehin nicht besiegen konnte, sondern der Magie seiner Verführungskunst. Niemals hätte sie geglaubt, sie wäre zu so heißer Leidenschaft fähig. »Wenn du mich doch in Ruhe lassen würdest! Ich ertrage das nicht mehr ...«

»Doch«, erwiderte er und strich aufreizend über ihre

Wange. »Oder willst du mir keine Gelegenheit bieten, den Liebesakt zu vervollkommnen?«

»Der war bereits vollkommen.«

»Was für eine süße Schmeichelei ... Aber du ahnst nicht, wie viele neue Freuden auf dich warten. Und nach dieser Nacht wirst du niemals vergessen, daß wir rechtmäßig verheiratet sind, vor Gott und der Welt.«

Im Morgengrauen schlief sie endlich ein. Kein einziges Mal hatte sie ihrem Ehemann widerstanden.

Sie würde ihre Hochzeitsnacht nie vergessen.

14

Als sie erwachte, schien sie wie aus dichtem Nebel emporzutauchen. Ringsum wirkten die Farben gedämpft. Die Augen halb geschlossen, schaute sie sich um und sah Staubkörnchen in einem Sonnenstrahl tanzen, der durch eine Schießscharte ins Zimmer fiel.

Danielle drehte sich zur Seite und spürte sonderbare Qualen in ihrem ganzen Körper. Da erinnerte sie sich an die letzte Nacht. Gnadenlos wurde sie aus dem angenehmen Nebel gerissen. Jetzt war sie hellwach.

Ohne die Schmerzen zu beachten, sprang sie aus dem Bett, rannte zum Waschtisch und spritzte kaltes Wasser in ihr Gesicht. Dann goß sie fast den ganzen Inhalt des Krugs über ihren Kopf. Fröstelnd stellte sie ihn beiseite und verschränkte die Arme vor der Brust. Das Kaminfeuer war erloschen. Wie spät mochte es sein? Die Sonne hatte den Zenit schon überschritten. *Und wo steckte Adrien? Was hatte er dem armen Simon angetan?*

Hastig zog sie sich an und versuchte, ihr Haar zu

kämmen. Aber sie gab ihre Bemühungen bald auf, weil ihre Hände viel zu heftig zitterten, und warf den Kamm fluchend zu Boden. Bevor sie das Zimmer verließ, zögerte sie und schaute zum Bett hinüber. Blut befleckte die zerwühlten Laken.

Kein Hühnerblut. Der Beweis für den Vollzug der Ehe. Wütend ballte sie die Hände. Adrien hatte Aville zu Fall gebracht. Nun beanspruchte er die Festung für sich — ebenso wie die Herrin. Und Simon war ihm auf Gnade oder Ungnade ausgeliefert.

Sie rannte in die Halle hinab, wo Rem gerade Kelche und Schneidebretter auf den Tisch stellte. »Ah, Mylady, wir wollten Euch nicht stören.« Freudestrahlend eilte ihr der hochgewachsene, schlanke Mann entgegen, den sie ihr Leben lang kannte und der zu Aville gehörte wie die grauen Steinmauern. »Der Earl wird erst abends zurückkommen. Sicher seid Ihr hungrig. Darf ich Euch was zu essen bringen?«

»Nein, danke. Weißt du, wohin Laird MacLachlan geritten ist?«

»Auf eine Wiese. Er übt mit seinen Männern Bogenschießen.«

»Vielen Dank, Rem.« Danielle lief in den Hof, sah die geöffneten Tore, die herabgelassene Zugbrücke.

Freundlich wurde sie von den Leuten begrüßt, die ihrer Arbeit nachgingen. Alle schienen ein Grinsen zu unterdrücken. Offenbar dachten sie an die Hochzeitsnacht, die ihre Herrin soeben überstanden hatte, und amüsierten sich köstlich. Die Zähne zusammengebissen, zwang sie sich zu einem Lächeln.

Sie betrat den Stall, wo ein junger Reitknecht Heu verstreute. Bei ihrem Anblick hielt er inne, um ihr seine Dienste anzubieten. Aber sie erklärte, sie würde allein zurechtkommen. Sie machte sich nicht die Mühe, ihre Stute zu satteln, und streifte ihr nur das Zaumzeug über den Kopf.

Dann raffte sie ihre Röcke, sprang auf den Pferderücken und ritt aus dem Stall. An der Brustwehr versah ein Wachtposten seinen Dienst.

Er rief nach ihr, doch sie beachtete ihn nicht, verließ den Hof und galoppierte über die Felder zum Schauplatz der Waffenübungen. Auf einer Wiese waren Schießscheiben aufgestellt. Etwas abseits von den Männern, die in regelmäßigen Abständen nebeneinanderstanden und ihre Bögen spannten, grasten die Pferde. Adrien ging an der Reihe seiner Leute vorbei, um Kommentare abzugeben oder Ratschläge zu erteilen.

Als sich ein verlegener Bursche entschuldigte, der sein Ziel verfehlt hatte, klopfte Adrien auf seine Schulter. »Immer mit der Ruhe, mein Junge. Wenn du dein Ziel anvisierst, darfst du dich von nichts ablenken lassen. Schau mir mal zu.« Er nahm dem Soldaten den Bogen aus der Hand und legte einen Pfeil auf, zielte und schoß. Zu Danielles nicht geringem Ärger traf er mitten ins Schwarze. Grinsend gab er dem Jungen den Bogen zurück, ermahnte ihn noch einmal zur Konzentration und schlenderte weiter.

Beim nächsten Versuch bohrte sich der Pfeil des Burschen ins Zentrum der Schießscheibe, und seine Gefährten bejubelten ihn. Am Ende der Reihe angelangt, drehte sich Adrien um, entdeckte Danielle und gab Daylin ein paar Anweisungen. Während er zu ihr ging, zeigte sein Gesicht keine Regung. »Es schickt sich nicht für eine Lady, ohne Sattel zu reiten«, bemerkte er und hob sie vom Rücken ihrer Stute.

»Daran bin ich gewöhnt.«

»In Zukunft wirst du dich den Gepflogenheiten anpassen.«

Nun bereute sie, daß sie hierhergekommen war. Seine Nähe verwirrte sie. Rasch trat sie zurück, wich seinem Blick aus und streichelte Sterns Nüstern. »Nach so langer Abwesenheit kannst du nicht einfach in mein Leben zurückkehren und mir Vorschriften machen.«

»Nein, Thibald!« rief Daylin einem jungen Soldaten aus Aville zu. »Hast du dem Earl nicht zugehört? Du mußt dich konzentrieren.«

Um ihrem Mann zu entfliehen, eilte Danielle auf die Wiese.

»Komm sofort zurück, Danielle!« befahl er. »Du könntest verletzt werden!«

Unbeirrt riß sie den Bogen aus Thibalds Hand. »Die Konzentration ist in der Tat sehr wichtig. Auf dem Schlachtfeld darfst du dich nicht vom Getümmel ringsum verwirren lassen. Behalte immer nur dein Ziel im Auge.« Sie hoffte inständig auf einen Erfolg. Immerhin hatte sie jahrelang an den Waffenübungen königlicher Prinzen teilgenommen.

Und der Himmel stand ihr bei. Der Pfeil schnellte in schöner, flacher Flugbahn durch die Luft und stach ins Schwarze.

Lächelnd dankte sie den Männern für den Applaus. Die Arme vor der Brust verschränkt, beobachtete Adrien seine Frau und verzog keine Miene. Daß sie ins Ziel getroffen hatte, schien ihn nicht zu überraschen. Nun wartete er ungeduldig, bis sie verschwinden und die Aktivitäten nicht länger behindern würde. Plötzlich rief jemand: »Ein Wettkampf! Zwischen unserem Lord und der Lady!«

Damit hat er wohl nicht gerechnet, dachte Danielle. Voller Genugtuung beobachtete sie sein sichtliches Unbehagen. Aber zu ihrer Verblüffung zuckte er schließlich die Achseln und kehrte auf den Schießplatz zurück. Während er sich von Daylin einen Bogen und einen Köcher geben ließ, wurden Pfeile für seine Frau gebracht. Mit schwarzer Kohle markierte ein Ritter auf einer Schießscheibe die kleineren Kreise, die bei einem Wettbewerb zwischen erfahrenen Gegnern getroffen werden mußten. Dann stellten sich Adrien und Danielle nebeneinander, und die anderen traten zurück.

»Mylord, Mylady — nun könnt Ihr beginnen!« rief Richard Huntington, den man zum Schiedsrichter erkoren hatte.

Danielle schaute ihren Mann an, der sich höflich verneigte. »Zuerst die Dame.« Etwas leiser fügte er hinzu: »Ein Wort, das ich unter diesen Umständen sehr großzügig auslege.«

Gelassen ignorierte sie den Spott und schoß ihren ersten Pfeil ab, der das Ziel nur um Haaresbreite verfehlte und lauthals bejubelt wurde.

»Welch eine wunderbare Leistung, vor allem für eine Ehefrau!« meinte Adrien, legte seinen Pfeil auf und zielte. »Stell dir vor, du wärst mit einem armen Bauern verheiratet. Wenn er von der Feldarbeit nach Hause kommt und sich an den gedeckten Tisch setzen will, wird er mit Pfeilen beschossen.«

»Zum Glück bin ich keine Bäuerin, sondern die Herrin einer Festung — und dir in gewissen Dingen durchaus ebenbürtig, mein Gemahl.«

Sein Pfeil bohrte sich dicht neben ihrem in die Scheibe, und die Männer applaudierten.

»Los, Mylady!« wurde sie von Richard angefeuert.

»Du *warst* die Herrin einer Festung«, betonte Adrien. »Und jetzt bist du verpflichtet, deinem Ehemann zu gehorchen.«

Danielles Pfeil flog durch die Luft, und zu ihrer Überraschung bohrte er sich zwischen die beiden ersten in die Scheibe. Wieder brach lauter Jubel aus. »Niemand auf dieser Welt wird mich jemals beherrschen, Adrien.«

»Warten wir's ab.«

Sein nächster Pfeil spaltete ihren zweiten. Entzückt schrie Richard Huntington auf, und die anderen rannten zur Schießscheibe, um das Wunder zu bestaunen.

Danielle blinzelte ungläubig und wandte sich zu ihrem Mann, der triumphierend feixte. »Nun, meine Liebe?«

»Stünden wir uns auf dem Schlachtfeld gegenüber, wäre dein Schuß belanglos. Es würde nämlich keine Rolle spielen, daß mein Pfeil nicht mitten in dein Herz getroffen hat.«

»Oh, der Wettkampf interessiert mich gar nicht so sehr. Ich frage mich, warum du hierhergekommen bist. Hast mich vermißt? Bin ich zu früh aus unserem Ehebett gestiegen?«

»Viel zu spät!« fauchte sie.

»Sicher wäre es nicht ritterlich, dich der Lüge zu zeihen ...«

»Wann hast du mich jemals ritterlich behandelt?«

»Nur selten«, gab er zu. »Also gut, du lügst.«

»Lassen wir den Unsinn! Um Himmels willen, Adrien, was hast du mit Simon gemacht?«

Satanisch grienend hob er die Brauen. »Ah, Simon ... Meinst du den jungen Mann, der Verrat an König Edward geübt und letzte Nacht meine fast nackte Frau liebkost hat?«

»Verdammt, Adrien, er ist kein Engländer. Also begeht er keinen Verrat, wenn er an einer Verschwörung gegen den englischen König teilnimmt.«

»Dann hat er nur geplant, Aville zu erobern?«

»Das habe ich nicht behauptet. Würdest du mir endlich erzählen, was mit ihm geschehen ist?«

Sein Gesicht wurde ernst. »Vielleicht solltest du aufhören, Forderungen zu stellen. Vergiß nicht, daß ich euch beide in einer höchst verfänglichen Situation ertappt habe. Deshalb solltest du Simons Beispiel folgen und mich um Gnade anflehen.«

»Was — was hast du ihm angetan?« stammelte sie.

»Nichts. Das war auch gar nicht nötig, weil er sofort erkannte, daß er mich bitten mußte, sein Leben zu schonen.« Er ging zu Stern und warf die Zügel über ihren Hals. Dann schlug er auf ihre Kruppe und schickte sie zur Festung.

Erbost rannte Danielle ihm nach. »Soll ich zu Fuß nach Hause gehen? Ist das irgendeine originelle Strafe?«

»O nein. In diesen letzten Stunden hast du mir gefehlt, und nun möchte ich mit dir zurückreiten.«

»Mach dich nicht lustig über mich! Keinen einzigen Gedanken hast du an mich verschwendet, aber statt dessen deine Kriegsspiele genossen.«

Er gab keine Antwort und rief seinen Männern zu: »Für heute beenden wir die Waffenübung, meine Freunde! Bald wird die Dunkelheit hereinbrechen.«

Als er einen Pfiff ausstieß, trabte sein gehorsames Schlachtroß Matthew heran. Er hob Danielle auf den Pferderücken und stieg hinter ihr auf.

Stocksteif saß sie im Sattel, von Adriens Armen festgehalten, und biß die Zähne zusammen. An der Spitze seiner Leute ritten sie einen sanft abfallenden Hang hinunter. Die letzten Sonnenstrahlen verliehen den grauen Steinmauern von Aville einen rosigen Glanz.

Nach einer Weile versetzte Adrien den Hengst in einen langsameren Trab und ließ die anderen vorausgaloppieren. »Hältst du unsere Ehe für einen Wettkampf, Danielle?« fragte er leise. »Wenn ja, muß ich dich warnen — ich verliere niemals.«

»Vorhin hätte ich beinahe gewonnen. Aber das erscheint mir nicht so wichtig. Ich weiß noch immer nicht, was du mit Simon gemacht hast.«

»Da er ein reicher Mann ist, habe ich ihn mit einer Eskorte zu Prinz Edward geschickt. Man wird ihn nach England bringen und gegen Lösegeld freilassen.«

»Aber ...«

»Kein Wort mehr über Simon!« stieß er hervor.

Sie biß in ihre Lippen und schwieg, bis sie den Hof erreichten. Sobald er sie aus dem Sattel gehoben hatte, rannte sie in die Halle. Rem reichte ihr einen gefüllten Weinkelch, den sie dankbar entgegennahm.

Wenig später kam Adrien mit seinen Gefolgsmännern herein. Ärgerlich beobachtete Danielle, wie Monteine mit den Engländern lachte und schwatzte.

Da sie seit dem vergangenen Abend nichts gegessen hatte, stieg ihr der Wein zu Kopf. Trotzdem verspürte sie keinen Appetit, während sie neben ihrem Gemahl an der Tafel saß.

Nach der Mahlzeit zog sie sich in ihr Zimmer zurück. Inzwischen hatten die Dienerinnen den Raum in Ordnung gebracht und das Bett frisch bezogen.

Danielle wanderte vor dem Kamin umher. Immer wieder schaute sie zur Tür. Aber Adrien kam nicht zu ihr.

Schließlich kleidete sie sich aus und suchte in einer ihrer Truhen nach dem züchtigsten Nachthemd, das sie besaß — aus Leinen, mit langen Ärmeln, hochgeschlossen. Sie schlüpfte hinein, dann sank sie erschöpft ins Bett und schlummerte sofort ein.

Plötzlich fuhr sie aus dem Schlaf empor und starrte in goldbraune Augen. Adrien saß rittlings auf ihren Hüften und beobachtete sie. In seiner bronzebraunen Brust spiegelte sich der Widerschein des Kaminfeuers.

»Du solltest mich nicht bei jeder Gelegenheit bekämpfen, Danielle. Sonst müßte ich dir weh tun. Und das will ich nicht.«

Tränen brannten in ihren Augen. »Vielleicht möchte ich *dir* weh tun.«

»Versuch's lieber nicht.«

»So bin ich nun einmal. Das kann ich nicht ändern.«

»Hör auf, mich zu hassen.«

»Ich hasse dich nicht«, gab sie mit halb erstickter Stimme zu.

Zu ihrer Verblüffung lächelte er. »Ah, welch ein süßes, ermutigendes Geständnis! Wenn ich mich nicht in acht nehme, werde ich vollends in deinen Bann geraten, Lady.«

»Adrien …«, begann sie gegen seinen Hohn zu protestieren, und da erstarb sein Lächeln.

»Keine Kämpfe in dieser Nacht!«

Ein Befehl? Oder eine Bitte?

Aber darauf kam es nicht an. Ihr Kampfgeist war verflogen. Als er sie küßte, spürte sie wieder jene magische Wärme, die ihren ganzen Körper erfüllte, jene heiße Sehnsucht. Statt ihres züchtigen Nachthemds hätte sie eine Rüstung tragen können. Es spielte keine Rolle. Wenig später ließ sie sich ausziehen.

Kampflos.

Während der nächsten Tage verbrachte er den Großteil seiner Zeit im Freien. Manchmal stand Danielle an der Brustwehr und beobachtete die Waffenübungen seiner Männer, die ihre Fähigkeiten im Umgang mit Schwertern, Lanzen, Streitkolben und -äxten und Armbrüsten erprobten.

Die Armbrüste hatten sich zu wirkungsvollen Waffen entwickelt. Um sie zu biegen, brauchte man Winden mit Flaschenzügen und Stricken, und obendrein mußte der Schütze seine ganze Kraft aufbieten. Der Nachteil dieser Waffe bestand darin, daß man den Pfeil nicht so schnell abschießen konnte wie mit einem Langbogen. Bei den Übungen stand neben jedem Armbrustschützen ein zweiter Mann, um einen Schild zu halten, der beide beim Nachladen abschirmte. Darauf legte Adrien großen Wert. Wie militärische Strategen in ganz Europa behaupteten, waren die berühmten Genueser Armbrustschützen bei Crécy nur deshalb so kläglich gescheitert, weil sie keine Schilde benutzt hatten.

Tagsüber gingen sich Danielle und Adrien aus dem Weg. Wenn sie morgens erwachte, war er bereits aufgestanden, und sie sah ihn erst beim Abendessen. Nach der Mahlzeit pflegte er die Halle zu verlassen, um verschiedene Aufgaben zu erfüllen — ein lahmes Pferd zu verarzten, Waffen zu inspizieren oder eine Schmiede zu besuchen.

Danielle wollte herausfinden, was er mit seiner Ankunft in Aville bezweckt hatte — abgesehen von der Heirat und seiner Machtübernahme. Zunächst weigerte er sich, darüber zu sprechen. Wenn er nachts zu ihr kam, brachte er sie mit heißen Küssen zum Schweigen. Von Leidenschaft überwältigt, vergaß sie, was ihr auf der Seele brannte.

Als sie die Frage wieder einmal stellte, seufzte er ungeduldig. »Was soll das? Es war an der Zeit, dich zu heiraten und die Herrschaft auf Aville anzutreten.«

»Dazu bestand kein Grund. Ich habe Edward keine Schwierigkeiten bereitet.«

»Aber du hast seine Feinde eingeladen.«

»Immerhin sind seine Feinde meine Verwandten, und ich werde sie stets willkommen heißen.«

Er richtete sich im Bett auf. In seinen Augen schimmerte die Glut des Kaminfeuers. »So wie Simon?«

Wann immer dieser Name erwähnt wurde, erwachte Adriens Wut, was auch Danielle erzürnte. »Viele junge Frauen an meiner Stelle hätten eine erzwungene Verlobung vergessen und die Gefühle eines französischen Comtes erwidert. Versuch doch, diese Situation aus meiner Sicht zu betrachten. Einem Mann, der sich jahrelang nicht blicken ließ, war ich gewiß nichts schuldig.«

»Jetzt hast du mich wiedergesehen.«

»Wenn Simon frei wäre, würde er uns *beide* besuchen.«

»Reden wir nicht mehr über ihn.«

»*Du* hast dieses Thema angeschnitten.«

Wortlos stieg er aus dem Bett und ging zu einer Schießscharte. Danielle betrachtete seine breiten Schultern, die im Flammenlicht wie Kupfer schimmerten. Wie sie sich eingestehen mußte, war er ein ungewöhnlicher Ritter, und er besaß einen vollkommenen Körper. Wenn er sie nie wieder umarmte, würde sie Höllenqualen ausstehen.

Was mochte ihn in diesem Augenblick bewegen? Gedanken, die er nicht mit ihr teilen wollte ... Fragte er sich, welche Ehe er mit der süßen, schönen, sanftmütigen Joanna geführt hätte? Sicher würde er Joanna lieben und sie nicht jeden Morgen im ersten Tageslicht verlassen, um sie erst abends wieder aufzusuchen. Und er würde mit ihr sprechen, ihr alles anvertrauen, was ihn beschäftigte.

Plötzlich wandte er sich zu Danielle und begegnete ihrem Blick. »Schlaf jetzt. Es ist spät geworden.«

»Glaubst du wirklich, du könntest mir *alles* befehlen? Hältst du dich für einen König, der bedingungslosen Gehorsam verlangen darf? Oder ...«

Verwirrt verstummte sie, als er mit langen Schritten zum Bett zurückkehrte und unter die Decke schlüpfte. »Wie du willst, Lady«, erwiderte er und nahm sie in die Arme. »Schlaf — oder bleib wach. Aber wenn du dich nicht müde fühlst ...«

»Ich bin völlig erschöpft!« fauchte sie.

Lachend drückte er sie an seine Brust. »Dann schlaf. Ich bin des Kampfes müde.«

»Erstaunlich, wo du ihn doch ständig suchst!«

»*Ich*? Meine Liebe, du würdest mich bis zu deinem letzten Atemzug bekämpfen.«

»Zumindest bin ich ehrlich, während du ...«

»... während ich müde bin. Wenn's sein muß, kämpfen wir weiter — ein andermal.«

Sie gab keine Antwort, schloß die Augen, spürte die Wärme seines Körpers.

Welch ein seltsames Glücksgefühl, in seinen Armen zu liegen, sicher und geborgen ...

Aber er verriet ihr nichts.

15

Am nächsten Tag beschloß sie die Gespräche der Männer zu belauschen. Sie übten mit ihren Schwertern im Hof, und Danielle fand immer wieder einen Grund, an ihnen vorbeizuschlendern — in unverdächtigem Abstand, wie sie glaubte. Aber Adrien erriet, was sie im Schilde führte.

Als sie wieder einmal den Hof durchquerte, zum sechsten Mal, und vorgab, sie wollte ein lateinisches Buch in die Kapelle zurückbringen, trat er ihr in den Weg. Die Spitze seines schönen, in Toledo gefertigten

Schwerts zeigte auf ihre Kehle. Wütend hob sie das Kinn. »Was soll dieses neue Spiel bedeuten?«

Statt zu antworten, wandte er sich an die Männer. »Meine Freunde, die Lady schweigt nur aus Höflichkeit, weil sie mich, den Herrn der Festung, nicht kränken möchte. Aber da sie diese Übungen so aufmerksam beobachtet, gewinne ich den Eindruck, unsere Aktivitäten könnten ihr mißfallen.« Lächelnd schaute er in Danielles Augen, und die scharfe Klinge löste ein winziges Häkchen am Oberteil ihres Kleids.

»In der Tat, *Monseigneurs*!« rief sie. »Der Earl of Glenwood ist ein schlechter Lehrmeister, denn er führt Euch vor, wie man eine wehrlose Frau bedroht.«

»Welch ein Schurke!« erwiderte Daylin belustigt und warf ihr sein Schwert zu. »Verteidigt Euch!«

Geschickt fing sie die Waffe auf, die ihr gute Dienste leisten würde, da sie leichter war als das Toledo-Schwert.

Sobald sie den hellen Glanz in Adriens Augen sah, wußte sie, daß er den Kampf absichtlich heraufbeschworen hatte. Aber das störte sie nicht. Sie war bereit. Reglos stand sie da und zwang ihn zum Angriff. Er bot nicht seine ganze Kraft auf, und so konnte sie seine Attacken parieren.

Um einem gezielten Hieb auszuweichen, sprang sie auf den Rand eines Wassertrogs und wieder hinab. Entschlossen stach sie zu, traf Adriens Wange und sah einen winzigen Blutstropfen hervorquellen. Die Männer jubelten, und Adrien grinste. »Gut gemacht, Danielle!«

»Wenn man schnell ist, kann man sogar den stärksten Mann übertrumpfen.«

»Vielleicht. Aber ein starker Mann vermag die schnellste Frau zu besiegen.«

Wie ein Silberblitz schoß seine Klinge durch die Luft und schlug ihr das Schwert aus der Hand. Da erkannte sie, daß er bisher nur mit ihr gespielt hatte. Aber sie war eine tüchtige Gegnerin gewesen. »Die meisten Männer könnte ich bezwingen.«

»Nur mich nicht.«

»Immerhin ist Blut aus deiner Wange geflossen.«

»Weil ich's gestattet habe.«

»Ich wollte dich nicht schwerer verletzen.«

Als er die Brauen hob, beschloß sie zu flüchten, holte ihr Buch, das sie einem der Männer übergeben hatte, und verschwand in der Kapelle.

Am nächsten Morgen wurde sie von einem seltsamen Lärm geweckt. Den nackten Körper in ein Laken gehüllt, sprang sie aus dem Bett, lief zur Schießscharte und spähte hinaus.

Inmitten einer Menschenmenge entdeckte sie Adriens rotblonden Kopf. Da er nur ein Hemd, eine kurze Tunika und eine enge Hose trug, hatte er sich offenbar noch nicht auf die anstrengende Kavallerieübung vorbereitet, die für diesen Tag geplant war. Er hielt einen langen Stock in der Hand, den er mit einem brennenden Docht in Brand steckte, und es krachte wieder. Erschrocken sprang Danielle zurück. In diesem Augenblick schaute er herauf, sah sie und lachte — dämonisch, wie sie fand. »Komm herunter!« rief er. »Nein, warte auf mich!«

Hastig wühlte sie in einer Truhe. Aber sie konnte sich nicht rechtzeitig anziehen, bevor er das Zimmer betrat, den qualmenden Stock in der Hand, der teils aus Holz und teils aus Metall bestand. »Das ist eine Waffe«, erklärte er. »Die solltest du mal genauer betrachten.«

Von solchem Rüstzeug hatte sie schon gehört und

sogar riesige Metallkugeln und Kanonen gesehen, aber noch nie ein so kleines Gerät von dieser Art. Neugierig musterte sie das Ding. »Die hat einer deiner Schmiede hergestellt.«

»Timothy? Er ist sehr erfinderisch, und er hat auch an Kanonen gearbeitet, die an der Brustwehr bei der Zugbrücke postiert werden sollen.«

»Außerdem befaßt er sich mit Schießpulver.«

»Vier Teile Salpeter, ein Teil Kohlenstoff, ein Teil Schwefel.«

»Hm. Ich hätte mir denken können, daß du dich mit Waffen auskennst. Eines Tages werden diese Erfindungen alle unsere herkömmlichen Schwerter, Pfeile, Streitäxte und dergleichen übertreffen.«

»Wirst du damit in den Krieg ziehen?«

»Oh, du interessierst dich für meine Schlachtpläne?« Inzwischen rauchte der Stock nicht mehr, und Adrien legte ihn auf den Tisch.

»Warum weichst du meiner Frage aus?«

»Über solche Dinge will ich nicht mit dir reden.«

»Wenn du mir eine Waffe zeigst, möchte ich natürlich wissen, was du damit vorhast.«

Lachend sank er aufs Bett. »Komm her, dann zeige ich dir eine andere Waffe. Und was man damit anfangen kann, weißt du sehr gut.«

»Am hellichten Tag?« rief sie empört.

»Da macht's sogar noch mehr Spaß.«

»Du bist einfach unmöglich!« fauchte sie. Würdevoll wandte sie sich ab. Sollte sie's wagen, in den Flur zu laufen, nur mit einem Laken bekleidet? Die Frage erübrigte sich. Noch ehe sie die Tür erreichte, hatte Adrien sie eingeholt und hochgehoben.

Im nächsten Augenblick lagen sie auf dem Bett, und er zog das Laken von ihrem Körper. Trotz der Nächte, die sie geteilt hatten, empfand Danielle eine plötzliche Scheu, als sie das Morgenlicht auf ihrer Haut spürte.

Verführerisch begann er sie zu streicheln. Sie schloß die Augen, ihr Herz schlug schneller. Nach einer Weile beendete er die Liebkosungen, und sie blinzelte verwirrt. »Weißt du, was ich gerade denke?« fragte er lächelnd. »Du hast gar nichts gegen solche Intimitäten einzuwenden. Aber du willst nicht zugeben, daß du sie genießt.«

»Oh!« Wütend trommelte sie mit beiden Fäusten gegen seine Brust, fühlte sich schwach und verletzlich, weil sie nackt unter ihm lag, während er angezogen war.

»Bekämpfst du mich schon wieder?« flüsterte er und umklammerte ihre Handgelenke. Ehe ihr eine passende Antwort einfiel, küßte er ihre Stirn, ihren Hals — und endlich ihre Lippen. Er öffnete seine Hose und drang ungeduldig in sie ein, ohne seinen Mund von ihrem zu lösen. Insgeheim stimmte sie ihm zu — ja, sie genoß all die ehelichen Intimitäten, auch im Tageslicht.

Nachdem sie ihre Erfüllung gefunden hatten, lag sie ermattet neben ihrem Mann und erkannte, wie schnell sich ihre Gefühle für ihn vertieften. Sie war viel zu glücklich, wenn sie seine Nähe und seinen kraftvollen Herzschlag spürte, seine Atemzüge hörte. Und sie liebte seine Wärme, seine Arme, die sie schützend umfingen, während sie schlief. Früher hatte sie ihn gehaßt. Warum begehrte sie ihn jetzt so leidenschaftlich?

Nur auf Wunsch des Königs hat er mich geheiratet, erinnerte sie sich. Um Wohlstand und Adelstitel zu erwerben. Und jetzt darf ich mich nicht in ihn verlieben, denn er wird bald wieder fortreiten und seinem Lehnsherrn dienen, dem er so viel verdankt . . .

Sie fühlte seinen Blick. Besitzergreifend umschlang

er ihre Taille. »Was würde ich dafür geben, könnte ich deine Gedanken lesen, Danielle!«

Als sie von ihm wegzurücken versuchte, hielt er sie fest. »Nun, was würdest du dafür geben?« entgegnete sie ärgerlich. »Gold? Deine Ländereien? Oder eins deiner kostbaren Schlachtrösser?«

»Matthew, Mark, Luke oder John? Niemals! Sie leisten mir wahrhaft treue Dienste.«

»Und jedes einzelne bedeutet dir mehr als deine Ehefrau, die nicht so gut abgerichtet ist?«

»Ganz im Gegenteil, auf dir reite ich viel lieber.«

»Oh ...« Wütend versuchte sie, ihm zu entkommen. Als ihr das mißlang, biß sie in seine Hand, die sie festhielt. Zu ihrer Genugtuung schrie er überrascht auf, und sie lächelte triumphierend. Aber ihr Lächeln erlosch sofort. Kraftvoll schlug er auf ihre nackte Kehrseite. Der Zorn verlieh ihr ungeahnte Kräfte. Sie versetzte ihm einen so heftigen Stoß, daß er auf dem Rücken landete, und warf sich auf ihn. »Wie kannst du es wagen?« zischte sie. Lachend griff er nach ihr.

Im nächsten Augenblick merkte sie, welchen Fehler sie begangen hatte, denn Adrien hob die Hüften und vereinte sich blitzschnell mit ihr. Seine Hände umspannten ihre Taille und bewegten ihren Körper in sinnlichem Rhythmus. Die Augen geschlossen, erschauerte sie und versuchte, das Verlangen zu bekämpfen, das jedesmal wuchs, wenn sie die Schenkel hob und senkte. Aber da schwang er sie herum, so daß sie unter ihm lag, und löste sich von ihr. Die Enttäuschung währte nicht lange. Mit Lippen und Händen liebkoste er ihren ganzen Körper, bis sie vor Lust schrie. Erst jetzt drang er wieder in sie ein und entführte sie in ein Paradies voll funkelnder Sterne.

Langsam kehrte sie in die Wirklichkeit zurück und

spürte, wie er sich neben ihr ausstreckte. Warum fiel es ihm so leicht, sie zu verführen? Warum begehrte sie ihn so leidenschaftlich? Sie mußte ihm endlich entfliehen. Aber als sie die Beine über den Bettrand schwang, hielt er sie erneut fest und drückte sie ins Kissen zurück. Verwundert neigte er sich über ihr Gesicht. »Was habe ich denn verbrochen?«

»Würdest du mich gehen lassen?« Gequält schloß sie die Augen. »Weide dich allein an deinem Triumph. Du hast wieder einmal gewonnen. Weil du niemals verlierst — weder einen Kampf noch ein Spiel ...«

Sie spürte seinen prüfenden Blick und kniff die Augen noch fester zu. Nach einer Weile stand er auf, und sie hörte, wie er sich ankleidete. »Da irrst du dich, Lady.« Erstaunt sah sie ihn nach seiner Waffe greifen und zur Tür gehen. Dort blieb er stehen und drehte sich um. »Bei unseren Scharmützeln wurde ich so oft besiegt, daß ich mich beinahe wehrlos fühle.«

»Aber ...« Ehe sie weitersprechen konnte, verließ er das Zimmer.

Nachmittags setzten die Männer ihre Waffenübungen außerhalb der Festung fort, diesmal auf den Pferderükken. Mit stumpfen Lanzen griffen sie Quintains an — drehbare, an beiden Enden mit Gewichten beschwerte hölzerne Arme. Wenn die Krieger ihr Ziel getroffen hatten, mußten sie sich sofort ducken, sonst wurden sie von den Quintains aus dem Sattel geworfen.

Danielle stand an der Brustwehr und beobachtete, wie Adrien Anweisungen gab, wie die Männer lachten, wenn ein glückloser Gefährte im Gras landete. Plötzlich sah sie vier bewaffnete Ritter von der Südstraße herüberreiten. Der Anführer, der Prinz Edwards Banner trug, überreichte dem Laird ein versiegeltes Dokument. Als hätte ihn irgendein Instinkt gewarnt, schaute Adrien zur Brustwehr herauf. Trotz der Entfernung glaubte Danielle, die Glut in seinen Augen zu erkennen, und hielt den Atem an. Jetzt wußte sie, warum er die Waffenübungen forcierte — weil er auf diesen Brief gewartet hatte. Er war nicht nur hierhergekommen, um die Festung und ihre Herrin zu beanspruchen, sondern seine Truppe mit den Männern aus Aville zu vergrößern — um mit *ihren* Soldaten für den englischen Thronfolger zu kämpfen. Erbost eilte sie die Stufen hinab, durch den Hof und in die Halle, wo sie Rem erklärte, sie fühle sich krank und würde nicht zum Abendessen erscheinen. Dann floh sie in ihr Gemach.

Niemals würde sie sich mit Edwards Repräsentanten an einen Tisch setzen. Und wenn sie Adrien mit ihrer Abwesenheit demütigte — um so besser. Monteine kam zu ihr. Angesichts ihrer bleichen Herrin glaubte sie an deren Krankheit, und rieb ihr die Stirn mit Öl ein. Fürsorglich bereitete sie ein dampfendes Bad vor, und während die Countess in der Wanne saß, wusch sie ihr das Haar mit Rosenwasser. Danach trocknete sie ihre Lady ab und half ihr in ein Nachthemd.

Danielle dankte ihr. »Laß mich jetzt allein. Ich will schlafen. Und sag Adrien, ich hätte gräßliche Kopfschmerzen. Deshalb werde ich heute abend in meinem Zimmer bleiben.«

Bei Einbruch der Dunkelheit saß sie vor dem Kamin, beobachtete die Flammen und haßte ihren Gemahl, weil er ihre Leute in den Kampf führen wollte. Womöglich würden sie für den englischen König sterben. Er hatte kein Recht, das Vertrauen ihrer Männer zu gewinnen und sie gegen das Haus Valois aufzuhetzen. Bald würde er davonreiten, die Soldaten von Aville mitnehmen und einen starken englischen Trupp zurücklassen, der die Festung vor allen Angriffen auf Edwards Herrschaft in der Gascogne schützen sollte.

Während sie aufstand und umherwanderte, öffnete sich die Tür, und Adrien trat ein. »Du siehst gar nicht krank aus, meine Liebe.«

»Aber ich bin krank — krank vor Zorn auf verräterische Schotten!«

»Niemals habe ich Verrat geübt, Danielle. Ich habe dem englischen König die Treue geschworen. Jetzt diene ich seinem Sohn.«

»Und um ihm zu gehorchen, würdest du Frankreich in Stücke reißen.«

»Frankreich? Wohl kaum. Wir bekämpfen nur die Rebellen.«

»Die ganze Zeit hast du dieses Ziel angestrebt und meine Männer deinem Kommando unterstellt, ohne zu beachten, auf welcher Seite sie stehen.«

»Da ich der Herr von Aville bin, sind sie *mir* verpflichtet.«

»*Meine* Soldaten?«

»Als meine Frau bist du mir ebenfalls verpflichtet.«

»Du hast kein Recht ...«

»Allzulange wird der Feldzug nicht dauern.«

»Hoffentlich bis in alle Ewigkeit!«

Adriens Augen verengten sich. »Bete um mein Überleben! Obwohl der Prinz dich wie ein Bruder liebt, mißtraut er dir, und er könnte harte Maßnahmen gegen meine Witwe ergreifen.«

»Bei Gott, ich lasse mich nicht von euresgleichen umherschieben wie eine Schachfigur! Mein Schicksal liegt in meinen eigenen Händen. Und Aville gehört *mir*! Vielleicht bin ich nicht mehr hier, wenn du zurückkehrst.« Sie hatte die falschen Worte gewählt, die sie sofort bereute, denn er starrte sie in so eisigem Zorn an, daß ihr Atem stockte.

Unsanft packte er ihre Arme und schüttelte sie. »Soeben hast du dein Schicksal besiegelt.« Er schleuderte sie aufs Bett und ballte die Hände. Die Augen voller Tränen, richtete sie sich auf. Diesmal würde es ihm nicht gelingen, sie zu verführen. Bis zum Ende ihres Lebens würde sie ihn hassen.

Doch er hatte gar nicht vor, sie anzurühren. Statt dessen stürmte er aus dem Zimmer, warf die Tür hinter sich zu und verriegelte sie. Verzweifelt sprang Danielle auf und hämmerte gegen das Holz. »Bitte, Adrien ...«

Er antwortete nicht, und sie hörte ihn die Treppe hinabsteigen. Immer wieder rief sie seinen Namen. Niemand kam zu ihr. Verdammt, sie war die Herrin von Aville! In all den Jahren hatte sie die Festung und die Ländereien gewissenhaft verwaltet. Aber jetzt war Adrien der Schloßherr. Und alle, die sie geliebt hatten, dienten *ihm*.

Wütend trat sie gegen die Tür, die nur ein wenig erzitterte und nicht nachgab. Danielle begann wieder umherzuwandern, diesmal mit schmerzenden Zehen. Langsam schleppte sich die Zeit dahin. Was hatte Adrien vor? Wollte er sie in diesem Zimmer gefangenhalten, tage-, wochen- oder gar monatelang? Würde er sie, gefesselt und geknebelt, nach England schicken? Schließlich sank sie erschöpft auf den Pelzteppich vor dem Kamin und versuchte, ihre fröstelnden Glieder zu wärmen. Sie streckte sich aus, legte schluchzend den Kopf auf das weiche weiße Fell. Unaufhaltsam flossen die Tränen, und nach einer Weile fielen ihr die Augen zu.

Als Adrien ins Herrschaftsgemach zurückkehrte, hielt er erschrocken den Atem an, denn er konnte Danielle nirgends entdecken — weder im Bett noch im

Sessel beim Kamin. Sie stand auch nicht vor der Schießscharte, um in die Freiheit der Nacht zu blicken. Dann sah er sie auf dem weißen Fell liegen, in ihrem weißen Nachthemd. Das ebenholzschwarze Haar fiel auf ihre Schultern, einige Locken hatten sich auf dem Pelz ausgebreitet. Nur das Knistern des Feuers war zu hören.

Er ging zu ihr, betrachtete sie, und sein Herz krampfte sich schmerzlich zusammen. O Gott, vor seiner Ankunft in Aville hatte er nicht geahnt, welch heftige Gefühle Danielle in ihm wecken würde. Heiße Leidenschaft, wilden Zorn, überwältigende Zärtlichkeit ... Er hatte Joanna geliebt, aber niemals diese Glut empfunden, diese Seelenqual und — zum Teufel mit ihr! — diese Angst.

Um Himmels willen, was sollte er tun? Er kniete neben ihr nieder. Hätte sie ihn mit magischer, exotischer Liebeskunst zu verlocken gesucht, wäre sie ihm nicht so reizvoll erschienen wie jetzt, obwohl sie einfach nur dalag und schlief. Im flackernden Widerschein des Feuers zeichneten sich ihre Brüste und Hüften unter dem dünnen Nachthemd ab, das über eine schimmernde Schulter hinabgeglitten war, bis zu einer zarten Knospe. Auch ein wohlgeformter Schenkel hatte sich verführerisch entblößt.

Das Schicksal hatte sie zu seiner Frau gemacht, und es war ihm gelungen, Leidenschaft in ihr zu entfachen. Aber in die Tiefen ihrer Seele konnte er nicht vordringen. Sie blieb seine Feindin, weil sie in ihrer Kindheit ein Gelübde abgelegt hatte — zu jung, um die Konsequenzen ihres Versprechens zu begreifen.

Behutsam strich er eine seidige Strähne aus ihrem Gesicht. Da hob sie die Lider und starrte ihn an. Hastig richtete sie sich auf.

»Adrien!« wisperte sie, und er spürte, daß sie sich

über seine Rückkehr freute. Offenbar hatte sie auf ihn gewartet. Um Gnade würde sie ihn niemals bitten. Aber vielleicht wollte sie ihn in dieser Nacht verführen, seinen Zorn kühlen, weil sie wußte, wozu ihn seine Macht befähigte. Unbedacht hatte sie ihm gedroht, die Festung während seiner Abwesenheit zu verlassen. Nun mußte sie befürchten, er würde sie gefangennehmen und nach England schicken.

Entschlossen verschanzte er sein Herz hinter einem kalten Panzer. Er ließ sich nicht betören. »Komm!« Seine Stimme klang so rauh, daß Danielle ängstlich zusammenzuckte. Das hatte er bezweckt. Er zog sie auf die Beine und führte sie zur Tür, nahm einen ihrer Mäntel von einem Wandhaken und legte ihn um ihre Schultern.

»Was hast du vor?« fragte sie, doch er gab keine Antwort. »Das ist Wahnsinn!« rief sie, während er sie die Treppe hinabzerrte. Wortlos eilte er mit ihr durch die leere Halle, in die kalte Nacht hinaus. »Verdammt, Adrien ...«

Fröstelnd versuchte sie, sich zu befreien, und er erkannte reumütig, daß sie keine Schuhe trug. Doch er konnte nicht mehr zurückkehren. So hob er sie hoch und trug sie durch den Hof zur Kapelle. Bevor er den dunklen Raum betrat, ergriff er eine Fackel, die in einem Ring an der Außenmauer steckte.

»Vor dem Allmächtigen, Adrien ...«, begann Danielle.

»Ja, vor dem Allmächtigen, Lady.« In der Kapelle stellte er sie auf die Füße. Unheimlicher Feuerschein flackerte über die Heiligenstatuen, die sich wie Geister zu bewegen schienen. Wieder versuchte sie, sich loszureißen, ohne Erfolg. Er zog sie zur linken Seite des Altars, wo eine breite Treppe in die Krypta hinabführte.

»Adrien!«

Aber er ignorierte ihre Verzweiflung, stieg mit ihr in die kühle Finsternis hinab und schob die Fackel in eine Halterung. Rötliches Licht erhellte das Totenreich.

Nur langsam verwesten die Leichen in der unterirdischen Kälte. Särge aus Stein und Marmor standen in mehreren übereinanderliegenden Nischen. Darin hatten die Ahnen von Aville ihre letzte Ruhe gefunden.

»Adrien!« klagte Danielle. Endlich ließ er sie los. Als sie zur Treppe rannte, folgte er ihr, holte sie mühelos ein und führte sie in die Mitte der Krypta. Von wachsender Panik erfaßt, schaute sie sich um. Verblüfft erkannte er, daß er zufällig die Achillesferse seiner Frau entdeckt hatte — sie fürchtete die Toten. In seinem Herzen regte sich Mitleid. Aber vielleicht würde ihm ihr Grauen nützen.

»Hast du Angst?«

»Nein . . .«

»Lügnerin!«

»Warum sind wir hier?«

»Erklär mir, was dich so erschreckt.«

»Nach dem Tod meiner Mutter kam ich hierher . . .«, erwiderte sie zögernd. »Und da fiel die Tür zu. Stundenlang war ich im Dunkel eingeschlossen . . . Adrien, verlaß mich nicht — sperr mich nicht hier ein . . .«

Ausdruckslos betrachtete er ihr bleiches Gesicht. Er wagte nicht, sein Mitgefühl zu zeigen. Einen Arm um ihre Schultern gelegt, führte er sie zu Lenores Grab. »Natürlich lasse ich dich nicht mit den Toten allein. Hältst du mich für ein Ungeheuer? Ich dachte nur, da du so großen Wert auf Schwüre legst . . .« Er ergriff ihre Hand und drückte sie auf den Sargdeckel. »Hier liegt Lenore. Gelobe mir bei ihrem ewigen Seelenheil, daß du während meiner Kämpfe nicht aus Aville fliehen, sondern auf mich warten wirst. Inzwischen darfst du meine Feinde nicht willkommen heißen, und du mußt im Schloß die Stellung halten, für seinen rechtmäßigen Besitzer, Edward von England.«

»Adrien ...«

»Schwöre es!«

»Ja, verdammt, ich schwöre es!« fauchte sie. Dann preßte sie schluchzend das Gesicht an seine Brust, um dem Geruch des Verfalls zu entrinnen.

Warum gelang es ihr immer wieder, sein Herz zu bewegen? Er nahm sie auf die Arme, trug sie aus der Krypta und der Kapelle, durch den Hof in die Halle, die Treppe hinauf, ins Schlafgemach. Nachdem er sie in einen Sessel vor den Kamin gesetzt hatte, reichte er ihr einen gefüllten Weinkelch.

»Trink das!« befahl er, kniete vor ihr nieder und rieb ihre kalten Füße.

»Wieso hast du's gewußt?«

»Was?«

Sie gab keine Antwort, nippte an ihrem Wein, und er seufzte leise.

»Daß du dich in der Krypta fürchten würdest? Das wußte ich nicht. Sonst hätte ich dich nicht hinuntergebracht.«

»Wirklich nicht?« Ihre rosigen Lippen bebten ein wenig. »Was hättest du sonst getan?«

»Keine Ahnung. Irgendwie mußte ich dich zu diesem Schwur zwingen.«

Sie reichte ihm den Kelch, und er nahm selbst einen Schluck. Dann stand sie auf und hängte ihren Mantel an den Haken. Zögernd kehrte sie zum Kamin zurück. »Ja, ich habe dir mein Wort gegeben. Doch das wäre nicht nötig gewesen. Ich drohte dir nur, die Festung zu verlassen, weil ich so wütend war. Wohin sollte ich denn gehen? Und was wirfst du mir eigentlich vor? Welchen Aufstand habe ich vor deiner Ankunft angezettelt?«

»Vergiß nicht, was Simon geplant hat. Außerdem könntest du dich an den französischen König wenden.«

»Ich liebe Aville. Und an Simons Komplott war ich nicht beteiligt. Aber ich bin dem Haus Valois eine gewisse Loyalität schuldig.«

Stöhnend schüttelte sie den Kopf. »O Gott, wann wird dieser Krieg ein Ende finden? Nicht nur die Kämpfe zwischen dir und mir, sondern zwischen Edward und Jean, zwischen meinen Landsleuten — Jahr für Jahr sterben Engländer und Franzosen auf den Schlachtfeldern ... So viele Verwundete ... Und jetzt reitest du wieder weg ...« Sie verstummte und senkte betrübt den Blick.

»Wäre es möglich, daß du dich um mich sorgst?«

»Vielleicht fürchte ich, was mir zustoßen könnte, wenn du stirbst — wenn ich wieder königlichen Launen ausgeliefert werde. Nur Gott weiß, was Edward im Schilde führt.«

»Keine Bange, ich werde nicht sterben.«

»Niemand ist unbesiegbar.«

»Bis jetzt hat mich noch kein Mann geschlagen. Und ich werde auch diesen Kampf überleben.« Er nahm sie in die Arme und legte sein Kinn auf ihren Scheitel. »Vorerst gehört die Festung wieder dir, Countess.«

»Und ich muß in deinem Namen die Stellung halten«, erinnerte sie ihn. Das Gesicht an seiner Brust, sprach sie mit gedämpfter Stimme, und er wußte nicht, ob ihre Worte bitter klangen.

»Ja, in meinem Namen. Aber noch bin ich hier.« Er sank mit ihr auf das weiche weiße Fell, küßte und liebkoste sie mit wachsender Glut. Sanft strich sie mit ihren Fingern über seine Wangen. Ungeduldig zog er ihr das Nachthemd aus. Seine Hände und Lippen wanderten über ihren ganzen Körper. Behutsam schob er ihre Schenkel auseinander, und die aufreizenden intimen Zärtlichkeiten entzündeten ein wildes Feuer. Immer wieder flüsterte sie seinen Namen, und er wußte, daß sie diesen Augenblick in ihrem Herzen bewahren würde, für alle Zeiten. Endlich verschmolz er mit ihr. Auf dem Gipfel der Lust schienen gleißende Funken zu bersten. Danach genoß er die Schönheit ihres nackten Körpers auf der weißen Pelzdecke. »Denk an dein Versprechen!« mahnte er und nahm sie wieder in die Arme. Sie antwortete nicht, schmiegte sich an ihn, und sie schliefen ein, umhüllt von der Wärme zuckender Flammen.

Als Danielle erwachte, war das Kaminfeuer erloschen. Die Bettdecke lag auf ihrem Körper. Wie leer und kalt der Raum wirkte ... Plötzlich wußte sie, daß Adrien sie verlassen hatte.

16

Auf Aville herrschte beschaulicher Friede. Die Bauern bestellten die Felder, hüteten Rinder und Schafe, die Steinmetze setzten Mauern instand, Frauen gebaren Kinder, alte Leute starben. Alles verlief in gewohnter Weise. Aber jedesmal, wenn Reisende in die Festung kamen, wuchs Daniellles Sorge. Denn die Pilger und Priester, Gaukler und Künstler, die ins Schloß kamen, brachten beunruhigende Neuigkeiten mit. Adrien hatte erklärt, die englischen Streitkräfte würden nur den

Aufstand in Edwards Hoheitsgebiet niederschlagen. Nun schien sich der Krieg auszuweiten. Immer mehr englische Truppen erreichten die französische Küste. König Jean beschloß, sie zu verjagen.

Wie Danielle aus bitterer Erfahrung wußte, tötete der Krieg die Menschen nicht nur mit Waffen. Plündernde Soldaten, Freund oder Feind, eigneten sich die Ernte an und schlachteten das Vieh, weil Männer und Pferde ernährt werden mußten. Manchmal verwüstete ein Heer ganze Landstriche, um den Gegner in den Hungertod zu treiben. Oder die Sieger zeigten sich barmherzig und beraubten nur einzelne Dörfer. Oft genug wurden Männer gefoltert, Frauen vergewaltigt, und Kinder verloren ihre Eltern. Unter all diesen Qualen mußten gewöhnliche Sterbliche leiden, wenn Könige ihrer Habgier nachjagten.

Um das Land und das Volk zu bangen war schon schlimm genug. Aber Danielle fürchtete auch noch um das Leben ihres Mannes, und sie vermißte ihn, was sie sich nur widerwillig eingestand. Jeden Morgen und Abend betete sie um ein Wunder, das die beiden Könige zu einer friedlichen Einigung veranlassen würde. Und jeden Tag betete sie um Adriens Rückkehr — oh, zum Teufel mit ihm!

Vor allem in den kalten Nächten wurde sie von bedrückender Sehnsucht nach ihrem Gemahl erfaßt. Stundenlang lag sie wach, erinnerte sich an sein Lächeln, seinen Blick, die Nähe seines warmen Körpers. Tagsüber zwang sie sich, Ruhe und Gelassenheit auszustrahlen. Aville gehörte ihr und würde immer ihr gehören. Mit oder ohne Adrien.

Seit seiner Abreise waren mehrere Wochen vergangen. Sie saß in der Halle und besprach gerade mit einem Steinmetz einen Anbau der Brustwehr, der einen besseren Ausblick auf das Land ermöglichen würde, als Daylin eintrat. Aufgeregt meldete er, ein Trupp mit dem Banner des Comte Langlois, der König Jean unterstützte, würde sich der Festung nähern. Danielle begleitete den Knappen zur Brustwehr und beobachtete, wie der Comte an der Spitze seiner fünf Männer heranritt, offenbar in friedlicher Absicht.

»Empfangen wir ihn?« fragte Daylin.

»Was bleibt uns anderes übrig? Ich nehme an, Langlois will nur mit uns reden. Und sein Herr ist der König von Frankreich.«

»Aber Edward bekämpft die Aufständischen und beansprucht die französische Krone ...«

»Auf die haben's die Plantagenets schon seit Jahrzehnten abgesehen.«

»Immerhin besitzt der englische König gewisse Rechte.«

Schweren Herzens blickte sie nach unten. Das hatte sie kommen sehen, und sie haßte es. Warum begnügte sich Edward nicht mit England? Und warum forderten die französischen Könige die englischen dauernd heraus und behaupteten, Frankreich sei viel bedeutsamer als die kleine Insel? Danielle fühlte sich hin und her gerissen. In ihrer Verzweiflung wünschte sie plötzlich, ein göttlicher Blitzstrahl möge beide Könige treffen und töten. »Wie auch immer, ich kann Jeans Gesandten nicht abweisen.«

Das Tor wurde geöffnet, die Zugbrücke herabgelassen. Von ihren eigenen Männern und Adriens Engländern umringt, stand Danielle am Eingang der Halle und erwartete den Comte — einen hochgewachsenen, kräftig gebauten Franzosen mit durchdringenden braunen Augen, dunklem Haar und sorgfältig gestutztem Schnurrbart. Nachdem er von seinem Schlachtroß gestiegen war, verbeugte er sich höflich. »Madame, die Wirklichkeit übertrifft die Legende Eurer Schönheit, und es ist mir eine Ehre, Euch als König Jeans Bote zu grüßen. Er schickt Euch einen Seidenballen, soeben aus Persien eingetroffen, und Eurem Gemahl ein Toledo-Schwert, da er gehört hat, der Earl würde solche Waffen bevorzugen.«

»Wie freundlich und dankenswert! Ich hoffe, es geht meinem Vetter Jean gut?«

»In der Tat.«

»Sicher wißt Ihr, daß mein Ehemann zur Zeit in Prinz Edwards Diensten steht. Trotzdem würde er Euch willkommen heißen. Wollt Ihr heute abend an unserer Mahlzeit teilnehmen?«

»Mit dem größten Vergnügen.«

»Dann tretet ein und genießt den erstklassigen Tropfen aus unseren Weingärten.«

»Davon habe ich schon gehört«, entgegnete er erfreut.

Als sie in die Halle ging, merkte sie, daß Daylin an ihrer Seite ging und der alte Giles dem Comte auf den Fersen folgte. »Sicher wird uns das Ärger machen«, flüsterte der Knappe.

Das hörte Langlois, aber er war nicht beleidigt. »Nein, er wird keinen Ärger machen«, beteuerte er ebenso leise. Daylin errötete, und Danielle lächelte. »Denn ich bin nur gekommen, um die Countess daran zu erinnern . . .«

»Und den Earl?« fiel Giles ihm ins Wort.

»Um den Earl und die Countess daran zu erinnern, wie lange Aville schon mit der französischen Krone verbunden ist. Wenn dieses Gebiet auch einem anderen Herrscher untersteht — Frankreich ist sein Mutterland.«

Während sie Wein tranken, ließ Langlois der Schloßherrin die kostbare silbrige Seide und das Toledo-Schwert zeigen. Sie saß vor dem Kamin, und er stand in einiger Entfernung am Tisch. Entzückt strich sie über den schimmernden Stoff. Da trat Giles zu ihr und wisperte: »Dieses Geschenk dürft Ihr nicht annehmen, Mylady.«

»Wie kann ich den französischen König brüskieren?«

»Er will Euch bestechen. Edward bezeichnet sich als König von Frankreich.«

»Trotzdem werde ich mich nicht unhöflich verhalten.« Sie stand auf und ergriff das wertvolle Schwert, das ihr ein französischer Soldat reichte. »Wie mich mein Vetter Jean verwöhnt, Comte Langlois! Aber Ihr solltet bedenken, daß ich mit einem Schotten verheiratet bin, der ...«

»... der dem Prinzen von Wales dient, nachdem so viele Schotten den Franzosen jahrhundertelang ihre Zuneigung bewiesen haben.«

»Gewiß, die Schotten verbündeten sich sehr oft mit den Franzosen gegen die Engländer. Nun besitzt mein Gemahl Ländereien in England und Schottland. Und in Aville leben sowohl Engländer als auch Franzosen.«

»Edward möchte den Thron Frankreichs erobern.«

»Was in den Gehirnen von Königen vorgeht, weiß ich nicht. Jedenfalls hoffe ich, die Vettern Edward und Jean finden eine friedliche Lösung.«

Langlois starrte sie an. Dann wandte er sich zu Daylin und Giles. »*Monseigneurs,* ich versichere Euch — ich bin nicht hierhergekommen, um Unruhe zu stiften, sondern um dieser Festung König Jeans Freundschaft anzubieten. Madame, darf ich ihm mitteilen, Ihr wärt im Herzen seine treue Untertanin?«

»Sagt ihm, ich würde ihn lieben, so wie ich seinen Vater liebte. Jetzt hält Laird MacLachlan die Stellung auf Aville, und wir beten beide um Frieden und Wohlstand in ganz Frankreich.«

»Wenn Euer Laird an der Seite des englischen Prinzen reitet, bringt er sich in Gefahr. Hoffentlich wird er lange genug leben, um sein Glück auf Aville zu genießen.«

»Jeden Tag bete ich für ihn, Comte.«

Diese Antwort schien ihm zu gefallen, wenn sie auch nicht wußte, warum. So vorsichtig wie möglich hatte sie ihre Loyalität gegenüber ihrem Mann und beiden Königen bekundet. Nicht einmal Giles schien ihre Worte zu mißbilligen.

Bei der Mahlzeit plauderte der Comte mit der Gastgeberin über belanglose Dinge. Aber danach neigte er sich zu ihr und flüsterte: »Falls Ihr meine Hilfe braucht, Madame, schickt eine Nachricht in die Taverne zum Knorrigen Baum. Hierher kann ich nicht mehr kommen. Sollte König Jeans Leben auf dem Spiel stehen, würdet Ihr alles für ihn tun. Das weiß ich, und deshalb bin ich bereit, Euch zu dienen.«

Dann wandte er sich ab und begann ein Gespräch mit Giles, der zu seiner Rechten saß — so schnell, daß sie glaubte, sie hätte sich sein Angebot nur eingebildet. Ihr Herz schlug wie rasend.

Trotz der späten Stunde verließen Langlois und seine Männer die Festung. Nach dem Abschied stand Danielle mit Daylin und Giles im Hof. Der alte Schotte seufzte tief auf. »Ein Glück, daß sie weg sind!«

»Zweifellos war der Comte aus einem ganz bestimmten Grund hier«, meinte der Knappe.

»Um herauszufinden, ob unsere Lady ihren Mann und Edward verraten würde, wenn König Jean sie bitten sollte, dieses Tor zu öffnen. Aber die Countess hat ihn in seine Schranken gewiesen.«

Giles schenkte Danielle ein anerkennendes Lächeln.

»Ja«, stimmte sie zu, »er wollte die Lage sondieren.«

»Vielleicht hätten wir ihm die Gastfreundschaft verwehren sollen. Vergeßt nicht, Mylady — Comte Armagnac zieht mordend und plündernd durch die Gascogne, und ich glaube, König Jean steht hinter ihm.«

»Niemals würde mein Vetter mutwillige Zerstörung und kaltblütigen Mord gutheißen«, protestierte sie. »O Gott, welch eine Situation! Wenn Adrien sich doch endlich melden würde ...« Abrupt verstummte sie, als sie den Knappen erröten sah. »Hast du von ihm gehört, Daylin?« Nur mühsam verbarg sie ihren Zorn.

»Vor ein paar Tagen kam ein Bote in die Festung. Aber er hatte wenig zu sagen.«

»So wenig, daß mir niemand Bescheid gab?«

»Die Neuigkeit hätte Euch bekümmert, Mylady.«

»Und deshalb wurde sie mir verschwiegen, auf Adriens Wunsch? Jetzt will ich alles wissen.«

Unbehaglich zuckte Daylin die Achseln. »Wenn sich die Könige nicht bald einigen, wird der Krieg eskalieren. Prinz Edward beordert immer mehr englische Soldaten an die Küste der Normandie. Auch Jean vergrößert sein Heer. Also hat der Bote nur erzählt, was wir ohnehin schon ahnten.«

»In Zukunft möchte ich sofort verständigt werden, wenn irgendwelche Nachrichten eintreffen.«

Während der nächsten Tage hielt sie wachsam Ausschau nach weiteren Boten. Keiner ritt in die Festung. Eine Woche später saß sie mit ihrem Schatzmeister in der Halle und studierte die Rechnungsbücher, als Monteine einen attraktiven, hochgewachsenen Priester hereinführte.

»Das ist Vater Paul de Valois.« Offenbar wollte der

Besucher allein mit der Schloßherrin sprechen, und so entließ sie den Schatzmeister. Ihre Betreuerin versuchte zu protestieren. Aber Danielle schickte sie energisch hinaus.

»Danke, Madame«, begann der junge Priester und nippte an dem Wein, den sie ihm eingeschenkt hatte. »So wie Ihr bin ich entfernt mit unserem guten König Jean verwandt, und ich sorge mich um Frankreich. Wie sollen wir die Habgier der Engländer bezwingen?«

»Da König Edwards Mutter Französin war, glaubt er ein Recht auf Frankreichs Thron zu besitzen.«

»Madame, Ihr seid die Tochter Lenore d'Avilles, die von Edward besiegt und mit einem englischen Lord vermählt wurde. Trotzdem blieb sie dem Haus Valois ihr Leben lang treu. Wollt Ihr das Andenken Eurer Mutter entehren und Euch auf die Seite des englischen Königs stellen?«

»Soll ich den Mann verraten, den ich vor Gott und der Welt geheiratet habe, Vater?«

»Keineswegs«, seufzte er. »Aber ihr würdet ihn nicht verraten, wenn ihr König Jean vor gewissen Gefahren warnt und sein Leben rettet.«

»Was genau verlangt Ihr von mir?«

»Ihr wißt, wie Ihr notfalls Kontakte knüpfen könnt.«

»Allzuviel weiß ich nicht. Ich bin hier, und die Heere kämpfen anderswo.«

»Sobald eine größere Schlacht bevorsteht, wird Laird MacLachlan Euch sicher verständigen.«

Bedrückt senkte sie den Kopf und verfluchte die Situation, in der sie sich befand. Doch sie hatte ihrer Mutter geschworen, den König Frankreichs zu ehren. »Natürlich, wenn Jeans Leben bedroht wird ... O Vater Paul, ich stehe mitten im Kreuzfeuer. Falls die Engländer irgend etwas gegen ihn im Schilde führen, will ich ihn warnen. Das schwöre ich. Allerdings würde ich's nur ein einziges Mal wagen.«

»Das genügt uns. Nutzt Euer Wissen, um den rechtmäßigen König zu schützen. Dann werdet Ihr eines Tages mit Eurer Mutter bei den Heiligen sitzen.«

Inständig hoffte Danielle, sie würde nicht bei den Heiligen sitzen, weil Edward sie wegen Hochverrats enthaupten ließ.

Monteine kehrte zurück und servierte ein Tablett mit geschmortem Lammfleisch und frischem Brot. Freundlich dankte ihr der Priester. Während er aß, sprach er beiläufig über Bücher und Musik. Danielle lud ihn ein, die Nacht in der Festung zu verbringen. Aber er erwiderte, es sei noch früh und er würde noch ein paar Stunden reiten, bevor er unter den Sternen schlief.

Nachdem er sich verabschiedetet hatte, starrte Monteine ihm mißtrauisch nach. »Für einen Kirchenmann ist er viel zu hübsch.«

»Monteine, die Priesterschaft ist eine Berufung«, betonte Danielle.

»Wahrscheinlich ist er gar kein richtiger Priester. Er hat dich so seltsam angestarrt.«

»Mach dich nicht lächerlich! Nur weil er gut aussieht, solltest du ihn nicht der Wollust bezichtigen.«

»Das habe ich nicht getan. Aber ich finde es bedauerlich, daß ein so wunderbarer Mann keine Frauen beglücken darf.«

Stöhnend verdrehte Danielle die Augen. »Ich glaube, wir müssen endlich einen Mann für dich finden.«

Monteine lächelte. »Leider bin ich keine reiche Erbin. Aber sorg dich nicht um mich, ich komme schon zurecht. Soll ich jetzt den Schatzmeister zurückholen?«

»Ja, bitte.«

An diesem Abend wanderte Monteine in ihrem Zimmer umher und wünschte, sie hätte das Gespräch zwischen ihrer Herrin und Vater Paul belauscht. Danielle hatte ihr früher alles erzählt. Jetzt nicht mehr. Und das beunruhigte sie.

Was hatte den Priester in die Festung geführt? Falls er tatsächlich ein Priester war ...

Kurz entschlossen verließ sie ihr Zimmer und schlich die Treppe hinab. Es war schon spät. Aber einer von Adriens Männern würde die ganze Nacht in der Halle Wache halten. Diesmal saß Daylin vor dem Feuer. Er schien zu dösen.

Beging sie einen Fehler? Vielleicht irrte sie sich. Wie albern, auf bloßen Füßen durch die Halle zu eilen, im Nachthemd, während alles in Ordnung war und sogar der Wachtposten schlief ... Sie wollte umkehren, aber da hörte sie Daylins Stimme. »Was gibt's, Monteine?«

»Nichts, ich ...«

Lächelnd stand er auf und kam zu ihr. »Seltsam — so lange kenne ich Euch schon, und ich habe noch nie gesehen, wie schön Euer Haar ist, wenn es auf die Schultern fällt ...«

Sie senkte verwirrt den Blick und suchte nach Worten.

»Nun, was habt Ihr auf dem Herzen, Monteine?«

»Dieser Priester — er war so sonderbar«, stammelte sie. »Heute nachmittag war er hier — und ich mache mir Sorgen.«

»Fast jeden Tag besuchen uns Priester, Mönche und Pilger.«

»Das weiß ich. Aber er wollte unbedingt allein mit Danielle sprechen. Und als ich in die Halle zurückkehrte, schien sie sich unbehaglich zu fühlen. Ich glaube, er hat sie um irgend etwas gebeten.«

»Hat sie seinen Wunsch erfüllt?«

»Keine Ahnung ... Jedenfalls erklärte er, daß er mit dem Haus Valois verwandt ist. O Gott, hätte ich mich doch schon früher an Euch gewandt, Daylin!«

»Ja, wir leben in gefährlichen Zeiten.«

»Was werdet Ihr unternehmen?«

»Erst einmal möchte ich mit Giles sprechen. Beruhigt Euch. Allzuweit ist Adrien nicht entfernt, und wenn sich irgendwelche Schwierigkeiten einstellen, wird er sofort zurückkehren.«

Die Häuser brannten. In der Asche lagen Tote und Sterbende. Wie aus heiterem Himmel pflegten Armagnacs Rebellen die Dörfer zu überfallen, die wenigen Habseligkeiten der Bauern zu stehlen und zu flüchten. Aber diesmal waren Adriens Männer gewarnt worden und rechtzeitig ins Dorf geritten, um ein schlimmeres Gemetzel zu verhindern.

Mit schrillem Kriegsgeschrei galoppierte er den Hang hinab, an der Spitze seines Trupps, und schwang das Schwert. Wer nicht den Rückzug antrat, fand keine Gnade. Als er kleine Kinder zwischen den Leichen sah, wuchs sein Zorn.

Einer von Armagnacs Spießgesellen rannte aus einem brennenden Haus und wollte auf sein Pferd springen. Beim Anblick des englischen Ritters hielt er inne und hob seine Streitaxt. Adrien spornte Luke an und schwang sich aus dem Sattel. Geschickt wich er der Axt aus und stach sein Schwert in die Kehle des Gegners.

Dann hörte er eine Frau kreischen. Er drehte sich um und sah sie auf einen Reiter zeigen, der zum Wald sprengte, ein Mädchen quer über dem Pferderücken. Blitzschnell stieg Adrien wieder auf und folgte dem Entführer.

Sobald der Mann ihn entdeckte, warf er die junge Frau zu Boden und raste weiter. Adrien zügelte sein Schlachtroß und wünschte, einer seiner Gefährten hätte den Zwischenfall bemerkt und die Verfolgung aufgenommen. Aber sie kämpften alle im Dorf. Und so blieb ihm nichts anderes übrig, als abzusteigen und dem armen Mädchen auf die Beine zu helfen.

»Danke, *Monsieur.*« Voller Bewunderung schaute sie ihn an.

»Bist du verletzt?«

»Nein.«

»Dann ist ja alles gut.«

»Ihr habt mir das Leben gerettet.«

»Vielleicht nur deine Ehre.«

»Die gehört Euch.«

»Solchen Lohn verlange ich nicht. Komm, ich bringe dich zu deiner Mutter.«

Er setzte sie auf Lukes Rücken, und sie ritten ins Dorf zurück, wo er sie der schluchzenden Mutter anvertraute.

»O *Monsieur,* Terese ist mein ein und alles. Was immer Ihr wollt, ich will es Euch geben.«

»Da Ihr König Edward die Treue haltet, ist es meine Pflicht, Euch zu schützen. Dafür müßt Ihr nichts bezahlen.«

Während er seinen Männern Befehle erteilte und die Verwundeten versorgen ließ, sah er zu seiner Verblüffung Sir George heranreiten, an der Seite Michaels, eines Soldaten aus Aville. Blut befleckte die Tunika des jungen Mannes. Angstvoll hielt Adrien den Atem an. Hatte der tückische Jean Mittel und Wege gefunden, die Festung zu erobern? In strategischer Hinsicht war Aville ein kostbarer Besitz, der den Krieg zu entscheiden vermochte.

»Was ist geschehen?« Erregt eilte er den Neuankömmlingen entgegen und half Michael vom Pferd. »Wo bist du verletzt, mein Junge? Wie schlimm ist es?« Er wandte sich zu Tereses Mutter. »Schnell, helft diesem Mann!«

»Mylord, die Wunde ist nicht gefährlich, sie blutete nur ziemlich stark.«

»Aville ...«

»Auf Aville ist alles in Ordnung. Aber ich habe eine seltsame Geschichte zu erzählen.«

Während Terese Wasser holte, zog ihre Mutter dem jungen Mann die Tunika und das Hemd aus. Dann säuberten beide Frauen die lange Schnittwunde auf der Brust.

»Bringt ihn ins Haus da drüben«, befahl Adrien einigen Dorfbewohnern, »ich komme gleich.« Er bat Sir George, die Brände möglichst bald löschen, die Verwundeten behandeln und die Toten begraben zu lassen. Dann folgte er den Männern, die Michael in ein kleines, strohgedecktes Haus getragen hatten.

Wie Terese ihm erklärte, war der Besitzer der Hütte bei dem Überfall gestorben. Die Wunde bereits verbunden, lag Michael auf mehreren Decken. Nachdem Adrien den Frauen gedankt hatte, schickte er sie hinaus und setzte sich zu dem Verletzten. »Was ist geschehen?«

»Comte Langlois kam mit fünf Rittern nach Aville und brachte Geschenke von König Jean mit — Seide für die Lady, ein Schwert für Euch. Keinen Augenblick lang war er mit der Countess allein. Das soll ich Euch versichern, sagte mir Sir Giles. Höflich, aber entschieden erklärte sie dem Comte, Ihr würdet Prinz Edward dienen und sie sehne ein baldiges Ende der Kämpfe herbei.«

Erfreut hob Adrien die Brauen. Also hielt Danielle ihr Wort.

»Dann kam ein Priester in die Festung, der sich Vater Paul de Valois nannte und die Countess unter vier Augen sprechen wollte. Monteine mißtraute ihm. Noch am selben Abend wandte sie sich an Daylin, der mich beauftragte, der Spur des Geistlichen zu folgen. Sie führte mich zu einer Einsiedlerhütte, tief im Wald, wo er sich mit einigen Männern traf. Was sie planten, weiß ich nicht genau. Wahrscheinlich sollen sie König Edwards Streitkräfte in verschiedenen Landesteilen beobachten und etwaige Schwachstellen auskundschaften, die König Jean attackieren könnte. Ich wurde entdeckt und angegriffen. So gut ich es vermochte, wehrte ich mich, Mylord. Das schwöre ich. Aber gegen so viele Leute konnte ich nichts ausrichten. Und so erweckte ich den Eindruck, ich wäre tot, brach über meinem Pferd zusammen und spornte es unauffällig an. Wie von Furien gehetzt rannte das arme Tier durch den Wald, um mich in Sicherheit zu bringen. Ich suchte nach Eurer Stellung, Mylord. Glücklicherweise traf ich einige Soldaten unseres Prinzen, und Sir George führte mich hierher. Da meine Wunde nicht lebensgefährlich war, wollte ich erst mit Euch reden, ehe ich mich verarzten ließ.«

Die Zähne zusammengebissen, verbarg Adrien seinen Zorn. Trotz ihres Treueschwurs hatte Danielle mit einem Spion des französischen Königs gesprochen. Wehmütig erinnerte er sich an die schlaflosen Nächte, die brennende Sehnsucht nach seiner schönen Frau.

Was für ein Narr war er gewesen? Warum hatte er sich in sie verliebt?

Er straffte die Schultern und dachte an die harten Kämpfe, die ihm bevorstanden. In dieser Zeit durfte sie nicht auf Aville bleiben. »Würdest du die Einsiedlerhütte wiederfinden, Michael?«

»Aye, Mylord.«

»Sobald du genesen bist ...«

»Wann immer Ihr mich braucht, ich bin bereit.«

»Ruh dich noch ein paar Stunden aus. Heute nacht reiten wir los.«

»Zu diesem Priester?«

»Und zu meiner Frau.«

Drei Nächte später fuhr Danielle erschrocken aus dem Schlaf empor, als ihre Tür polternd aufschwang. Krachend schlug das Holz gegen die Steinwand, bebte und ächzte und drohte in tausend Splitter zu zerbrechen.

Danielle sprang aus dem Bett. Noch leicht benommen vom Schlaf, schwankte sie. Wo würde sie eine Waffe finden? Was war geschehen? Hatten die Franzosen Aville erobert und alle ihre Männer getötet?

Das Schwert! Neben dem Bett lag König Jeans Geschenk für Adrien. Das Kaminfeuer war fast erloschen. Aber sie sah den Stahl schimmern, im schwachen rötlichen Licht. Hastig hob sie die Waffe auf.

Erst jetzt bemerkte sie die Umrisse einer bedrohlichen Gestalt in der Tür. Ein hochgewachsener Mann stand auf der Schwelle. Die Hände in die Hüften gestemmt, glich er einem wütenden Zeus, der die Erde mit mächtigen Donnerschlägen zerschmettern wollte. Und dann erkannte sie ihn. »Adrien?« flüsterte sie und seufzte erleichtert.

»Aye, Adrien«, bestätigte er, doch der Klang seiner Stimme weckte ein neues Grauen.

Beinahe hätte sie das Schwert gesenkt. Aber nun umklammerte sie den Griff noch fester. Er betrat das Zimmer, die Tür fiel ins Schloß.

17

Als er das sterbende Kaminfeuer schürte, sprühten Funken. Dann bückte er sich und legte ein Holzscheit nach. Hell loderten die Flammen empor und beleuchteten sein Gesicht. Seine Miene wirkte seltsam ausdruckslos — und um so bedrohlicher.

Wie erstarrt stand Danielle neben dem Bett, und er wandte sich langsam zu ihr. »Also erhebst du die Waffe gegen mich?«

Er trug keine vollständige Rüstung, nur ein Kettenhemd unter der blutbefleckten Tunika mit dem MacLachlan-Wappen. In der Scheide an seiner Hüfte steckte das Toledo-Schwert. Schlamm bedeckte die Stiefel. Während er zu Danielle ging, zog er die Kampfhandschuhe aus und warf sie auf die Truhe am Fußende des Betts. »Würdest du das Schwert weglegen?«

Endlich gehorchte ihr die Stimme. »Wenn du mir erklärst, warum du hier hereingestürmt bist, wie ein rachsüchtiger Henker ...«

»Ja, vielleicht sollte man dich hinrichten.«

Meinte er das ernst? Schmerzhaft hämmerte ihr Herz gegen die Rippen. »Unter diesen Umständen kann ich das Schwert nicht aus der Hand geben.«

»Leg's weg, bevor ich dich grün und blau schlage.«

»Darf ich mich nicht einmal verteidigen?«

»Gut, dann will ich dir die Waffe entreißen — und mich in noch wilderen Zorn hineinsteigern.« Zu Danielles Verwirrung zog er sein eigenes Schwert. Angstvoll wich sie zurück. Um Himmels willen, womit hatte sie das verdient? Sie parierte die ersten Attacken, sprang aufs Bett, tänzelte durch das Zimmer. Unbarmherzig folgte er ihr. Wartete er, bis ihre Kräfte erlahmten, ehe er zum vernichtenden Schlag ausholte?

Schließlich wurde sie an die Wand gedrängt. Sein Stahl prallte so kraftvoll gegen ihren, daß sie glaubte, ihre Hand würde brechen. Sie konnte das Schwert nicht länger festhalten. Klirrend fiel es zu Boden. Adrien schob seine Klinge in die Scheide. »Pack ein paar Sachen ein.«

»Was?« fauchte sie. »Du stürzt wie ein Racheengel in mein Zimmer, erteilst mir Befehle, bedrohst mich ...«

»Bald werde ich meine Drohungen wahrmachen. Schnell, fang zu packen an! Ein paar Kleider genügen. Wir können nicht allzuviel mitschleppen.«

Mühsam schluckte sie ihre Tränen hinunter. »Wohin gehen wir? Und warum behandelst du mich so gräßlich? Was habe ich verbrochen?«

Er lehnte sich ans Kaminsims und hob die Brauen. »Was du verbrochen hast?«

»Ja, das würde ich gern erfahren. Bist du taub und dumm geworden? Mußte dein Helm zu viele Schwerthiebe hinnehmen?« Als sie eine Ader an seiner Schläfe pulsieren sah, bereute sie ihre herausfordernden Worte und fürchtete seine Wut.

Aber er antwortete in erstaunlich ruhigem Ton: »Glaubst du, ich hätte den Verstand verloren, meine Liebe?«

»O Gott, ich weiß nicht, was das alles soll ...«

»Dann will ich deinem Gedächtnis nachhelfen. Zunächst kam ein Gesandter des französischen Königs nach Aville.«

»Wie konnte ich ihm die Tür weisen? Er brachte kostbare Geschenke mit, auch eins für dich ...«

»Eine Waffe, die du gegen mich erhoben hast. Aber dieser Besuch war bedeutungslos. Comte Langlois wollte nur die Verteidigungsbastionen von Aville erkunden. Allerdings, was den Priester betrifft ...«

»Darf ich in dieser Festung nicht einmal einen Geistlichen empfangen?«

»Nicht, wenn er ein Rebell in schwarzer Soutane ist — ein Wolf im Schafspelz.«

»Oh — ich . . .«, stammelte sie entsetzt.

»Lange genug hat er sich geweigert, die Wahrheit zu gestehen. Aber letzten Endes entlockte ihm die Spitze meines Schwerts das Geständnis, du hättest geschworen, König Jean beizustehen.«

Verzweifelt schüttelte sie den Kopf. Was Adrien ihr vorwarf, war nur die halbe Wahrheit. »Ich wußte nicht, daß er kein Priester ist. Und ich versprach nur, Jean zu helfen, wenn sein Leben bedroht wird. Der Mann setzte sich für seinen König ein, so wie du für deinen kämpfst. Ist er — tot?«

»Pack ein paar Sachen ein.«

»Beantworte meine Frage. Sonst rühre ich mich nicht von der Stelle.«

»Du wirst meinen Befehl befolgen.«

»Nein, ich bleibe hier.«

»Glaub mir, Danielle, du wirst die Festung verlassen.«

»Um dich zu begleiten, während du dich wie ein Narr aufführst? Niemals . . .« Als er auf sie zuging, fauchte sie: »Rühr mich nicht an, sonst schreie ich, bis alle Männer in mein Zimmer laufen!«

Spöttisch verneigte er sich. »Und dann werden mich alle Männer um meine schöne Frau beneiden. Wenn du ein paar Sachen mitnehmen willst, mußt du dich beeilen.«

Statt zu antworten, setzte sie sich aufs Bett und faltete die Hände im Schoß. Seufzend stürmte er hinaus und warf die Tür hinter sich zu.

Danielles Gedanken überschlugen sich. Wieso wußte er über den Priester Bescheid? Hatte Adrien den armen Mann getötet? Jedenfalls mußte sie Monteine recht geben — der Mann war kein Geistlicher. Aber auch kein Verbrecher ... Offenbar hatten Adriens Männer ihm von jenem Gespräch unter vier Augen berichtet. Und warum waren sie mißtrauisch geworden? Sie starrte ins Feuer, spürte seine Wärme und fröstelte trotzdem.

Von innerer Unrast getrieben, stand sie auf und wanderte umher. Sie war nach wie vor entschlossen, in Aville zu bleiben. Niemals würde sie ihrem Gemahl in ein englisches Lager folgen, solange Frankreich bedroht wurde.

Als es an der Tür klopfte, zuckte Danielle zusammen. Das konnte nicht Adrien sein, denn er pflegte nicht anzuklopfen.

Jetzt öffnete sich die Tür einen Spaltbreit. »Danni?« rief Monteine leise und trat zögernd ein. »Hast du noch nichts eingepackt? Daylin sagte mit, Laird MacLachlan würde bald mit dir abreisen. Da dein Mann die Festung für längere Zeit verlassen wird, möchte er dich mitnehmen. Ich werde ein paar Sachen für dich zusammensuchen.«

»Ich gehe nicht fort.«

»Bitte, Danni, er wird dich dazu zwingen.«

»Soll er doch!«

»Nun, ich werde eine kleine Satteltasche packen«, erbot sich Monteine unglücklich. »Für alle Fälle. Sei vernünftig. In diesen gefährlichen Zeiten ist Aville eine erstrebenswerte Beute. Und das bist auch du. Ich sah, wie dieser Mann dich anschaute. Und ich erkannte sofort, daß er kein Geistlicher war. Er wollte hierher zurückkehren und andere vermeintliche Priester mitbringen. Dann hätten sie die Tore geöffnet und . . .«

»Wieso weißt du das alles?«

»Weil — weil ich die Männer belauschte«, stotterte Monteine. Sie begann Truhen zu öffnen, Kleidungsstücke, Haarbürsten und sonstige Dinge zu sammeln, die sie in einer Ledertasche verstaute.

»Glaubst du, ich wäre zu dumm gewesen, um ein Komplott zu durchschauen?«

»Sicher hättest du's mit der Zeit gemerkt. Aber ich mißtraute diesem Paul de Valois von Anfang an.«

»Hat Adrien ihn getötet?« fragte Danielle bitter.

»Nein. Bei der Waldhütte, wo sich die Freunde des falschen Priesters getroffen hatten, fand ein Scharmützel statt. Dabei starben einige Verschwörer. Aber unser Michael versicherte mir, jeder Feind, der die Waffen gestreckt und die Gefangenschaft in England hingenommen habe, sei am Leben geblieben — auch der falsche Priester. Und jetzt triff deine Reisevorbereitungen, Danni. Du trägst nur ein Nachthemd, und ich fürchte, dein Gemahl läßt sich nicht von seinem Entschluß abbringen.«

»Ich gehe nicht weg ...«, begann Danielle. Doch da schwang die Tür wieder auf. Adrien trat ein. Inzwischen hatte er gebadet und saubere Sachen angezogen. Über seiner Schulter hing ein Mantel. Die Stiefel waren blank geputzt, die Haare noch feucht, die Wangen glatt rasiert. Rasch wandte Danielle ihren Blick ab und verfluchte ihr verräterisches Herz, das viel zu schnell pochte. Warum sah er so verdammt gut aus? Obwohl sie ihn verabscheuen wollte, sehnte sie sich nach seinen Küssen.

»Sind die Sachen der Countess gepackt, Monteine?« fragte er.

»Aye, Mylord.«

Hinter ihm kam Daylin ins Zimmer und errötete. Ohne Danielle anzuschauen, ergriff er die Tasche und trug sie hinaus. Wie ein verschrecktes Reh rannte Monteine ihm nach.

Danielle stand auf und kehrte ihrem Mann den Rücken. »Freiwillig werde ich dich nicht begleiten, Adrien.«

»Dann solltest du jetzt zu schreien anfangen«, erwiderte er, hob sie kurzerhand hoch und warf sie über seine Schulter. Sie schrie nicht, denn sie fühlte sich viel zu gedemütigt. Während er mit ihr die Treppe hinabstieg, sah sie sich um. Niemand beobachtete ihre Schmach. Aber im Hof warteten Sir George und acht Krieger auf ihren Pferden.

»Nehmt meinen Mantel, Mylady«, bat der alte englische Lord, nachdem Adrien sie auf sein Schlachtroß gesetzt hatte. »Sonst werdet Ihr in der kalten Nachtluft erbärmlich frieren.«

»Danke für Eure galante Geste, Sir George.« Grinsend schwang sich Adrien hinter Danielle in den Sattel. »Bemüht Euch nicht, meine Frau zieht es vor, in diesem Aufzug zu reiten.«

»Leider wußte ich nicht, daß ich vor Tagesanbruch abreisen muß, Sir George«, erklärte sie. »Bis Laird MacLachlan mich aus meinem Zimmer schleppte ...«

»In der Tat, meine Gemahlin versteht es, im Herzen eines Mannes romantisches Ungestüm zu wecken«, spottete Adrien. »Öffne das Tor, Daylin!«

Der Ritt war lang und beschwerlich. Vor der nächsten Abenddämmerung wollte Adrien den etwa fünfzig Meilen entfernten Stützpunkt des Prinzen von Wales erreichen.

Bald nach dem Aufbruch bereute Danielle ihren Eigensinn. Obwohl sie an der Brust ihres Mannes lehnte und seine Arme sie umfingen, fror sie erbärmlich. Hohe, scharfe Grashalme und Zweige zerkratzten ihre nackten Füße. Um ihr solche Qualen zuzumuten, mußte er ihr ganz schrecklich zürnen.

Als sie anhielten, um die Pferde zu tränken, hob er Danielle vom Pferd und setzte sie auf einen Felsblock am Ufer eines Bachs. Dann zog er ein Paar Schuhe aus der tiefen Tasche seines Umhangs, die er wortlos über ihre Füße streifte. Bevor er davonging, legte er ihr seinen Mantel um die Schultern. Sir George brachte ihr frisches Wasser und ein Frühstück — Brot, Räucherfisch und Käse. Aber sie war nicht hungrig. »Durfte Monteine nicht mit uns kommen, Sir?«

»Offensichtlich nicht.«

»Sind Giles und Daylin zurückgeblieben?«

»Ja, die beiden kennen Aville sehr gut.«

»Und sie werden mein Eigentum getreulich verteidigen — für ihren Herrn!«

»Mylady . . .«

»Verzeiht mir, Sir George. Natürlich habt Ihr nichts mit alldem zu tun.« Sie stand auf und trat an den Wasserrand. Wenig später spürte sie, daß Adrien hinter ihr stand. »Du hättest mir gestatten sollen, Stern zu reiten. Da dein Hengst uns beide tragen muß, wird er bald ermüden.«

»Unter diesen Umständen wollte ich dir nicht erlauben, deine Stute mitzunehmen.«

»Weil sie ein Geschenk König Philips war? Jetzt ist er tot, und sein Sohn kämpft gegen Edward von England.«

»Nicht deshalb . . . Die Stute bedeutet dir sehr viel. Wenn die Pferde knapp werden, könnte man sie konfiszieren. Komm jetzt, wir reiten weiter.«

Erst am Nachmittag nahm sie ein paar Bissen zu sich. Als sie wieder auf dem Pferderücken saß, wurde ihr übel. Sie flüsterte Adriens Namen und suchte nach Worten, um ihren Zustand zu erklären. Doch das war überflüssig. Sobald er ihr bleiches Gesicht sah, stieg er ab und hob sie aus dem Sattel. Sie floh ins Gebüsch und übergab sich. Da sie am Ufer des Bachs weitergeritten waren, konnte sie ihr Gesicht mit kaltem Wasser waschen. Adrien folgte ihr, und sie fürchtete, er würde ihr vorwerfen, sie hätte die Übelkeit nur vorgeschützt, um einen Fluchtversuch zu unternehmen. Aber er schwieg und schaute sie nur prüfend an.

»Wahrscheinlich habe ich was Schlechtes gegessen — diesen Fisch ...«

»Wenn du willst, machen wir Rast.«

»Nein, jetzt geht es mir viel besser.«

Behutsam strich er über ihre Wange, und sie senkte den Blick, wünschte verzweifelt, sie würde ihn nicht lieben. »Gut, dann reiten wir weiter«, entschied er.

Ein paar Stunden später sah Danielle die kleine Stadt, die Prinz Edward zu seinem Stützpunkt gewählt hatte. Auf einem Hügel lag das majestätische Castel de Renoncourt, das einen Ausblick in meilenweitem Umkreis bot. Die Stadt war nicht ummauert, aber ein Burggraben schützte die Festung. Nachdem man die Zugbrücke herabgelassen hatte, ritten die Neuankömmlinge hinüber.

Zu Danielles Überraschung eilte der Prinz von Wales in den Hof, um sie zu begrüßen. Zweifellos war er ein Sohn und Erbe, der jeden Vater mit Stolz erfüllt hätte, nicht nur einen König — hochgewachsen wie alle Plantagenets, mit dichtem honigblondem Haar und strahlenden blauen Augen, kräftig gebaut und ein hervorragender Krieger. Er konnte sehr schnell in Zorn geraten. Darin glich er dem König. Aber auch er neigte hin und wieder zur Barmherzigkeit.

»Hat es auf dem Rückweg irgendwelche Schwierigkeiten gegeben, Adrien?« fragte er.

»Nein, Edward.«

Ehe Adrien absteigen konnte, hob der Prinz die Countess vom Pferd. »Willkommen, kleine Schwester!« Liebevoll küßte er ihre Wange. Dann schob er sie ein wenig von sich, um sie zu betrachten. »Wie lange haben wir uns nicht gesehen, Danielle! Komm mit mir in die Halle! Dort erwarten dich ein Becher Glühwein und eine warme Mahlzeit. Das wird dich nach der langen Reise stärken.«

»Leider bin ich nicht passend gekleidet, Edward ...«

»Keine Bange, wir speisen nur zu dritt«, fiel er ihr ins Wort und warf ihrem Mann einen fragenden Blick zu.

»Wie du wünschst, Edward«, erwiderte Adrien.

Der Prinz legte einen Arm um Danielles Taille und führte sie die breite steinerne Treppe zum Eingang der Festung hinauf. Im langen Flur waren mehrere Wachen postiert. Sie betraten die Halle, und Edward geleitete Danielle zu einem kleinen Tisch vor dem Kamin.

Dankbar ergiff sie den Becher Glühwein, den er ihr eingeschenkt hatte. »Ich nehme dir den Mantel ab«, erbot er sich.

»Nein ...«, protestierte sie — zu spät. In ihrem dünnen Nachthemd stand sie vor dem Kaminfeuer.

Die Stirn gerunzelt, wandte sich Edward zu seinem Freund, der einen Becher für sich selbst füllte.

»Wir mußten ziemlich überstürzt aufbrechen«, erklärte Adrien.

»Mehr oder weniger hat er mich aus dem Bett gezerrt, Edward«, ergänzte Danielle und hob ihren Becher. »Er ist nun mal ein Schurke.«

»Und sie ist eine Hexe.« Lächelnd prostete Adrien ihr zu. »Eine Sirene, eines Schurkens würdig.«

»Ah, eine Ehe, die im Himmel geschlossen wurde!« Edward lachte. Aber dann fügte er in ernstem Ton hinzu: »Du hast dich wohl nicht allzusehr auf unser Wiedersehen gefreut, Danielle.«

»Doch«, entgegnete sie und meinte es ernst. In den Jahren, die sie am Hof seines Vaters verbracht hatte, war er stets freundlich gewesen. Sie liebte und bewunderte ihn, doch sie hätte es vorgezogen, er wäre in England geblieben.

»Wie auch immer, ich genieße unsere Begegnung nach dieser langen Zeit. Du bist zu einer unvergleichlichen Schönheit herangewachsen. Glücklicherweise ehrst du meinem Vater. Aber wegen deiner gefährlichen französischen Verwandtschaft ist es wohl besser, wenn du erst einmal in Renoncourt wohnst. Hier wird dir nichts zustoßen, während dein Gemahl in den Krieg zieht. Viele Männer könnten sich verleitet fühlen, einiges zu wagen, um deine Gesellschaft zu suchen. Begreifst du, was ich meine?«

»Edward, ich wünschte, irgend jemand würde verstehen, daß ich eine sehr tüchtige Frau bin . . .«

»Zu tüchtig«, warf Adrien ein.

». . . und durchaus fähig, Aville zu verteidigen.«

»Falls du dich tatsächlich dazu entschließt«, bemerkte Edward, ohne sein Mißtrauen zu verhehlen.

»Und wenn du nicht ebenso begehrenswert wärst wie Aville, müßten wir uns weniger Sorgen machen«, ergänzte Adrien.

Edward lächelte und schenkte ihr noch etwas Glühwein ein. »Da hat er leider recht. Dein Valois-König versucht den Papst zu bestechen, um deine Ehe annullieren zu lassen und dich mit einem Franzosen zu verheiraten, der deine Festung den Engländern entreißen würde. Das müssen wir verhindern. Da mein Vater Adriens Stärke kennt, hat er dich mit ihm verheiratet, Danielle, denn dieser unbesiegbare Ritter wird die

Stellung auf Aville halten — einem strategisch äußerst wichtigen Schloß. Und er wird auch die Countess für immer an sich binden. Denk doch an die Vergangenheit, Lady! Du liebst uns alle. Daran zweifle ich nicht. Mein Vater nahm dich wie eine Tochter auf — und für mich warst du immer eine kleine Schwester. Hoffentlich wirst du dich in Renoncourt wohl fühlen.«

»Ja, gewiß. Vielen Dank, Edward ...« Plötzlich fühlte sie sich völlig erschöpft. Es war ein langen Ritt gewesen, und alle Knochen taten ihr weh. »Du warst immer sehr freundlich zu mir. Und nun bitte ich dich, mich zu entschuldigen. Ich kann mich kaum noch auf den Beinen halten. Deshalb möchte ich lieber auf die Mahlzeit verzichten.«

Ärgerlich beobachtete sie, wie er Adrien über ihre Schulter hinweg anschaute. Wieso war die Zustimmung ihres Ehemanns erforderlich? Er mußte genickt haben, denn der Prinz antwortete: »Natürlich, ich lasse dich in Adriens Gemächer führen. Unterhalten wir uns ein andermal. Sicher verstehst du deine Position — ebenso wie meine.«

»Wenn du erlaubst, möchte ich meine Frau selbst in unser Schlafzimmer bringen«, sagte Adrien. »Danach komme ich sofort zurück.«

»Gut, ich warte hier auf dich.«

Adrien legte seinen Mantel um Danielles Schultern und geleitete sie aus der Halle. »In der nächsten Zeit wirst du Renoncourt als dein Heim betrachten, meine Liebe. Ein wunderbares Schloß, uneinnehmbar, mit vielen Annehmlichkeiten.«

»Und Wächtern?« fragte sie erbost.

»Und mit Verliesen. Vielleicht gibt es hier sogar eine Folterkammer.« Seine Worte jagten ihr einen eisigen Schauer über den Rücken.

18

Mit schnellen Schritten führte er sie durch einen langen Gang und eine Treppe hinauf. Im Oberstock öffnete er die dritte Tür am Ende eines Flurs, und sie betraten einen schön ausgestatteten Raum, wo ein junger Bursche vor dem Kamin saß und Adriens Rüstung polierte.

»Meine Liebe, das ist Lucas, der jüngste Sohn eines Waffenschmieds, der mir jetzt als Knappe dient. Lucas — meine Countess, Lady Danielle.«

Sofort sprang der große, strohblonde Mann auf und verneigte sich. »Wir haben gehört, Ihr würdet heute nacht zurückkommen, Mylord. Im Schlafgemach ist ein heißes Bad vorbereitet.«

»Jetzt muß ich mich erst einmal zu unserem Prinzen begeben. Mach's dir inzwischen bequem, teure Gemahlin.« Adrien geleitete sie in den angrenzenden Raum, in dem ein wuchtiges, reichgeschnitztes Bett, elegante Sessel, Truhen und Schränke standen. Vor dem Kaminfeuer stiegen Dampfwolken aus einer Wanne. »Genieße dein Bad und sieh zu, daß der Dampf deinen Hals reinigt damit du laut genug schreien kannst, wenn ich zurückkehre.«

Ohne ein weiteres Wort verließ er sie und schloß die Tür hinter sich. Am liebsten hätte sie ihm irgend etwas nachgeworfen. Aber sie tat es nicht. Rasch zog sie sich aus, stieg in die Wanne, und das warme Wasser linderte die Schmerzen in ihren müden Knochen.

Wenig später knarrte die Tür, und ein hübsches, vollbusiges Mädchen trat ein. »Madame, ich heiße Terese und bin beauftragt, Euch zu dienen.«

»Danke, Terese, aber ich finde mich allein zurecht.«

Unbeirrt ging Terese zum Kamin. »Hier habe ich

noch etwas warmes Wasser, Madame, falls Euer Bad erkaltet ist.« Um ihre Hände zu schützen, hob sie ihre Rökke und wickelte sie um ihre Finger, ehe sie den Kessel ergriff, der auf einem Dreifuß vor den Flammen stand. Sie goß das Wasser in die Wanne, und Danielle konnte gerade noch rechtzeitig zurückweichen. Sonst wäre sie verbrüht worden. »Oh, tut mir leid, Madame!«

»Schon gut. Ich brauche dich nicht mehr ...«

»Soll ich Euer Haar waschen?«

»Nein. Bitte, Terese ...«

»Wenn Ihr unzufrieden mit mir seid, wirft man mich hinaus, Madame. Und nachdem der elende Comte Armagnac mein Heimatdorf niedergebrannt hat, kann ich nirgendwo hingehen.« Terese kniete hinter der Wanne nieder und begann Danielles Haar zu waschen.

In ihr Schicksal ergeben, lehnte sich Danielle zurück und genoß die beruhigenden Bewegungen der Finger, die ihre Kopfhaut massierten. Sie schloß die Augen und wäre fast eingenickt, als plötzlich an ihrem Haar gerissen wurde.

»O Madame! Beinahe wärt ihr ertrunken!«

Wohl kaum, dachte Danielle verärgert. »Besten Dank.« Sie stand auf, ergriff ein weiches Badetuch, das neben der Wange lag, und wickelte sich hinein. »Terese ...«

»Setzt Euch bitte ans Feuer, dann bürste ich Euer schönes Haar. Wie rabenschwarze Seide.«

»Sicher bist du müde.«

»Nein, Madame, ich liebe die Nacht.«

Irgend etwas an dieser Erklärung stimmte Danielle unbehaglich. Aber sie erlaubte dem Mädchen, ihr Haar zu bürsten. »Woher kommst du?«

»Aus einem Dorf in der Nähe, das fast völlig zerstört wurde.«

»Zum Glück hast du den Überfall heil überstanden.«

»Das verdanke ich dem Earl. Er hat mich gerettet. O Madame, Ihr ahnt nicht, wie grausam die Rebellen sind! Sogar kleine Kinder werden niedergemetzelt.«

»Davon habe ich gehört, und ich bedaure es zutiefst.«

»Wirklich?« Nun zerrte die Bürste etwas kräftiger an Danielles Haaren. »Man munkelt, Ihr hättet viele Männer unterstützt, die mit Armagnac geritten sind.«

»Was für unsinnige Gerüchte!« Danielle sprang auf, drehte sich um und starrte das Mädchen an. »Solche Verbrechen würde ich niemals billigen. Geh jetzt, Terese!«

Das Mädchen senkte lächelnd den Blick. »Sehr wohl, Madame. Ich warte im Vorzimmer. Bitte, ruft mich, wann immer Ihr mich braucht. Ich stehe in Laird MacLachlans Diensten.«

Bestürzt runzelte Danielle die Stirn. Terese hatte ihr den Gehorsam verweigert und sich nicht wegschicken lassen. Deutete sie womöglich an, sie sei Adriens Geliebte? »So? Wenn er deine *Dienste* benötigt, wird er dich gewiß zu sich bestellen.«

In diesem Augenblick öffnete sich die Tür, und Adrien erschien auf der Schwelle.

»*Monseigneur* ...«, murmelte das Mädchen. »Darf ich Euch etwas bringen?«

»Nein, danke«, entgegnete er und starrte Danielle an.

Sichtlich enttäuscht, verließ Terese das Zimmer, und er schloß die Tür hinter ihr. Er legte den Schwertgurt ab, zog die Tunika und das Hemd aus. Eng schmiegte sich die Hose an seine schmalen Hüften.

Danielle wandte den Blick von seiner kraftvollen nackten Brust ab und wünschte, sie würde nicht das Bedürfnis empfinden, ihn zu berühren. Mühsam bezwang sie ihre Eifersucht. »Wohnt Terese in der Festung?« fragte sie in beiläufigem Ton.

»Spielt das eine Rolle?«

»Nein«, log sie. »Warum sollte es? Für mich macht es keinen Unterschied, welche Arrangements du triffst. Du hörst mir nicht zu und vertraust fremden Leuten bereitwilliger als mir. Falls du Tereses Gesellschaft der meinen vorziehst — wäre ich dir dankbar, wenn du mich allein lassen würdest.«

»Tatsächlich? Solche Anklagen bringst du gegen mich vor — obwohl immer wieder ein anderer Mann in deinem Leben auftaucht, sobald ich dir den Rücken kehre?«

»Meinst du den Priester?«

»Er war kein Priester.«

»Das wußte ich nicht.«

»Aber du hättest es merken müssen.«

»Wie grausam du bist ...«, flüsterte sie und zog das Badetuch fester um ihren Körper.

»Und du bist eine Verräterin.«

»Nicht an Frankreich.«

»An mir!« fauchte er und stürzte auf sie zu. Sie dachte, er würde sie schlagen. Statt dessen riß er sie in die Arme und preßte seinen Mund auf ihren. Sie wollte sich wehren. Aber sie spürte seine Kraft, seine Hitze, die auch ihre Glut weckte. Die Finger in sein Haar geschlungen, schmiegte sie sich an ihn. Plötzlich hob er den Kopf. »Ich bin kein Narr. Daß ich dich begehre, bedeutet noch lange nicht, ich würde dir trauen.« Und dann küßte er sie wieder, als könnte er vom Geschmack ihrer Lippen nicht genug bekommen.

Da siegte ihr Stolz. Wütend riß sie sich los. »O nein! Du kannst nicht mißachten, was ich sage, denke und fühle — und dann erwarten, ich würde mit dir schlafen ...«

Blitzschnell hob er sie hoch, warf sie aufs Bett, und

sie kreischte erschrocken. Er packte das Badetuch, das von ihrem Körper geglitten war, und schleuderte es in eine Ecke. Dann stand er vor Danielle, die Hände in die Hüften gestemmt, und starrte sie an. In seinem Hals pochte ein heftiger Puls. »Fordere mich nicht heraus, Lady — nicht wenn du meinen Zorn verursacht hast!«

»Aber ich bin unschuldig!«

»Und was hast du mit dem verdammten Priester besprochen?«

»Nicht, was irgend jemanden zum Verrat ermutigen könnte. Ich hielt mein Wort, und du verurteilst mich zu Unrecht ...«

»Genug, Danielle!« Er wanderte im Zimmer umher und löschte die Kerzen. Schließlich blieb er vor dem Kamin stehen, den Rücken zu ihr gewandt. Sie schlang die Arme um ihre angezogenen Knie und beobachtete ihn. Wann würden diese unseligen Zweikämpfe ein Ende finden?

Nach einer Weile zog er die Hose aus und legte sich neben seine Frau. Aber er rührte sie nicht an. In tiefer Stille verstrich die Zeit, und Danielle dachte, er wäre eingeschlafen. Plötzlich hörte sie seine Stimme. »Also bin *ich* der Schuldige? Hätte ich dir gestatten müssen, in Aville zu bleiben?«

»Ja.«

»Soll ich glauben, du hättest auf Aville die Stellung gehalten? Trotz allem, was mir zu Ohren kam?«

»Ja.«

»Seltsamerweise hat der König eine Schwäche für dich. Weiß Gott, warum! Oft genug hast du ihm getrotzt. Aber jetzt mißtraut er dir ebenso wie sein Sohn.«

»Er nimmt jedes Wort, das du ihm erzählst, für bare Münze — weiß Gott, warum!«

»Vielleicht, weil ich ehrlich bin und in unwandelbarer Treue an seiner Seite stehe?«

»Ich bleibe Aville treu – meinem Heim, wo ich leben möchte.«

»Wenn ich dir nur trauen könnte ... Wenn ich mir sicher wäre, daß du Aville für *mich* verteidigen wirst – und für Edward ...«

In der Finsternis sah sie sein Gesicht nicht. Doch sie glaubte, zum erstenmal einen gewissen Zweifel aus seiner Stimme herauszuhören, und sie erwartete, er würde sie in die Arme nehmen. Statt dessen wandte er sich ab.

Obwohl er nicht damit gerechnet hatte, schlief er ein paar Stunden. Die körperliche Erschöpfung besiegte den Zorn und den Schmerz in seinem Herzen.

Und so war er eingeschlummert – so sehr er Danielle auch begehrte, die sein Bett teilte. Ein Wunder ...

Zuerst dachte er, es wäre ein Traum. Sanfte Fingerspitzen strichen über seine Schultern, verlockende Lippen liebkosten seinen Nacken. Reglos lag er da und wartete.

In dieser Nacht hatte er angedeutet, er würde Danielle nach Aville zurückkehren lassen, wenn er ihr vertrauen könnte. Dafür mußte sie erst einmal bezahlen. Und das tat sie. Ihre Zungenspitze glitt über seinen Hals, und er zwang sich mühsam zur Ruhe.

Doch das fiel ihm immer schwerer, während ihre Küsse brennende Spuren über seine Haut zogen. An seinem Rücken spürte er ihren warmen, weichen Körper.

Nein, er würde sie nicht beachten.

Ihre Finger wanderten über seine Brust, seinen Bauch, tiefer hinab, und sein Verlangen wurde unerträglich.

Verdammt ...

Stöhnend drehte er sich um, spürte ihren heißen Mund, der ihn intim liebkoste, ihre Hände, die mit dem rotblonden Kraushaar zwischen seinen Schenkeln spielten. Heiser schrie er auf. Bei Gott, sie bezahlte nur den Preis, den er verlangte. Wäre es anders gewesen, hätte er ihr vielleicht geschworen, in seinem Leben würde es nie wieder eine andere Frau geben. Oder erwiderte sie seine Leidenschaft mit gleicher Glut? Er umfaßte ihre Arme, zog sie hoch und drehte sie herum, so daß er auf ihr lag. Voller Sehnsucht drang er in sie ein.

Nach den vielen einsamen Nächten konnte er sich nicht zurückhalten. Sobald er das Beben ihrer Erfüllung spürte, stillte er seine eigene Lust. Zufrieden umfing er sie mit beiden Armen, in der beglückenden Gewißheit, daß sie ihn genauso heiß begehrt hatte wie er sie.

Doch dann erinnerte er sich an sein angedeutetes Versprechen. Und da erklang auch schon ihr sanfte Stimme. »Adrien?«

»Lady?«

»Ich habe nichts verbrochen. Das schwöre ich dir.«

»So?«

»Bitte, bring mich zurück nach Aville.«

Trotz der Schatten, die das Zimmer verdüsterten, glaubte er, ihr schönes Gesicht zu sehen, den Glanz in ihren Smaragdaugen. Er rückte ein wenig von ihr ab und stützte sich auf einen Ellbogen. »Nein.«

»Sagtest du nicht ...?«

»Du bleibst hier, Danielle.«

Enttäuscht senkte sie die Wimpern, um ihre Tränen zu verbergen.

»Mit deinen Verführungskünsten kannst du mein Vertrauen nicht gewinnen. Also wirst du nicht nach

Aville zurückkehren. Aber als dein Ehemann muß ich zugeben — ich habe deine Bemühungen sehr genossen.«

»Fahr zur Hölle!«

»Soll ich mich bedanken, indem ich dir ebenso köstliche Freuden schenke?«

»Rühr mich nicht an, du Bastard! Das verzeihe ich dir niemals!« Sie sprang aus dem Bett, fand das große Badetuch und schlang es um ihren Körper.

Seufzend stand er auf und ging zu ihr. »Vorerst kannst du nicht nach Aville reiten, Danielle.« Er umfaßte ihr Kinn, zwang sie, ihn anzuschauen, und staunte, weil sein Verlangen erneut erwachte — nach so kurzer Zeit. Sie waren halt viel zu lange getrennt gewesen.

»Laß mich los«, würgte sie hervor.

Schweigend erfüllte er ihren Wunsch und schlüpfte in seine Kleider.

Am Horizont zeigten sich die ersten Sonnenstrahlen. Ohne sich umzudrehen, eilte er aus dem Zimmer.

19

Prinz Edwards Streitkräfte verließen Renoncourt — um den französischen König anzugreifen, wie Danielle vermutete.

Im Grunde war sie eine Gefangene. Welch eine unerträgliche Situation ... Sie durfte zwar ausreiten, aber nur in Begleitung zweier alter Ritter, Gervais de Leon und Henry Latimere. Und sie wurde unentwegt bewacht. Tag und Nacht stand jemand vor ihrer Tür.

Terese schien sich nicht in der Festung aufzuhalten, was Danielles Kummer noch vertiefte. Wahrscheinlich begleitete das Mädchen die Soldaten. Auch der Knappe war mit ihnen geritten, um Adriens Pferde zu versorgen und auf die Rüstung zu achten. Verschiedene Dienstboten servierten ihr die Mahlzeiten, brachten ihre Gemächer in Ordnung, bereiteten Bäder vor und kümmerten sich um die Wäsche. Manchmal unterhielten sie sich vor der Tür, und sie entnahm dem Geschwätz, Prinz Edward habe entschieden, sie dürfte nicht zu oft von denselben Leuten bedient werden. Sonst könnte sie sich mit jemandem anfreunden, der ihr zur Flucht verhelfen würde.

Öde schleppten sich die Tage dahin. Weil es nichts anderes zu tun gab, las sie einige Bücher, oder sie ritt aus. Das Essen schmeckte ihr nicht. Meistens fühlte sie sich erschöpft und krank. In wachsendem Zorn haderte sie mit ihrem Schicksal. Da sie nichts verbrochen hatte, hielt man sie zu Unrecht fest. Verzweifelt sehnte sie sich nach Aville. Nachts wurde sie von Fantasiebildern gequält, die Adrien und Terese in leidenschaftlicher Umarmung zeigten. Wenn sie träumte, sah sie grausige, blutgetränkte Schlachtfelder. Manchmal trat sie in schlaflosen Nächten auf einen kleinen, halbrunden Balkon, betrachtete die Sterne und bat den Allmächtigen, er möge ihr einen Weg in die Freiheit weisen.

Und das tat Er. Eines späten Abends stand sie wieder auf dem Balkon, stieß frustriert mit dem Rücken gegen die Mauer — und es öffnete sich eine verborgene Tür, die zu einer schmalen Wendeltreppe führte. Von neuer Hoffnung erfüllt, holte Danielle eine Lampe und beleuchtete die dunklen, staubigen, von Spinnweben bedeckten Steinstufen. Zunächst wollte sie nur erkunden, ob sie ungehindert nach unten gelangen konnte. Sie hüllte sich in einen schwarzen Umgang mit Kapuze, stieg hinab und erreichte durch ein weiteres verstecktes Türchen den Hof. Eine Zeitlang spazierte sie umher. Niemand behelligte sie. Hinter einer Ecke des Stalls entdeckte sie einen Ausgang in der Festungsmauer.

In den nächsten Nächten schlenderte sie durch die kleine Stadt. In den Hütten brannten Herdfeuer, Kinder holten Wasser vom Brunnen, Bauern und Handwerker ruhten sich von ihrem Tageswerk aus. Niemand schien zu merken, daß Danielle ihre Gemächer regelmäßig verließ. Bald wagte sie sich schon zu früherer Stunde in die Stadt. Eines Abend besuchte sie die Werkstatt eines Silberschmieds außerhalb der Festungsmauer und kaufte eine hübsche Brosche. Als sie sich zur Tür wandte, hielt er sie zurück. »Countess?« Wieso hatte er sie erkannt? Verwirrt starrte sie ihn an. Er war etwa fünfzig, ein ernsthafter Mann mit jenen langen, schmalen Fingern, die man für sein Gewerbe brauchte. Hoffentlich zählte er nicht zu Edwards eifrigen Anhängern, sonst würde er den Wachtposten womöglich von ihren nächtlichen Ausflügen berichten. Aber er neigte sich zu ihr und flüsterte: »Wenn Ihr Euch etwas weiter von Renoncourt entfernen möchtet — ich helfe Euch.«

Offenbar hatte sie einen treuen Freund des französischen Königs gefunden. Sollte sie sein Angebot annehmen und bei Jean Zuflucht suchen, der ihr Recht auf Aville anerkennen würde? Doch sie wollte ihrem Mann nicht davonlaufen, sondern klarstellen, daß er sie völlig grundlos des Verrates bezichtigte. Vor ihrem geistigen Auge erschien ein erfreuliches Bild — Adrien, der vor ihr kniete und sie unterwürfig um Verzeihung bat ... »Vielen Dank, Monsieur.«

»Es wäre mir eine Ehre, Euch zu dienen.«

Drei Nächte später schlich sie wieder die Wendeltreppe hinab. Allmählich gewann sie den Eindruck, ihr Gemahl wäre für immer verschwunden, und ihre innere Unrast wuchs. Die Briefe, die sie von Monteine, Giles und Daylin erhielt und die sie schwermütig beantwortete, konnten ihr Heimweh nicht lindern.

Im Hof blieb sie abrupt stehen und drückte sich an die Mauer, als sie drei Krieger in voller Rüstung erblickte, die soeben durch das Tor geritten waren. Voller Angst wollte sie schon die Geheimtreppe hinauflaufen. Aber da begannen sie zu sprechen. Kurz entschlossen versteckte sie sich im Schatten und lauschte. Keiner bemerkte Danielle, und so unterhielten sie sich ungezwungen, nachdem sie abgestiegen waren.

»Gibt es eine bessere Methode, den Krieg zu beenden?« rief ein junger Ritter. »Wir nehmen den französischen König gefangen. Wenn seine Leute ihn zurückhaben wollen, sollen sie teuer bezahlen.«

»Und wie finden wir ihn im Kampfgetümmel?« wandte einer seiner Gefährten ein.

»Das wäre möglich«, meinte der dritte, der — wie das Wappen seiner Tunika verriet — aus dem englischen Haus Percy stammte. »Einem Gerücht zufolge wird er in drei Nächten von einem Lager zum anderen reiten, mit einer kleinen Eskorte, und seine Streitkräfte zusammentrommeln. Also müßte man ihm nur auflauern. Ein paar von unseren Leuten würden genügen.«

»Zum Beispiel wir?« fragte der junge Mann.

»Aye! Und falls wir ihn im Gefecht töten — um so vorteilhafter für König Edward. Welch reicher Lohn wäre uns gewiß! Wir wurden mit dem Auftrag hierhergeschickt, die Countess d'Aville zu bewachen. Wenn wir zudem noch Jean entführen, würde sich der Prinz sicher erkenntlich zeigen.«

»Oder wir sterben ...«

»Wer nicht wagt, der nicht gewinnt!«

Lachend schlugen sie einander auf die Schultern, übergaben die Pferde einem Reitknecht und verschwanden in der Festung.

Danielles Herz schlug ihr bis zum Hals. Kraftlos lehnte sie an der Mauer. Sie hatte gelobt, Jean beizustehen, wenn sein Leben bedroht wäre. Verrat, würde Adrien behaupten. Aber nachdem sie den französischen König gewarnt und gerettet hätte, wäre ihre Pflicht erfüllt. *Nur ein einziges Mal,* hatte sie dem falschen Priester geschworen. Damit würde sie auch das Versprechen einlösen, das sie ihrer sterbenden Mutter gegeben hatte. Danach konnte sie vielleicht endlich die Countess werden, die Adrien vorschwebte — ihrem Mann, der davongeritten war. Mit seiner Geliebten?

Beklommen rannte sie die Wendeltreppe hinauf. Als sie den Balkon erreichte, hörte sie ein Klopfen, und Henry Latimere rief nach ihr. Sie hastete durch das Zimmer, öffnete die Tür und sah ihn neben einem der Ritter stehen, die soeben eingetroffen waren. »Ja?«

Höflich verneigte er sich. »Mylady, wir wollten uns nur erkundigen, ob Sie etwas brauchen.«

Sie schüttelte den Kopf und starrte den jungen Mann an.

»Wenn ich Euch Sir Ragwald vorstellen darf . . .«

Aufmerksam musterte sie den Ritter. »Hat mein Mann Euch hierhergeschickt?«

»Nein, Prinz Edward, Mylady«, antwortete er und kniete nieder. »Wann immer ich Euch dienen kann . . .«

»Danke, vorläufig brauche ich nichts. Gute Nacht.« Sie schloß die Tür und nahm die Silberbrosche, die sie gekauft hatte, aus der Tasche ihres Umhangs. Nach einer Weile trat sie in den Flur hinaus. Jetzt hielt nur mehr Sir Henry Wache. »Ich bin plötzlich hungrig geworden, und ich hätte auch gern etwas Wein. Würdet ihr dem Küchenjungen Bescheid geben?«

»Natürlich, Mylady.« Er lief den Gang entlang, während sie vor der Tür wartete, bog um eine Ecke und kehrte sofort zurück. »Ich habe ein Dienstmädchen in die Küche geschickt.«

»Oh, Ihr seid sehr freundlich, Sir Henry — vielen Dank.« Lächelnd nickte sie ihm zu und ging wieder in ihr Zimmer. Sie nahm am Tisch Platz, legte sich ein Pergament zurecht und ergriff einen Federkiel. In aller Eile schrieb sie an Comte Langlois. Weil sie befürchtete, der Brief könnte abgefangen werden, adressierte und unterzeichnete sie ihn nicht. Ebensowenig erwähnte sie die Gefahr, um die es ging. Sie erklärte nur, sie sei Jeans treue Anhängerin und an einen Mann gebunden, der dem englischen König diente.

Als es klopfte, faltete sie den Brief rasch zusammen und öffnete die Tür. Der Küchenjunge Yves, ein Sohn des Silberschmieds, trat ein und stellte ein Tablett auf den Tisch. Ohne Henry aus den Augen zu lassen, der draußen im Flur wartete, steckte sie dem Burschen das Pergament und die silberne Brosche zu. »Sag deinem Vater, dieser Brief muß Comte Langlois erreichen«, wisperte sie. »Man findet ihn in der Taverne zum Knorrigen Baum. Kennt dein Vater dieses Gasthaus?«

»Aye, Madame, in einer Stunde kann man's zu Pferd erreichen.«

»Ich wäre ihm sehr dankbar . . .«

»Nein, Madame, wir müssen Euch danken«, flüsterte Yves. Unauffällig steckte er den Brief und die Brosche in die Tasche. Dann verließ er das Zimmer.

In dieser Nacht fand sie vor lauter Sorge keinen Schlaf. Wenn Yves ertappt, gefoltert oder getötet wurde? Wenn sein Vater sie verriet?

Würde der Comte ihre Botschaft verstehen? Ja, zweifellos ...

Der nächste Tag schien kein Ende zu nehmen. Abends kam Yves wieder zu ihr, brachte ihr eine Karaffe Wein und steckte ihr einen Brief zu.

Mit bebenden Händen erbrach sie das Siegel.

»Morgen abend, eine Stunde nach Sonnenuntergang«, hatte Comte Langlois geschrieben. »In der Taverne zum Knorrigen Baum. Euer gehorsamer Diener, L.«

Erschöpft von den langen Stunden der Ungewißheit, sank sie in einen Sessel. Am nächsten Abend würde sie die Wendeltreppe hinabschleichen, die Taverne aufsuchen, mit Langlois sprechen und ihn bitten, sie zum französischen König zu bringen. Danach mußte sie unbemerkt in die Festung zurückkehren.

Gegen Mitternacht verließ sie ihre Gemächer und eilte zum Silberschmied, der in seiner Werkstatt saß und im Feuerschein arbeitete. »Madame, die Taverne ist leicht zu finden.«

»Zu Fuß?«

Lächelnd schüttelte er den Kopf. »Im Wäldchen hinter dem Schloß erwartet Euch ein Pferd. Yves wird Euch ein Stück des Weges begleiten.«

»Laird MacLachlan!«

Stundenlang hatten sie das französische Heer gejagt und ein geeignetes Schlachtfeld gesucht, um zum Angriff überzugehen. Nach mehreren Scharmützeln mit französischen Kundschaftern fühlte sich Adrien müde und völlig verschmutzt. Als er den Ruf hörte, übergab er seinem Knappen gerade die Schlachtrösser. Er drehte sich um und erkannte David Chesney, einen jungen Mann, der in Prinz Edwards Heer diente und den Ritterstand anstrebte.

»Aye, David?«

Hastig stieg der Junge von seinem kräftigen grauen Wallach und schaute sich um. Offenbar fürchtete er, belauscht zu werden.

»Was gibt's?« fragte Adrien.

»Ein Gerücht, Mylord«, flüsterte David und trat näher zu ihm.

Sofort schöpfte Adrien Verdacht. David hatte ihn nach Aville begleitet. Und es war Danielle stets gelungen, die Herzen der Männer zu gewinnen. »Was für ein Gerücht?«

»Einige Ritter, die Prinz Edward nach Renoncourt geschickt und beauftragt hatte, Eure Countess zu bewachen . . .«

»Ja?«

»Nun, sie prahlten, sie würden König Jean entführen oder töten.«

»Und?«

Vorsichtig senkte David die Stimme. »Eine der Wäscherinnen, die uns auf diesem Feldzug begleitet, erhielt eine Nachricht von ihrem Bruder. In diesem Brief steht, die Countess habe Verbindung zu einigen Verrätern aufgenommen, die in Renoncourt arbeiten. Worin sie verwickelt ist, weiß ich nicht. Aber sie wird jemanden treffen, um den König zu warnen . . .«

»Wo?«

»In der Taverne zum Knorrigen Baum. Da kann ich Euch hinführen, Laird MacLachlan.«

»Nicht nötig.«

»Wie konnte die Lady ihren Bewachern entkommen? Henry und Gervais sind sehr aufmerksam.«

»Trotzdem muß sie Mittel und Wege gefunden haben.«

»Wer weiß Bescheid?«

»Nur die Wäscherin und ihr Bruder. Manchmal schlafe ich mit ihr. Sie ist loyal und diskret.«

»Gut. Hoffentlich werde ich meine Frau rechtzeitig finden.«

»Gott mit Euch, Mylord. In dieser Taverne treibt sich übles Gesindel herum.«

»Paß auf, daß mir niemand folgt, David. Wenn ich meine Frau bei verräterischen Machenschaften erwische, brauche ich keine Zeugen.«

»Bitte, Mylord, urteilt nicht zu streng ...«

»Vorerst fälle ich kein Urteil — ich habe nur Angst um ihr Leben. Sollte Prinz Edward herausfinden, daß sie gegen seinen Vater konspiriert ...«

Zum Teufel mit ihr. Falls ihr etwas zustieß ... Daran wollte er nicht denken. Er mußte sich an seinen Zorn klammern. Wenn ihn kalte Angst lähmte, konnte er sie nicht retten.

Danielle erreichte die Taverne und stieg hastig vom Pferd. Schaudernd sah sie sich um, in banger Sorge. An diesem Nachmittag hatten einige Männer die Mauer der Festung abgesucht und womöglich ihre Geheimtür entdeckt. Wußte man bereits, daß sie im Schutz der Dunkelheit kam und ging wie ein Geist?

Auf dem Weg zur Tür hörte sie gellendes Gelächter. Sie zog ihre Kapuze tiefer in die Stirn. O Gott, warum hatte sie sich auf dieses Abenteuer eingelassen? Nur ein einziges Mal würde sie König Jean warnen. Dann hätte sie ihre Pflicht erfüllt, würde nach Renoncourt zurückkehren und auf bessere Zeiten warten. Die beiden Könige konnten einander nicht bis in alle Ewigkeit bekämpfen.

Zögernd öffnete sie die Tür der Taverne und hoffte, Langlois wäre bereits eingetroffen. Eine kichernde, vollbusige junge Frau mit roten Wangen zwängte sich zwischen den Tischen hindurch und servierte den Gästen Krüge mit schäumendem Ale.

Beim Anblick der Leute, die hier saßen, hielt Danielle entsetzt den Atem an. Noch nie hatte sie so viel übles Gesindel auf einem Fleck gesehen. Die meisten trugen dunkle Kapuzen. Und die wenigen Gesichter, die sie sah, wirkten keineswegs beruhigend. Zahlreiche Narben und leere Augenhöhlen zeugten von Messerstechereien in finsteren Gassen. Wo war Langlois?

Vergeblich hielt sie nach ihm Ausschau, und sie wollte schon umkehren. Aber da erhob er sich im Hintergrund des Raums und eilte zu ihr. Auch er hatte sich mit einer Kapuze getarnt, die er nun vom Kopf streifte, damit Danielle ihn erkannte. »Lady, Ihr ahnt nicht, wie angstvoll ich Euch erwartet habe«, flüsterte er. »Eigentlich dürften wir uns nicht in dieser elenden Spelunke treffen. Aber an einem respektableren Ort würden wir Verdacht erregen. Überall schleichen Edwards Spione herum. Begleitet mich nach oben! Ich habe ein Zimmer gemietet. Dort können wir ungestört reden.«

Als er zu einer Treppe zeigte, schluckte Danielle unbehaglich. Wenn sie in einer solchen Situation ertappt wurde ... Nein, auf dem Ritt zum Knorrigen Baum hatte sie sich mehrmals vergewissert, daß ihr niemand gefolgt war. Aber wenn Adrien jemals von dieser Eskapade erfuhr ... Sie hatte gelobt, ihn nicht zu hintergehen, und Wort gehalten. Bis jetzt ...

Entschlossen verdrängte sie diese beängstigenden Gedanken. Sie mußte sich auf die Gefahren konzentrieren, die ihr unmittelbar drohten — und die auch von Langlois ausgingen. An diesem Abend erschien er ihr verändert — irgendwie unheimlich. Er führte sie in ein Zimmer, das von Kerzenschein erhellt war. Auf einem Tisch stand eine Karaffe Wein, neben einem Brotlaib und Käse. Die Bettvorhänge waren auseinandergezogen. Ein passender Rahmen für das Stelldichein eines Liebespaars ...

Adrien hatte im Flur gelauscht. Jetzt konnte er seinen Zorn nicht länger bezähmen. Er warf sich gegen die Tür, zerbrach den Riegel und sah Danielle am Boden liegen.

Energisch wehrte sie den Comte ab, der sie vorerst nicht zu bändigen vermochte. Aber vielleicht hätte er wenig später sein Ziel erreichen können. Am liebsten wollte Adrien dem Schurken die Kehle durchschneiden. Aber Langlois war ein französischer Aristokrat, kein gemeiner Gauner, und so mußte Adrien sich beherrschen.

»Um Himmels willen, Lady, laßt den Unsinn! Ich will Euch nicht weh tun ...« Als der Comte den Eindringling entdeckte, verstummte er abrupt.

Und Danielle starrte ihren Mann entsetzt an. Alle Farbe wich aus ihrem Gesicht.

Noch nie in seinem Leben war er so wütend gewesen. Allein schon der Gedanke, daß Langlois sie angerührt hatte ... In welch unseligen Bann war er geraten? Er wollte sie erwürgen, liebte und begehrte sie — trotz ihres schändlichen Verrats ... »Laßt die Lady sofort los, Sir! Oder ich schneide dieses elende Ding von Eurem Unterleib ab, das Euch zu solchen Dummheiten verleitet. Und dann enthaupte ich Euch.«

Adriens Schwert an der Kehle, blieb dem Comte nichts anderes übrig, als zu gehorchen ...

»Damit du's nie mehr vergißt ...«, flüsterte Adrien.

Schluchzend schloß sie die Augen, klammerte sich an ihn, und er drang immer tiefer in sie ein, bis er für immer in ihr zu versinken glaubte. Er spürte das Zittern ihres Höhepunkts, und dann verschwanden alle seine Gedanken in einem roten, gleißenden Nebel, als er seine eigene Erfüllung fand.

Während er Danielle noch umfing, kehrte er in die Wirklichkeit zurück und schalt sich einen Narren. Sicher, er hatte bewiesen, daß sie ihm gehörte — seine Ehefrau und Geliebte, die er erregen und verführen konnte. Und er hatte ihr wieder einmal seine verdammte Seele verkauft.

Sie besaß sein Herz und betörte seine Sinne. Aber sie würde ihn erneut verraten, weil sie eine Französin war. Und er würde sie verteidigen, bis zum bitteren Ende — vielleicht sogar, bis ihre beiden Köpfe rollten.

Sanft schob er sie von sich und stieg aus dem Bett. Er wollte hierbleiben und sie die ganze Nacht lieben ... Nein, das wagte er nicht. Rasch kleidete er sich an und betrachtete sie aus den Augenwinkeln — die Arme, über den Brüsten gekreuzt, das rabenschwarze, auf dem weißen Laken ausgebreitete Haar, die gesenkten dunklen Wimpern. Ihr Gesicht wie Marmor, ihr Fleisch wie Elfenbein — vollkommen.

Dürfte er sie doch noch einmal lieben ... Entschlossen schnallte er den Waffengurt um seine Hüften und stürmte aus dem Zimmer.

Als die Tür ins Schloß fiel, kämpfte Danielle nicht mehr mit den Tränen. Unablässig rollten sie über ihre Wangen. Wie hätte sie anders handeln und ihr Ehrgefühl mißachten können? Warum verstand er das nicht? Was mochte jetzt geschehen? Wohin würde der Weg führen?

Verzweifelt hatte sie ihn begehrt — und die Leidenschaft in seinen Armen genossen, die Zärtlichkeit, die hemmungslose Lust. So lange liebte sie ihn schon, vermißte ihn, ersehnte ihn ...

In dieser Nacht hatte sie ein kurzes Glück erlebt — und Adrien wieder verloren. Würde er jemals zurückkehren? Und was dann? Sie könnte ihm die Wahrheit gestehen, ihre heiße Liebe. Aber er würde ihr nicht glauben.

Teil III

20

Drei Wochen, nachdem Adrien seine Frau nach Aville gebracht hatte, am 19. September 1356, fand die Schlacht von Poitiers statt. Um diese Zeit hielt sich König Edward in England auf. Sein Sohn befehligte das Heer. Von da an nannte man ihn den Schwarzen Prinzen, nach der Farbe seiner Rüstung.

Die Engländer feierten einen großartigen Sieg. An der Spitze seines Trupps, hinter den Bogenschützen, ritt Adrien ins Getümmel. Blitzschnell und kraftvoll schwang er sein Schwert, streckte einen Gegner nach dem anderen nieder. Als er seine Waffe verlor, sprang er aus dem Sattel und kämpfte mit einer Streitaxt, die er am Boden gefunden hatte. Er verschloß sein Herz angesichts des Grauens, des strömenden Blutes, denn er *mußte* all die Krieger vernichten, die seinen Tod suchten.

Während die Franzosen zurückwichen, befahl er seinen Männern, den Feind zu umzingeln und erkannte Jean inmitten des undurchdringlichen Kreises. Und so nahmen die Engländer den König von Frankreich gefangen.

Adrien bewunderte den jungen Monarchen, der sich im Kampf ebenso tapfer gezeigt hatte wie in der Niederlage. »Ah, Laird MacLachlan!« rief der charmante Valois auf dem Weg zu Prinz Edwards Lager. »Wenn ich mich schon der Übermacht beugen muß, werde ich wenigstens von einem Verwandten zum Sieger eskortiert. Wie geht es meiner schönen Kusine, Danielle d'Aville?«

»Danke, gut, Sire«, antwortete Adrien, der an seiner Seite ritt.

»Trotz der Machenschaften, die sich Langlois erlaubt hat?« König Jean strich sich gelassen das dunkle Haar aus der Stirn. »Natürlich kam mir zu Ohren, was in der Taverne geschehen ist. Langlois teilte mir mit, die Countess habe mich zu erreichen versucht — was zweifellos zu einigen Schwierigkeiten in Eurer Ehe führte.«

»Ehrlich gesagt, ich bangte um Danielles Leben. Hätte Edward von ihren verräterischen Aktivitäten gehört ...«

»Davon braucht er nichts zu wissen«, erwiderte Jean. Damit gewann er Adriens Zuneigung.

Sie erreichten das Zelt am Rand des Schlachtfelds, in dem Prinz Edward den königlichen Gefangenen erwartete. »Teurer Onkel!« begrüßte er Jean. »Welche Freude!«

»Für dich — gewiß.«

»Du bist ein hochgeschätzter Gast.«

»Und welchen Wert mißt du mir bei?«

»Wenn mein Vater von deiner Gefangenschaft erfährt, wird er die Summe festlegen.« Edward schlug auf Jeans Rücken. »Leider kann ich dich nicht bitten, mit mir auf meinen grandiosen Sieg zu trinken. Aber wir wollen gemeinsam deinen Kummer ertränken. Einverstanden?«

Außerhalb des Zelts, ringsum zahlreiche Lagerfeuer, feierten die Engländer ihren Triumph. Schon jetzt erkannten sie, daß diese Schlacht in die Geschichte eingehen würde. In ferner Zukunft würden so manche Feldherren die erfolgreiche Taktik studieren.

Nur Adrien konnte den Sieg nicht genießen. Unentwegt quälte ihn die bittere Erinnerung an den Verrat seiner Gemahlin. Außerdem verstand er nicht, warum er sie immer noch liebte. Er mißtraute ihr. Jetzt, nach Jeans Niederlage, war die Gefahr zwar gebannt, die der englischen Krone gedroht hatte, doch Danielle mußte Frankreich verlassen. In Aville wurde sie streng bewacht, aber sobald sie von der Festnahme des französischen Königs hörte, würde sie womöglich ein neues Komplott anzetteln, um ihn zu befreien.

Deshalb durfte sie nicht auf Aville bleiben. Und er hatte zu lange fern von Schottland gelebt. Er wollte in sein Grenzgebiet zurückkehren, in der Heimat den Seelenschmerz lindern. Selbst wenn Danielle seine Domäne barbarisch fand — dort wäre sie bestens aufgehoben.

Er würde sie nach Schottland bringen und dann verlassen, sobald sie sich eingewöhnt hatte. Wenn er sich von ihr trennte, mochte sein Zorn etwas schneller verrauchen. In London würde er genug Möglichkeiten finden, sich abzulenken.

Am späten Abend kehrte Adrien in das Zelt des Prinzen zurück und bat ihn um Urlaub. »Ich möchte nach Aville zurückkehren.«

»Eine Zeitlang brauche ich dich noch«, erwiderte Edward. »Es gibt so viel zu erledigen. Laß Danielle zur Kanalküste eskortieren, und wir treffen sie dort.«

»Wenn du das für klug hältst ...«

»Keine Bange«, entgegnete der Prinz grinsend, »es wird ihr nicht gelingen, Jean zu befreien. Das fürchtest du doch?«

»Mehr oder weniger.«

»Und aus dem Tower kann sie ihn auch nicht herausholen.«

»Ich bringe sie nicht nach London, sondern auf meinen schottischen Landsitz ...«

»So weit weg? In absehbarer Zeit muß ich dich nach London beordern. Mein Vater wird dich erwarten.«

»Sobald ich in Schottland alles geregelt habe, suche ich ihn auf.«

»Mit deiner Countess?«

»Wohl kaum.«

Edward lächelte. »Wahrscheinlich wird ihr die barbarische Wildnis guttun — und rebellische Gedanken im Keim ersticken. Aber ich glaube, mein Vater will sie wiedersehen.«

»Ja, er hatte schon immer eine Schwäche für sie — wenn ich auch nicht weiß, warum. Unablässig sucht sie ihn zu hintergehen.«

Der Prinz zuckte die Achseln. »Vielleicht fühlt er sich schuldig, weil er Aville erobert hat. Oder es liegt an seiner engen Freundschaft mit Danielles Vater.«

»Wenn er es wünscht, lasse ich sie nach London bringen. Aber zuerst sollte sie eine Weile auf meinem schottischen Landsitz bleiben.«

Bald gelangte die Nachricht von König Jeans Niederlage nach Aville.

Ohne Daylin oder einen der anderen Ritter durfte Danielle die Festung nicht verlassen. Giles geleitete sie jeden Abend zu ihrem Gemach, und Monteine leistete ihr fast immer Gesellschaft.

Vergeblich wartete sie auf ein Wort von Adrien. Statt dessen schleppten sich verwundete, verstümmelte französische Soldaten in die Festung, die auf Befehl des Schloßherrn gepflegt und verköstigt wurden.

Als Giles vom Sieg der Engländer erfuhr, bat er Danielle in die Halle und teilte ihr mit, Frankreich sei vernichtend geschlagen und König Jean gefangengenommen worden.

»Und Adrien?«

»Er hat die Schlacht unbeschadet überstanden, Mylady.«

Erleichtert atmete sie auf, aber im nächsten Augenblick wurde sie von tiefer Sorge um Jean erfüllt. Sie floh in ihr Zimmer, sank aufs Bett und fragte sich, was nun geschehen mochte.

Wenige Tage später kam Daylin in ihr Gemach und erklärte, sie müsse sich auf eine Reise vorbereiten.

»Wohin?«

»Zum Kanal.«

»Und dann?«

»Das weiß ich nicht, Mylady. König Jean wird nach London gebracht. Wie ich höre, halten die Engländer viele französische Aristokraten fest und wollen sie gegen Lösegeld freilassen. Sie werden, ebenso wie Jean, im Tower eingesperrt.«

Schweren Herzens überlegte sie, ob Adrien sich bereits von ihr losgesagt hatte und eine Scheidung anstrebte. Würde auch sie zu den französischen Gefangenen zählen? In wachsender Angst blickte sie der Zukunft entgegen.

Vorerst war das Haus Valois vernichtet. Selbst wenn sie einen Fluchtversuch wagte, hätte sie niemanden um Hilfe bitten können. Mühsam verbarg sie ihre Furcht, packte ihre Sachen und fragte, ob man ihr gestatten würde, Stern zu reiten. Das wurde ihr nicht verwehrt.

Am Tag der Abreise saß sie würdevoll im Sattel, den Kopf hoch erhoben.

Sie ritt mit Monteine und ihrer Eskorte nach Calais. Dort wurde sie von einem gewissen Sir Timothy Field erwartet, der sie höflich begrüßte und in ein geräumiges, altes normannisches Schloß führte. Der Kamin in Danielles Zimmer nahm fast eine ganze Wand ein. Auf einem Podest stand ein großes Bett mit üppigem Baldachin. Gobelins verdeckten die schmalen Fenster, einige Regale enthielten zahlreiche Bücher.

»Hoffentlich habt Ihr's bequem«, sagte Sir Timothy, ein hochgewachsener, breitschultriger alter Ritter. »Meine Familie lebt schon seit vielen Generationen hier und war stets bestrebt, für gewisse Annehmlichkeiten zu sorgen.«

»Vielen Dank, ich werde mich sicher wohl fühlen«, erwiderte sie lächelnd und warf Daylin, der neben ihr stand, einen kurzen Blick zu. »Muß ich lange in dieser Festung bleiben?«

Auch Sir Timothy schaute den Knappen an. Dann verneigte er sich. »Das kann ich Euch leider nicht sagen, Mylady.«

Als die beiden Männer das Zimmer verließen, folgte Monteine ihnen so hastig, daß sie beinahe über ihre eigenen Füße stolperte. Offenbar wollte sie versuchen, Daylin auszuhorchen.

Die Tür wurde von außen verriegelt. Also bin ich kein Gast, sondern eine Gefangene, dachte Danielle. Doch sie war zu erschöpft, um sich darüber zu ärgern. Ein Diener erschien und fragte, ob sie zu baden wünsche. Dieses Angebot nahm sie nach ihrem langen Ritt gern an.

Sobald sie aus der reichverzierten Messingwanne gestiegen war und ein Nachthemd angezogen hatte, wurde ihr Abendessen serviert. Nach der Mahlzeit fühlte sie sich zu müde, um gegen die versperrte Tür zu hämmern und eine Erklärung zu verlangen. Also kroch sie ins Bett und schlief sofort ein.

Stunden später erwachte sie. Weder Lampen noch Kerzen brannten, und das Feuer war fast erloschen. Fröstelnd stand sie auf, kauerte sich auf den Teppich vor dem Kamin und wärmte ihre Hände über den schwachen Flammen. »Wieso bin ich in Calais, Adrien?« flüsterte sie. »Was hast du mit mir vor, du Bastard?« In ihren Augen brannten Tränen. Grau und düster lag die Zukunft vor ihr. Offenbar konnte er sich vorerst nicht um sie kümmern, während er seinem grandiosen König diente. Und deshalb wurde sie einfach in dieser Festung gefangengehalten. »Mögest du in der tiefsten Hölle schmoren!« zischte sie.

»Wie reizend.«

Glücklicherweise saß sie auf dem Teppich. Sonst wäre sie sicher ohnmächtig zusammengesunken, als sie plötzlich die tiefe Stimme ihres Mannes hörte. Sie zuckte herum und sah ihn in einem wuchtigen Ledersessel sitzen. »Adrien!«

»Meine Liebe ...« Lässig lehnte er sich zurück. Er trug keine Rüstung, nur eine enge Hose, ein Hemd, eine Tunika und Stiefel. »Hast du mich vermißt?«

Danielle gab keine Antwort. Langsam erhob sie sich, weil sie den Vorteil genießen wollte, auf ihn hinabzublicken. Doch das störte ihn offenbar nicht.

»Warum mußte ich nach Calais reiten?«

»Nun, du bist Sir Timothys Gast.«

»Eher eine Gefangene. Meine Tür ist verriegelt.«

»Überrascht dich das?«

»König Jean wird ebenfalls gefangengehalten.«

»Aye, und dabei soll es auch bleiben.«

»Welchen Schaden könnte ich denn anrichten?«

»Das will ich lieber nicht herausfinden.«

Krampfhaft schluckte sie. »Was geschieht mit Jean?«

»Er wird nach London gebracht, in den Tower.«

»Droht mir das gleiche Schicksal?«

»Nein. Sorg dich nicht um deinen Verwandten. Edward wird ihn gegen Lösegeld freilassen, und bis dahin muß König Jean sicher keine allzu schlimmen Qualen erdulden.«

»Und ich?«

»Du wirst Frankreich verlassen?«

»Reise ich nach London?«

»Nach Schottland.«

In seine entlegene, unwirtliche Heimat. Wo er sie wieder allein lassen würde. »Was soll aus den englischen Ländereien meines Vaters werden?«

»Darum kümmere ich mich.«

»Wann brechen wir auf?«

»Morgen früh.« Als er aufstand und zu ihr trat, sah sie, daß sein Haar frisch gewaschen und noch feucht war. Sie roch seine Seife, die nach Fichtennadeln duftete. In diesem Gemach hatte er nicht gebadet. Nirgends lagen seine Sachen. Bewohnte er ein eigenes Zimmer?

Dieser Gedanke bedrückte ihr Herz. Am liebsten wäre sie vor ihrem Mann auf die Knie gefallen, um zu beteuern, sie habe ihn niemals kränken wollen und sei zutiefst verzweifelt. Jeans wegen — und um ihrer Ehe willen, die offensichtlich zu den Kriegsopfern zählte ... Aber sie blieb stehen und wich seinem forschenden, verwirrenden Blick aus.

»Du solltest wieder schlafen. Ich habe gehört, es geht dir nicht gut.«

»Unsinn, mir fehlt nichts.«

»Monteine hat Daylin erzählt, dir sei oft übel.«

»Darüber dürfte sie nicht mit ihm reden.«

»Die beiden sorgen sich um dich.«

»Wie nett ... Aber ich fühle mich wirklich gut.«

Er zuckte die Achseln. »Wenigstens bist du nicht aus Aville geflohen.«

»Warum sollte ich mein Zuhause verlassen?«

»In Zukunft wirst du Schottland als deine Heimat

betrachten. Schlaf jetzt.« Ohne ein weiteres Wort schlenderte er aus dem Zimmer und verriegelte erneut die Tür.

Unglücklich kehrte sie ins Bett zurück. Es dauerte nicht lange, bis sie einschlief. Doch irgendwann erwachte sie, spürte eine Hand, die unter den Saum ihres Nachthemds glitt und ihren nackten Rücken streichelte. Verwirrt fragte sie sich, ob ein Fremder zu ihr geschlichen war.

Nein, sie kannte diese verführerischen Zärtlichkeiten. Adrien ... Ein starker Arm umschlang sie, und sie fühlte seine wachsende Erregung. Aufreizend liebkoste er ihre Brüste, preßte seine Lippen auf ihre Schulter und drang von hinten in sie ein. Sie unterdrückte ein Stöhnen, versuchte reglos auf der Seite zu liegen.

Aber es war so lange her — und die Sehnsucht so heiß. Wenig später bewegte sie lustvoll die Hüften und erreichte eine süße Erfüllung. Eine Zeitlang blieb er noch mit ihr vereint. Als er sich von ihr löste, fragte er leise: »Willst du mir nichts sagen?«

Sie wünschte, er würde schweigen, sie könnten in der stillen Nacht einfach nur beisammen sein und die Kämpfe des Tages vergessen. »Was soll ich sagen?« wisperte sie.

»Zum Beispiel, daß du dich freust, weil mein Schädel von keiner französischen Streitaxt gespalten wurde.«

»Die Franzosen haben dich nicht gebeten, hierherzukommen und an diesem unseligen Krieg teilzunehmen.« Zögernd fügte sie hinzu: »Aber ich wußte, du würdest überleben. Und ich habe darum gebetet.«

»Warum?«

»Aus christlicher Nächstenliebe.«

»Ah ... Und sonst hast du mir nichts zu sagen?«

»Nein.«

Er verstummte, streichelte ihr Haar, und sie schlief wieder ein.

Im Morgengrauen gingen sie an Bord eines Schiffs. Zunächst war das Meer ruhig, dann schlugen die Wellen immer höher, während Danielle neben Adrien und dem Kapitän an der Reling stand. Würgend taumelte sie nach achtern und erbrach. Monteine eilte herbei und wusch ihr das Gesicht mit einem kühlen, feuchten Lappen. Später ging Adrien zu seiner Frau, die erschöpft im Heck kniete, und half ihr auf die Beine. Verlegen schaute sie ihn an und errötete. »Tut mit leid. Ich wollte dir vor deinem englischen Kapitän keine Schande machen. Ja, ich geb's zu — in letzter Zeit wird mir dauernd übel ... Was ist nur los mit mir?«

»Bist du wirklich so naiv?« fragte er belustigt.

»Was meinst du?«

»Wäre ich letzte Nacht nicht bei dir gewesen, wüßte ich's auch nicht. Aber dein Zustand fiel mir sofort auf.«

»Zustand? Ich verstehe noch immer nicht ...«

»Ganz einfach — du erwartest ein Baby.«

Verblüfft hielt sie den Atem an. Und dann ärgerte sie sich, weil er sie ungeniert auslachte. »Das kannst du gar nicht wissen!«

»Doch.«

»Oh! Wie viele Kinder hast du denn schon gezeugt?«

»Noch keins, Lady«, antwortete er. Danielle fühlte sich maßlos erleichtert, bis er hinzufügte: »Zumindest keins, das ich persönlich kenne.« Grinsend ging er davon.

Am Nachmittag — getrieben von dem günstigen Wind, der den hohen Wellengang verursachte — erreichten sie Dover. Da Adrien nicht in der Stadt übernachten wollte, stiegen sie sofort auf die Pferde. In einer Taverne außerhalb von Winchester machten sie Rast. Den Großteil des Abends verbrachte Adrien in der Schankstube und trank mit seinen Leuten Ale. Nur Giles war in Aville zurückgeblieben. Bis in die späte Nacht hinein hörte Danielle die Stimmen und das Gelächter der Männer. Immer wieder erklang das kreischende Gekicher der Kellnerinnen. Sie versuchte, ihr Gesicht im Kissen zu vergraben. Doch das nützte nichts — der Lärm raubte ihr den Schlaf. Erst im Morgengrauen betrat Adrien das Schlafzimmer. Stolpernd prallte er gegen den Türrahmen. Dann zog er sich aus und kroch zu seiner Frau ins Bett. Er roch nach englischem Ale. Als er sie umarmte, wehrte sie sich erbost. »Laß mich in Ruhe, du elender besoffener Schotte!«

»*Dein* elender besoffener Schotte. Und du bist meine fromme französische Verräterin.«

»Adrien ...«, protestierte sie. Aber er küßte sie unbeirrt, zog ihr das Nachthemd aus, liebkoste ihre Brüste, ihren Bauch, die intimsten Stellen ihres Körpers. Bald wußte sie nicht mehr, warum sie sich gewehrt hatte.

Am Morgen stand sie ausnahmsweise vor ihm auf. Als der Wirt an die Tür klopfte und verkündete, die Herrschaften wollten um diese Zeit geweckt werden, stöhnte Adrien und blinzelte Danielle an. »Verzeih' mir, Liebes. War ich sehr grob zu dir?«

»So wie immer«, erwiderte sie kühl. Sie hatte sich bereits gewaschen und angezogen.

Mühsam setzte er sich im Bett auf. »O Gott, so viel habe ich schon seit Jahren nicht mehr getrunken«, klagte er und stützte den Kopf in die Hände. Dann sank er erschöpft ins Kissen zurück. »Was rieche ich da?«

»Fisch. Der Wirt hat unser Frühstück gebracht, frischen Fisch und Brot.«

»Muß ich das essen?« jammerte er.

»Oh, es schmeckt köstlich. Versuch's doch!« fügte sie boshaft hinzu und trat mit einem Holztablett ans Bett.

»Wenn du mir mit diesem Zeug in die Nähe kommst, verprügle ich dich!«

»Willst du das Leben deines schottischen Sohnes aufs Spiel setzen?«

»Wahrscheinlich bekommst du ein Mädchen.«

»Sogar mit Absicht — wenn's dich ärgert.«

Zu ihrer Überraschung lächelte er. »Was für eine niederträchtige Ehefrau du bist! Verschwinde endlich mit deinem Fisch!«

»Oh, ist meine Tür nicht verriegelt?«

»Geh runter und iß mit Monteine, ich flehe dich an!«

»Hast du keine Angst, ich könnte fliehen? Dover liegt nicht allzuweit entfernt.«

Auf einen Ellbogen gestützt, starrte er sie an. »Wenn du davonläufst, folge ich dir. Und ich werde dich finden, wo du auch sein magst.«

Da erkannte sie, daß er ihr noch immer nicht vergeben hatte — und ihr nach wie vor mißtraute.

Sie verließ das Zimmer und frühstückte mit Monteine in der Schankstube.

Wenig später stieg Adrien die Treppe hinab, in der Tunika mit dem Wappen seines Clans, den Waffengurt um die Hüften. Ungeduldig drängte er zum Aufbruch.

Der Ritt war lang und beschwerlich. Abends stiegen sie im Haus eines Freundes ab, und nach der Mahlzeit sank Danielle völlig erschöpft ins Bett. Sie spürte kaum, wie Adrien ihr das Kleid und die Schuhe auszog. Aber sie genoß seine beruhigende Wärme, als er sich zu ihr gelegt hatte.

Am nächsten Morgen erklärte er, sie würden schon nachmittags haltmachen.

»Dann brauchen wir viel länger, um Schottland zu erreichen«, warnte Daylin.

»Wir können nicht schneller reiten, weil ich Rücksicht auf Danielle und das Baby nehmen muß«, entgegnete er, und alle Männer starrten sie an. Errötend senkte sie den Blick. Doch sie freute sich über seine Fürsorge.

So verstrich ein Tag nach dem anderen. Die Reise dauerte tatsächlich sehr lange. Meistens ritt Adrien an der Spitze. Manche Nächte verbrachten sie in Tavernen, oder sie schliefen in den Schlössern seiner Freunde. Gleichgültig, wie lange er abends mit den Männern beisammengesessen und getrunken hatte — er kam jede Nacht zu seiner Frau. Und sie versuchte kein einziges Mal, den Freuden der Leidenschaft zu widerstehen.

Endlich trafen sie in Schottland ein. Danielle schaute sich neugierig um. Zu ihrer Überraschung gefiel ihr das Land, das sie für barbarisch gehalten hatte. Das große Herrschaftshaus, aus Holz und Stein erbaut, war mit schönen, kostbaren Möbeln eingerichtet. In der Halle stand ein riesiger Tisch mit geschnitzten Löwenklauen, von passenden Stühlen umgeben. Gälische Statuen, Rüstungen und Waffen aus aller Welt schmückten das Herrschaftsgemach. Daneben befand sich das Kinderzimmer, und Adrien ließ die Wiege hineinstellen, in der er selbst gelegen hatte.

Die Leute hießen Danielle freundlich willkommen, mit einer Vertraulichkeit, die ihr fremd war, aber ihr Herz erwärmte.

Nur wenige Schritte vom Haus entfernt, schimmerte ein Teich mit klarem Wasser, durch mehrere Kanäle mit der Irischen See verbunden. Ringsum erhoben sich grüne und braune Hügel, der Wind roch frisch und sauber.

Am ersten Abend ging Danielle ins Kinderzimmer und betrachtete die Wiege, eine Hand über ihrem nun leicht gewölbten Bauch. Trotz ihrer häufigen Übelkeit hatte sie nicht geglaubt, sie würde tatsächlich ein Baby bekommen — ein Geschöpf, in dem sich Adriens Blut mit ihrem vereinte.

Und dann spürte sie zum erstenmal eine Bewegung. Verwirrt schrie sie auf.

»Danielle!« rief Adrien und eilte bestürzt zu ihr.

»Oh — gerade hat er sich bewegt«, wisperte sie.

Sofort glättete sich seine angstvoll gerunzelte Stirn. »Er? Hast du nicht behauptet, du würdet ein Mädchen bekommen?«

»Ach ja — *sie* hat sich bewegt.«

Lachend hob er sie hoch, trug sie ins Schlafzimmer und legte sie aufs Bett.

»Jetzt rührt sich das Baby nicht mehr«, seufzte sie enttäuscht.

»Nur Geduld!« mahnte er und legte eine Hand auf ihren Bauch. »Diese Tugend mußt du wohl noch lernen.«

Erbost wollte sie protestieren. Aber da bewegte sich das Baby wieder, und sie las entzücktes Staunen in Adriens Miene.

»Wie gut, daß ich dich rechtzeitig hierhergebracht habe, meine Liebe! Nun wird mein Sohn in Schottland geboren.«

»Ein Mädchen!« widersprach sie.

»Wie auch immer — mein Kind.«

Es klopfte an der Tür, und das Abendessen wurde serviert. Wegen der späten Ankunft hatte Adrien beschlossen, im Schlafzimmer zu speisen. Nach der Mahlzeit befreite er Danielle von ihren Kleidern, zog sich selbst aus und liebte sie so sanft wie nie zuvor.

Während der nächsten Tage ritt er mit seinem schottischen Verwalter über die Ländereien. Inzwischen lernte Danielle die Dienerschaft des Hauses und die Dorfbewohner kennen. Überall wurde sie herzlich aufgenommen, und sie erkannte verblüfft, wie wohl sie sich in Adriens Heim fühlte. Abends erzählte er ihr interessante Geschichten über den großen William Wallace und Robert the Bruce. Etwas bedrückt gab er zu, König David von Schottland würde wie König Jean von Frankreich in Edwards Tower gefangengehalten.

Eines Nachmittags, eine Woche nach ihrer Ankunft, wanderte Danielle zum Teich. Sie trug ein schlichtes Leinenkleid. Am Ufer zog sie Schuhe und Strümpfe aus und watete ins kühle, aber angenehme Wasser. Kurz bevor der Abend dämmerte, kam Adrien zu ihr, setzte sich auf einen Felsblock und kaute an einem Grashalm. »Ich glaube, du paßt hierher. Deine Wangen sind gerötet, deine Augen strahlen, und du siehst zauberhaft aus.«

»Danke«, erwiderte sie und kehrte ans Ufer zurück. Sie ließ sich im Gras nieder und zog den Saum ihres Rocks über die nassen Füße.

»Wirst du meine barbarische Wildnis ertragen?«

»Dieses Land ist wundervoll.«

»Und gefährlich. So wie meine Frau.« Nach einer kleinen Pause fügte er hinzu: »Morgen reite ich nach London.«

»Schon so bald? Wir sind eben erst angekommen ...«

»*Ich* reite nach London.«

»Und ich bleibe hier?«

»Aye, meine Liebe.«

Hastig senkte sie den Kopf, um ihre Enttäuschung zu verbergen. In London würde er Prinz Edward und all die Ritter wiedersehen. Vielleicht auch das Bauernmädchen Terese, das ihm so willig gedient hatte? Ihr

Stolz verbot ihr, danach zu fragen. »Also wagst du nicht, mich an den königlichen Hof mitzunehmen«, entgegnete sie bitter. »Man sollte meinen, der englische König würde von genug Soldaten bewacht, die ihn vor einer gefährlichen Französin schützen können.«

»Wie ich bereits sagte — du wirst mich nicht begleiten.« Abrupt stand er auf und ging davon.

21

Während die Sonne versank, wehte ein kalter Nordwind. Danielle saß immer noch am Ufer des Teichs und zog die Knie an. Sonderbar, wie schnell sie diesen Ort liebengelernt hatte — die herrlichen Farben der Landschaft, die Felsen und Hügel, das kristallklare Wasser des Sees, sogar das nächtliche Geheul der Wölfe ... Hätte Adrien nicht beschlossen, sie wieder zu verlassen, wäre sie glücklich gewesen. Gewiß, er warf ihr vor, sie habe ihn verraten. Aber er verdankte ihr auch Adelstitel und Ländereien, und jetzt würde sie ihm einen Erben schenken. Trotzdem wollte er allein nach London reiten. Ohnmächtige Wut erfüllte ihr Herz.

Die Hände an die erhitzten Wangen gepreßt, starrte sie auf die sanften Wellen. Wie verlockend sie aussahen ... Sie watete wieder in den Teich, dankbar für die Kälte, die ihren Körper zu durchschneiden schien. Im tieferen Wasser begann sie zu schwimmen — verzweifelt bestrebt, den Zorn zu kühlen, die Enttäuschung zu überwinden, die Eifersucht und Angst. Sie tauchte unter und fühlte sich seltsam befreit.

»Danielle!«

Wieder an der Oberfläche des Sees, sah sie, wie weit

sie sich vom Ufer entfernt hatte. Adrien legte den Waffengurt ab und schlüpfte aus den Stiefeln. Mit kräftigen Zügen schwamm er ihr nach, packte ihren Arm und zerrte sie an Land. »Hast du den Verstand verloren?« stieß er hervor.

Zitternd stand sie vor ihm. »Ich wollte nur schwimmen. Leider hast du vergessen, mir das zu verbieten. Ich darf nicht nach London reisen, ich darf nicht schwimmen ...«

Plötzlich preßte er sie an sich. »In diesem eisigen Wasser könntest du dir den Tod holen.« Er trug sie ins Haus und ins Schlafzimmer, zog ihr die nassen Sachen aus und wickelte sie in eine warme Wolldecke. Dann befreite er sich von seiner eigenen feuchten Kleidung, sank in einen Sessel vor dem Kaminfeuer und nahm Danielle auf seinen Schoß. »Du sollst doch nicht krank werden.«

»Wegen des Babys ...« Sie lehnte an seiner Brust, hielt mühsam die Tränen zurück. Wie sie seine warme Nähe vermissen würde ... »Adrien!«

»Ja?«

Sie hob den Kopf und strich über seine Wange. Warum hatte sie ihn jemals gehaßt? »Ich liebe dich«, wisperte sie.

Eine Zeitlang starrte er sie wortlos an. In seinen goldbraunen Augen glühte ein eigenartiges Feuer. »Wirklich? Oder versuchst du mich nur zu verführen, um deinen Willen durchzusetzen?«

Unglücklich senkte sie die Wimpern. Nun hatte sie die Wahrheit gestanden und sich neue Anklagen eingehandelt. Sie wollte von seinen Knien aufstehen, aber er hielt sie fest.

»Selbst wenn du mich aufrichtig liebtest, Danielle — jetzt kann ich dich nicht an den Königshof mitnehmen. Mein Kind soll hier geboren werden. Und in deinem Zustand darfst du nicht reisen. Außerdem — weiß Gott, ich will dich keinen Versuchungen aussetzen.«

»Und mir mißfallen die Versuchungen, in die *du* geraten wirst.« Wieder versuchte sie, sich der unbarmherzigen Umarmung zu entziehen — ohne Erfolg.

»Was soll das heißen?«

»Das Los der Frauen in dieser Welt verdrießt mich. Während du mit deiner Geliebten in den Krieg ziehst, sperrst du mich in einer Festung ein. Und jetzt reitest du nach London ...« Als er in schallendes Gelächter ausbrach, verstummte sie und schlug erbost auf seine Schulter.

»Verzeih mir, Liebes. Heißt das, du würdest mir grollen, wenn ich eine Geliebte hätte?«

»Darauf gebe ich dir keine Antwort. Hör auf, mich zu peinigen! Ich erkläre dir meine Liebe, und du nennst mich eine Lügnerin. Soll ich mich vor deine Füße werfen und noch tiefer erniedrigen, während du mich verspottest und nach London reitest, um ...«

»Um — was?«

»Um Edward zu sehen.«

Grinsend schlang er eine ihrer feuchten Haarsträhnen um seinen Finger, die sie ihm wütend entriß. »Nun bin ich neugierig geworden. Was glaubst du, mit wem ich mich vergnügt habe?«

»Laß mich in Ruhe!«

»Heute nacht? Sicher nicht.«

»Zum Teufel mit dir, Adrien ...«

»Nun, mit wem?«

»Wie soll ich das wissen? Am königlichen Hof wimmelt es von Frauen ...«

»Ich war im Krieg.«

»In jedem Feldlager treiben sich Marketenderinnen herum.«

»Behauptest du, ich hätte mit Huren geschlafen?«

»Reden wir nicht mehr darüber ...«

»Sprichst du von einem bestimmten Mädchen?«

»Von dieser Terese, die mir erzählte, sie würde dir dienen.«

»Welch ein Unsinn! Kein einziges Mal habe ich sie angerührt. Gewiß, sie folgte den Soldaten ins Feldlager, und sie gab mir zu verstehen, sie sei verfügbar. Ein hübsches junges Ding ...«

»Adrien ...«

»Niemals habe ich meine Ehe gebrochen, Danielle. Obwohl ich mich manchmal fragte, warum ich's nicht tat.« Er stand auf, stellte sie auf die Füße, und die Wolldecke fiel auf den Schafspelz, der vor dem Kamin lag. Inzwischen war die Dunkelheit hereingebrochen, zuckender goldener Feuerschein erhellte die beiden nackten Gestalten. Adrien schlang die Finger in Danielles Haar, hielt ihren Kopf fest und küßte sie. Dann glitten seine Lippen über ihre Schultern und Brüste. Als sie zu zittern begann, kniete er nieder, preßte eine Wange an ihren Bauch und lächelte. Ganz schwach hatte sich das Baby bewegt. Ihre Beine gaben nach, sie sank ebenfalls auf die Knie, und sie streckten sich vor den Flammen aus.

Hingebungsvoll erwiderte sie seine Küsse. Seine Zärtlichkeiten waren eine süße Qual. Doch nach der ersten Erfüllung empfand sie eine seltsame Verzweiflung. Nicht er, sondern sie war es, die daraufhin ein neues Verlangen entfachte. Sie konnte nicht genug von ihm bekommen. Irgendwie wollte sie ihn bei sich behalten, er sollte sie nicht verlassen.

Im Lauf des Abends klopfte jemand an die Tür, um

eine Mahlzeit zu servieren. Aber sie reagierten nicht darauf, in ihrer Zweisamkeit versunken und eifrig bestrebt, immer neue Erinnerungen für die Zeit der Trennung zu sammeln. Manchmal schliefen sie auf dem Schafspelz ein.

Bei Tagesanbruch öffnete Adrien die Augen. Danielle lag auf seiner Brust, ihr seidiges Haar hing über seine Schultern. Wie sollte er die langen Wochen ohne sie überstehen? Er betrachtete ihr entspanntes Gesicht. Wie schön sie war — die Tochter ihrer Mutter, kühn und klug ... Und sie hatte gesagt, sie würde ihn lieben.

Behutsam umfaßte er seine Frau und erhob sich, legte sie aufs Bett und deckte sie zu. Dann strich er ihr das zerzauste Haar aus der Stirn, überwältigt von Leidenschaft und Zärtlichkeit, von dem Bedürfnis, sie vor allem Bösen zu schützen. Er liebte sie. Das hatte er ihr noch nicht gestanden. Angst und Sorge bedrückten sein Herz. Bald würde sein Kind zur Welt kommen. Er hoffte inständig auf Zeiten, die sie gemeinsam verleben würden, fern von Schlachten und üblen Intrigen.

Nachdem er sich angezogen hatte, kehrte er zum Bett zurück und küßte Danielles Lippen. Von ihren Liebesspielen zu erschöpft, schlief sie tief und fest, und er zwang sich, das Zimmer zu verlassen.

Kurz nach seiner Ankunft am Hof wurde er mit einem Heer nach Wales geschickt, wo er einen Aufstand niederschlagen sollte. Da er sich den Walisern verbunden fühlte, befolgte er den Befehl nur widerstrebend. So wie die Schotten kämpften sie unentwegt um ihre Unabhängigkeit.

Aber Edward demonstrierte seine Übermacht, indem er stolze, uneinnehmbare Festungen in allen englischen Stellungen errichten ließ.

Fasziniert beobachtete Adrien die Bauarbeiten. Doch sie lenkten ihn nicht von seiner inneren Unrast ab. Er hatte gehofft, seinen Dienst am Hof bald zu beenden, um nach Hause zurückzukehren. Ende Januar oder im Februar sollte sein Kind geboren werden, und er wollte dieses Ereignis miterleben. Während die Monate verstrichen, blickte er der Niederkunft beklommen entgegen. Viel zu oft hörte er schreckliche Geschichten von Totgeburten und schönen Ehefrauen, die im Kindbett starben.

Nach den Kämpfen an der Grenze von Wales wurden weitere Gefangene in den Londoner Tower gebracht. Zu seiner Bestürzung mußte Adrien das Weihnachtsfest am Hof verleben. Jeder Augenblick, den er fern von seiner Frau verbrachte, war eine Qual, und das abwechslungsreiche höfische Leben tröstete ihn nicht über seinen Kummer hinweg. Auch die vornehmen Gefangenen nahmen an den großen Banketten teil — David Bruce, der schottische König, Jean von Frankreich, Aristokraten aus Schottland, Frankreich und Wales. Meistens saß Adrien neben David, da sie beide aus Schottland stammten. Angeregt unterhielten sie sich über die Geschichte ihrer Heimat, die Religion, das Volk, die Hoch- und Tiefländer.

Auch Simon und Paul de Valois saßen an der königlichen Tafel. Dem falschen Priester zürnte Adrien nicht mehr. Um so mehr ärgerte ihn die Anwesenheit des Comte Montejoie — vielleicht, weil Danielle einmal geglaubt hatte, sie würde ihn lieben.

Simon war sehr beliebt bei den Engländern und die Hofdamen umschwärmten ihn. Natürlich wußten sie nicht, daß er ein Komplize Armagnacs gewesen war, der gnadenlos die Dörfer der Gascogne überfallen hatte. Man glaubte, er wäre einfach nur ein Opfer der

Umstände geworden und müßte im Tower sitzen, weil er gewagt hatte, die Braut eines anderen zu lieben. Wenn er den Laird traf, benahm er sich überaus höflich. Aber Adrien wußte, daß der Comte ihn haßte — ein Gefühl, das er leidenschaftlich erwiderte.

Angeblich hatte Simon eine Affäre mit der jungen Frau eines betagten Aristokraten. Dergleichen geschah oft genug, da viele blutjunge Mädchen mit Großvätern verheiratet wurden. Die arme Frau liebte Simon, was nicht verborgen blieb, wenn sie an Edwards Tafel saß. Vor Jahren hatte Adrien an der Seite ihres Vaters in Frankreich gekämpft und ihn sterben sehen. Jetzt bedrückte es ihn, die Tochter eines alten Freundes so traurig zu sehen. In solchen Augenblicken war er froh, daß Danielle ihn nicht nach London begleitet hatte. Sie sollte Simon nicht wiedersehen. Manchmal schien der Franzose ihn nachdenklich zu beobachten, als würde er ein Komplott schmieden.

Im Tower bewohnte der Comte ein Zimmer, das weit entfernt von König Jeans Gemächern lag. Während Edward den Gefangenen seine großzügige Gastfreundschaft gewährte, durften sie sich natürlich nicht gegen ihn verschwören.

Ungeduldig sehnte Adrien seine Heimreise herbei, und der König versprach ihm, er dürfe nach Schottland zurückkehren, wenn die Waliser einen Monat lang keine neuen Unruhen heraufbeschworen.

Bei einem Bankett um die Mitte des Februars erschien ein Bote und sprach mit Edward. Ein paar Plätze vom König entfernt, an der linken ›schottischen‹ Seite der Tafel, beobachtete Adrien, wie Edward die Stirn runzelte. Dann bedeutete der Monarch dem Boten, Adrien aufzusuchen.

Neuigkeiten aus dem Norden? Schmerzhaft hämmerte Adriens Herz gegen die Rippen. Aber der Mann eilte lächelnd zu ihm. »Sir, ich komme aus Schottland ...«

»Danielle?« fiel Adrien ihm atemlos ins Wort.

»Eurer Gemahlin geht es ausgezeichnet, Laird MacLachlan, ebenso wie Eurem Sohn, der letzten Samstag auf den Namen Adrien Robert getauft wurde.«

Adrien merkte erst, daß er aufgesprungen war, als er auf seinen Stuhl zurücksank. Offenbar hatte der Bote laut genug gesprochen, denn ringsum erklang heller Jubel. Alle Aristokraten, Ritter und Damen hoben ihre Weinkelche und prosteten dem jungen Vater zu. Sein Sohn. Um ihn zu ärgern, hatte sie sich ein Mädchen gewünscht. Ihm selbst war das von Anfang an gleichgültig gewesen. Jetzt konnte er die Trennung nicht länger ertragen.

Am späteren Abend ging er zum König, der ihm eine Audienz gewährt hatte. »Sire, vielleicht verhalten sich die Waliser monatelang ruhig, oder sie zetteln schon morgen einen neuen Aufstand an. Ich habe Euch lange gedient und meine Pflicht erfüllt. Nun möchte ich endlich meinen Sohn sehen.«

»Glaubst du, ich hätte alle meine Kinder gesehen, sobald sie zum erstenmal in ihren Windeln lagen? Nein, mein Junge.«

»Aber ...«, begann Adrien.

»Laß deine Frau und deinen Sohn hierherkommen«, unterbrach ihn der König.

Unbehaglich starrte Adrien ihn an. »Solange Jean von Frankreich und andere Franzosen Eure Gefangenen sind ...«

»Guter Gott! Sie sitzen alle im Tower und werden streng bewacht. Was soll schon geschehen? Ich möchte mein Mündel wiedersehen und ihr Kind kennenlernen.«

»Also befehlt Ihr mir, Danielle hierherzuholen?«

»Darum bitte ich dich«, erwiderte der König, was aufs selbe hinauslief.

»Gut, ich schicke sofort einen Boten nach Schottland.«

Adrien verließ den König und folgte dem langen Flur, der zu seinem Quartier führte. Als er um eine Ecke bog, fiel sein Blick auf einen Alkoven, dessen Vorhang sich bauschte. Ein Liebespaar, das sich heimlich traf? Er zögerte und überlegte, ob er einen anderen Weg wählen sollte. Unter dem Vorhang entdeckte er einen Stiefel. Er wollte umkehren, doch da hörte er eine weibliche Flüsterstimme, die französisch sprach.

Diese Stimme kannte er. Terese, die Prinz Edwards Heer über den Kanal gefolgt war ... Das kleine Biest forderte ihn immer noch mit verführerischen Blicken heraus. Deshalb fragte er sich, wie innig sie den Mann lieben mochte, mit dem sie hinter dem Vorhang stand.

Dann begann ihr Gefährte zu wispern, und Adrien erstarrte. Simon de Valois, Comte Montejoie. Offensichtlich gestattete König Edward seinen aristokratischen Gefangenen gewisse Amüsements. Sonst hätten die Wachtposten, entlang des Flurs postiert, dem Franzosen gewiß kein Stelldichein gestattet.

Adrien ging weiter. Eigentlich sollte er sich jetzt erleichtert fühlen. Die beiden verdienten einander. Und doch ... Irgend etwas an ihrer Zusammenkunft beunruhigte ihn.

In dieser Nacht lag er lange wach, starrte ins Dunkel, vermißte seine Frau und sehnte sich nach seinem Sohn. Statt die beiden nach London zu holen, wäre er viel lieber zu ihnen geritten.

Plötzlich klopfte es an der Tür, und eine Frauenstimme flüsterte: »Laird MacLachlan!«

Er stieg aus dem Bett, schlüpfte in einen Schlafrock und öffnete die Tür, vor der Terese stand. »Aye?«

»Darf ich hereinkommen?« Mit zitternden Lippen lächelte Terese ihn an, und er blinzelte verwundert. »Hier draußen kann ich nicht stehenbleiben.«

Nur widerwillig ließ er sie eintreten. Als er die Tür schloß, lehnte sie sich dagegen. »Bald wird Eure Gemahlin in London eintreffen, Laird MacLachlan.«

»Und?«

»Vielleicht ist das unsere letzte Gelegenheit.«

»Wozu?«

Kokett senkte sie die Wimpern. »Ihr habt mir das Leben gerettet, und das werde ich niemals vergessen. Für eine Nacht mit Euch würde ich sterben. Noch ist Eure Frau weit entfernt. Und ich hörte, sie sei Eure Feindin — und sie würde Euch immer wieder hintergehen.«

»Wer hat dir das erzählt?«

»Ein Mann, der einen Priester gemimt hat, um sich mit Gleichgesinnten gegen König Edward zu verschwören. Deshalb habt Ihr Eure Frau damals ins Castel de Renoncourt gebracht. Das weiß jeder. Unentwegt verletzt sie Eure Gefühle, Laird MacLachlan. Ich würde Euren Kummer lindern und Euch eine beglükkende Nacht schenken.«

»Tatsächlich?«

»Glaubt mir, Eure Gemahlin ist eine bösartige Hexe.«

Adrien ergriff ihren Arm und zog sie von der Tür weg. »Zweifellos bist du sehr schön, Terese, und deine Worte klingen verlockend. Aber da gibt es ein Hindernis.«

»O nein! Nichts steht uns im Weg. Und ich will Euch nur erfreuen.«

»Steckt da nicht mehr dahinter?«

»Laird Adrien, Ihr habt mein Leben gerettet.«

»Dann achte auf dieses Leben und such dir deine Freunde sorgfältig aus. Ich danke dir für dein Angebot. Aber wie gesagt, es gibt ein Hindernis. Ich liebe meine Frau. Gute Nacht, Terese, und hüte dich vor den Wölfen im Flur.« Ohne ein weiteres Wort öffnete er die Tür und schob das Mädchen mit sanfter Gewalt hinaus.

Wütend starrte sie die geschlossene Tür an, von wilder Eifersucht auf Countess Danielle erfaßt. Diese Frau besaß einfach alles, Ländereien und Adelstitel. Von Franzosen und Engländern wurde sie gleichermaßen verehrt und bewundert. Auch Simon hatte sie geliebt.

Und Terese konnte den Laird trotz ihrer beachtlichen Reize nicht veranlassen, seine Frau zu vergessen.

Während sie erbost und enttäuscht im Flur stand, erschien Lucas, Adriens hübscher Knappe, den sie auf Renoncourt kennengelernt hatte. Lachend lehnte er sich an die Wand. »Immer wieder wirfst du dich an seinen Hals. Wann wirst endlich begreifen, daß er mit einem Engel verheiratet ist? Niemals wird seine Liebe zu Lady Danielle erkalten.«

»Sie ist eine Hexe! Bald wird er sie verabscheuen!«

»Sicher nicht. Diese beiden sind eng und unauflöslich miteinander verbunden. Daran kannst du nichts ändern.«

Verwirrt senkte sie den Kopf und dachte an die Männer, die ihr schmeichelten, um ihre Gunst zu erringen — reiche, angesehene Aristokraten.

Lucas schmeichelte ihr nicht. Statt dessen schaute er sie nur mit durchdringenden Augen an.

»Glaub mir, einen Mann wie den Earl wirst du nie erobern«, fügte er hinzu. »Dafür bekommst du mich.«

Empört wollte sie ihn ohrfeigen. Aber er hielt ihre

Hand fest, und sie las aufrichtige Liebe in seinem Blick. »Laß mich los!«

»Du begehrst ihn, ich begehre dich. Und ich habe dir etwas zu bieten.«

»Was denn?« flüsterte sie erstaunt. Und dann stockte ihr Atem. Er war MacLachlans Knappe, und wenn sein Herr ihn förderte, würde der König ihn bald zum Ritter schlagen. Nach siegreichen Schlachten würde er mit einer beträchtlichen Beute heimkehren.

»Ich möchte dich heiraten.«

»Oh«, wisperte sie und sank in seine Arme.

Später lag sie neben ihm im Bett, in seiner beengten Kammer, und starrte zur Decke hinauf. Sollte sie ihr Wort halten, das sie einem anderen Mann gegeben hatte? Sie betrachtete den goldenen Ring an ihrem Finger. Eine Vorauszahlung, die sie sich erst mal verdienen mußte. Nein, unmöglich ... Kalte Angst erfaßte ihr Herz.

22

Noch nie hatte Danielle einen so eisigen Winter erlebt wie im schottischen Grenzgebiet. Aber die Hausbewohner versicherten ihr, im Hochland sei es noch viel kälter. Ausgerechnet in dieser schrecklichen Jahreszeit war ihr Sohn zur Welt gekommen, doch Maeve, die Hebamme, hatte lächelnd erklärt, auf so was würden Babies keine Rücksicht nehmen.

Immer schmerzlicher vermißte Danielle ihren Mann. Er hatte ihr aus Wales geschrieben und von seinem Feldzug berichtet. Gewissenhaft beantwortete sie seine Briefe, wünschte ihm alles Gute, erzählte von neugeborenen Kätzchen im Stall und erwähnte, Daylin sei entschlossen, Monteine zu heiraten, und würde ihn wohl bald um seinen Segen bitten.

Bei der Niederkunft hatte Monteine ihr beigestanden. Obwohl Danielle sich so verzweifelt nach Adrien sehnte, hätte sie ihn während der qualvollen Wehen am liebsten erwürgt, weil er die Schuld an ihrem Leid trug. Die Geburt dauerte einen Tag und eine Nacht, und sie dachte sich immer neue Methoden aus, um ihren Mann zu peinigen. Lauthals verfluchte sie ihn, bis Monteine betonte: »Sicher machst du ihm zu viele Vorwürfe. Für gewisse Schwierigkeiten bin *ich* verantwortlich. Als ich den Priester verdächtigte, wandte ich mich an Daylin, und er verständigte den Laird ...«

»Und damals hast du den Sattelgurt gelockert! rief Danielle entrüstet. »Dafür wurde *ich* verprügelt!«

»O Danni, das ist schon so lange her. Ich hatte Angst vor ihm ...«

»Und dann wurdest du seine treue Dienerin. Oh, du solltest an seiner Seite auf dem Tyburn-Platz hängen! Oh ...«

»Denk jetzt nicht an solche Dinge, Danni, du mußt pressen, ganz fest!«

Danielle gehorchte, und im Morgengrauen kam das Köpfchen des Babys endlich zum Vorschein. »Was ist es?« keuchte sie.

»Ein kleiner Schotte«, erwiderte die Hebamme, »aber was für einer, sehe ich erst, wenn er mir seinen Hintern zeigt ... Ah, ein Junge!«

Plötzlich strömten Tränen über Danielles Wangen, und Monteine rannte zu Daylin hinaus, um ihm Bescheid zu geben. Maeve durchschnitt die Nabelschnur, säuberte das Baby und forderte seine Mutter auf, noch einmal zu pressen, die Nachgeburt hervorzustoßen.

Dann wurde ihr endlich das Kind in die Arme gelegt. Fasziniert betrachtete sie die winzigen Hände und Füße, das blonde, vom Vater geerbte Haar, die himmelblauen Augen. Aber die Augenfarbe mochte sich später ändern — in Goldbraun oder Smaragd. Jedenfalls war der Junge bildschön. Und wie kraftvoll er brüllte ...

Ängste und Zweifel plagten sie in den nächsten Tagen. Sie liebte Adrien so sehr, und sie fürchtete, ihn zu verlieren. Nach der Taufe, bei der Monteine und Daylin die Patenschaft übernahmen, schickte Danielle einen Boten nach London. Dann begann sie zu warten und um die Rückkehr ihres Mannes zu beten.

Welch ein wundervolles Leben könnten sie hier führen ... Sie liebte den schottischen Landsitz und die Leute. Seit Adriens Abreise trug sie die Verantwortung, schlichtete Streitigkeiten um Schafe oder Rinder und führte die Aufsicht in der Weberei. Von Aran, dem Kellermeister, lernte sie köstliches Ale zu brauen, und sie brachte ihm bei, wie man edle französische Weine lagerte. Die gestrenge Katherine Mary befehligte die Dienstmädchen, Joshua stand dem Haushalt vor, und Taylor verwaltete die Ländereien. Mit all ihren Untertanen feierte sie die Geburt des Babys, und sie jubelten ihr begeistert zu. Ja, sie könnte glücklich sein, wenn Adrien endlich nach Hause käme.

Die Tage verstrichen, der März brach an, und es begann zu tauen. Anfang April lag sie auf einer Decke am Ufer des Teichs, im weichen Frühlingsgras. Neben ihr schlief der kleine Adrien Robert. Monteine und Daylin saßen in der Nähe. Allmählich senkten sich ihre Lider, und sie schlummerte ein.

Als ein ausgelassener Schrei die Stille zerriß, erwachte Danielle und sah Monteine kichernd davonlaufen, gefolgt von Daylin. Lachend sanken die beiden ins Gras und küßten sich.

»Müßt ihr mir euer Glück auch noch vor Augen führen?« schimpfte Danielle.

Verlegen richtete sich Monteine auf. Aber dann sah sie ihre Herrin lächeln. »Mit diesem prächtigen Sohn mußt du doch genauso glücklich sein, Danni.«

»Gewiß, aber ...«

»Da kommt jemand!« verkündete Daylin und eilte zu Danielle, die Hand am Schwertgriff, stets der wachsame Beschützer. Von den Feldern rannten mehrere Männer herbei, die Hufschläge gehört hatten, und alle blickten dem Reitertrupp gespannt entgegen. Beim Anblick des königlichen Banners seufzte Daylin erleichtert.

Danielle erkannte Sir George und stand auf, ihren Sohn an sich gedrückt, den sie Robert nannte, um ihn nicht mit Adrien zu verwechseln.

»Sir George!« rief sie erstaunt.

Er stieg ab, verneigte sich und strich über den Kopf des Babys. »Was für ein wunderbarer Junge! Um dieses goldene Haar müßte ihn sogar der König beneiden.«

»Wird er auch seinem Vater gefallen?«

»Als Adrien von der Geburt und Eurem Wohlbefinden erfuhr, war er überglücklich. Nun sehe ich selbst, wie gut es Euch geht. Meine Liebe, Ihr seid schöner denn je.«

»Danke, Sir. Aber sagt mir — wenn Adrien sich über seinen Sohn freut, wo bleibt er so lange?«

»Der König braucht seine Dienste.«

»Oh ...«, flüsterte sie. Deshalb war Sir George hierhergeschickt worden. Wie viele lange, qualvolle Wochen mußte sie noch warten?

»Ich soll Euch und Euren Sohn nach London geleiten — falls Ihr die Reise ertragen wollt.«

»Falls ich — die Reise ertragen will?« stammelte sie.

»Nun, das Baby ist noch so klein — allerdings ein gesunder Junge ...«

»Im Morgengrauen brechen wir auf!«

Raymond, Comte Langlois, fuhr auf einem flämischen Schiff nach Dover, dessen Kapitän den Engländern grollte, nachdem sie soviel Schaden in Frankreich angerichtet hatten. Seiner Besatzung, einer zwielichtigen Bande, erklärte er nicht, wer der schlicht gekleidete, aber gut bewaffnete Mann an Langlois' Seite war. Und die Leute stellten auch keine Fragen. Der Comte trug die Kutte eines Franziskaners. Keine besonders originelle Verkleidung, dachte er. Doch sie erfüllte ihren Zweck. Aufgrund seiner umfassenden Bildung war es ihm nicht schwergefallen, mit dem Klerus der Gascogne Freundschaft zu schließen. Mühelos hatte er einen jungen Mönch überredet, ihn nach England zu begleiten und die Rollen mit ihm zu tauschen.

In London traf er Edwards Beichtvater, der den ›Franziskaner‹ freundlich empfing und eine Zusammenkunft mit König Jean ermöglichte. Zu Langlois' Bestürzung freute sich der Monarch kein bißchen über den Besuch und wußte nicht einmal zu schätzen, daß sich ein treuer Anhänger seinetwegen in Lebensgefahr begab. »Mein lieber Raymond, Ihr wagt zuviel. Hier sind wir in der Unterzahl. Edwards Männer würden mich zwar nicht kaltblütig erstechen, aber wenn sie mich während einer Verfolgungsjagd töten, könnte er vor aller Welt sein tiefes Bedauern bekunden.«

»Wenn Ihr diese Kutte anzieht, mein Lehnsherr ...«

»Wollt Ihr wirklich Euer Leben für mich opfern? Sobald Euch die Engländer an meiner Stelle im Tower finden, werden sie Euch enthaupten und Euren Kopf auf der London Bridge zur Schau stellen. Nein, nein, Comte, Ihr strebt zu eifrig nach reichem Lohn. Und da ich einen ehrbaren Kampf schätze, will ich nicht wie ein flüchtiger Hund niedergestreckt werden.«

»Ich ließ Gold in Simons Hände schmuggeln. Damit wird er die Wärter bestechen.«

»Ja, dieses Gold hat er erhalten. Wenn er kommt, soll er schleunigst mit Euch über den Kanal segeln.«

»O Sire, ich will *Euch* retten.«

»Fahrt lieber nach Frankreich und helft meinem Sohn, das Lösegeld für mich aufzubringen. Dann werde ich Euch zu den edelsten meiner Lehnsmänner zählen.«

Gesenkten Hauptes eilte der Comte aus Jeans Gemächern und suchte Simon auf, der ihn freudig begrüßte. »Habt Ihr Pferde, Raymond?«

»Nein, aber mit dem Gold, das ich Euch geschickt habe, könnt Ihr sicher welche beschaffen.«

»Ja, gewiß. Bringt den Mönch heute abend hierher, und wir reisen ab, als zwei getreue Diener Gottes.« Sie besprachen die Einzelheiten ihres Plans, dann fragte Simon: »Wer würde Euch trotz der Kutte erkennen?«

»Laird MacLachlan!« stieß Langlois hervor.

»Mein Leben würde ich geben, um ihn tot zu sehen …« Plötzlich unterbrach sich Simon. »Das ist vielleicht gar nicht nötig. MacLachlan wurde nach Dover geschickt. Dort soll er einen Angriff auf das Schloß Cardineau vorbereiten. Seine Männer sind beschäftigt.« Lächelnd fügte er hinzu: »Und er wird seine Frau dort treffen. Was haltet Ihr von der Idee, die Lady nach Aville zu entführen?«

Der Weg war weit, und Sir George drängte Danielle immer wieder, langsamer zu reiten. Aber in ihrer Ungeduld hörte sie nicht auf ihn. Endlich erreichten sie die Stadt. Edward und seine Frau ritten ihnen entgegen, an der Seite Jeans. Gerührt über diese Aufmerksamkeit, erwiderte sie den freundlichen Gruß beider Könige und Philippas, die den kleinen Robert entzückt an ihre Brust preßte.

»Ganz der Vater, nicht wahr?« meinte Edward, und seine Gemahlin warf ihm einen seltsamen Blick zu.

»Bis auf die blauen Augen ...«

»Vielleicht ändert sich die Farbe noch«, warf Danielle ein.

»Hm ...«, murmelte die Königin.

»Wo ist Adrien?«

»Bedauerlicherweise in Dover«, erklärte Edward.

»In Dover!« rief Danielle enttäuscht.

»Gräm dich nicht, mein Kind. Er erwartet dich, während er eine Attacke vorbereitet. Im Schloß Cardineau, das Count Germaine in meinem Namen verwaltet, ist ein Aufstand ausgebrochen. Nichts Ernstes. Das wird dein Mann in wenigen Tagen erledigen.«

»Soll ich ihn nach Frankreich begleiten?«

»Nein. Morgen reitest du nach Dover, zeigst ihm seinen Sohn und verbringst eine Nacht mit ihm. Dann kommst du wieder hierher und erwartest bei uns seine Rückkehr.«

Simon spähte aus einem Fenster des Towers und sah Danielle mit der Königin den Hof durchqueren. Von Monteine, MacLachlans Knappen Daylin und mehreren Hofdamen begleitet, wanderten sie in den Garten. Lachend rochen sie an den Blumen und genossen das schöne Wetter. Simon beobachtete voller Zorn, wie zärtlich Philippa das Baby im Arm hielt. Am liebsten hätte er das Balg des Lairds erwürgt.

Sogar im Tower verbreiteten sich Neuigkeiten sehr schnell. Am nächsten Morgen sollte Lady Danielle aufbrechen, um ihren Mann nachmittags am Kanal zu treffen. Simon beobachtete, wie glücklich sie ihr Kind anlächelte und runzelte die Stirn. Offenbar hatte sie ihn vergessen. Oder doch nicht? Würde sie ihn vor ihrer Abreise bitten, er möge ihr zu einem Besuch bei König Jean verhelfen? Er mußte sie unbedingt sehen — das letzte Glied in der Kette seiner Absichten.

Sie kam zu ihm, erkundigte sich nach seinem Befinden, und er ergriff ihre Hände, die sie ihm sofort wieder entzog. »Wißt Ihr nicht mehr, wie heiß ich Euch liebte, Danielle?« fragte er vorwurfsvoll.

»Wie ich höre, amüsiert Ihr Euch sehr gut mit den Hofdamen.«

»Nur um zu verwinden, daß ich Euch verlor ...«

»Jetzt muß ich gehen, Simon. Ich war bereits bei Jean, der eifrig mit dem schottischen König David Schach spielt. Währenddessen planen sie froh und munter den Sturz Edwards, den diese Gespräche belustigen, und manchmal nimmt er sogar daran teil.«

»Weil er sich für allmächtig hält, so wie Euer Ehemann, Lady. Aber jeder hat eine Achillesferse.«

»Vermutlich.« Sie küßte Simons Wange, verließ sein Zimmer, und ein Wärter verschloß die Tür.

In seine Mönchskutte gehüllt, traf Langlois das Mädchen Terese. Sie kannte ihn nicht, und sie fürchtete von Gott beobachtet zu werden und in die Fänge Satans zu geraten, als der Franziskaner ihr in einem Flur begegnete und sie in einen Alkoven zerrte. »Du heißt Terese, nicht wahr? Soviel ich weiß, hast du versprochen, Simon de Valois zu helfen. Dafür gab er dir Gold und Juwelen. Die mußt du dir jetzt verdienen. Heute abend wartest du mit frischen Pferden am Hinterausgang des Schlosses.«

»Woher — soll ich denn Pferde nehmen?«

»Aus dem königlichen Stall.«

Terese erblaßte. »Das kann ich nicht. Man wird mich hängen ...«

Mit beiden Händen umfaßte er ihren Hals. »Du wirst gehorchen! Oder man muß dich gar nicht hängen, weil ich deine Kehle aufschlitzen werde. Hast du mich verstanden?«

Zitternd vor Angst nickte sie, und er lächelte. »Braves Mädchen. Gott segne dich.«

Beunruhigt wanderte Adrien im Hafen umher und nahm die Aktivitäten ringsum kaum wahr. Pferde, Proviant, Waffen und Rüstungen wurden auf die Schiffe verladen, die sein Kontingent über den Kanal bringen sollten. Er verfluchte den König.

Endlich war Danielle nach London gekommen, und er wurde nach Frankreich geschickt. So sehr ihn die neuerliche Trennung auch betrübte, er durfte ihr nicht erlauben, ihn zu begleiten.

Wie einfach war das Leben gewesen, als ihn sein Ehrgeiz geleitet hatte, nicht seine Liebe. Ohne lange zu überlegen, hatte er dem König gehorcht. Nun wünschte er, ein anderer würde diese Aufträge übernehmen, und er könnte in Ruhe die Früchte seiner treuen Dienste genießen.

»Adrien!«

Atemlos drehte er sich um, und da stand sie, ganz in Blau gekleidet, mit offenem flatterndem Haar, schöner denn je.

»Danielle ...«, flüsterte er. Mit einem Aufschrei rannte sie zu ihm und warf sich in seine Arme. Er preßte sie an sich, wirbelte sie herum. So lange hatte er dieses Glück entbehrt.

»Wir haben nur diese eine Nacht«, wisperte sie, als er sie auf die Füße stellte.

»Aye, aber ich komme bald zurück.«

»Das hat mir auch der König versprochen.«

»Geht es dir gut?«

»Ausgezeichnet.«

»Und — unser Sohn?«

»Den siehst du hinter mir«, erwiderte sie lächelnd. »Monteine hält ihn im Arm.«

Aufgeregt eilte er zu der Betreuerin, nahm ihr das Baby ab und entfernte die Tücher von dem winzigen Gesicht. Danielle folgte ihm und beobachtete, wie er sein Kind fast ehrfürchtig betrachtete. Einen Arm um ihre Schultern gelegt, erwiderte er ihr Lächeln. »Komm, ich habe ein Zimmer in einer Taverne gemietet.«

Während Monteine mit Daylin an der Hafenmauer zurückblieb, führte Adrien seine Frau durch die Straßen. Immer wieder wurde er von einigen seiner Männer aufgehalten, die sich nach weiteren Frachten erkundigten. Aber er antwortete immer nur: »Verladet alles, was ihr findet. Im Morgengrauen segeln wir los.«

»Schade, daß wir nicht sofort aufbrechen können«, meinte ein Seemann. »Jetzt wäre der Wind günstig. Aber wir haben noch viel zu tun.«

»Beeilen wir uns«, flüsterte Adrien seiner Frau zu, »sonst wird man mich mit immer neuen Fragen bestürmen, und jeder Augenblick, den wir allein verbringen, ist kostbar.« Wenig später betraten sie ein langgestrecktes, niedriges normannisches Gebäude, und Danielle folgte ihrem Mann in sein Zimmer. »Nicht besonders komfortabel«, seufzte er. »Ein gräßliches Bett, und der

Schornstein qualmt. Aber ich konnte zumindest eine Wiege beschaffen.«

»Sehr gut«, wisperte sie. »Der kleine Robert schläft.«

»Wie schön er ist. Ich bin dir so dankbar und so stolz — und froh, daß er eingeschlummert ist.« Behutsam bettete er das Baby in die Wiege. Und dann schmiegte sich Danielle an seine Brust. Halb schluchzend, halb lachend erwiderte sie seine Küsse, während sie einander ungeduldig auszogen.

»O Gott, jetzt habe ich was zerrissen!« klagte Adrien.

»Das macht nichts. Wäre ich kräftiger, würde ich deine Sachen auch zerfetzen.«

Sobald sie nackt waren, sanken sie ins Bett und liebkosten sich immer leidenschaftlicher.

Plötzlich hielt Adrien inne. »Werde ich dir auch nicht weh tun? So kurz nach der Geburt ...«

»Seither ist genug Zeit verstrichen. O Adrien, ich habe dich so vermißt!« Ihre Hand glitt über seine Brust, die Hüften, zwischen seine Schenkel. Stöhnend preßte er das Gesicht an ihren Hals, als er in sie eindrang. Nur für einen kurzen Augenblick verspürte sie einen brennenden Schmerz und schrie leise auf. Erschrokken unterbrach er seine Bewegungen.

Aber sie klammerte sich an ihn und versicherte, jetzt sei alles in Ordnung, und sie könne ohne dieses Glück nicht leben. Beim ersten Mal nach der langen Trennung erreichten sie den Höhepunkt viel zu früh, beim zweiten Mal etwas später, und den dritten Liebesakt genossen sie in vollen Zügen. Das Baby erwachte, begann hungrig zu schreien, und Adrien streichelte das Köpfchen seines Sohnes, während Danielle ihn stillte. Danach kehrten sie ins Bett zurück. Ein neues Verlangen erwachte.

Plötzlich flog die Tür auf, und mehrere Männer

stürmten ins Zimmer. Adrien sprang auf, stellte sich zwischen die Angreifer und seine Familie. Verdammt, wo hatte er seinen Waffengurt gelassen? Von wildem Zorn erfüllt, erkannte er seine Feinde — Simon de Valois und Comte Langlois, von zwei kräftig gebauten Schwertfechtern begleitet. »*Messieurs*«, begann Adrien, »ich hatte das Vergnügen, König Jean näher kennenzulernen. Und ich bezweifle, daß er Euch beiden ein solches Benehmen erlauben würde.«

»Sobald wir Euch erstochen haben, werden wir uns etwas höflicher verhalten«, entgegnete Langlois.

Da entdeckte Adrien sein Schwert, nur drei Schritte entfernt, unter seinem Umhang. Er griff danach, wich zm Bett zurück, zu seiner leichenblassen Frau, die ein Laken an ihren Körper preßte und Simon entsetzt anstarrte.

»Vielleicht werde ich sterben«, stieß Adrien hervor. »Aber dann sehen wir uns in der Hölle wieder, *Messieurs!*« Nun bereute er bitter, daß er Simon in seiner Hochzeitsnacht nicht getötet hatte. Grinsend drehte sich der junge Franzose um, packte Monteines Arm und zerrte sie ins Zimmer. Dabei hielt er ein Messer an ihre Kehle, ein Blutstropfen rann an ihrem Hals herab.

»Laßt sie los!« zischte Danielle. In ein Laken gewickelt, stieg sie aus dem Bett und rannte zu ihm.

»Zurück, Danielle!« befahl Adrien, sprang ihr nach und zog sie an sich.

»Wenn Ihr zu mir kommt, Lady, schenke ich Eurer Freundin die Freiheit«, versprach Simon. »Sorgt Euch nicht um MacLachlan. Bald wird er erfahren, daß Ihr meinen Wärter bestochen habt, um mir zur Flucht zu verhelfen.«

»Was?« hauchte sie.

Verwirrt und ungläubig wandte sich Adrien zu ihr. Im selben Moment spürte er eine Bewegung hinter sich, fuhr herum und stach sein Schwert in die Brust eines Kriegers. Und dann hörte er Danielles Schrekkensschrei.

Zu spät. Langlois' Schwertgriff traf seine Schläfe, vor seinen Augen wallten Nebelschwaden, und er glaubte, in einem schwarzen Abgrund zu versinken.

»Gehen wir, Danielle!« drängte Simon.

Verzweifelt starrte sie Monteine an, die er immer noch festhielt. Dann drehte sie sich zu Adrien um. Reglos lag er am Boden. Lebte er noch? Entschlossen schüttelte sie den Kopf. »Ich soll Euch begleiten, Simon? Laßt endlich meine Freundin los, elender Bastard! Was führt Ihr im Schilde? Wollt Ihr die Engländer und Franzosen erneut aufeinanderhetzen und einen weiteren blutigen Krieg heraufbeschwören?«

»Haltet den Mund und kommt mit mir!«

»Niemals! O Gott, mein Baby ...«

»Nehmen wir ihren Sohn mit«, schlug Langlois vor, »und werfen wir ihn in den Kanal.«

»Nein!« schrie Danielle. »Wie könnt Ihr es wagen! Ich kratze Euch die Augen aus!«

Monteine, die immer noch die Klinge an der Kehle spürte, stöhnte gequält. Da erkannte Danielle, daß sie die beiden Männer vorerst nicht bekämpfen durfte.

»Laßt Monteine gehen, gebt ihr meinen Sohn und nehmt mich mit.«

»O nein«, widersprach Simon, »dieses schottische Balg wird ertränkt. Keine Bange, Danielle, Ihr seid jung und könnt noch viele Kinder bekommen.«

»Wenn Ihr Euch an Monteine und meinem Sohn vergreift, schreie ich, bis Ihr gezwungen seid, mich zu töten. Überlaßt meiner Freundin das Baby, und ich begleite Euch freiwillig.«

Simon wandte sich zu Langlois, der die Achseln zuckte. »Darauf sollten wir eingehen. Je weniger Widerstand sie leistet, desto schneller erreichen wir den Hafen.«

»Einverstanden.« Simon stieß Monteine von sich. Taumelnd eilte sie zur Wiege und starrte ihre Lady unglücklich an.

»Mach dir meinetwegen keine Sorgen und kümmere dich um Adrien«, bat Danielle. »Wie leicht hätte er Euch beide töten können, Simon und Langlois! Leider ließ er Euch am Leben.«

»Schnell, wickle Laird MacLachlan in eine Decke!« befahl Simon dem Krieger, der den Kampf unversehrt überstanden hatte. »Wir werfen ihn in den Kanal.«

»Nein!« kreischte Danielle entsetzt.

Als sie zu ihrem Mann laufen wollte, umklammerte Simon ihren Arm. »Lady, er ist tot. Von jetzt an müßt Ihr Euch nach mir richten.«

Mit aller Kraft schlug sie in sein Gesicht. Ihre Nägel zerkratzten seine Wange. Verblüfft und erbost hob er eine Faust, traf ihre Stirn, und sie versank in barmherziger Finsternis.

23

Die Kälte des Wassers und der brennende Schmerz in seinen Lungen erweckten ihn zum Leben. Wie tief war er im dunklen Meer hinabgesunken? Er bewegte die Beine, tauchte empor, zwang sich, nicht zu atmen, dem Lockruf eines erlösenden Todes nicht zu folgen.

Endlich erreichte er die Oberfläche. Die Nacht war

hereingebrochen. Im Sternenschein sah er ein flämisches Schiff davonsegeln. Von heftigen Wellen umhergeschleudert, hielt er nach der Küste Ausschau. Schleier behinderten seine Sicht, in seinem Kopf pochte es, und es dauerte eine Weile, bis er das Land entdeckte. Anfangs schwamm er viel zu schnell darauf zu. Dann erkannte er, daß er sich seine Kräfte einteilen mußte, weil er nicht ermessen konnte, wie weit er von seinem Ziel entfernt war.

Gnadenlos warf ihn die See umher, weißer Schaum krönte die Wogen. Nach einer Weile erblickte er mehrere Feuer entlang der Küste und schwamm hoffnungsvoll weiter, mit langsamen, lebensrettenden Zügen. Die Kopfschmerzen verebbten. Doch die Arme wurden immer schwerer. Verzweifelt bekämpfte er die Wellen, schmeckte Salz und zwang sich, nicht an den Tod zu denken, der auf dem Meeresgrund lauerte. Vielleicht wäre seine Willenskraft zu schwach gewesen, hätte er die Boote vor der Küste nicht gesehen. Er *mußte* am Leben bleiben, Simon töten und Danielle nach Hause bringen, ihr versichern, er würde an ihre Unschuld glauben und sie über alles lieben. Voller Zorn dachte er an Montejoie, der ihm einzureden versucht hatte, er sei von seiner Gemahlin hintergangen worden. Und das Baby ... O Gott, was geschah mit seinem Sohn?

Im Feuerschein erblickte er die Klippen — weiß wie Engelsflügel. Statt näher zu rücken, schien sich die Küste immer weiter zu entfernen.

»Adrien!«

Die Stimme einer Sirene, die ihn ins Verderben lockte?

»Verdammt, MacLachlan, du hättest sterben können!«

Nein, keine Sirene. Edward, der Schwarze Prinz.

Diese durchdringende Stimme hatte Adrien oft genug auf den Schlachtfeldern gehört. Ein kleines Boot glitt auf ihn zu.

»Rudert schneller!« befahl Edward.

Wenig später wurde Adrien an Bord gezogen, nackt und bebend, und ein Mann hüllte ihn in eine Decke. Irgend jemand hielt eine Lederflasche mit heißem Ale an seine Lippen.

»Trink, mein Freund«, drängte der Prinz, »du mußt dich wärmen. O Gott, wie lange warst du im Wasser?«

»Keine Ahnung ...« Adrien holte tief Atem. Bald ließ das Zittern nach. »Erzähl mir, was du weißt.«

»Danielles Betreuerin rannte kreischend zu den Männern, die deine Schiffe beluden, und berichtete, die Lady sei entführt und du ins Meer geworfen worden. Inzwischen vertraute sich die Französin, die du vor Armagnacs Spießgesellen gerettet hattest, meiner Mutter an. Sie behauptete, Langlois habe gedroht, sie zu ermorden, wenn sie ihm keine Pferde beschaffe. Offenbar wollte er gemeinsam mit Simon de Valois fliehen. Keine Bange, der Kleinen wird nichts passieren. Übrigens will sie deinen Knappen heiraten, der sich energisch für sie einsetzte. In Windeseile ritt ich nach Dover und beobachtete, wie deine Männer mehrere Feuer entzündeten und das Küstengewässer absuchten. Hätte ich dich nicht so schnell gefunden, wäre ich ohne dich nach Frankreich gesegelt. Allem Anschein nach kam Langlois hierher, um Simon zur Flucht zu verhelfen. Ich glaube, sie steuern das Schloß Cardineau an und unterstellen sich Comte Germaines Kommando. Dort werden wir demnächst eintreffen.«

»Welch ein guter Freund du bist, Edward ... Du hast mein Leben gerettet, und nun bist du bereit, für meine Frau zu kämpfen.«

Gleichmütig zuckte der Prinz die Achseln. »Auch du hast mich oft genug aus höchster Not befreit. Und was deine Gemahlin angeht ...«

»Aye?«

Edward senkte die Stimme, damit die Ruderer nicht lauschen konnten. »Sie ist meine Schwester.«

»Ja, das Mündel des Königs.«

»Hast du's noch immer nicht herausgefunden?« seufzte Edward. »Sie ist meine richtige Schwester ... He, rudert schneller! Wir müssen das Schiff erreichen und über den Kanal segeln.«

Begeisterter Jubel erklang, als Adrien im Hafen ankam, und seine Männer dankten dem Himmel für das Wunder, nachdem sie ihn bereits für tot gehalten hatten. Aufgeregt rannte Monteine zu ihm. »O Laird MacLachlan, ich schwöre Euch, Danielle hat nichts damit zu tun. Dieser Bastard schlug sie nieder und entführte sie ...«

»Schon gut, Monteine, wir holen sie zurück.«

Daylin umarmte ihn überglücklich. »Gott sei Dank, Mylord, ihr seid gerettet!«

»Wo ist mein Sohn?«

»In den besten Händen«, versicherte Edward, »bei meiner Mutter.«

Heftig schaukelte das Schiff auf den Wellen. Danielle lag in einer kleinen Kabine, fühlte sich elend und wollte sterben, in der Meerestiefe versinken, so wie Adrien.

Als Simon zu ihr kam, elegant gekleidet und triumphierend, fragte sie sich, wieso sie ihn jemals charmant gefunden hatte. Jetzt erinnerte sie sein schmales Gesicht an einen Geier. Er umfaßte einen Balken über ihrer Koje und starrte sie an. »Anfangs fällt's Euch vielleicht schwer, aber Ihr werdet ihn vergessen ...«

»Vergessen? Daß Ihr ihn ermordet habt?«

»Langlois streckte ihn nieder.«

»Und auf Euren Wunsch warf er Adrien ins Wasser.«

»Danielle, Euer Mann war ein Dolch im Herzen Frankreichs«, erwiderte Simon und setzte sich zu ihr.

»Wenn Ihr mich anrührt, erbreche ich!«

»Unsinn, Ihr werdet Euch bald an mich gewöhnen ...« Als er ihre Hand ergriff, machte sie ihre Drohung war. Fluchend sprang er auf und stürmte aus der Kabine.

Immer noch in Laken gewickelt, traf Danielle in Frankreich ein und betrachtete schweren Herzens die hohen, dicken, gut bewachten Mauern der Festung Cardineau. Wenn Adrien wie durch ein Wunder am Leben geblieben war, würde er das Schloß lange belagern müssen, um seine Frau zu befreien.

Simon brachte sie in den höchsten Turm an der Nordostseite. Hier gab es keinen Balkon, nur eine einzige Wendeltreppe. Ein heißes Bad wartete neben einer Truhe voller Kleider, ein Tablett mit Brot und Wein stand bereit. Trotz des breiten, einladenden Betts setzte sie sich auf den Boden.

»Seid vernünftig, Danielle«, bat Simon. »Nehmt ein Bad und zieht Euch an.«

»In Eurer Gegenwart? Niemals!«

»Was anderes bleibt Euch nicht übrig.«

»Simon — wenn ich jemals den Eindruck erweckte, ich würde Euch lieben, tut's mir leid. Ich bin mit Adrien verheiratet, und er bedeutet mir alles. Falls Ihr Euch einbildet, Ihr könnt mich zwingen ...«

»MacLachlan ist tot.«

»Das glaube ich erst beim Anblick seiner Leiche.«

»Vermutlich haben ihn die Fische schon längst gefressen.«

In ihren Augen glänzten Tränen. »Dann werde ich mich nie für eine Witwe halten.«

»Oder er wird an die Küste bei Dover geschwemmt. Wie auch immer, Euer Aufenthalt in England ist beendet.«

»Auch in Frankreich werde ich mich Euch nicht beugen. Ich hasse Euch! Jetzt sehe ich Euer wahres Gesicht. Ihr wart der Komplize Armagnacs, der so viele unschuldige Menschen niedergemetzelt hat. Das ist der falsche Weg, dem englischen König die Herrschaft zu entreißen . . .«

»Seid still, steigt in die Wanne und wascht den Gestank von Eurem Körper!«

Würde es ihr gelingen, ihn zu töten? Zögernd stand sie auf und prüfte das Badewasser. Es war fast kalt. Aber vor dem Kaminfeuer hing ein Kessel, und sie griff danach. »Wie kann ich Euch lieben, nachdem Ihr den Mann umgebracht habt, den ich liebe, Simon?«

»Liebe ist vergänglich«, erwiderte er, ging grinsend zu ihr und streckte eine Hand aus, um ihr das Laken zu entreißen.

»Rührt mich nicht an!« Als sie einen Arm hob und ihn abwehrte, ergoß sich das kochendheiße Wasser auf seinen Bauch und zwischen seine Schenkel. Heulend sprang er beiseite, zerrte an seiner Kleidung und schrie um Hilfe.

Mehrere Wachtposten stürzten herein. Einer Panik nahe, wich Danielle zur Wand zurück. Aber sie wurde nicht beachtet. Die Männer trugen Simon aus dem Zimmer, und sie hörte, wie jemand nach einem Arzt rief.

Zitternd und schluchzend lehnte sie an der Wand. Dann riß sie sich zusammen. Nein, sie glaubte nicht an Adriens Tod. Entschlossen setzte sie sich in die

Wanne und reinigte ihren Körper mit dem nun kalten Wasser, kleidete sich an, wartete und betete.

In dieser Nacht kam niemand zu ihr. Erst am Morgen flog die Tür auf, und ein wütender Simon hinkte hinein, langsam und steifbeinig, mit bandagierten Hüften. »Die Engländer sind wahre Meister in der Kunst des Folterns, Lady. Nun, auch wir Franzosen besitzen gewisse Fähigkeiten, und ich dachte mir bereits einige Methoden aus, um Euch für die Schmerzen zu bestrafen, die Ihr mir zugefügt habt.«

»Daran seid Ihr selber schuld. Ich sagte doch, Ihr sollt mich nicht anrühren.«

»Zum Beispiel die Daumenschrauben ... Oder ich lasse Euch in einem Verlies anketten und auspeitschen und Eure Augen mit einem glühendheißen Stock durchbohren. In den unterirdischen Gewölben dieser Festung wurden schon viele Feinde grausig verstümmelt und ihre Leichen direkt ins Meer geworfen ... Aber das will ich Euch nicht antun. Meine Wunden werden in einer Woche heilen. Danach schließen wir beide den heiligen Bund der Ehe, und mit einer entstellten Gattin kann ich nichts anfangen. Deshalb werde ich Euch bestrafen, indem ich Euch erniedrige.«

Sie wandte sich ab. Bevor er genas, würde sie sich aus dem Fenster stürzen.

Offenbar erriet er ihre Gedanken. »Durch diese schmalen Schießscharten könnt Ihr Euch nicht zwängen.«

Dann würde sie eben hungern, bis sie nur mehr aus Haut und Knochen bestand.

Als die Tür wieder aufging, drehte Danielle sich um. Langlois und ein großer, grauhaariger Mann, den sie nicht kannte, traten ein. Verbittert starrte der Fremde sie an. »Ihr seid also die Frau, die tapfere Männer in den Wahnsinn und zu tollkühnen Taten treibt. Nun, ich — Comte Germaine und Herr dieses Schlosses — heiße Euch nicht willkommen, Madame. Und Ihr«, fuhr er Simon an, »habt Ihr nicht behauptet, MacLachlan sei tot?«

»Natürlich, wir warfen ihn ins Meer ...«

»Soeben sind die Engländer eingetroffen ...«

». . . unter Prinz Edwards Kommando«, ergänzte Langlois.

»Schaut hinaus, Simon de Valois!« fauchte Germaine. »Vor dem Tor werdet Ihr MacLachlan erblicken, auf einem riesigen Braunen.«

Herzklopfend rannte Danielle zum Fenster und sah die englischen Streitkräfte, die eine Belagerung vorbereiteten. Und auf Matthew, dem großen Schlachtroß, saß ein Reiter in schimmernder Rüstung, mit einer Tunika, die Adriens Wappen trug.

Simon zerrte sie vom Fenster weg. »Unmöglich! Das muß jemand sein, der sich für MacLachlan ausgibt.«

»Glaubt mir, er ist es«, entgegnete Germaine. »Oft genug bin ich mit ihm aufs Schlachtfeld geritten, und ich weiß, wie er sich bewegt. Ihr beide, Langlois, und Ihr, Valois, habt meinen Ruin besiegelt!«

»Oh, Ihr seid an seiner Seite geritten? Und jetzt habt Ihr beschlossen, den englischen König zu verraten und Euch gegen ihn zu erheben? Nicht ich habe Euch ins Verderben gestürzt, Germaine, das war Euer eigenes Werk. Bevor wir hier ankamen, sollte MacLachlans Flotte nach Frankreich segeln, und er hatte die Order, Euren Aufstand niederzuschlagen. Nun ist der Schwarze Prinz an seiner Stelle erschienen. Seid dankbar für die Männer, die ich in Eure Festung gebracht habe! Mit ihrer Hilfe werden wir die Stellung halten.«

Während die drei Männer stritten, stieg wilde Hoffnung in Danielle auf. Am liebsten wäre sie wieder zum Fenster gelaufen, um Matthews Reiter genauer zu betrachten. Doch das würden ihr die Feinde nicht gestatten.

»Da reitet ein Bote zum Tor«, verkündete Langlois.

»Was ruft er denn?« fragte Simon.

»Daß König Edward mir den edlen Tod der Enthauptung zubilligt, wenn ich die Countess unverletzt freilasse«, antwortete Germaine. »Verdammt, Simon, schickt die Frau hinaus.«

»Mein Freund . . .« Simon trat zu ihm, legte eine Hand auf seine Schulter, und der Schloßherr öffnete den Mund, um etwas zu sagen. Aber er brachte nur einen halberstickten Laut hervor.

Im nächsten Augenblick sah Danielle, warum seine Stimme versagte. Montejoie hatte ihm einen kleinen Dolch in die Brust gestoßen, Blut rann über die Tunika. Noch ehe Germaine zu Boden sank, war er tot.

»Und was machen wir mit seinen Leuten innerhalb dieser Mauern, Simon?« fauchte Langlois.

»Das sind Franzosen. Sie werden für uns kämpfen. Hören wir zu jammern auf und beantworten wir die Forderung des Boten mit einem Pfeilregen!«

»Was geschieht mit Germaine?«

Simon warf Danielle einen boshaften Blick zu. »Vorerst lassen wir sie mit der Leiche allein. Wenn ihr der Verwesungsgestank in die Nase steigt, wird sie das Grauen des Todes um so deutlicher erkennen.«

Während die beiden Männer zur Tür gingen, trat Danielle ans Fenster, musterte den Reiter an Prinz Edwards Seite und beobachtete seine Gesten. Plötzlich öffnete er das Visier, und ihr Herz drohte stillzustehen.

Adrien ...

Viel zu glücklich, um sich klug zu verhalten, rief sie: »Es ist mein Mann! Diesmal wird er Euch töten, Simon. Ergebt Euch lieber — im Gegensatz zu Euch ist er stets bereit, seinen Feinden Gnade zu gewähren.«

»Kümmert Euch nicht um sie!« drängte Langlois. »Wir haben wichtigere Dinge zu tun.«

Aber Simon hinkte zu Danielle, packte ihr Haar und riß sie vom Fenster weg. »Wenn ich überlebe, werde ich jeden Schmerzensschrei auskosten, der sich aus Eurer Kehle ringt ...« Wütend stieß er sie von sich, und sie taumelte, fand aber sofort ihr Gleichgewicht wieder.

Hoch aufgerichtet stand sie vor ihm. »Nein, Simon, *wir* werden überleben — Adrien und ich!«

Als Simon drohend eine Faust hob, schrie Langlois: »Die Festung muß verteidigt werden!«

Zornig riß Simon seinen durchdringenden Blick von Danielle los und folgte seinem Freund aus dem Zimmer. Die Tür fiel ins Schloß und wurde verriegelt.

Angstvoll dachte Danielle an die hohen dicken Mauern von Cardineau. Ein formidables Schloß ... Wie lange würde die Belagerung dauern?

Zu seiner Bestürzung erkannte auch Adrien, daß die Festung uneinnehmbar war. Drei Türme ragten empor, umgeben von einer dreißig Fuß dicken Mauer, in der sich nur ein einziges Tor mit einer hochgezogenen Zugbrücke befand.

Soeben war ein Sprecher an die Brustwehr getreten, um König Edwards Forderung zu beantworten. Der Engländer Count Germaine sei gestorben, verkündete er, das Schloß im Namen König Jeans erobert — und die Countess d'Aville habe beschlossen, in ihre Heimat zurückzukehren.

Welche Lügen Simon und Langlois auch verlauten ließen, Adrien zweifelte nicht länger an seiner Frau. Inständig hoffte er, sie würde nicht zu entschlossen kämpfen und unverletzt bleiben. Was Simon ihr antun mochte, würde keine Rolle spielen und nichts an der Liebe ihres Ehemanns ändern. Irgendwie würde er Mittel und Wege finden, um den Schurken zu töten.

»Kopf hoch, mein Freund!« rief Prinz Edward. »Jetzt greifen wir an!«

»Kein Pfeil kann durch Gestein dringen«, erwiderte Adrien und schloß sein Visier. »In diesen Mauern sehe ich keine einzige Schwachstelle.«

»Einige Diener Germaines sind meinem Vater treu ergeben, und sie konnten unbemerkt aus dem Schloß schleichen. Mit ihrer Hilfe werden wir einen Grundriß zeichnen.«

»Aye, irgendwo muß es einen zweiten Zugang geben.«

»Bogenschützen!« brüllte Edward.

Brennende Pfeile flogen über die Mauern, und die Engländer hörten die Schmerzensschreie tödlich getroffener Verteidiger. Nach der ersten Salve stießen die Fußsoldaten einen Rammbock gegen die hochgezogene Zugbrücke. Als Adrien beobachtete, wie sich die Gegner anschickten, siedendheißes Öl über die Zinnen zu gießen, gab er das Zeichen zum Rückzug. Sobald sich die Fußsoldaten in Sicherheit gebracht hatten, regneten neue Pfeile auf die Festung hinab.

So ging das den ganzen Tag. Attacke, Rückzug, Attacke, Rückzug. Die Engländer verloren nur wenige Männer. Doch sie hatten die Verteidigungsbastionen von Cardineau nicht im mindesten erschüttert.

In der Nacht wanderte Adrien im Lager umher und starrte verzweifelt zur Festung hinauf. Wie erging es Danielle? Seine Liebe würde alles verkraften, was Simon ihr antun mochte. Aber sein Zorn geriet allmählich außer Kontrolle. Wie sollte er eine wochen- oder monatelange Belagerung ertragen?

»Laird MacLachlan!« Aufgeregt eilte Sir George zu ihm.

»Aye, mein Freund, was gibt's?«

»Erfreuliche Neuigkeiten! Eure Lady ist wohlauf!«

»Dem Himmel sei Dank! Wieso wißt Ihr das?«

»Bevor die Zugbrücke hochgezogen wurde, rannte ein Küchenjunge heraus, der ihr Badewasser weggeschüttet hatte. Soweit er es feststellen könnte, ist sie …«, Sir George räusperte sich diskret, ». . . bisher nicht belästigt worden.«

»Wie kann er das behaupten?« Verwundert runzelte Adrien die Stirn. »Ich dachte, er würde sofort über Danielle herfallen, um sie zu vergewaltigen.«

»Offensichtlich wurde seine Manneskraft von kochendheißem Wasser beeinträchtigt.«

Trotz seiner Angst mußte Adrien lachen. »Also hat sie sein — Ding verbrüht!«

»So könnte man's ausdrücken, Sir.«

»Und er hat sich nicht gerächt?«

»Wahrscheinlich will er erst einmal die Festung sichern, bevor er seine Gefangene in aller Ruhe bestraft.«

»Irgendwie müssen wir diese Mauern überwinden!« stieß Adrien hervor.

Die ganze Nacht blieb Danielle mit Germaines Leiche allein. Sie hatte ihn mit einem Laken verdeckt, konnte aber den Blick nicht von ihm wenden.

Immer mehr Fliegen schwirrten ins Turmzimmer, und das Gesumm drohte ihr den Verstand zu rauben.

Bei Tagesanbruch hörte sie gellendes Geschrei. Ein

Katapult schleuderte Geschosse über die Mauer. Im Hof wurden zahlreiche Verteidiger von brennenden Holzspänen getroffen. Triumphierend schaute Danielle hinunter und hörte nicht, wie die Tür aufschwang. Simon packte ihre Schulter und drehte sie zu sich herum. »Begleitet mich, Lady! Mal sehen, was Prinz Edward über unsere Mauer wirft, wenn Ihr in der Schußlinie steht! Falls Ihr vernünftig seid, erklärt Ihr den Engländern, Ihr wärt freiwillig hierhergekommen und würdet mich heiraten.«

»Niemals.«

»Habt Ihr vergessen, wie gut ich meinen Dolch zu nutzen weiß? Ihr werdet sprechen — oder sterben.« Die Finger in ihr Haar geschlungen, zerrte er sie die Wendeltreppe hinab, durch den Hof, die Stufen hinauf, die zur Brustwehr führten. Sie hörte die Schrekkensschreie der Engländer, und die Bogenschützen brachen ihre Attacke sofort ab. An der Spitze der Streitkräfte sah sie Prinz Edward und Adrien.

Schmerzhaft umklammerte Simon ihren Arm. »Seht her, Engländer! Lady Danielle von Aville ist freiwillig hier. Zweifellos ist der Mann, der MacLachlans Waffen trägt, ein falscher Ritter! Wenn der Ehemann dieser Lady tatsächlich lebt, soll er vortreten. Dann wird sie ihm mitteilen, daß sie meine Geliebte ist und mit mir vor dem Traualtar stehen wird, sobald wir den Feind zurückgeschlagen haben!« Mit leiser Stimme wandte er sich an seine Bogenschützen entlang der Mauer. »Macht euch bereit!«

Danielle beobachtete, wie Adrien seinen Hengst zum Burggraben lenkte und sein Visier hob. Als Simon ihn erkannte, hielt er erschrocken den Atem an.

»Sprecht mit ihm! Lockt ihn noch ein wenig näher an die Mauer heran und ruft ihm zu, Ihr hättet ihn mit mir betrogen! Wenn er verschwindet, wird er nicht sterben!«

»Komm nicht näher, Adrien ...«, rief sie ihrem Mann warnend zu.

»Verdammtes Biest!« zischte Simon, und sie spürte eine Messerspitze zwischen ihren Rippen. Gab es denn gar keinen Ausweg? Ihre Gedanken überschlugen sich ...

»Verlaß Cardineau, Adrien!« schrie sie. »Das Schloß ist uneinnehmbar! Hast du die lange Belagerung von *Aville* vergessen?«

»Jetzt!« befahl Simon und riß Danielle von der Brustwehr weg, während die Bogenschützen auf Adrien zielten. Aber Matthew brachte seinen Herrn sofort in Sicherheit.

Fluchend führte Simon seine Gefangene ins Turmzimmer zurück.

»Nun habe ich Euren Wunsch erfüllt«, stellte sie sarkastisch fest.

Mit schmalen Augen starrte er sie an, dann schlug er so kräftig in ihr Gesicht, daß sie aufs Bett fiel. »Sobald die Engländer verschwunden sind, werde ich mich um Euch kümmern.«

Krachend fiel die Tür hinter ihm zu, und er schob den Riegel vor.

»Damals konnten wir Aville erobern, indem wir einen Tunnel gruben«, erklärte Adrien, der mit Edward im Kommandozelt saß. »Danielle gab mir zu verstehen, hier müsse es unterirdische Gänge geben.«

»Hol den Küchenjungen!« befahl der Prinz einem seiner Männer.

Wenig später trat der Bursche ins Zelt.

Unentwegt flogen die Pfeile, immer wieder stieß der

donnernde Rammbock gegen die Zugbrücke. Unterdessen schmiedeten Edward und Adrien ihre Pläne. Der Küchenjunge beschrieb das Labyrinth unterhalb der Festung. »Da wurden schon viele arme Seelen gefoltert. Und die Leichen vornehmer Gefangener brachte man auf direktem Weg zum Meer — damit sie auf ewig verschwanden.«

»Ich nehme zwanzig Männer mit und suche den Zugang«, entschied Adrien. »Sobald wir in die Festung eingedrungen sind, öffnen wir das Tor und lassen die Zugbrücke hinab.«

»Vielleicht solltest du diese Operation jemand anderem überlassen, Adrien«, gab Edward zu bedenken. »Wegen deines persönlichen Interesses könntest du überstürzt handeln ...«

»Eine solche Strategie wende ich nicht zum ersten Mal an. Denk an Aville! Inzwischen mußt du den Eindruck erwecken, wir würden Cardineau nur von außen attackieren.«

»Aye«, stimmte Edward zu. »Erobere das Schloß im Namen meines Vaters und rette deine Gemahlin!«

Adrien nickte. Als er seinen Trupp zusammenstellte, zählten Daylin und Michael aus Aville zu den ersten, die sich freiwillig meldeten. Sie ritten zum Meer hinab, wo sie sich trennten, um die Klippen und Höhlen zu erforschen.

Bald fand Daylin einen Eingang.

»Hier, Mylord!« rief er, und Adrien eilte zu ihm. »Wenn das Wasser steigt, fließt es in diese Öffnung. Also müssen wir möglichst schnell durch den Tunnel gehen.«

Mit Fackeln gerüstet, hasteten sie durch den steinernen Gang. Immer höher stieg das Wasser, bis zu den Hüften, zu den Achselhöhlen ...

Falls jemand fürchtete, er könnte ertrinken, so ließ er sich seine Todesangst auf gar keinen Fall anmerken.

Hinter einer Biegung erreichten sie endlich höhergelegenes Terrain und betraten eine große, feuchte Höhle, wo mehrere Leichen lagen — zumeist Skelette, an die Mauern gekettet.

Hastig schauten sich die Eindringlinge um. »Da ist ein Tunnel!« flüsterte Adrien, und sie setzten ihren Weg fort.

Nach einer halben Stunde kamen sie zu einer kleineren Höhle, aus der mehrere Gänge in verschiedene Richtungen führten. »Trennen wir uns!« befahl Adrien. Er folgte einigen Tunnels, fand aber nur Verliese voller Leichen oder Folterkammern, mit grausigen Geräten ausgestattet. Über allem hing der Geruch des Todes.

Als er sich wieder mit den anderen Männern in der kleinen Höhle traf, verkündete Michael: »Mylord, ich habe den richtigen Weg gefunden.«

»Wie kannst du da so sicher sein?«

Grinsend entblößte der junge Knappe seine weißen Zähne, die im Dunkeln schimmerten. »Weil ich Küchendünste riechen konnte.«

»Gut, mein Junge, geh voran!«

Schweren Herzens stand Danielle vor der Schießscharte und beobachtete die Schlacht. Prinz Edward kämpfte genauso beharrlich wie sein Vater. Aber Cardineau war uneinnehmbar, und die Belagerung konnte Monate dauern … Plötzlich flog die Tür auf, und Simon stürmte herein. Als sie sich umdrehte, schaute sie in sein leichenblasses Gesicht.

Aus dem Hof drang schrilles Geschrei herauf, Schwerter klirrten ohrenbetäubend. Danielle blickte wieder hinab und hielt den Atem an. In einem wilden

Getümmel bekämpften sich Angreifer und Verteidiger mit scharfen Klingen, Streitäxten und Hämmern. Das Tor stand offen, die Zugbrücke war hinabgelassen. Also hatte Adrien die Botschaft seiner Frau verstanden.

»Warum kämpft Ihr nicht an der Seite Eurer Männer, Simon?« fragte sie.

»Ihr werdet nicht zu MacLachlan zurückkehren, Lady.«

»Vielleicht solltet Ihr fliehen.«

Er schüttelte den Kopf. »Tut mir leid, Danielle. Es wäre so schön gewesen. Hättet Ihr mich geheiratet, bevor er nach Aville kam ...« Seine Stimme erstarb. Langsam ging er zu ihr, und da sah sie den Dolch in seiner Hand funkeln.

»Nein!« rief sie, sprang über das Bett, ergriff die Waschschüssel und schleuderte sie gegen Simons Brust. Schreiend stolperte sie über Germaines Leiche. Simon folgte ihr zur anderen Seite des Betts, und sie warf ihm ein Laken entgegen, dann ein Kissen, einen Schuh. Aber diese Geschosse konnten sie nicht retten. Sie versuchte an ihm vorbeizulaufen. Aber er packte ihren Arm. Mit aller Kraft wehrte sie sich, zerkratzte sein Gesicht, trat gegen sein Schienbein.

Doch sie war seiner Stärke nicht gewachsen. Mühelos stieß er sie aufs Bett, dann kniete er über ihr, hielt ihre Hüften mit seinen Schenkeln fest und riß den Dolch hoch. »Danielle ...«, flüsterte er.

Entsetzt hob sie ihre Hände.

Ehe die Klinge ihre Brust durchbohren konnte, wurde er nach hinten geschleudert, prallte gegen eine Wand und sackte zu Boden. Adrien starrte seine Frau an, voller Schlamm, das Haar zerzaust, mit zerfetzter Tunika.

»O Gott, Adrien ...«, stöhnte sie, als er ihr auf die

Beine half. Dann stieß sie einen Schreckensschrei aus, denn Simon war aufgesprungen und stürzte sich mit gezücktem Dolch auf ihren Mann.

Blitzschnell zog Adrien sein Schwert aus der Scheide, und der Franzose spießte sich selber auf. Mit glasigen Augen schaute er Danielle an, fiel zu Boden und hauchte sein Leben aus.

Sie sank in Adriens Arme, schluchzte vor Erleichterung, und er drückte sie zärtlich an sich. »Komm, meine Liebe, ich bringe dich nach Hause ... Oh, damit meine ich ...«

»Frankreich, England oder Schottland — wo immer du sein magst, in deinen Armen bin ich zu Hause.«

Voller Freude nahm er sie auf die Arme und trug sie aus dem Turmzimmer.

24

Da Edward im Grunde seines Herzens ein Romantiker war, gewährte er dem wiedervereinten Ehepaar einen längeren Urlaub. Adrien schlug seiner Frau vor, zunächst Aville aufzusuchen. Doch sie wollte möglichst schnell nach London zurückkehren. »Ich sehne mich nach Robert. Und ich möchte ihn auch weiterhin selbst stillen.«

»Das verstehe ich.« Er fand es wundervoll, daß sie sich weigerte, ihr Baby wie die meisten Aristokraten einer Amme zu überlassen. Früher hatte ihr die Festung Aville alles bedeutet. Und ihm war es überaus wichtig gewesen, dem englischen König zu dienen. Die Welt ringsum würde sich nicht ändern. Aber Danielle und Adrien hatten sich geändert. Da die Welt nun einmal so war, würden sie noch vielen steinigen Wegen folgen müssen.

Auf einem Schiff des Prinzen fuhren sie über den Kanal, und der Kapitän stellte ihnen großzügig seine Kabine zur Verfügung. Am Abend lagen sie im Bett, eng aneinandergeschmiegt, und Danielle strich zärtlich über die Wange ihres Mannes. »Es erscheint mir noch immer wie ein Wunder, daß du am Leben geblieben bist, und ich kann es kaum fassen. Nachdem dich diese Schurken ins Meer geworfen hatten, wollte ich sterben.«

»Nun, ich kann schwimmen. Das weißt du doch. Das Wasser war eisig. Deshalb erwachte ich aus meiner Ohnmacht. Und wir haben gute Freunde. Monteine rannte aus der Taverne und schrie um Hilfe, worauf meine Männer mehrere Feuer anzündeten, in einigen Booten aufs Meer hinausfuhren und mich suchten. Inzwischen wandte sich die kleine Terese — das Mädchen, das du für meine Geliebte gehalten hast — an die Königin und berichtete, Langlois habe sie gezwungen, Pferde zu beschaffen, weil er mit Simon de Valois flüchten wollte.«

»Wenn sie an deiner Rettung beteiligt war, werde ich ihr ewig dankbar sein.«

»Demnächst wird sie meinen Knappen Lucas heiraten und mir sicher nicht mehr nachstellen«, erklärte Adrien grienend.

»Auch Monteine und Daylin möchten bald heiraten. Und wieso wurdest du ...«

»Sobald Prinz Edward von Langlois' Machenschaften erfahren hatte, galoppierte er nach Dover, stieg in ein Boot und ließ sich auf den Kanal hinausrudern. Es dauerte nicht lange, bis er mich aus dem Wasser fischte.«

»Seltsam, wie eng die Plantagenets mit unserem Leben verbunden sind ...«

Noch viel enger, als du glaubst, dachte er. Aber davon würde er erst später sprechen.

»Ich begreife nicht, was mit Simon geschehen ist«, seufzte Danielle, »und warum er sich in ein Ungeheuer verwandelt hat. Früher war er ganz anders. Das schwöre ich dir. Vielleicht dachte er, sein Besitz wäre zu gering für einen Valois, und deshalb schreckte er vor nichts zurück, um Aville zu gewinnen. So sind nicht alle Franzosen.«

»Natürlich nicht. Die meisten sind gut und anständig, begabt und arbeitsam. Da ich mit einer zauberhaften Französin verheiratet bin, muß ich's ja wissen. Außerdem habe ich viele französische Freunde. Und deine Mutter war eine großartige, gütige, kluge Frau. Niemals könnten Simon und seinesgleichen meine Bewunderung für dein Volk schmälern.«

»Danke, mein Liebster«, flüsterte sie lächelnd.

»O Gott, ich hatte solche Angst, Simon würde ...«

»Kein einziges Mal hat er mich angerührt«, versicherte sie hastig. »Und ich habe dich nie betrogen.«

»Darauf kam es mir nicht an. Selbst wenn er dir zu nahe getreten wäre — ich hoffte verzweifelt, du würdest seine Grausamkeit überleben. An meiner Liebe hätte sich nichts geändert. Hast du ihn tatsächlich an einer heiklen Stelle verbrüht?«

»Ja.«

»Wie raffiniert! Aber nach unseren zahlreichen Scharmützeln hätte ich mir denken können, wie erbittert du ihn bekämpfen würdest. Trotzdem warst du leichtsinnig. Wenn er sich an dir gerächt hätte ... Zu jenem Zeitpunkt war ich machtlos.«

»So raffiniert war ich gar nicht. Ich hielt den Kessel

nur zufällig in der Hand. Und als ich seinen Angriff abwehrte, ergoß sich das heiße Wasser auf seinen Körper. Was seine Vergeltung betraf — damals glaubte er noch, er würde mich heiraten, und eine gefolterte, entstellte Gemahlin hätte ihm mißfallen.«

»Jetzt ist alles überstanden.«

»O Adrien, diese langen Stunden waren so grauenvoll. Anfangs hielt ich dich für tot. Und dann fürchtete ich, du könntest mich niemals aus der uneinnehmbaren Festung retten.«

»Das gelang mir nur, weil du mich an unseren Tunnel in Aville erinnerst hast.«

»Ich wußte Bescheid über die unterirdischen Gänge in Cardineau, denn Simon erwähnte, die Leichen einiger gefolterter Häftlinge seien direkt ins Meer geworfen worden. Stell dir vor, in all den Jahren gab ich dir die Schuld an Avilles Fall! Wärst du damals nicht auf den Gedanken gekommen, einen Tunnel graben zu lassen, hätte meine Mutter meinen Vater, Robert of Oxford, niemals kennengelernt.«

Dies wäre der richtige Augenblick gewesen, ihr die Wahrheit zu erzählen. Doch dazu konnte er sich nicht durchringen. Er wollte einfach nur ihre Nähe genießen, die Gewißheit ihrer Liebe. Ein andermal, an einem Winterabend in Schottland, vor einem knisternden Kaminfeuer, sollte sie alles erfahren.

»Wie gesagt, es ist vorbei, Danielle. Langlois wird seinen Kopf verlieren, aber Prinz Edward will die Männer begnadigen, die nur den Befehlen der beiden französischen Comtes gefolgt sind. Und Simon ist schon tot.«

Sie erschauerte. »Reden wir nicht mehr von ihm — halt mich ganz fest . . .«

Sanft und leidenschaftlich zugleich begann er, sie zu

küssen. In dieser Nacht erreichte ihr Glück eine Ekstase wie nie zuvor, weil sie ihre Lust mit zärtlichen, liebevollen Worten begleiteten.

Als sie in Dover ankamen, übernachteten sie nicht. Statt dessen ritten sie sofort nach London, zum Tower, wo Philippa residierte. Ungeduldig stürmten sie in ein Gästezimmer, wo die Königin den kleinen Robert im Arm hielt und mahnend einen Finger an ihre Lippen legte. »Vorsicht, er schläft gerade ein ... Die Nachricht von deinem grandiosen Sieg ist dir bereits vorausgeeilt, Adrien, und wir sind wie immer dankbar für deine Dienste.«

»Ohne die Hilfe meiner Frau hätte ich die Aufständischen in Cardineau nicht bezwungen.«

Lächelnd blickte Philippa auf. Dann wandte sie sich wieder zu dem Baby, das angenehm gesättigt die Augen schloß.

»Glaubt dein Vater wirklich, du hättest *sein* blondes Haar geerbt?« Robert schmatzte leise. »Offenbar hat er das kleine Muttermal auf deinem Hinterteil noch nicht gesehen. Aber deine Eltern fanden wohl keine Gelegenheit, die Kehrseite des Königs zu betrachten. Und vermutlich wissen sie nicht, daß so ein Mal erblich ist. Zum Glück sieht deine Mutter den Plantagenets nicht ähnlich. Dem Himmel sei Dank für diese kleine Gnade, die mir half, meinen Stolz zu bewahren ...«

Unbehaglich beobachtete Adrien seine Frau und verfluchte sich, weil er ihr die Wahrheit verschwiegen hatte. Aber wie konnte er ahnen, daß Philippa das Thema anschneiden würde?

Mit großen Augen starrte Danielle die Königin an, die ihr zuzwinkerte. Dann stand sie auf, legte ihr das Baby in den Arm und küßte ihre Wange. »Schau nicht so entsetzt drein! Ich dachte, du wüßtest längst Bescheid über deine Herkunft. Zweifellos ist Edward ein guter Ehemann, und er liebt mich. Aber er hat nun mal auch seine Schwächen. Und eine davon war ohne Zweifel deine Mutter. Als du zu uns kamst, war Lenore schon tot. Deshalb konnte ich sie nicht hassen. Und du warst stets wie eine Tochter für mich. Kümmere dich um deine Frau, Adrien. Sag ihr, sie soll den Mund zumachen, und nimm ihr das Baby ab! Sonst läßt sie's womöglich fallen.«

Hastig gehorchte er, und Philippa rauschte hoheitsvoll aus dem Zimmer. Danielle zitterte am ganzen Körper. Nachdem er Robert behutsam in eine Wiege gelegt hatte, trat er wieder zu seiner Frau und umfaßte ihre Schultern.

»Du wußtest es!« warf sie ihm vor.

»Erst seit Prinz Edward mir auf der Fahrt nach Cardineau die Wahrheit verraten hat. Er liebt dich, und er war fest entschlossen, die Mauern deines Gefängnisses niederzureißen, wenn ich den Mordanschlag nicht überlebt hätte. Bitte, Danielle! Ich weiß, wie verletzt du dich fühlst, wie sehr du Edward in all den Jahren haßtest, weil er dich nach England brachte und zur Verlobung mit mir zwang. Um so inniger liebtest du das Andenken des Lords, den du für deinen Vater hieltest, und du warst deinem französischen König treu. Aber du hast keinen Grund, deinen richtigen Vater zu verabscheuen. Er ist ein großer König, ein kluger, tapferer Mann — und durchaus fähig, Barmherzigkeit zu zeigen.«

»Nein, ich hasse Edward nicht«, flüsterte sie. Plötzlich begann sie zu lachen, und er drückte sie bestürzt an sich.

»Danielle!«

»Keine Bange, mir geht's gut. O Adrien, dieses Gelübde, das mir meine Mutter auf ihrem Totenbett abrang, betraf nicht Jean, sondern Edward. Sie beschwor mich, dem *König* die Treue zu halten. Damit meinte sie meinen Vater. Und ich glaubte in all den Jahren, ich müßte mich für Jean einsetzen, und bekämpfte dich ... O Gott, wieviel Herzenskummer hätten wir uns ersparen können ...«

»Dafür sind wir jetzt um so glücklicher. Man kann alles aus verschiedenen Blickwinkeln betrachten. Edward sollte sich mit England begnügen. Aber französische Ländereien waren jahrhundertelang die Domäne englischer Könige. Und es besteht eine so vielschichtige Verwandtschaft zwischen den Plantagenets und den Valois, daß sich kaum feststellen läßt, wer was geerbt hat.«

»Trotzdem wirst du immer für Edward kämpfen«, erwiderte sie trocken.

»Und für dich.«

»Also schließen wir Frieden?«

»Natürlich. Welch ein Glück, daß Edward mit meiner Hilfe Aville erobert und dir das Leben geschenkt hat!«

»Auch unser kleiner Robert würde ohne dein strategisches Talent nicht existieren.«

Arm in Arm gingen sie zur Wiege. »Ich glaube, er hat Plantagenet-Haare«, flüsterte Adrien. »Und ich fürchte, Plantagenet-Augen.«

»Manchmal habe ich ein lebhaftes französisches Grün darin gesehen.«

»O Adrien ...« Sie legte den Kopf an seine Schulter. »Wenn ich denke, wie sehr ich dich liebe, schon seit langer Zeit — und trotzdem fühlte ich mich verpflichtet, Jeans Leben zu retten. Ich wagte mich sogar in diese üble Spelunke und wollte Langlois bitten, den französischen König vor einem Anschlag der Engländer zu warnen.«

»Niemals hätte Edward einen kaltblütigen Mord zugelassen. Das müßtest du wissen. Übrigens, Jean ist ein bewundernswerter Mann, der seine Gefangenschaft würdevoll erträgt.«

»Aber ich habe dich so oft verletzt ...«

»Und ich dich. Das alles liegt jetzt hinter uns. Ich liebe dich von ganzem Herzen — nicht zuletzt wegen deiner Loyalität, deiner Ehrlichkeit und bedingungslosen Bereitschaft, für die Dinge zu kämpfen, an die du glaubst. Mit der Zeit wuchs meine Liebe, weil ich deine gute, schöne Seele erkannte.«

»Obwohl ich dich hassen wollte, habe ich dich stets geachtet. Und ich war so eifersüchtig auf Terese, weil ich dachte, sie hätte etwas bekommen, was du mir nicht gabst ...«

»Jetzt hast du mich für immer.« Zärtlich küßte er ihre Lippen. »Vergessen wir die Vergangenheit, blicken wir in die Zukunft. Denken wir nicht mehr an die Könige. Nie wieder sollen sie unser Leben bestimmen.«

»Einverstanden«, flüsterte sie und schlang die Arme um seinen Hals.

In dieser Nacht begann die Zukunft.